KB191214

연매장

A SOFT BURIAL
by Fang Fang

Copyright ⓒ Fang Fang, 2019.
All rights reserved.

Korean Translation Copyright ⓒ MUNHAKDONGNE Publishing Corp., 2025
This Korean translation rights arranged with Fang Fang c/o Jennifer Lyons Literary Agency,
LLC through KCC(Korea Copyright Center Inc.), Seoul.

이 책의 한국어판 저작권은 (주)한국저작권센터(KCC)를 통해
Jennifer Lyons Literary Agency와 독점 계약한 (주)문학동네에 있습니다.
저작권법에 의해 한국 내에서 보호를 받는 저작물이므로
무단 전재 및 복제를 금합니다.

연매장

팡팡 장편소설

문현선 옮김

문학동네

차례

제1장   1. 자신과의 투쟁 __11

2. 강물 소리 __14

3. 혼자 있는 게 익숙해 __18

4. 떨쳐낼 수 없는 것들 __23

5. 사라진 독가시 __31

6. 텅 빈 가슴에 시간만 남아 __34

7. 기억 따위는 필요치 않아 __37

8. '딩쯔'라는 두 글자 __40

제2장   9. 집으로 모셔갈게요 __45

10. 체린루? 아니면 쌴즈탕? __50

11. 내 기억으로는 붉은색인데 __53

12. 총개머리에 맞았어 __57

13. 어둠의 심연 __61

제3장   14. 국숫집에서 만난 고향 사람 __67

15. 지금 할 수 있는 일은 살아가는 것뿐 __73

16. 남방으로 __79

제4장   17. 깜짝 놀란 칭린 __91

18. 비밀을 간직한 사람 __96

19. 그녀의 영혼은 현세에 없어 __100

20. 낡은 가죽 가방 __103

제5장   21. 잿빛 속의 계단 __109

22. 아니, 그런 게 아니야! __112

23. 첫번째 지옥: 강물 속 울부짖음 __115

24. 두번째 지옥: 급류에 휩쓸린 배 __119

25. 세번째 지옥: 산길에서의 달음박질 __125

제6장   26. 바쁘지 않아도 인생은 피곤해 __133

27. 바이양바의 다수이징 __138

28. 어느 가문 이야기 __145

29. 완저우의 생선구이 __152

30. 순간 마음이 바뀐 칭린 __162

31. 먼지는 먼지일 뿐 __166

32. 체련루? __172

33. 잘못을 바로잡으려면 선을 넘을 수밖에 __179

제7장   34. 네번째 지옥: 서쪽 담장의 홍초 아래 __191

35. 다섯번째 지옥: 화원의 연매장 __197

36. 여섯번째 지옥: 최후의 만찬 __203

37. 일곱번째 지옥: 누군가 전해준 소식 __211

제8장   38. 뒷모습이 왜 이렇게 익숙할까? __225

39. 그의 아버지를 본 게 확실합니까? __234

40. 한 사람의 일생이 이렇게 끝나는구나 __243

제9장   41. 여덟번째 지옥: 날 죽게 내버려둬! __249

42. 아홉번째 지옥: 이런 목숨이 무슨 의미가 있나요? __252

43. 열번째 지옥: 오빠 어디 있어? __258

제10장   44. 일기를 읽기 시작한 칭린 __265

45. 아버지가 둥써라고? __269

46. 다시 시작된 삶 __278

47. 무명씨 __293

48. 소스라치게 놀란 칭린 __300

49. 딩쯔타오를 아내로 __306

50. 추측과 의문 __315

제11장   51. 열한번째 지옥: 오빠를 찾으러 가야 해 __321

52. 열두번째 지옥: 다급한 행보 __326

53. 열세번째 지옥: 모든 게 잿더미로 __329

54. 열네번째 지옥: 아빠와 엄마는 너만 믿는다 __334

55. 열다섯번째 지옥: 너는 루써 가문 사람이라고 말해라 __340

제12장   56. 세상에, 딩 이모가 자네 어머니라고? __345

57. 청문은 하녀 __354

58. 멋지게 올라간 처마끝 __358

59. 연매장 __370

60. 싼즈탕 __374

61. 실성한 노인 __381

62. 그 시절을 어떻게 말해야 할까? __389

제13장   63. 열여섯번째 지옥: 보증서 __405

64. 열일곱번째 지옥: 모란 이불 __410

65. 열여덟번째 지옥: 지옥의 문 __415

제14장   66. 지하의 비밀통로 __425

67. 하늘이 덮은 일 __430

68. 연매장되기 싫어 __432

69. 뼛속에서부터 나오는 슬픔 __434

에필로그 70. 누군가는 망각을, 누군가는 기록을 선택한다 __441

작가의 말 __445

편집자의 말 __453

제 1 장

1. 자신과의 투쟁

여인은 줄곧 자기 스스로와 투쟁을 벌여왔다.

이미 나이가 꽤 들었다. 온 피부가 탄력을 잃어 굵직한 주름 하나를 감당하지 못하고 축축 늘어졌다. 얼굴과 목 곳곳에는 미세한 주름이 빽빽했다. 피부가 워낙 하얘서 그런 흔적들은 시간의 칼에 의해 무작위로 새겨진 게 아니라 가느다란 붓으로 하나하나 그려진 듯했다. 눈동자도 이미 상당히 혼탁해졌지만, 갑자기 눈을 크게 뜰 때면 아직도 반짝반짝 빛나곤 했다.

그녀는 한곳을 멍하니 쳐다볼 때가 많았다. 뭔가 생각에 잠긴 듯도 하고 하염없이 지루한 듯도 보였다. 그런 모습에 가끔 지나가던 사람이 호기심을 참지 못하고 "할머니, 무슨 생각을 하고 계세요?" 하고 묻기도 했다.

그럴 때 여인은 망연한 표정으로 상대를 바라보며 몇 마디 알아들을 수 없는 말을 중얼거렸다. 그녀 스스로도 무슨 말을 하는지 몰랐다. 사실 자신이 생각하고 있었는지 아니었는지조차 알지 못했다. 그녀는 아주 이상한 무언가가 필사적으로 바깥을 향해 뛰어오르며 자신의 기억을 자극하려 한다고만 느꼈다. 그런데 그것들은 그녀가 평생 건드리고 싶지 않았던 무언가였다. 그녀는 필사적으로 저항했다. 그녀의 저항은 수시로 뚫고 나오려는 마귀를 빈틈없이 덮고 옥죄는 커다랗고 촘촘한 그물 같았다. 그녀는 평생토록 그 그물을 손에 든 채 그것들과 싸웠다.

남편이 살아 있을 때, 그녀에게 기억을 한번 떠올려보라고 권한 적이 있었다. 뭔가가 생각나면 마음이 편안해질지도 모른다는 이유였다. 그녀는 남편의 말에 따라 진지하게 마음을 가라앉히고 힘껏 기억을 되짚어봤다. 하지만 그러자마자 무수한 바늘이 인정사정없이 몸을 찌르듯 초조함이 엄습해왔다. 그 강렬한 기세에 오장육부가 갈가리 찢기는 듯했다. 그녀는 너무도 고통스럽고 피곤해 숨조차 쉬기 힘들었다.

그녀가 절망에 빠져 "강요하지 마요. 도저히 떠올릴 수가 없어요. 생각만 하면 죽어야 할 것 같아요"라고 말하자 남편은 깜짝 놀라 잠시 생각한 뒤 말했다. "그럼 더이상 생각하지 말아요. 대신 최대한 할 일을 찾아봐요. 몸이 바쁘면 생각을 멈출 수 있으니까."

그녀는 남편의 말대로 매일 바쁘게 움직였다. 사실 특별한 직업이 없어서 그녀가 할 수 있는 일은 집안일밖에 없었다. 그녀는 매일 바쁘게 쓸고 닦은 집을 먼지 한 톨 없이 깨끗하게 유지했다. 그녀의 집에 온 사람들은 하나같이 정말 깔끔하다고 칭찬했다. 의사인 그녀 남편도 무척 자랑스럽게 생각했다.

그렇게 그녀의 생활은 점점 정상적인 모습을 찾아갔다.

여인은 오랜 시간을 한결같이 보냈다. 한 해 한 해의 시간이 세밀하고 촘촘한 막처럼 그녀의 기억 뒤편에 놓인 것들을 층층이 덮었다. 한

해에 한 장씩, 시간이 흐르면서 얇았던 막이 두껍게 쌓였고 판처럼 굳어졌다. 그렇게 그녀의 의식 속에 깊이 숨겨진 마귀들이 모조리 봉인되었다.

그런데 그건 무엇일까? 그녀는 전혀 알지 못했다.

그녀의 기억이 사라진 건 1952년 봄이었다.

꽤 오랜 시간이 흐른 어느 날, 병원에서 돌아온 그녀의 남편이 굳은 표정으로 '문화대혁명'이 시작되어 병원에서 매일 회의가 열리고, 누군가 그의 이력에 문제가 있다는 대자보를 썼다고 말했다. 그녀는 남편이 자신에게 왜 그런 이야기를 하는지 몰라서 잔뜩 긴장했다. 그때 남편이 전혀 예상치 못한 말을 했다. 당신한테는 아무 일도 없을 거요. 내가 보호할 테니. 당신 과거는 평생 떠올리지 말아요. 당신의 가장 큰 적은 외부 사람들이 아니라 당신이 떠올리지 못하는 기억이야. 누가 물어보면 아무것도 모른다고 대답해. 그러면 돼요.

그녀는 남편의 위로와 주의하라는 경고가 마음에 와닿지 않았다. 대신 가슴이 심하게 두근거렸다. 거의 보이지 않을 정도로 잘 숨겨놓은 자신의 원수를 남편이 이미 손아귀에 쥐고 있는 것 같았다. 그게 대체 뭘까? 설마 나도 모르는 걸 그가 알고 있단 말인가? 그런 생각을 하자 무시무시한 두려움이 밀려왔다. 그런 두려움이 그녀 옆에 있었다. 밤낮을 가리지 않고 매분 매초.

그래서 그녀는 오랫동안 자신이 깊이 사랑한 사람이 두려운 사람이기도 하다는 걸 깨달았다.

왜일까? 왜 이런 느낌이 드는 걸까? 그녀는 당혹스럽고 이해할 수 없었다. 하지만 확실히 그런 느낌이 들었다.

2. 강물 소리

세차게 흐르는 강물에서 사람들이 여인을 건져올렸을 때, 그녀는 실오라기 하나 걸치지 않은 상태였다. 머리부터 발끝까지 온몸이 상처투성이였다. 급류에 휩쓸리며 돌에 부딪힌 결과였다. 여인을 구한 사람들은 그녀의 온몸이 물에 하얗게 붇고 머리카락만 새까맸기 때문에, 처음에는 어디를 다쳤는지도 몰랐다고 말했다. 마침 근처 마을에 군의관 몇 명이 진료를 나와 있어서, 그들은 여인을 군의관에게 데려갔다. 군의관들은 응급조치를 마치자마자 그녀를 병원으로 옮겼다.

그녀는 보름도 더 지나서야 의식을 회복했다. 정신을 차린 뒤에도 여인은 사람들이 질문하면 대답하려다 말고 멍한 표정을 지었다.

어디 사람이에요? 어느 마을에 살죠? 몇 살이에요? 가족은 누가 있나요? 왜 강에 빠졌어요? 배가 뒤집혔나요, 아니면 나쁜 놈이 던졌나요? 혼자 물에 빠졌어요?…… 사람들이 번갈아 질문을 퍼부었다. 목소리는 온화해도 가시처럼 날카롭게 찌르는 듯한 질문에 그녀는 가슴이 무너질 듯 아팠다. 여인은 침대에서 몸을 둥글게 말고 생각에 잠겼다.

그래, 나는 어디 사람이지? 어디 살더라? 이름은 뭐지? 나는 왜 강물에 빠졌을까? 전혀 기억나지 않았다. 왜 기억이 안 나지? 어떻게 스스로도 기억 못해? 그래서 여인은 울음을 터뜨렸다. 기억이 안 나요, 그녀가 말했다.

그녀는 정말로 기억하지 못했다.

그러자 사람들이 말했다. 생각해봐요, 잘 생각해봐요. 강물에서 건져졌어요. 강물부터 생각해보면 떠오를지도 몰라요.

여인은 사람들의 요구대로 진지하게 기억을 되짚기 시작했다. 하지만 강가를 떠올리자마자 콸콸하는 물소리가 천둥소리처럼 거세게 울렸다. 알 수 없는 두려움이 물소리와 함께 왈칵 밀려들었다. 물살 속에 마귀가 숨은 듯, 보이지도 만져지지도 않는 뭔가가 그녀의 심신을 사정없이 공격했다. 순식간에 그녀는 자제력을 잃고 큰 소리로 통곡하다가 날카롭게 비명을 질렀다.

우씨 성의 의사가 궁금해하는 사람들을 단호하게 저지했다. 충격을 받은 듯하니 더이상 떠올리게 하지 말고 몸부터 추스르게 하자고 말했다.

그래서 사람들은 캐묻는 대신 겉으로나 속으로나 불쌍하게 여겼다.

무척 아름다운 어느 봄날이었다.

창밖 복숭아나무가 분홍색 꽃송이로 뒤덮여 있었다. 병원 담벼락을 따라 피어난 하얀 살구꽃은 담장이 흰빛이라 멀리서 보면 색이 구분되지 않았다. 좀더 먼 곳에서는 오래된 은행나무 몇 그루가 푸른 잎을 흔들고 있었다. 언제 심었는지는 몰라도 몸통이 아주 튼실했다. 그보다 더 멀리, 훨씬 더 멀리에서 부드럽게 굽이치는 산그림자의 윤곽은 꽃잎 같았다. 마당 구석에 피어난 개나리는 지기 시작했는데도 여전히 노란 색으로 찬란히 빛났다. 이렇게 다채로운 광경이 불현듯 여인의 눈에 들어왔다. 봄을 맞은 새들이 그제야 정신을 차린 듯 아직 차가운 바람이 부는데도, 그 옅은 한기 속에서 노래했다. 그런 광경과 소리 가운데에서 그녀는 천천히 안정을 찾았다.

그녀 인생의 새로운 기억은 여기에서 시작됐다. 촨둥*의 작은 도시였다.

나중에 간호사들이 그녀를 어떻게 살려냈는지 너나없이 한마디씩 거들며 떠들썩하게 들려줬다. 우 의사가 데려왔을 때만 해도 다들 그녀가 살아나지 못할 거라고 여겼으며, 어느 날 의사 세 명이 그녀의 숨이 끊어졌다고 판단해 시신을 내갈 인부까지 불렀다고 말했다. 다행히 세심한 우 의사가 그녀의 가운뎃손가락이 움직이는 것을 보고 좀더 살펴봐야 한다고 주장했고, 며칠 뒤 그녀가 깨어났다는 거였다. 이런 설명을 들으며 여인은 자신이 기사회생한 과정을 머릿속에 저장했다.

이 과정에는 한 사람이 빠질 수 없었다. 바로 우 의사, 그녀의 생명을 구해준 은인이었다. 이러한 생사고비와 이러한 사람은 천천히 생각해볼 만했다. 아주 짧은 과정이었지만 인생의 단맛과 쓴맛이 모두 담겨 있는 듯했다. 여인은 자기 인생이 여기에서 시작됐다고 해도 충분하다고 생각했다.

그렇게 해서 그녀는 잃어버린 기억, 떠올리기만 해도 온몸이 찢기는 듯한 과거를 완전히 버렸다. 그래서 지금까지 살아남았다.

---

* 쓰촨분지의 동쪽 지역.

모든 망각을 배신이라고 볼 수는 없다. 오히려 망각은 살아남기 위해서일 때가 많다. 이건 우 의사가 그녀에게 해준 말이었다.

3. 혼자 있는 게 익숙해

매일 공원에서 춤추거나 산책하는 노인들과 비교해보면 시간은 그녀에게 훨씬 가혹한 듯했다. 호적상의 나이는 칠십대 초반이었지만, 그건 당시 우 의사가 그녀의 외모를 보고 대충 짐작한 나이였다. 그녀의 생일 역시 목숨을 건진 날을 우 의사가 임의로 적으면서 결정되었다. 이 숫자들은 이후 여인과 평생을 함께했다.

동년배 부인들보다 그녀는 훨씬 나이들어 보였다. 거울을 볼 때마다 여인은 자신이 일을 많이 해서 그렇다고 생각했다. 그녀는 다른 사람들과 어울려 춤추는 것은 말할 것도 없고, 교류 자체를 꺼렸다. 그녀는 혼자 있는 시간에 익숙했다. 좀 쓸쓸해도 혼자 있는 걸 더 좋아했다. 그녀에게는 친척도, 친구도 없었다. 가끔 이웃집 여자가 친해지고 싶은지 찾아와, 운동해야 오래 산다면서 같이 나가자고 권했다. 하지만 여인은 나가지 않았다.

오래 살기 싫어서가 아니라 마음이 내키지 않아서였다. 몸을 일으키는 대신 혼자 조용히 앉아 있고 싶었다. 그래서 햇살이 좋을 때면 화위안산의 성당 맞은편 계단에 앉아 있었다. 고개를 들면 우뚝 솟은 회색 건물이 눈에 들어왔다. '천주당'이라는 세 글자가 햇빛에 반짝거려도 그녀 눈에는 빛나는 것처럼 보이지 않았다. 여인은 그게 하루하루 퇴락해가다가 다시 하루하루 좋아지고, 또다시 하루하루 퇴락해가는 걸 지켜보는 기분이었다. 그게 무척 재미있었다. 예전에 남편은 그녀를 데리고 자주 산책을 나섰다. 그들은 늘 이 길로 걸어와 탄화린으로 방향을 꺾었다.

산책할 때 남편은 기이하고 이상한 이야기를 들려주곤 했다. 여기 '천주당'에 관한 이야기도 그렇게 들려주었다. 남편 말에 따르면, 과거 청나라 조정은 중국에 성당이 들어서는 걸 싫어했다. 하지만 서양인들은 성당을 짓기 위해 아주 멀리에서 찾아왔기 때문에 무척 짓고 싶어했다. 방법을 찾지 못해 동동거리는 서양인들에게 한 중국인이 묘책을 알려줬다. 일단 '대왕당大王堂'을 지으려 한다고 신청한 뒤 허가가 떨어지면 '대大'자에 한 획을 더 긋고 '왕王'자에 점을 하나 찍어 '천주당天主堂'으로 고치라는 거였다. 서양인은 아주 그럴듯한 방법이라고 여기며 그렇게 신청했다. 과연 조정에서는 성당이 아닌 걸 보자마자 곧바로 허가를 내줬다. 허가서가 내려오자 서양인은 '대'자에 한 획을 더하고 '왕'자에 점을 찍어 '천주당'으로 고쳤다. 지방 관리가 조사를 나왔지만, 신청서에는 확실히 '천주당'이라 적히고 인감도 찍혀 있었다. 관리는 어떻게 된 일인지 의아해하면서도 내버려두는 수밖에 없었다. 사실 속는 일이 워낙 많다보니, 하나 더 속는다고 대수로울 것도 없었다.

여인은 그 이야기가 무척 가슴에 와닿아 웃음을 지었다.

그렇다고 지금 여기에 앉아 있는 이유가 그 이야기 때문은 아니었다. 그녀는 녹음에 둘러싸인 마당의 성모동산을 보는 게 좋았다. 산속 평지에 루르드의 성모가 서 있었다. 성모의 얼굴에는 언제나 순결하고 인자한 미소가 흘렀다. 처음 왔을 때 그녀가 "누구예요?"라고 묻자 남편은 예전에도 사람들이 성모에게 "누구세요?"라고 물었고 성모는 "나는 원죄가 없는 사람입니다"라고 대답했다고 말했다. 그녀는 무슨 뜻인지 이해할 수 없었다. 남편은 그녀 손바닥에 글자를 적어줬다. 그녀가 "무슨 뜻이에요?"라고 묻자 남편이 답했다. "말 그대로예요, 원죄가 없다고."

여인은 이해가 안 되는데도 가슴이 철렁 내려앉았다. 성당을 나와 천천히 걸음을 옮길 때 남편이 다시 말했다. "이건 우리 둘 다 기억해야 해요. 이 세상의 우리는 모두 원죄가 없어요. 당신과 나 모두."

그녀는 여전히 이해가 되지 않았다. 남편이 마지막으로 "그녀가 루르드의 성모*라는 것만 기억해요. 당신 마음을 편안하게 해줄 테니까"라고 덧붙였다.

지금도 남편의 말이 무슨 뜻인지 여인은 이해할 수 없었다. 하지만 그때 이후 루르드의 성모상만 보면 마음이 평온해지고 몸도 편안해졌다. 그나저나 원죄가 없는 사람이란 뭘까? 그녀는 의문이 들었다.

길가에서 색이 노르스름하고 영리하게 생긴 고양이 한 마리가 다가왔다. 여인이 그곳에 앉으면 녀석은 늘 소리 없이 다가와 그녀 발치에

---

* 프랑스 루르드 지역에 나타났던 성모마리아를 기리는 말. 가난한 소녀에게 본인을 원죄 없이 잉태된 사람이라 소개하고 기적의 생물로 난치병 환자를 치유해줬다고 전해진다.

앉았다. 녀석은 눈을 동그랗게 뜨고 여인을 쳐다보다가 가끔씩 아주 익숙하다는 듯 발을 내밀어 그녀를 툭툭 건드렸다. 여인은 녀석의 등을 가만히 쓰다듬어주곤 했다. 하루는 녀석이 보이지 않아 사방을 둘러보며 "참새야! 참새! 어디 있니?" 하고 불렀다. 놀랍게도 노르스름한 고양이가 어디선가 달려나왔다. 그녀는 자리에 앉으며 왜 자신이 녀석을 참새라고 불렀는지 의아해했다.

이제 여인은 햇빛이 잘 드는 길가에 자리를 잡고 앉았다. 그녀의 발 옆에는 광주리가 하나 놓였고, 그 속에는 원앙이나 연꽃이 수놓인 신발 깔창이 가지런히 들어 있었다. 전부 그녀가 직접 수놓은 깔창이었다. 그녀는 자신이 어떻게 수를 놓을 수 있는지 몰랐다. 그런 걸 배운 기억 자체가 없었다. 하지만 깔창을 집어든 순간 어떻게 해야 하는지 알았다. 예전에 그녀는 마 교수의 집에서 가정부로 일한 적이 있었다. 어느 겨울, 교수 부인이 낡은 솜 신발을 한 켤레 주었다. 신발이 너무 커서 그녀는 깔창을 만들기로 했다. 그러자 생각할 것도 없이, 또 도안을 그릴 필요도 없이 순식간에 깔창에 해당화 한 송이를 수놓았다. 교수 부인은 깔창을 이리저리 살펴본 뒤 말했다. "손재주가 정말 좋네요. 예전에 배웠나보죠? 아주 예술적이에요."

교수 부인의 말에 여인은 기쁜 게 아니라 돌덩이에 짓눌린 듯, 갑자기 가슴이 철렁 내려앉았다. 두려움, 알 수 없는 두려움이 밀려왔다. 보이지 않는 곳곳에 위험이 도사리고 있는 듯했다. 낯선 얼굴이나 목소리를 접할 때마다 소름이 끼쳤다. 그런 상태는 몇 개월이나 지속되었다. 이후 다시는 바늘을 들지 않았다. 그녀는 마 교수 집에서 오랫동안 가정부로 일했다. 교수 부인이 세상을 떠나고 마 교수가 젊은 아내를 새로 맞이했을 때 여인은 아들을 따라 집으로 돌아왔다.

아들의 이름은 칭린이었다.

4. 떨쳐낼 수 없는 것들

원래 그녀와 칭린은 우창 탄화린의 좁은 골목에서 살았다. 남편이 살아 있을 때 배정받은 공공 임대주택이었다. 그들은 아주 오랫동안 그 곳에서 살았다. 그녀의 남편은 예전에 시골 마을로 진료를 나왔다가 그녀를 구해준 우 의사였다. 그녀는 남편을 무척 사랑했다. 그는 남편일 뿐만 아니라 생명의 은인이었다. 그녀가 목숨을 건진 뒤 눈을 떴을 때 처음 본 사람도 바로 우 의사였다. 그는 그녀의 새로운 기억에 가장 먼저 저장된 사람이었다.

그녀는 종종 자신이 언제 남편을 사랑하게 되었는지 떠올려보곤 했다. 그를 처음 보았을 때일까, 아니면 그의 사무실에 갔을 때일까? 그때 왜 우 의사의 사무실에 갔는지는 더이상 기억나지 않았다. 책상에 『홍루몽』이 있어서 자기도 모르게 넘겨보았던 것만 기억났다. 무의식적으로 '대옥*'이라고 중얼거렸다가 그녀는 두려움에 휩싸였다. 바로 그때

---

* 청나라 중기에 쓰인 소설 『홍루몽』의 여성 인물. 주인공 가보옥과 서로 사랑하는 사이로, 병약하고 아름다우며 시사에 능하다.

우 의사가 들어와 그녀가 책을 뒤적거리는 걸 보고 깜짝 놀랐다. 그리고 책을 건네받은 뒤 그녀를 가만히 쳐다보며 몇 초 망설이는 듯하다가 입을 열었다. "글을 안다는 걸 다른 사람한테는 비밀로 하는 게 좋겠어요." 그녀가 얼떨떨한 표정으로 바라보자 그가 또 말했다. "다른 뜻은 없고 그냥 의심 많은 사람들이 걱정돼서요. 당신 이력이 분명치 않으니 온갖 추측이 난무하기 쉽잖아요. 알겠죠?"

그녀는 알 수 없었음에도 그의 말을 가슴에 새겼다. 그 말을 들었을 때 두려움이 눈 녹듯 사라지고 따스함이 살며시 차올랐기 때문이다.

며칠 뒤 우 의사는 군관구 류 정치위원 집에서 가정부를 찾는다며 그녀에게 소개해줬다. 류 정치위원은 초기 혁명가였고 아내 역시 공산당 간부였다. 우 의사는 그녀를 길목까지 데려다주면서 의미심장하게 말했다. "그 집에서 일하면 일상이 단순해질 테니 당신 삶에 도움이 될 겁니다." 그녀는 다시 한번 가슴이 따뜻해졌다. 그리고 갑자기 우 의사의 말이 자신에게 무척 중요하다는 걸 깨달았다. 다만 그 중요함 속에 두려운 내용도 조금 들어 있는 듯했다.

그때 그들은 아직 사랑하기 전이었다.

오랜 시간이 흘렀다. 그녀는 계속 그 사람과 그의 목소리를 기억하고 있었다. 류 정치위원이 승진하고 전근하면서 그녀는 그들 가족을 따라 우한으로 왔다. 모두들 류 정치위원의 부인을 펑 언니라고 불렀기 때문에 그녀도 그렇게 불렀다. 펑 언니는 그녀에게 잘 대해주며 그동안 만났던 가정부 가운데 최고라고 칭찬했다. 그녀는 아이들을 돌보고 요리와 청소 등 집안일을 하면서 평탄하게 살아갔다. 소박하고 평화로웠다. 그녀는 직업을 바꾼다거나 다른 지역으로 가겠다는 생각을 해본 적이 없었다. 심지어 결혼할 생각도 하지 않았다. 그들이 어디로 가든 그녀도 따라갔다. 평생을 그럴 생각이었다.

그러던 어느 해, 우 의사가 전역했다며 옛 상사를 찾아왔다. 그녀를 본 우 의사는 무척 놀라고 반가워하며 자기도 모르게 물었다. "계속 여기 있었어요? 잘 지냈나요?"

그녀는 왠지 몰라도 잔뜩 흥분해 떨리는 목소리로 대답했다. "잘 지냈어요. 선생님 덕분에 이렇게 잘 지냈어요." 그가 그녀를 지그시 바라보았다. 그녀는 그의 눈빛에서 그들 두 사람 사이에 남들이 모르는 비밀이 있음을 알아차렸다. 그게 무슨 비밀인지는 알 수 없었지만, 느닷없이 가슴이 두근거렸다.

그날 우 의사는 류 정치위원 집에서 식사했고, 식탁에는 그녀가 정성껏 차린 음식이 올라왔다. 식사 자리에서 그의 아내가 병으로 세상을 떠났다는 이야기가 나왔다. 그의 아내 샤오옌과 펑 언니는 생사의 고비를 함께한 각별한 사이였기 때문에, 펑 언니는 그 자리에서 수저를 내려놓고 눈물을 훔쳤다. 옆에 서 있던 그녀는 가슴이 쿵쿵 뛰었다.

류 정치위원이 한참 탄식한 뒤 물었다. "지금은? 혼자인가?"

그가 대답했다. "네, 혼자입니다."

"다른 사람을 안 만났나?"

"소개받았지만 마땅한 사람이 없었습니다."

류 정치위원은 "자네 혼자 어떻게 살아?"라고 말하다가 시선을 그녀에게서 멈추고는 자기도 모르게 손가락으로 가리키며 말했다. "내가 중매를 서도 되겠나? 두 사람은 이미 잘 아는 사이고 나이도 잘 맞으니."

우 의사의 시선이 류 정치위원의 손가락을 따라 그녀에게 향했다.

그녀는 당황해 어쩔 줄 몰라했다. 하지만 그는 그녀를 보며 웃음을 지었다. 그 웃음에서 그녀는 그가 자신을 좋아하는 걸 알아차렸다.

그해에 그녀는 류 정치위원의 집을 떠났다. 그녀 손으로 키운 류씨 집안의 세 아이가 문 앞에 서서 아쉬운 듯 그녀의 뒷모습을 바라보았다. 막내는 눈물까지 흘렸다.

그녀는 돌아보지 않고 우 의사의 팔짱을 낀 채 그의 집으로 갔다. 문을 들어선 뒤 그녀가 처음 뱉은 말은 "왜 저와 결혼했어요?"였다.

그가 웃으며 말했다. "당신이 다른 사람과 결혼하면 마음이 놓이지 않겠더라고요."

그녀는 그의 말 속에 숨은 뜻을 알 것도 같고 모를 것도 같았다. 가만히 생각하다가 그녀도 알쏭달쏭하게 대꾸했다. "맞아요, 저도 제가 다른 사람과 결혼하는 건 마음이 놓이지 않아요."

그렇게 말했을 때 가슴속에서 알 수 없는 두려움이 피어올랐다. 어둠이 내리고 하늘빛이 회색에서 검은색으로 짙어지자 그녀의 두려움도 어둠의 농도에 따라 점점 크고 강렬해졌다. 심지어 무엇이 두려운지 모르는데도 두려웠다. 우 의사가 그녀를 끌어안고 몸을 밀착해올 때는 거의 온몸이 부들부들 떨렸다. 우 의사가 그녀를 어루만지면서 조용히 속삭였다. "알아요, 알아. 이해해요, 이해해. 겁내지 말아요. 괜찮아요, 다 상관없어요."

그의 품속에서 그녀는 자신에게 물었다. '무슨 말이지? 뭘 안다는 걸까? 뭘 이해해? 뭐가 상관없을까?'

그날 밤 그녀는 악몽을 꾸었다. 화들짝 눈을 떴을 정도로 끔찍한 악몽이었다. 아침에 일어났을 때 우 의사가 그녀를 보며 말했다. "너무 긴장하지 마요. 너무 많이 생각하지도 말고. 내가 지켜줄게요. 당신과 결혼한 건 당신이 구조된 과정을 알기 때문이에요. 이 세상에서 나만큼은 당신의 감정을 알 수 있어요. 당신은 아무것도 걱정할 필요 없어요."

그 말을 들었을 때 그녀는 뜨거운 눈물을 줄줄 흘리며 자기도 모르게 그의 품을 파고들었다. 하지만 동시에 그녀는 자기 등뒤에 가늘고 뾰족한 독가시가 숨겨져 있는 걸 발견했다. 가시는 아주 가까운 곳에서 줄곧 그녀를 따라다니고 있었다. 그녀는 그 독가시가 언젠가 자기를 찌를까 두려워 무의식적으로 경계했다.

그후로 그녀에게는 자신의 집이 생겼다. 결혼생활은 따스하고 행복했다. 조마조마하고 불안한 마음이 항상 따라다녔지만, 어쨌든 더는 누군가에게 고용된 사람이 아닌 한 남자의 당당한 아내가 되었다. 그녀는 그 신분이 무척 만족스러웠다.

그녀는 그런 상태로 일상을 이어갔다. 매일 아침 일찍 일어나 남편의 아침을 차리고 그가 출근하는 것을 지켜보았다. 점심때 남편이 돌아올 시간에 맞춰 식탁을 차렸고, 그가 낮잠을 잔 뒤 다시 출근하면 천천히 저녁식사를 준비하고 그가 돌아오기를 기다렸다. 그녀는 세심하게 그를 챙기고 자잘한 일을 전부 처리했다. 그녀의 마음에 기쁨이 조금씩 늘어났다. 기쁨은 그녀의 불안을 부지런히 밀어내줬다. 그녀는 어쩌면 앞으로도 계속 이렇게 살 수 있겠다고 생각했다.

금세 아이가 들어섰다. 우 의사는 무척 기뻐했고 그녀도 흥분했다. 하지만 혼자 있을 때면 알 수 없는 두려움이 다시 밀려들었다. 예전의 강물 속 마귀처럼 툭하면 그녀를 덮쳤다가 다시 조용히 숨었다. 놈은 가만히 노리고 있다가 불시에 치명적인 일격을 날렸다. 그녀의 두려움은 억제하기 힘든 지경에 이르렀다. 벽을 보면 그 뒤에 뭔가 있을 것 같고 구름을 보면 그 위에, 나무를 보면 잎사귀 사이에 뭔가 숨어 있을 것 같았다. 전등을 보면 불을 끄자마자 뭔가 나타날 것만 같았다. 예상치 못한 소리와 자극적인 색깔에도 그녀는 화들짝 놀랐다. 집에 낯선 사람이 들어올 때나 주위가 갑자기 조용해지는 경우에도 깜짝 놀랐다. 그녀는 왜 그렇게 두려운지 알 수 없었다. 하지만 날 때부터 함께였던 듯, 시종일관 그 두려움이 그녀에게서 떨어지지 않는다는 것만은 분명히 알았다.

우 의사는 매일 그녀를 성당의 루르드 성모상 앞으로 데려가서 성모의 눈을 보라고 말했다. 성모가 두려워하지 말라고, 걱정할 것 없다고, 아무 일도 없을 거라고 말해준다고 했다.

성모상 앞에 서면 그녀는 성모의 눈빛에서 평온을 조금 되찾을 수 있었다. 하지만 집에 돌아오면 모든 것이 다시 되풀이되었다. 우 의사는 그녀를 정신과의사에게 데려가 그녀의 기억상실에 대해 말할 수밖에 없었다. 정신과의사는 그녀가 과거에 엄청난 충격을 입었을 것이라고 진단했다. 그리고 스스로 푸는 수밖에 없다면서 그녀가 과거를 되찾으면 문제가 깨끗이 해결될 수도 있다고 말했다.

하지만 그녀의 본능이 기억을 거부했다. 옛일을 떠올리려고만 하면 알 수 없는 통증이 참을 수 없을 정도로 거세게 그녀의 온몸을 파고들었다. 우 의사가 "이를 악물고 참아봐요. 떠올리면 마음이 편해질지도 몰라요"라고 말했을 때 그녀가 반사적으로 대꾸했다. "기억해낸 뒤에 더 불안해지면요? 그럼 어떡해요?"

그녀의 말에 우 의사는 거의 밤새 입을 열지 않았다. 그녀는 그가 한

숨도 자지 못했음을 알았다. 이튿날 아침 우 의사가 말했다. 그럼 관둡시다. 어쩌면 완전히 잊는 게 최선의 선택일지도 몰라요.

그녀는 그렇게 끊임없이 밀려드는 두려움 속에서 아들을 낳았다. 아들이 세상에 나오던 날, 그녀는 잠복하고 있던 마귀가 나오려 한다고 생각했다. 마귀가 죽어라 노려보고 있어서 그녀는 덜덜 떨리는 몸을 주체할 수 없었다. 그녀가 계속해서 몸을 떨자 그녀를 돌보던 간호사가 도저히 참지 못하고 우 의사를 불렀다. 그녀가 출산할 때 우 의사가 옆에 있어도 된다는 허락이 떨어졌다. 정신이 가물가물해질 때 그녀는 갑자기 마귀가 우 의사라는 생각이 들면서 한층 더 심한 두려움에 사로잡혔다. 그녀가 우 의사에게 날카로운 목소리로 "나가! 물러가!"라고 소리치자 우 의사가 큰 소리로 달랬다. "걱정하지 말아요. 나는 무엇이든 받아들일 수 있어요. 내 가족은 당신밖에 없으니까. 사랑해요." 하지만 그녀에게는 아무것도 들리지 않았다. 마귀의 시선에 갇혀버린 듯 병원 전체가 쩌렁쩌렁 울릴 정도로 날카로운 비명만 질러댔다. 산부인과 의사와 간호사는 이해할 수 없었다. 한 간호사는 왜 그러느냐고, 다른 산모는 남편이 곁에 있기를 얼마나 바라는지 아느냐고 말했다. 그녀는 숨만 헐떡일 뿐 그들한테는 신경도 쓰지 않았다.

우 의사가 문을 나가는 순간 그녀의 아들이 무탈하게 태어났다.

다시 병실로 들어온 우 의사는 감격해 눈물까지 글썽거렸다. 그는 그녀의 얼굴을 쓰다듬으며 말했다. "아들이 정말 예뻐, 고마워요. 우리 집 대를 이어줘서 고마워요. 두려워하지 말아요. 무슨 일이 있어도 당신은 두려워할 필요 없어."

대답할 기력도 없는 그녀에게 우 의사가 또 말했다. "내 마음을 알아쥐야 해요. 내가 당신과 결혼한 건 당신이 평생 마음 편히 살기를 바라서였으니까. 내가 있으니 두려워할 것 없어요."

어쩌면 그 위로에 특별한 효과가 있었는지, 그녀가 수시로 나타나리라 예상했던 마귀가 더는 나오지 않았다. 그리고 아들은 하루하루 자랐다. 아이의 반짝이는 눈과 천진한 미소는 무엇보다 그녀를 안심시켰다. 그녀는 딸을 하나 더 낳고 싶었지만 안타깝게도 임신한 지 두 달 만에 유산하고 말았다. 우 의사는 상관없다고, 아들 하나만으로 충분하다고 위로했다. 아이가 건강하게 자라주면 다 괜찮다고 했다.

시간이 천천히 흐르면서 그녀가 두려워하던 것도 마침내 사라졌다. 그 마귀도 천천히 늙어가는 듯했다.

5. 사라진 독가시

하지만 그녀 앞에 나타난 건 전혀 예상하지 못했던 또다른 일이었다. 그녀의 우 의사가 그녀와 함께 삶을 완주하지 못했던 것이다. 일하러 가던 길에 죽음을 맞이했다.

그해 한커우에서 버스 한 대가 시내를 가로지르던 기차와 정면으로 충돌했다. 순식간에 도로가 피바다로 변했다. 불행히도 버스에는 그녀의 우 의사도 타고 있었다. 소식을 듣자마자 그녀는 아들 칭린을 데리고 버스를 몇 번이나 갈아타며 현장으로 달려갔다. 아비규환 속에서 그녀는 어지럽게 널린 시신과 새빨간 피를 보았다. 순간 머릿속이 윙 하고 울리더니 똑같은 장면이 눈앞에 떠올랐다. 그 늙은 마귀가 둥글게 말고 있던 몸을 펼치고 그녀에게 달려드는 것만 같았다. 온몸이 부들부들 떨리고 다리에서 힘이 풀려 그녀는 풀썩 무릎으로 주저앉았다.

칭린이 울면서 필사적으로 그녀를 잡아당겼다. "엄마! 일어나요! 일어나세요!"

그녀는 허둥지둥 몸을 일으키면서 구조중인 사람들에게 소리쳤다. "연매장은 안 돼요! 그 사람을 연매장할 수는 없어요!" 고함을 친 뒤 그녀는 세상이 뭔가 이상하다고 느꼈다.

청린은 엄마가 무슨 말을 하는지는 몰라도 일단 그녀의 손을 꽉 잡았다. 장례식이 끝난 뒤에야 그는 조심스럽게 물어봤다. "엄마, 연매장이 뭐예요?" 그녀는 이해할 수 없다는 듯 되물었다. "연매장? 그게 뭐야?" 그런 다음 망연한 표정을 지었다.

연매장이라는 말이 허공에서 나풀나풀 떠다니는 듯했다. 희미하게 그녀 몸에 달라붙는 것 같다가도 아주 멀리 떨어지는 것 같았다. 아득히 먼 곳에서 누군가 무겁고 노쇠한 목소리로 크게 말하고 있었다. 그 음성이 귓가에서 울릴 때마다 그녀는 온몸이 가시에 찔리는 듯 아팠다. 너무 아파서 청린에게 대답할 기운조차 나지 않았다.

며칠 만에 그녀의 우 의사, 청린의 아버지, 멀쩡하게 살아 있던 사람이 재로 변해 항아리에 담겨 산에 묻혔다. 그때부터 그들 곁에 있었던 것은 벽에 걸린 사진 한 장뿐이었다. 그는 살아 있을 때와 똑같이 미소 띤 얼굴로 다정하게 그들을 바라보았다. 청린이 없을 때면 그녀는 사진을 닦고 그의 얼굴을 쓰다듬으며 중얼중얼 말을 건넸다.

그러던 어느 날, 사진을 닦던 그녀는 마음속에 숨어 있던 두려움이 언젠가 사라진 걸 발견했다. 온종일 자신을 위로하던 남자가 그녀 가슴속에 잠복해 늙어가던 마귀를 데려갔을 뿐만 아니라 삶의 뒤편에 있던 독가시까지 뽑아버렸다. 우 의사의 죽음은 그동안 그녀에게 두려움을 일으켰던 모든 것을 폭풍처럼 쓸어가고 평온만 남겨놓았다. 이후 그녀의 삶은 탁 트이고 고요한 풍경 자체가 되었다.

그녀는 너무도 당혹스러웠다. 왜 자신을 사랑하고 자신 역시 사랑한 그 사람이 가버리자 마음이 오히려 편안해졌는지 이해할 수가 없었다.

6. 텅 빈 가슴에 시간만 남아

남편이 죽은 뒤 그녀는 사흘 동안 곤하게 잤다. 아주 편안하게 자고 나자 그녀는 굉장히 오랜만에 제대로 잤다는 생각이 들었다. 눈을 떴을 때는 이미 정오라, 커튼을 열었더니 햇빛이 환했다. 환한 빛은 창문을 넘어 그녀 가슴까지 쏟아져 들어왔다. 조금 당황스럽게도, 번쩍하며 가슴이 환하게 밝아졌다. 문득 이제부터 평온하게 살 수 있겠다는 생각이 들었다. 그 평온함은 자신을 보호해주던 우 의사가 곁에 있을 때보다 훨씬 큰 안정감을 주었다.

칭린이 아직 어려서 생계를 꾸려야 했다. 그해부터 그녀는 다시 가정부로 일하기 시작했다. 한평생 그녀가 할 줄 아는 일이라곤 그것뿐이었다. 우 의사가 일했던 병원에서 간병인으로 입원 환자를 보살핀 적이 있었다. 처음 보살핀 환자가 바로 마 교수의 부인이었다. 그때는 마 교수가 아직 교수가 되기 전이었다. 마 부인은 병원에서 아이를 낳았다. 그녀는 우 의사를 돌보듯 마 부인을 돌봤다. 그녀의 조용하고 온화한 성품을 마 부인은 무척 좋아했다. 퇴원한 뒤 마 부인은 자기 몸이 좋지

34

않고 아이를 돌볼 줄도 모르니 그녀에게 입주가정부로 일해주면 좋겠다고 말했다. 그녀는 동의했다. 그녀는 여러 사람과 뒤섞이는 것도 싫고 병원의 소란스러움도 싫었다. 그렇게 시작한 일을 오랫동안 지속했다. 마 교수 아이들을 돌보면서 칭린을 키웠다.

칭린은 대학에 합격해 상하이로 갔다. 전공은 건축설계였다. 그녀의 수입만으로는 칭린의 공부를 충분히 뒷바라지할 수 없어 집을 세놓았다. 그녀는 월급과 집세로 칭린의 대학생활이 힘들지 않게 밀어줄 수 있었다. 칭린은 어머니의 마음을 잘 알아서 게으름을 피우지 않았다. 그는 나중에 돈을 많이 벌어 큰 집을 사드리겠다고 편지에 적었다. 그녀는 칭린이 그런 생각을 했다는 게 무척 기뻤지만, 큰 집이 있고 없고는 그녀에게 아무 의미가 없었다. 칭린만 잘 지내면 충분했다.

대학을 졸업한 뒤 칭린은 그녀 곁으로 돌아오지 않았다. 그들의 집이 이미 철거됐기 때문이었다. 칭린이 돌아와봐야 살 집도 없었고, 무엇보다 칭린은 돈을 벌고 싶었다. 그래서 그는 남쪽에 기회가 더 많다며 남쪽으로 떠나겠다고 했다. 그녀에게 칭린의 말은 한마디 한마디가 모두 중요했다. 그녀는 늘 자신은 신경쓰지 말라고 했다. 널 돌봐줄 수 없어서 엄마가 미안해. 네가 잘 지내면 그걸로 됐어.

칭린은 바쁘게 일하느라 집에 잘 들르지 못했다. 그는 회사를 여러 차례 옮겼다. 네번째로 옮겼을 때 사장이 우한 사람이라, 우한에서 온 칭린을 마음에 들어했다. 사장이 기회를 많이 주면서 칭린은 순식간에 생활이 풍족해졌다. 차차 그는 남쪽에서 집을 사고 결혼도 했다. 결혼식은 생략하고 외국 여행을 다녀왔다. 출국하기 전 칭린은 아내를 데리고 그녀를 찾아왔다. 집이 없었기 때문에 마 교수 부부를 초청해 호텔에서 식사만 했다. 며느리는 무척 예뻤고 마 교수 부부에게 살가웠으며 그녀에게도 깍듯했다. 그녀는 가정부에 불과한 자신이 며느리에게 뭘 기대할 수 있겠느냐고 생각했다.

마 교수 부인은 암으로 세상을 떠났다. 그녀는 마 부인의 가장 힘든 시간을 함께하고 떠나는 길까지 배웅했다. 마 부인이 땅에 묻힌 날 칭 린이 돌아왔다. 그는 화위안산에 작은 집을 얻은 뒤 말했다. "엄마, 제 가 부양할 수 있으니 이제 일은 그만두세요. 하지만 몇 년만 더 기다려 주세요. 아직 집을 살 정도로 여유롭지는 않거든요. 일단 여기에서 지 내고 계세요." 그런 다음 또 덧붙였다. "돈을 많이 벌면 완벽한 집에 모 실게요."

그녀는 칭린이 돈을 많이 버는 것에는 관심이 없었다. 그저 칭린이 검게 그을리고 야위었으며 이마에 주름이 생긴데다 표정도 아버지를 닮기 시작한 게 조금 가슴 아플 뿐이었다.

칭린은 또 금세 떠났다. 현실 때문에 그는 현실적인 사람이 될 수밖 에 없었다.

집에는 그녀만 남았다. 바람이 불면 창문에서 삐걱삐걱 소리가 났다. 옆집에서 코를 골고 잠꼬대하는 소리가 벽을 뚫고 들려왔다. 아침에 해 가 떠오르면 빛이 고즈넉한 방을 샅샅이 훑었다. 식사할 때는 자신이 씹는 소리가 자동차 지나가는 소리처럼 크게 울렸다. 모든 게 너무도 적막해 무료함이 더욱 커졌다. 온종일 한마디도 하지 않는 날이 대부분 이었다. 세상이 그녀 혼자 남은 것처럼 조용했다. 그녀의 가슴에는 시 간밖에 남지 않았다.

7. 기억 따위는 필요치 않아

어느 날 장을 보러 나갔다가 그녀는 질주하는 자전거에 치이고 말았다. 몸이 휘청하고 쓰러질 때 전봇대에 머리가 부딪히면서 이마에서 피가 흘러내렸다. 문득 피 너머로 길 건너편의 홍초가 눈에 들어왔다. 홍초 옆에 작은 노점이 하나 있는데, 좌판 구석에 손으로 수놓은 어린애 신발 한 켤레가 놓여 있었다. 빨간 바탕에 금붕어 두 마리가 수놓인 신발이었다. 그녀는 갑자기 심장이 조이는 듯했다.

다행히 상처는 심하지 않았다. 이마를 세 바늘 꿰매고 붕대로 감은 뒤 부축을 받으며 집으로 돌아왔다. 한편 칭린은 매우 놀라 집주인의 전화를 받자마자 남쪽에서 돌아왔다. 그녀 머릿속에서는 여전히 금붕어 두 마리가 떠다니고 있었다. 입으로도 계속 그 붕어, 붕어, 하고 중얼거렸다. 칭린은 그녀가 생선을 먹고 싶어하는 줄 알고 이튿날 아침 시장에서 펄떡펄떡 뛰는 붕어 몇 마리를 사 왔다.

그때는 이미 그녀가 제정신을 차린 뒤였다. 아들을 보자 머리도 아프지 않아 그녀는 칭린에게 콩짜개붕어찜을 만들어줬다. 칭린이 제일 좋아하는 음식이었다.

칭린은 하나, 둘, 셋 하며 주의사항을 줄줄이 늘어놓은 뒤 남쪽으로 돌아갔다. 칭린의 뒷모습을 바라보고 있을 때 또다시 금붕어 두 마리가 그녀의 눈앞에 아른거렸다. 이유는 알 수 없어도 모종의 충동이 일었다. 그녀는 머리에 하얀 붕대를 감은 채로 밖에 나가 바늘과 실, 천을 사 왔다. 마 교수 집에서 만들었던 신발 깔창을 떠올리며 자기 발을 기준으로 대충 천을 재단했다.

아직 빛이 환하게 들어오고 있었다. 그녀는 창가에 앉아 첫번째 수를 놓기 시작했다. 정말로 깔창이 필요했던 것처럼, 무료함에서 스스로를 구해내려는 것처럼 손을 놀렸다. 며칠 만에 금붕어 두 마리를 수놓은 깔창 한 켤레를 완성했다. 수를 놓는 동안 한 번도 느껴본 적 없는 편안함이 마음을 채웠다. 하늘에서 행복이 뚝 떨어진 듯 마음이 편안해지자 이 일을 하기 위해 태어난 것 같은 기분까지 들었다. 한 켤레를 완성하자마자 그녀는 두번째 깔창을 만들기 시작했고, 이후로는 멈출 수가 없었다.

모란 다음 원앙, 그다음 기린을 수놓았다. 시간이 바늘 끝에서 흘러갔다. 그녀는 자기가 몇 켤레나 만들었는지 알지 못했다. 벽에 맞닿은 침대 한쪽으로 깔창이 층층이 잔뜩 쌓였다. 나직했던 베개가 점점 늘어나는 깔창 때문에 높아졌다. 결국, 그녀는 더이상 쌓아둘 곳이 없다고 생각되어 광주리를 사 왔다. 깔창을 내다 팔아야겠다고 생각했다.

그렇게 해서 그녀는 대문을 나섰다. 성당 맞은편에 앉아 깔창을 팔았다. 돈이 필요해서가 아니었다. 가정부로 일하면서 저축한 돈도 있고 명절 때마다 칭린이 부쳐준 돈도 있었다. 칭린은 한 번 부칠 때마다 거액을 보내왔다. 그녀는 나중에 칭린이 집을 살 때 필요할 거라고 생각하며 돈을 전부 은행에 저축했다.

매일 한두 켤레씩 팔렸고 그 정도 속도가 그녀에게 꼭 맞았다. 그녀는 날이 좋을 때만 밖으로 나가서 따뜻한 햇볕을 받으며 앉아 있었다. 수시로 맞은편의 녹음 속 루르드 성모를 바라보다가 성모와 눈이 마주쳤다는 생각이 들면 마음이 흡족했다.

다만 흡족한 기분이 들 때마다 다른 뭔가가 그녀를 놓아주지 않고 주변을 어른거리며 맴도는 듯한 기분도 들었다. 특히 홍초가 빨간 꽃을 피울 때면 그녀 뒤를 바싹 쫓아오는 것만 같았다. 그녀가 아무리 필사적으로 달아나도 그것들은 절대 떨어지지 않았다. 그것들은 허공을 이리저리 떠다닐 뿐만 아니라 그녀에게 과거를 기억해내라며 도발하고 부추기기까지 했다. 예전에 느꼈던 두려움이 떠올라 그녀는 눈을 감고 절대 기억해내지 않겠다고 스스로에게 말했다. 말려들지 않을 거야. 너희를 잡지 않을 거라고. 과거 따위는 필요치 않아. 내가 어디에서 왔는지, 내 이름이 뭔지도 알 필요 없어. 무엇보다 우리집에 누가 있었는지도 떠올릴 필요 없다고. 나는 다 필요 없어. 내 기억은 우 의사부터 시작하면 돼. 내 삶은 칭린만으로 충분해. 망각에는 망각의 이치가 있다고 우 의사가 말했어.

그 말을 할 때 우 의사는 정말 젊었다.

8. '딩쯔'라는 두 글자

오랫동안 여인은 그렇게 담담하고 단조롭게 살아왔다. 그녀가 아는 사람도 적고 그녀를 아는 사람도 얼마 없었다. 그녀의 이름은 딩쯔타오였다.

이 이름 역시 우 의사가 지어준 거였다. 우 의사는 그녀가 내내 혼수상태였을 뿐만 아니라 열까지 높았다며, 가끔 "딩쯔!"라고 외쳤는데 그게 무슨 뜻인지는 아무도 몰랐다고 말했다. 그녀가 정신을 차린 뒤 우 의사는 진료기록부를 작성하면서 이름을 물었다. 그녀는 고개를 저으며 아무것도 기억나지 않는다고 대답했다.

마침 봄이라 병원 밖 복숭아나무가 첫 꽃망울을 터뜨리고 있었다. 우 의사는 그녀의 진료기록부에 '딩쯔'라고 적은 뒤 세번째 글자를 고민하다가 고개를 들어 그녀를 보았다. 그때 창밖의 복사꽃이 눈에 들어왔다. 그래서 그는 복숭아의 '타오'자를 덧붙인 뒤 말했다. '딩쯔'라는 두 글자를 기억해요. 어쩌면 나중에 옛날을 떠올리는 데 도움이 될지도 모르니까요.

딩쯔타오는 생각했다. 당신이 내 과거예요. 다른 게 뭐가 더 필요하
겠어요?

제 2 장

9. 집으로 모셔갈게요

날이 조금 흐렸다. 칭린은 어머니께 깜짝 선물을 드릴 생각에 잔뜩 흥분해 집으로 향했다.

집에서 멀지 않은 슈퍼 앞에서 운전기사에게 차를 세워달라고 한 뒤 칭린은 어머니께 드릴 과일을 좀 샀다. 과일 같은 건 자신이 사지 않는 한 어머니가 절대 드실 리 없다는 걸 잘 알고 있었다.

그런데 집에 도착해보니 어머니가 안 계셨다. 칭린은 정말 뜻밖이라고 생각했다. 어머니는 조용하고 좀처럼 밖에 나가지 않았다. 그 점은 어려서부터 잘 알고 있는 사실이었다. 그때 문 앞에서 마작을 치던 이웃 사람들이 끼어들어 성당에 가보라고 말했다. 자네 어머니는 온종일 거기에서 깔창을 파시거든.

칭린은 더욱더 의아해했다. 돈은 충분하실 텐데, 라고 생각하며 얼른 성당으로 향했다. 이리저리 둘러보니 과연 성당 맞은편에 어머니가 보였다. 어머니 발 옆에 놓인 광주리와 깔창도 한눈에 들어왔다. 칭린은 조급한 마음에 거의 달려들듯 나아가 조금 거칠게 말했다. "엄마, 왜 좌판을 깔고 계세요? 어, 어, 엄마도 참······ 돈이 부족하면 저한테 말씀하시죠."

딩쯔타오는 깜짝 놀라 잠시 멍하니 있다가, 아들 칭린인 걸 확인하고는 곧장 사방이 밝아지는 듯한 기분에 빠졌다. 딩쯔타오에게 칭린은 언제 어디서나 마음을 환하게 밝혀주는 태양 같은 존재였다. 그녀가 다급하게 설명했다. "돈이 없어서가 아니야. 아무 일도 하지 않으니 심심해서 소일거리 삼아 하는 거야. 햇볕을 쬐면서 노는 거지. 화내지 말고 봐봐, 이거 전부 내가 만든 거야. 진짜 재미로 하는 일이라고."

칭린이 깔창을 들고 자세히 살펴보았다. 도안과 바느질 솜씨가 놀라운 수준이었다. 안 좋았던 마음도 순식간에 사라졌다. 칭린이 말했다. "엄마한테 이런 재능도 있었어요? 직접 만드셨다고요? 와, 정말 예뻐요. 예전에는 왜 본 적이 없죠?"

딩쯔타오가 기뻐하며 대답했다. "네 것도 많이 만들었는데 촌스럽다고 싫어할까봐 안 줬지."

"그럴 리가요? 앞으로는 신발을 한 치수씩 크게 사야겠네요. 그래야 엄마가 만들어준 깔창을 쓰죠."

딩쯔타오가 웃으며 말했다. "하여튼 비행기도 잘 태운다니까."

칭린이 광주리를 들며 말했다. "엄마, 그만 팔고 돌아가요."

칭린은 딩쯔타오를 데리고 몇 걸음 앞, 검은 자가용이 서 있는 곳으로 갔다. 운전기사가 칭린을 보자마자 차에서 내려 문을 열었다. 칭린이 안쪽을 가리키며 딩쯔타오에게 말했다. "엄마, 타세요!"

딩쯔타오가 어리둥절한 표정으로 물었다. "몇 걸음이나 간다고 차를 타? 그런데 누구네 차니?"

칭린이 우쭐거리며 대답했다. "우리 차예요! 엄마는 저만 따라오시면 돼요."

딩쯔타오가 차에 올랐다. 몇 분 뒤 그들은 끊임없이 오가는 차량 행렬 속으로 들어갔다. 딩쯔타오는 조금 어지러웠다. "어디 가니? 식당에 가는 거야?"

칭린은 집에 돌아올 때마다 어머니도 요즘 유행하는 음식을 맛봐야 한다며 식당으로 데려갔다. 그런데 이번에 칭린은 "집에 가요, 집으로 모셔가는 거예요"라고 말했다.

딩쯔타오는 조금 이상했다. "어느 집?"

칭린이 웃으며 대답했다. "우리집이요. 앞으로 엄마가 행복을 누릴 집. 이제 화위안산의 작은 집에서는 그만 살고요."

딩쯔타오는 깜짝 놀랐다. "내 옷은? 깔창도 있고. 집주인이랑 연말까지 계약했는데."

칭린이 웃으며 말했다. "엄마, 걱정하지 마세요. 제가 다 처리했어요. 엄마 물건도 내일 갖다달라고 했고요. 흙이랑 먼지까지 전부 가져올 거예요. 아, 냉장고 속 남은 채소랑 부엌의 빗자루와 걸레까지 하나도 빠뜨리지 않을 거예요."

딩쯔타오도 웃었다. 그러면서 아들은 아들이라고 생각했다. 그녀 앞에서 아무 말이나 횡설수설 늘어놓는데도 재미있었다. 아들이 하는 말은 무슨 말이든 전부 듣고 싶었다.

자가용이 호숫가 오솔길로 접어들었다. 넓은 호수 위로 물새가 날고 멀리 나무들이 커튼을 쳐놓은 듯 곧게 뻗어 있었다. 그 광경을 보자 딩쯔타오의 머릿속에 또다른 물이 떠올랐다. 그곳에는 물새도 있고 기슭에 갈대가 빽빽했다. 작은 배가 눈앞으로 지나갔다. 배에는 가마우지가 서 있었다. 그녀는 정신을 가다듬었다. 갈대와 배가 사라졌다. 눈앞의 호수에서는 여전히 물새가 날고 있었다. 딩쯔타오는 가슴이 철렁하면서 뭔가가 세차게 들썩거리는 기분이 들었고, 그런 들썩임에 속이 메스꺼웠다. 예전에 그녀를 옭아맸던 뭔가가 희미하게 그녀 곁을 맴돌고 있었다.

자가용은 곧 호수에서 벗어나 큰길로 들어섰다. 눈앞에는 여전히 긴 차량 행렬이 늘어서 있었다.

딩쯔타오는 자신을 늘 따라다니는 것들에서 벗어나려는 듯 고개를 흔들고 말했다. "어디로 가니?"

칭린이 대답했다. "창샤요. 난후라는 곳인데, 경치도 좋고 공기도 좋아요. 앞으로는 그곳에서 지내세요."

"네가 없는데, 내가 어디에서 늙든 뭐가 다르다고."

"회사에서 창샤에 새로운 단지를 개발하려고 해요. 저는 그 프로젝트를 맡아 이리로 옮겨올 거고요. 앞으로는 엄마와 살 거예요."

딩쯔타오가 기뻐했다. "정말? 아이 엄마가 그러겠대?"

칭린이 대답했다. "집사람도 동의했어요. 하지만 아이가 대학에 붙은 뒤에나 올 수 있대요."

"그렇구나. 그럼 정말 좋겠다. 우리 꼬맹이 보고 싶네."

"얼마나 개구쟁이인지 몰라요. 할머니 귀찮게 한다고 싫어하지나 마세요."

딩쯔타오가 웃으며 대꾸했다. "안 귀찮아, 절대. 우리 귀한 손자라면 평생 귀찮을 리 없지."

칭린이 하하 크게 웃었다. "그리고 또 한 가지요. 엄마가 싫어하지 않으시면 좋겠어요. 앞으로는 매일 집에 와서 엄마와 식사할 생각이거든요. 매일 고기나 생선 반찬이 있어야 해요."

딩쯔타오도 크게 웃었다. 칭린은 어렸을 때 식탐이 많아서 매일 생선과 고기를 먹고 싶어했다. 하루는 수업시간에 선생님이 행복이 뭐냐고 묻자 칭린이 손을 들고 "매일 고기나 생선을 먹는 거요"라고 대답해 반 아이들이 폭소를 터뜨렸다. 나중에 선생님이 딩쯔타오를 찾아와 "너무 아끼지 말고 아이가 먹고 싶은 걸 좀 해주세요"라고 말했다. 그때 딩쯔타오는 가정부여서 정말로 잘 먹을 형편이 못 되었다. 그래서 칭린에게 "나중에 네가 커서 돈을 벌면 엄마가 매일 고기나 생선 반찬을 해줄게"라고 말하는 수밖에 없었다.

다 웃고 나서 딩쯔타오가 말했다. "당연하지. 매일 고기랑 생선 요리를 해주마."

칭린도 한참 웃고 나서 말했다. "엄마가 이걸 제일 좋아하실 줄 알았어요."

10. 체런루? 아니면 싼즈탕?

드디어 자가용이 멋진 화단이 있는 단지로 들어섰다. 칭린은 창문 너머를 가리키며 저기가 단지 정원이고 산책하기 좋다고 딩쯔타오에게 설명했다. 또 저기가 책을 보거나 바둑, 카드놀이를 즐기고 헬스도 할 수 있는 센터라고 말했다. 자가용이 인공호수를 한 바퀴 돌아서 지나갈 때 호수에 있는 정자가 보였다. 칭린은 물가의 정자가 아주 좋다고 설명을 이어갔다. 나무 데크를 깔아놓은 길도 운치 있으니 엄마가 물을 좋아하면 그곳을 걸어보라고 말했다. 하지만 낮에 오는 게 좋다고, 밤에는 너무 어두워서 위험하다고 덧붙였다.

그러고 나서 자가용은 화초가 가득한 정원 앞에 멈춰 섰다. 차에서 내린 칭린은 종종거리며 차 뒤쪽으로 돌아 딩쯔타오의 좌석 쪽 문을 연 다음 허리를 굽힌 채 오른손을 내밀었다. "태후마마, 내리시지요."

딩쯔타오가 차에서 내린 뒤 그를 툭 치며 웃었다. "이렇게 컸는데도 장난기가 여전하구나."

너무 오래 차를 탔기 때문인지, 혹은 자가용에 익숙하지 않아서인지 딩쯔타오는 어지러움이 가라앉지 않고 더 심해졌다. 그녀는 칭린을 토닥이다가 비틀거렸다. 칭린이 깜짝 놀라 그녀를 끌어안으며 황급히 말했다. "엄마, 저 놀라게 하지 마세요. 앞으로 좋은 날만 남았는데 건강하셔야지요."

딩쯔타오가 정신을 가다듬고 다리에 힘을 주며 웃었다. "멀미해서 그래."

칭린은 딩쯔타오를 부축해 정원을 지난 뒤 빨간색 2층 건물 앞에서 손을 내밀었다. "자, 이 집 어떠세요?"

"좋구나. 그런데 숙소를 이렇게 낮게 지으면 몇 가구나 살 수 있니? 다른 회사는 아주 높게 짓던데."

칭린이 웃으며 말했다. "독채예요. 우리집이고요. 엄마의 집!"

딩쯔타오가 거의 무의식적으로 대꾸했다. "내 집? 체런루? 아니면 싼즈탕?"

"네? 무슨 루요? 탕?"

딩쯔타오가 어리둥절한 표정으로 또 말했다. "무슨 루나 탕이라니? 대문이 체런루와 다르잖아. 싼즈탕하고는 더 딴판이고."

칭린은 이해할 수 없었다. "체런루? 무슨 탕이요? 그게 어디예요?"

딩쯔타오는 대답하지 않고 "여기, 지주의 집 같지 않니? 재산 분배가 두렵지 않아? 그들이 찾아올 거야"라고 말했다.

칭린은 너무 웃겨서 거의 포복절도했다. 칭린의 짐을 들고 있던 운전기사까지도 껄껄 웃으며 말했다. "어르신, 사장님은 지주 자본가나 마찬가지십니다."

칭린이 또 웃은 뒤 말했다. "엄마, 지주든 자본가든 앞으로는 엄마가

이 집 주인이에요. 여기에서 행복하게 사시기만 하면 돼요. 2003년이라고요. 엄마, 딩쯔타오 여사님, 엄마 집이 생겼어요. 지금은 완전히 새로운 시대라서 누구도 엄마를 괴롭힐 수 없어요. 저, 우칭린은 엄마를 세상에서 제일 편안하고 행복한 엄마로 만들어드릴 거예요."

칭린의 의기양양한 말에 딩쯔타오는 안정을 찾았지만, 그렇다고 웃거나 크게 기뻐하지도 않았다. 오히려 조금 겁먹은 표정이었다. 그녀의 시선이 문 오른쪽 담장의 대나무로 향했다. 대나무에서 새로 올라온 가지와 잎이 무척 파랬다. 그때 그녀의 머릿속에서 갑자기 '창 앞의 대나무, 맑고 푸름이 홀로 기이하구나' 하는 소리가 울렸다. 어떤 남자의 목소리로, 얼굴마저 아른아른 떠오르는 듯했다. 딩쯔타오가 자기도 모르게 "사조로구나" 하고 말했다.

칭린이 물었다. "엄마, 뭐라고요?"

딩쯔타오가 조금 어리둥절한 표정으로 "아무 말도 안 했어"라고 했다. 그렇게 말은 했지만 뭔가 말한 것 같기도 했다. 다만 무슨 말을 했는지 기억나지 않았다.

칭린이 말했다. "엄마가 사…… 뭐라고 했는데 제대로 못 들었어요."

"저 대나무가 무척 예뻐서 갑자기 시가 떠오르더라고. '창 앞의 대나무, 맑고 푸름이 홀로 기이하구나.'"

칭린은 어머니가 시를 읊는 걸 처음 들어봐 깜짝 놀랐다. "엄마, 정말 대단하세요. 누구 시예요?"

딩쯔타오는 얼떨떨한 표정으로 대답은 못하고 속으로만 생각했다. 누구 시지? 내가 언제 읽었더라?

11. 내 기억으로는 붉은색인데

집이 무척 컸다. 거실 중앙에 진갈색 나무 프레임의 갈색 가죽 소파가 놓여 있었다. 프레임을 따라 이어진 소파 다리는 무늬가 조각된데다 아름다운 여인의 허리처럼 부드러운 곡선을 그리고 있었다. 그 곡선이 거문고의 현처럼 팅 하며 딩쯔타오의 가슴에서 울렸다. 칭린이 말했다. "여기가 우리 거실이에요."

거실 동쪽 구석에 작은 나무가 한 그루 있었다. 딩쯔타오는 마 교수 집에도 같은 나무가 있었기 때문에 금전수라는 걸 알아봤다. 서쪽 구석에는 어깨에 닿을 만큼 높고 그림이 그려진 도자기 화병이 있었다. 칭린이 말했다. "타이완 친구가 선물해줬어요. 거기 사람들은 중국 골동품을 좋아해요."

도자기 화병에는 무척 고풍스러운 그림이 그려져 있었다. 이번에도 누구한테 세게 얻어맞은 것처럼 딩쯔타오의 가슴이 쿵쿵 울렸다. "이건 〈귀곡자하산도〉*가 아니니?" 그렇게 말할 때 딩쯔타오의 목소리가 떨렸다. 그녀는 자신이 왜 이렇게 놀라는지 알 수 없었다.

칭린이 의아해했다. "엄마도 아세요?"

딩쯔타오가 자기도 모르게 대꾸했다. "당연히 알지, 우리 아버지가 자주 그리셨는걸."

칭린은 외할아버지에 관해 들은 적이 한 번도 없었기 때문에 호기심이 일었다. "외할아버지요? 엄마 아버지는 무슨 일을 하셨어요? 한 번도 얘기해주신 적이 없잖아요."

딩쯔타오는 거의 얼이 빠졌다. 그러네, 아버지는 무슨 일을 하셨지? 나중에 어디로 가셨을까? 그런 생각을 하자 갑자기 바늘로 찌르듯 가슴이 아프고 온몸에서 식은땀이 났다.

칭린은 딩쯔타오가 이상한 걸 곧장 알아차리고는 잠시 망설이다가 말했다. "엄마, 피곤하시죠? 외할아버지 일은 나중에 들려주세요. 일단 위층으로 가요. 엄마 방에서 좀 쉬시다가 식사하시고 나서 다시 집 구경을 시켜드릴게요. 안 그러면 엄마는 우리집에서 길을 잃어버리시겠어요." 그렇게 말하고 큰 소리로 웃었다.

사실 칭린은 아무 때나 실없이 웃는 사람이 아니었다. 순간 자기 웃음이 억지스럽다는 걸 깨달았지만, 대체 자신이 왜 이러는지 알 수 없었다.

딩쯔타오의 방은 위층에서 가장 좋은 위치에 있었다. 정남향이고 창문이 바닥까지 떨어지는 통유리였다. 창문 양쪽에는 회색 꽃무늬가 은은하게 들어간 금빛 벨벳 커튼이 드리워 있었다. 겨울에는 햇살이 방 중앙까지 길게 들어올 터였다. 칭린은 빛이 환하게 비추면 돋보기를 쓰

---

* 전국시대 사상가인 왕후(王詡)가 수레를 타고 산에서 내려오는 모습을 그린 그림.

지 않고도 바느질할 수 있을 거라고 말했다.

창문 앞에 서자 정원이 한눈에 내려다보였다. 꽃과 나무가 꽤 많았다. 키가 큰 녹나무와 목련, 은행나무 두 그루, 키가 작은 동백꽃과 월계꽃, 치자꽃이 보였다. 칭린은 빈 곳을 가리키며 엄마가 직접 심으시도록 남겨놓은 땅이라고 말했다. 꽃을 심고 싶으면 꽃을, 채소를 심고 싶으면 채소를 심으라면서 그러면 운동도 되고 여유도 즐길 수 있을 거라고 했다. 칭린이 창문 앞에서 손가락으로 가리키며 설명하는데 딩쯔타오는 현기증이 났다.

방에는 침대와 6단 서랍장이 있었다. 무척 큰 침대에 홑청을 덧댄 공단 이불이 깔려 있었다. 칭린은 어머니가 이불 커버를 좋아하지 않는 걸 알고 있었다. 그녀는 매달 이불 홑청을 뜯댔다 시치는 전통적인 방식을 선호했다. 이불은 연보라색 바탕에 같은 색의 만개한 모란꽃을 수놓아 무척 화려했다. 딩쯔타오가 자기도 모르게 이불을 쓰다듬다가 뜬금없이 말했다. "정말 좋다. 나는 모란이 제일 좋더라. 그런데 왜 보라색이지? 내 기억에는 붉은색인데."

칭린이 웃으며 대꾸했다. "우리집에 언제 이런 이불이 있었어요? 이건 제가 새로 장만한 거예요. 오로지 엄마를 위해서요." 그런 다음 칭린은 딩쯔타오가 또 깜짝 놀랐다는 걸 눈치챘다.

딩쯔타오가 중얼거렸다. "이불 홑청을 가져갈 거야. 우리 엄마가 사준 것까지 전부 가져가겠지. 그들이 올 거라고. 재산을 내놓으라고 할 거야. 아쉬워도 할 수 없어."

칭린이 웃음을 터뜨렸다. "후한싼*은 영원히 돌아오지 않아요! 제 탓이에요. 엄마한테 깜짝 선물을 드릴 생각만 하느라 엄마가 가난에 익숙해져서 놀랄 수 있다는 걸 생각하지 못했네요." 그런 다음 덧붙였다. "엄마, 걱정하지 마세요. 이건 제가 정정당당하게 일해서 번 돈이에요. 이 집도 엄마가 편안히 지내시라고, 제가 효도하려고 산 거고요. 두려워하실 것 없어요. 여기는 엄마 집이고 우리집이에요. 엄마와 제가 이 집 주인이라고요."

딩쯔타오는 대충 고개를 끄덕였다. 그녀는 자신이 무슨 말을 했는지 알지 못했다. 하지만 지금 들어온 이 집이 이제 자기 집이라는 것을 차츰 이해했다.

그녀에게 또다시 집이 생겼다. 아들 칭린이 마련해준 집이었다. 얼마나 효심 깊은 아들인지. 그녀는 행복한 어머니였다.

---

* 혁명 영화 〈빛나는 붉은 별〉에 나오는 악덕 지주.

12. 총개머리에 맞았어

그날 저녁 칭린은 요리 몇 가지를 준비하고 술까지 내왔다. 상을 차릴 때 칭린은 딩쯔타오가 손도 못 대게 했다. 가정부를 이미 고용해서였다. 요리는 가정부가 만들었어도 메뉴는 칭린이 정했다. 칭린은 가정부를 가리키며 "둥훙이라고 해요. 앞으로 엄마를 보살펴드릴 거예요"라고 딩쯔타오에게 소개한 뒤 가정부에게 말했다. "둥훙, 앞으로는 우리 어머니가 네 상사니까 무슨 일이 있으면 어머니한테 여쭤봐."

딩쯔타오가 웃으며 말했다. "상사는 무슨, 하여튼 엉뚱하다니까."

"엄마, 예전에는 부하가 저 한 사람뿐이었지만, 이제는 둥훙까지 둘로 늘었네요." 칭린이 말한 뒤 웃고는 또 덧붙였다. "엄마가 쉬고 싶으면 마음껏 쉬시고, 일하고 싶으면 일하세요. 어쨌든 결정권은 상사한테 있으니까요."

딩쯔타오와 가정부 둥훙은 칭린의 말에 유쾌하게 웃었다.

그날 밤 그들 모자는 맛있는 음식을 즐겼다. 연노란색으로 통일된 그릇들까지 마음을 따스하게 덥혀줬다. 딩쯔타오는 이런 삶, 이렇게 아들과 편안하게 자기 집에서 식사하는 일상을 평생 꿈꿨다.

칭린이 찬장에서 술을 한 병 꺼내고 말했다. "루저우라오자오*예요. 아버지가 살아 계실 때 이 술을 좋아하셨지요. 오늘 아버지가 좋아하셨던 술로 건배하려고요. 아버지가 우리와 함께 드신다고 생각하면서요. 엄마도 한잔하시겠어요?"

딩쯔타오는 아들의 속 깊은 말에 감격하며 웃음을 지었다. "네 아버지가 술을 드실 때 나는 한 모금도 마시지 않았어. 그때는 술이 귀해서 아버지도 얼마나 아껴서 드셨는데. 명절 때나 한 모금 드셨지."

칭린이 탄식했다. "아버지가 살아 계셨으면 얼마나 좋을까요. 그럼 우리집은 정말 행복했을 텐데. 아버지 수저도 놓아야겠어요. 우리집이니 아버지 자리도 있어야지요."

딩쯔타오의 눈앞에 우 의사의 얼굴이 떠오르는 동시에 바닥에 잔뜩 깔린 시신들도 떠올랐다. 그런데 언뜻 보니 시신들이 철길 옆이 아니라 나무 밑에 놓인 듯했다. 나무 옆으로 흙을 쌓아놓은 구덩이들이 있었다. 시신의 모습이나 옷은 무척 익숙한데 칭린의 아버지는 없었다. 그녀가 고개를 흔들자 광경이 흐릿해졌다.

칭린이 술을 따르면서 말했다. "엄마, 어때요? 이렇게 작은 잔으로도 취하시려나? 엄마는 평생 취해본 적이 없을 것 같은데, 오늘 취해보실래요? 수십 년 동안 집 없이 살다가 드디어 우리집이 생겼으니, 제대로 축하해야지요."

칭린이 웃으면서 딩쯔타오에게 술을 따랐다. 딩쯔타오는 정신을 차

---

* 루저우에서 생산되는 고량주로 중국 4대 명주 가운데 하나.

리고 칭린의 술잔을 받으며 잔이 아주 작다고 생각했다. "좋아, 오늘 아들이랑 같이 마셔보자."

칭린이 박장대소하며 말했다. "엄마가 제 술 상대를 해주신다면 앞으로 매일 집에 와서 밥을 먹을 거예요. 그러면 제 덕분에 엄마 주량이 엄청나게 늘어날걸요."

딩쯔타오도 웃었다. "다 늙어서 술고래가 되라고?"

모자는 그렇게 웃으면서 술을 마시고 식사를 했다. 칭린이 딩쯔타오를 향해 술잔을 들고 말했다. "이 잔은 엄마께 바칩니다. 힘들게 저를 키워주셔서 감사합니다. 엄마가 평생 저를 위해 사신 거 알아요. 그래서 저 칭린의 인생 최대 목표는 엄마의 노년을 행복하게 해드리는 거였습니다. 이제 그 목표에 거의 다다랐고요. 나중에 며느리와 손자까지 들어와 온 가족이 함께 행복하게 지내면, 저는 임무 완성이지요."

딩쯔타오가 빙그레 웃으며 아들의 건배사를 받았다. 칭린이 술을 단숨에 넘긴 뒤 말했다. "엄마, 엄마도 한 모금 드시지요?"

딩쯔타오는 술잔을 코밑으로 가져갔다. 그때 갑자기 강렬하면서 익숙한 냄새가 콧구멍에서 가슴까지 전해졌다. 불씨가 그녀 가슴속 건초에 화르르 불을 댕기는 것만 같았다. 매서운 음성이 들려왔다. "마셔! 마시거라. 세 잔을 마시거라. 마셔야 힘이 생기고 담력도 생긴다." 목소리 뒤로 그 사람의 얼굴이 떠올랐다. 어떤 남자였다. 노쇠한 얼굴에 위엄이 가득했다.

딩쯔타오의 손이 저절로 떨리기 시작했다. 칭린은 알아채지 못하고 계속 신나게 말했다. "엄마, 한 모금 드세요. 이렇게 좋은 걸 평생 마시지 않으니, 엄청 손해를 보신 거예요. 엄마와 술을 마시는 게 다른 누구와 마시는 것보다 행복하네요."

딩쯔타오가 정신을 차리고 칭린을 바라보았다. 흥분과 기쁨에 젖어온 얼굴이 반짝거리고 있었다. 칭린의 기쁨은 딩쯔타오의 기쁨이었다. 그래서 딩쯔타오는 술잔을 단숨에 비웠다.

칭린이 소리를 질렀다. "엄마, 이렇게 호탕하시다니! 천천히요, 너무 빨리 말고요. 이건 물이 아니라고요."

얼마나 익숙한 냄새인가! 풀과 진흙 냄새 그리고 땀냄새와 비린내가 섞여 있었다. 나직한 흐느낌과 비명도 함께 떠올랐다. 딩쯔타오는 별안간 등에서 엄청난 통증을 느꼈다.

칭린이 그녀가 이상한 걸 알아채고 긴장했다. "엄마, 왜 그러세요?"

"등이 너무 아파. 총개머리에 맞았어. 아주 세게 맞아서 너무 아파."

"무슨 말이에요? 누가 엄마를 때려요? 총개머리요? 엄마, 괜찮아요?"

딩쯔타오가 웅얼거렸다. "등이 너무 아파."

칭린은 얼른 딩쯔타오 뒤로 가서 부드럽게 등을 쓰다듬었다. "방금 너무 급하게 드셨어요. 전부 제 탓이에요. 술은 더 드시지 말고 음식만 드세요. 이렇게 엄마와 오손도손 우리집에서 저녁을 먹으니 정말 행복해요."

그랬다. 딩쯔타오도 행복했다. 그녀는 더이상 술을 마시지 않았다. 술을 따라온 냄새도 곧 잊어버렸다. 그녀는 아들과 즐겁게 저녁을 먹으며 손자와 며느리에 관해 이야기하고 칭린이 시작할 새 프로젝트에 대해 들었다.

그렇게 이런저런 이야기를 주고받는 동안 등의 통증도 서서히 사라졌다.

13. 어둠의 심연

　저녁에 딩쯔타오는 칭린의 부축을 받으며 침실로 돌아갔다. 화장실은 신기한 것투성이였다. 둥훙이 욕조에 물을 받아줬다. 온도가 차갑지도 뜨겁지도 않았다. 그녀는 옷을 벗고 따뜻한 물에 몸을 담갔다. 이렇게 목욕하는 건 거의 처음 같았다. 심지어 뜨거운 물을 어떻게 트는지조차 적응이 잘 안 됐다. 둥훙은 정성껏 시중들고 마지막에는 부드러운 잠옷도 입혀줬다. 그녀는 조금 어지러웠고 자기 삶이 아닌 것처럼 느껴졌다. 슬리퍼까지도 얼마나 보드랍고 폭신한지 바닥을 딛기가 아까웠다. 둥훙이 웃으며 말했다. 아드님이 사장님이고 사장님 집은 전부 이래요.

　둥훙은 그녀를 부축해 침대로 데려가서 새 침대에 눕히고 새 이불을 덮어줬다. 보라색 이불이 몸을 감싸자 딩쯔타오는 또 어딘가 잘못됐다는 생각이 들었다.

　그때 방에 들어온 칭린이 내일 아침 일찍 남쪽으로 돌아가 서류 작업을 끝내고 오겠다며 며칠 걸릴 거라고 말했다. 하지만 둥훙은 계속 엄마 옆에 있을 거예요. 장 기사도 남아서 셋집의 물건을 전부 가져올 거고요. 집이 좀 커지고 시중드는 사람이 생겼을 뿐이니까, 엄마는 예전처럼 하고 싶은 일을 하시면 돼요.

딩쯔타오가 고개를 끄덕였다. 그녀는 아들의 일이 중요하다는 걸 잘 알고 있었다. 칭린은 안녕히 주무시라고 인사한 뒤 방을 나갔다.

딩쯔타오는 정말로 좀 피곤했다. 둥훙이 침대 머리맡에 물컵을 놓으며 웃음을 지었다. "어르신, 편히 쉬세요."

딩쯔타오가 말했다. "꿀을 넣었니? 샤오차."

둥훙이 웃으며 대꾸했다. "꿀물을 드시고 싶으세요, 아니면 차를 드시고 싶으세요? 어르신, 제 이름은 둥훙이에요. 기억해주세요."

"네가 왜 샤오차가 아니야? 친정에서 같이 왔잖아. 어려서부터 내 옆에 있었고."

둥훙이 웃었다. "샤오차요? 어르신, 술을 너무 많이 드셨나봐요. 저는 오늘 처음 왔어요."

딩쯔타오는 조금 어지러워서 더이상 대꾸하지 않았다. 확실히 샤오차가 아니었다. 그렇다면 샤오차는 어디 있지? 침대에 눕자 눈을 뜰 수 없을 정도로 피로와 졸음이 밀려왔다.

새 침대는 무척 크고 편안했다. 이불의 상쾌한 냄새와 보송보송한 감촉에 그녀는 몸이 점점 가벼워지더니 신선처럼 하늘로 날아오르는 듯했다. 어디선가 구름이 유유히 밀려와 그녀 발밑에 층층이 깔렸다. 그녀는 참지 못하고 그 위에 올라섰다. 광활한 구름이 겹겹이 높게 쌓여 그녀는 한 걸음씩 앞으로, 계단을 밟듯 올라갔다. 무척 궁금했다. 끝도 없이 뻗은 구름을 걸어올라가는 동안 하늘이 새파랗게 변했다. 그녀는 자기도 모르게 그 짙푸른 하늘색을 향해 뛰었다. 순식간에 젊은 시절로 돌아갔다. 그때 그녀는 이렇게 뛰는 걸, 이렇게 경쾌하게 계단을 올라가는 걸 좋아했다. 석판의 계단이 푸르게 반짝거렸고 앞에서 누군가 그녀에게 손짓하곤 했다. 문득 아주 오래전에 툭하면 그녀 눈앞에서 흔들리던 그 손이 나타났다. 그가 그녀를 부르며 두 손을 내밀었다. 얼마나 익숙한 광경인가. 그녀는 웃으면서 한층 더 빠르게 그를 향해 달려갔다. 그 느낌은 정말 너무도 좋았다.

그때 느닷없이 계단이 사라졌다. 그녀는 걸음을 멈추지 못하고 헛발을 디뎌 떨어졌다. 추락하는 속도는 그녀가 아까 날아오를 때보다 훨씬 빨랐다. 그녀는 자기도 모르게 비명을 질렀다. "루중원, 잡아줘! 루중원……"

하지만 그의 손은 물론, 뻗고 있던 자기 손마저 보이지 않았다. 모든 것이 짙은 구름에 싸여 새하얗게 변하더니 아무것도 보이지 않았다. 그녀는 손을 내밀어 끊임없이 움켜쥐었지만 무의미한 헛손질에 그칠 뿐이었다. 순간 머릿속에서 '끝없이 새하얀 대지가 정말로 깨끗하구나!'라는 구절이 떠올랐다. 『홍루몽』에 나오는 '끝없이 새하얀'이라는 표현은 이런 광경을 두고 한 말이겠구나 하는 생각이 들었다. 그래서 그녀는 더이상 몸부림치지 않고 어디까지 가는지 보기로 마음먹었다. 그렇게 해서 떨어지고 또 떨어지는 느낌만 남았다.

그녀는 눈부신 구름 위에서 하염없이 떨어졌다. 눈앞의 새하얀색이 회색으로 변하고 계속 진해지다가 마지막에는 새까매졌다. 그 어둠은 밑도 끝도 없었다.

칠흑 같은 어둠 속에서 갑자기 누군가의 얼굴이 떠올랐다. 그 여인은 얼굴을 가린 채 입을 벌리고는 큰 소리로 외쳤다. "넌 지옥에 떨어질 거야! 염라대왕이 가만두지 않을 거야!"

그 얼굴이 어둠 속에서 선명하게 드러났다. 그녀는 누구인지 알아보았다. 그녀의 작은어머니, 아버지의 첩이었다. 그녀는 자기도 모르게 "작은어머니, 그게 아니에요, 아니라고요!"라고 날카롭게 소리쳤다.

누구도 그녀의 소리를 듣지 못했다.

하지만 그녀는 이게 어둠의 심연이며 자신이 이미 그 속에 떨어졌음을 알았다.

제3장

14. 국숫집에서 만난 고향 사람

류진위안은 매일 아침 훙산공원을 산책했다.

그는 머리카락과 수염, 심지어 눈썹까지 전부 새하얀데 얼굴빛은 검붉었다. 그렇게 붉은색과 흰색이 대비되다보니 누구나 쉽게 그를 기억했다. 길에서 그에게 인사하는 사람들 모두 오고가다 낯이 익은 사람들이었다. 공원이 무료로 개방되고 나서 산책은 그의 습관이 되었다. 처음에는 아내와 함께 걸었는데 걷고 걷는 사이 아내가 떠났다. 아내는 심장병으로 갑작스럽게 세상을 떠났다. 소파에 앉아 텔레비전을 보던 중이었다. 유비가 세 번이나 찾아왔는데도 일어나지 않고 잠만 자는 제갈량을 보면서 아내는 한숨을 쉬었다. 한숨이 조금 길었지만 아무도 신경쓰지 않았다.

류진위안은 다른 소파에 앉아 텔레비전에 시선을 맞춘 채 아내에게 말했다. 예전에 우자밍을 병원에 남기려고 내가 군관구에 네 번이나 달려갔잖아. 인재는 그렇게 모셔와야 하는 거라고. 그런데 한참 말하는 내내 아내가 화가 난 듯 아무 대꾸도 하지 않았다. 그는 조금 짜증이 나서 설마 당신 목숨을 구해준 우자밍을 잊어버렸느냐고 물으며 고개를 돌렸다. 그제야 그는 뭔가 잘못됐음을 감지했다. 코밑을 확인해보니 아내는 이미 숨이 끊어진 뒤였다.

아내와 관계가 아주 좋았다고 말할 수는 없지만, 좋든 싫든 평생을 함께하며 그 사람의 존재에 익숙해져 있었다. 류진위안은 아내가 심장병을 앓는 줄 알고 있었음에도 죽음을 받아들이기 힘들어 눈물을 줄줄 흘렸다. 그날 밤 그들 집으로 차량 두 대가 다급하게 달려왔다. 구급차와 장례차였다. 집에 있던 두 아들 중 작은아들은 그를 병원으로 데려가고 큰아들은 그의 아내를 장례식장으로 옮겼다. 류진위안은 자신이 어떻게 병원에 들어가고 나왔는지 전혀 기억나지 않았다. 그냥 집으로 돌아온 바로 다음 날부터 공원에 산책하러 나갔을 뿐이었다.

그는 처음으로 혼자가 되었고 처음으로 쓸쓸하다고 느꼈다. 바로 그날, 길 맞은편에서 한 젊은이가 급하게 걸어오다가 그와 가까워지자 웃음을 지었다. 웃는 얼굴이 무척 익숙했고, 그 익숙함은 오래전의 다정함과 따스함을 상기시켰다. 예전에 누군가 자신에게 그렇게 웃어줬던 기억이 떠올랐다. 하지만 얼굴이 눈앞에서 아른거리기만 할 뿐 아무래도 생각나지 않았다. 그전까지 그는 길 가는 사람에게 신경써본 적도, 오가는 사람들이 웃는지 찡그렸는지 살펴본 적도 없었다. 그런데 문득 낯선 행인이 자신에게 미소 짓는 게 보였다. 그는 자기도 모르게 입을 벌리며 웃었다.

그 웃음은 가슴속에 남아 있던 쓸쓸함을 날려줬다.

류진위안은 얼마나 되었는지 잘 기억나지 않을 만큼 이곳에서 오래 살았다. 시간은 그의 머릿속에서 아주 긴 줄과 같았다. 심지어 너무 길어서 중간중간 매듭이 생긴데다 매듭 마디들이 어지럽게 뒤엉켜 있었다. 은퇴한 뒤 한가해지자 주변에서 잡다한 일들이 거품처럼 터져나왔다. 우선 아이가 어른이 되어 있었다. 쥐어박고 싶을 만큼 장난이 심했던 두 아들은 나름 그럴듯하게 자라났다. 자동차에 처자식을 태워 돌아와서는 온갖 허세를 부렸다. 특히 둘째 류샤오촨이 거들먹거렸다. 류샤오촨은 돌아올 때마다 담배 몇 갑부터 내놓은 다음 몇천 위안짜리라고 떠들거나, 특제 마오타이주 몇 상자를 꺼내놓았다. 그러면서 두 어르신을 찾아뵙고 싶다는 자기 부하가 얼마나 많은지 줄을 설 지경이라고 으스댔다. 류진위안은 정말 싫었지만 받지 않을 수 없었다. 어쨌든 누가 챙겨주는 것도 행복이었다. 권력을 잃자 같이 일했던 사람들은 더이상 찾아와 아부하지 않았다. 대신 아들 세대가 아부하며 예전과 똑같이 챙겨줬다. 또 집 앞뒤의 건물과 길도 모두 변했다. 건물이 높아지고 길이 넓어졌으며 차가 많아졌다. 익숙했던 모든 것이 낯설어지고 오랫동안 알던 사람들이 하나둘 자취를 감췄다. 그들이 어디로 갔는지는 당연히 류진위안도 잘 알았다. 언젠가는 자신도 갈 곳이었다. 낯익은 사람들이 먼저 가 있는 것도 좋았다. 그가 갔을 때 훨씬 지내기 좋을 테니 슬프지 않았다. 다만 고정적 기준이든 가변적 기준이든, 과거의 기준이 조금씩 소실되거나 변형될 때면 그의 머릿속에서 매듭지어진 줄이 누군가에 의해 뭉텅뭉텅 잘리는 듯했다. 기억 속에 저장되었던 것들이 그 가위의 움직임에 따라 줄기차게 제거되었다. 그건 사람의 속성이었다. 오래된 것들을 떠올리지 않으면 아주 많은 일이 아예 발생하지 않았던 것처럼 무화되었다. 예전에 그의 부하였던 우자밍은 망각이 인간의 몸에서 제일 좋은 본능이라고 말하곤 했다.

그날 아침 산책을 마치고 공원을 나왔을 때 류진위안은 갑자기 다오샤오몐*이 먹고 싶어졌다. 이미 고향을 떠난 지 오래라 남쪽 요리에 진작부터 익숙해졌고, 담백하든 맵든 전부 맛있게 먹었다. 거기에 대해 아들 류샤오촨은 아버지 위는 동서든 남북이든 모두 아우르는 아주 개방적인 위라면서 개혁의 방향에 상당히 잘 부합한다고 말했다. 그는 아들의 표현이 무척 마음에 들었다. 그런데 그날은 어쩐 일인지 고향의 다오샤오몐이 갈고리처럼 그의 마음을 잡아끌었다.

근방에 산시 국숫집이 있다는 사실은 이미 알고 있었다. 예전부터 한번 가보고 싶었지만, 쓰촨 사람인 아내는 산시 국수에 전혀 관심이 없어서 가려고 하지 않았다. 다른 집안일은 전부 류진위안이 주도했어도 음식만큼은 아내에게 주도권이 있었다. 요리하는 사람이 그녀였기 때문이다. 그래서 근처를 지나다가 냄새에 끌렸을 때조차 들어가본 적이 없었다.

그날 그는 발길을 돌려 들어가보기로 마음먹었다.

국숫집은 무척 작아서 소박한 탁자와 걸상 몇 개가 전부였다. 한눈에도 가게를 평생 운영해봐야 큰돈은 벌기 힘들고 가족끼리 그럭저럭 살아갈 정도라는 게 보였다. 입구에 토종개 한 마리가 사슬에 묶인 채 엎드려 있었다. 류진위안은 문득 개조차 고향인 류둥촌의 느낌을 풍긴다고 생각했다.

문을 열고 들어가 사장의 말씨를 들어보니 과연 고향 사투리였다. 류진위안도 사투리로 말하자 사장 얼굴이 환해지면서 목소리도 커졌

---

* 반죽을 대패질하듯 깎아 요리하는 산시성 특유의 국수.

다. "와, 고향 분을 뵈니 정말 반갑습니다."

류진위안이 웃으며 응했다. "정말 그렇네요. 수십 년 만에 고향 말을 들어서 그런지, 마음이 편안해집니다."

"그렇다니까요. 제가 예전부터 하는 말이 있습니다. 아무리 먼 곳에 나왔고, 오래전에 떠났어도 고향 사람을 만나면 바로 친해진다고요. 무엇보다도 늘 고향 음식을 그리워하게 되지요."

류진위안이 얼른 맞장구쳤다. "옳습니다. 저도 일부러 국수를 먹으러 왔습니다."

"오늘 참 좋네요. 문을 열자마자 고향 분이 두 분이나 찾아오셨습니다. 쪼그려앉은 어르신 좀 보십시오. 우리 고향 사람이 백 퍼센트 맞습니다."

류진위안이 사장의 손가락을 따라 바라보니 과연 한 노인이 걸상에 쪼그리고 앉아 머리를 숙인 채 국수를 먹고 있었다. 류진위안은 웃음이 절로 났다. 쪼그려앉은 방식이 정말 제대로였다. 아주 오랫동안 보지 못한 자세였다.

쪼그려앉은 노인이 자기 얘기를 하는 줄 눈치챈 듯 고개를 들었다. 그러고는 류진위안과 사장이 자신을 보며 웃고 있자 고개를 살짝 끄덕이고는 자세를 바꿔 의자에 앉았다. 류진위안도 그 사람에게 고개를 끄덕였다.

사장이 물었다. "함께 앉으시겠습니까?"

류진위안이 대답했다. "좋습니다."

그러면서 류진위안은 노인에게 다가갔다. 아내가 죽기 전에는 낯선 사람에게 말을 붙이는 일이 거의 없었다. 그동안은 전혀 없던 습관이지만 이제 아내가 떠나지 않았는가. 그는 갑자기 다른 사람과 이야기하고 싶다는 강렬한 소망에 휩싸였다.

마음이 너무 쓸쓸한 탓 같았다.

15. 지금 할 수 있는 일은 살아가는 것뿐

　탁자는 아주 작았고, 여주인이 닦았음에도 기름기가 번지르르했다. 류진위안은 까다로운 아내가 안 왔으니 망정이지, 왔으면 또 북방 사람들의 위생 관념이 형편없다고 공격했겠구나 싶었다. 그 일로 얼마나 많이 싸웠는지 몰랐다. 천 번 만 번을 말해도 아내는 이해하지 못했다. 그의 고향인 산시성 서북 지역은 물이 흔하지 않았다. 매일 물 긷는 게 힘들지 않았다면 혁명에 나서지 않았을지도 모른다고 생각할 정도였다. 반면 아내는 사방이 물인 쓰촨 사람이라 그런 걸 이해하지 못했다. 가정부도 쓰촨 사람이다 보니 아내와 관점이 똑같았고, 심지어 아내보다 더 심해 집안 구석구석을 항상 깨끗하게 닦았다. 그와 아내는 물론 아이들까지 매일 속옷과 양말을 갈아입었다. 가정부는 빨래를 더 하면 했지, 집에서 이상한 냄새가 나는 건 싫다고 말했다. 그런 두 여자와 지내면서 그도 유별나게 위생을 따지게 되었다.

　탁자 위 양념통들도 기름기로 번들번들했다. 간장과 식초, 고추장이 놓였는데 뚜껑이 하나같이 더러웠다. 류진위안은 쪼그려앉아 먹는 습관을 이미 버렸기 때문에 의자에 똑바로 앉았다. 맞은편 노인이 말했다. "여기 식초가 정말 제대로입니다."

류진위안이 병을 보며 말했다. "산시성 라오천추*는 이제 어느 상점에서나 살 수 있습니다."

사장이 김이 모락모락 나는 다오샤오몐을 들고 다가왔다. 탁자까지 오기도 전에 류진위안의 코로 익숙한 냄새가 들어오면서 위장이 꿈틀거렸다. 사장이 말했다. "저희가 직접 담근 곡물 식초를 썼기 때문에 드시자마자 얼마나 좋은지 아실 겁니다. 상점에서 파는 식초는 이름만 산시성 라오천추지, 맛은 고향에서 먹던 것과 딴판이지요. 무슨 이유 때문인지는 모르겠습니다."

노인이 말했다. "물도 다르고 재료도 다르고 빚는 과정과 온도, 시간 모두 다르니 맛이 제대로 나오기 힘들 겁니다."

류진위안이 맞장구쳤다. "맞습니다. 그런데 어디에서 오셨습니까?"

노인이 대답했다. "산시 서북의 허자거우에서 왔습니다. 저는 허취안치라고 하고요. 어렸을 때는 다들 샤오치라고 불렀고 나이가 든 이후로는 라오치라 부릅니다."**

사장이 얼른 끼어들었다. "이름이 좋습니다. 나이가 들어서도 계속 일어나니 영원히 쓰러지지 않겠습니다."

사장의 말에 류진위안과 라오치는 웃음을 터뜨렸다.

---

* 산시성 특유의 까만 발효 식초.
** 중국에서는 나이든 사람에게 '라오(老)', 어린 사람에게 '샤오(小)'를 이름의 한 글자 앞에 붙여 친근하게 부른다. 라오치의 경우 '치(起)' 앞에 '라오'를 붙여 부른 것이며, '치'에는 '일어나다'라는 뜻이 있다.

류진위안이 말했다. "이렇게 고향 사람을 만나는군요. 저는 류진위안이라 하고 어렸을 때는 샤오진이라 불렸지만, 나이가 들었다고 라오진이라 불리지는 않습니다. 라오류라 불리는데 그래도 고향 사람이니 라오진이라고 불러주십시오."

사장이 또 웃으며 말했다. "손님 이름은 더 진취적입니다. 라오진, 라오진, 물러서지 않고 계속 전진한다는 뜻이 아닙니까?"

류진위안이 크게 웃었다. "해몽이 좋습니다. 근데 저는 실제로 평생을 전진했습니다."

라오치가 말했다. "딱 봐도 보통 사람처럼 보이지 않습니다. 서북 출신이십니까?"

류진위안이 대답했다. "그렇습니다. 류둥촌이지요. 항일전쟁이 끝난 뒤 나왔습니다."

라오치가 무척 기뻐하며 말했다. "어투가 정말 많이 변하셨네요."

"왜 아니겠습니까? 반평생을 남쪽에서 보냈으니 남쪽 방언을 배우지는 않았어도 고향 말이 변할 수밖에요. 워낙 다르니까요."

두 사람은 국수를 먹으면서 자질구레한 이야기를 나누었다. 정말 나이가 드니 일면식도 없는 사람과 아무렇지도 않게 한 탁자에 앉아 국수를 먹을 뿐만 아니라 쉬지 않고 대화까지 이어갈 수 있게 되었다.

라오치는 만 일흔두 살이라고 밝힌 뒤 열여덟 살부터 세상을 경험해보고 싶었지만, 집에 일이 터지고 부모님이 앓아누우시는 바람에 고향을 떠날 수가 없었다고 말했다. 지금은 이미 일흔세 살로 접어들었다면서, 염라대왕이 일흔세 살과 여든네 살에 많이 불러들인다는데 자신은 아직 부르지를 않는다고 덧붙였다.

"동생, 그렇게 말하지 마시게. 내가 곧 여든네 살이 됩니다."

라오치가 얼른 젓가락을 내려놓고 공손히 손을 모으며 사과했다. 류진위안이 손을 내저으며 말했다. "아닙니다. 그냥 그렇다는 거지요. 사실 평생 잘 살았다고 생각합니다. 제가 안 겪은 일이 없답니다. 고생도 했고 복도 누렸고 전쟁도 참여했을 뿐 아니라 비적도 소탕하고 사람도 죽여봤습니다. 나랏일도 했고 싸움도 해봤고 감옥에도 가봤고요. 심지어 북한에도 가봤습니다. 동생, 놀라게 하려는 게 아니라 내 손에 죽은 사람이 백 명은 안 돼도 팔십 명은 돼요. 물론 나도 죽을 고비를 몇 차례나 넘겼지요."

"정말 대단하십니다. 저는 싸워보지는 않았어도," 라오치가 갑자기 목소리를 낮췄다. "토지개혁에는 참여했습니다. 정말 끔찍했지요. 전투 못지않았을 겁니다."

"아, 고향 사람들한테 들어봤어요. 저는 그때 병원에 있었습니다. 제 소꿉동무 하나도 너무 가난해서 집사람을 못 얻고 있다가 토지개혁 때 마을 부호의 하녀, 심지어 꽤 미인을 배정받았다고 했어요."

"정말 말할 게 못 됩니다. 말을 꺼내기만 해도 등골이 서늘해질 정도라니까요. 제 고모네는 아들 하나만 빼고 가족이 전부 죽었습니다. 제가 그 아들을 산 밖에서 못 돌아가게 막았지요. 그러고 나서 수십 년이 지났는데 생사를 모르겠습니다. 너무 놀라서 돌아올 수 없었던 것 같아요."

류진위안이 한숨을 내쉰 뒤 말했다. "입에 올릴 수 없는 일이 정말 많았지요. 저도 반평생 싸우면서 얼마나 많이 총을 쐈는지. 이 붉은 강산에는 제 피도 있습니다. '문화대혁명' 때는 반혁명분자라고 감옥에 갇

혔고요. 평생을 혁명에 바쳤는데 반혁명분자가 됐습니다. 정말 어처구니가 없지 않습니까? 그때는 아무리 생각해도 이해가 안 됐습니다. 죽고 싶은 마음도 들었고. 아, 어쨌든 다 지나간 일이 되었습니다. '말할게 못 된다'는 표현이 딱 맞는군요. 말할 게 못 되는 일은 말하지 말아야지요. 동생도 이 근처에 삽니까?"

"네, 호적은 여전히 산시 타이위안입니다. 딸이 여기에서 공부하다 후베이 남자를 만나더니 부모한테 상의도 없이 결혼했습니다. 요즘은 아버지가 아무것도 아닌 것 같습니다. 저는 외손주를 보러 가끔 내려와 지낼 뿐이고요. 아, 여기는 적응하기도 힘들고 음식도 맞지를 않습니다. 또 산시성 말은 저들이 못 알아듣고 저들 말은 우리가 잘 못 알아들으니 답답하고요."

"처음 왔을 때는 저도 그랬습니다. 하지만 이제는 고향에 돌아간다고 해도 마냥 편하지는 않을 듯해요. 집사람이 쓰촨 사람이고 예전에 집에 있던 가정부도 쓰촨 사람이었거든요. 그 두 사람이 제 위장을 쓰촨식으로 바꿔놓았답니다."

"저런. 그래도 매운 음식을 잘 드시겠군요."

류진위안이 웃으며 말했다. "진작에 적응했지요."

"하지만 아무리 입맛이 변해도 되돌아가기 마련이지요. 뿌리가 있으니까요."

"시대가 변했습니다. 이제는 뿌리랄 게 없지요. 불에 타 재가 되어 항아리에 담기는데 뿌리는 무슨. 비석만 하나 세워도 다행이지요."

라오치가 맞장구쳤다. "그렇지요. 해마다 청명절에 자식들이 찾아와 향을 피워주기만 해도 행복한 인생이었다고 말할 수 있을 겁니다."

두 사람은 탄식을 내뱉었다.

사장이 옆 탁자를 닦으며 끼어들었다. "왜 그렇게 한숨을 쉬십니까? 이 연세까지 정정하신데다 근방에서 고향의 다오샤오몐을 드실 수 있으니, 그것만으로 대단하신 거지요. 이미 저쪽에 가신 분들이 두 분 탄식을 들으면 이를 갈지 않겠습니까?"

사장의 말에 두 사람은 또 하하 크게 웃었다. 류진위안은 얼른 "만족해야지요, 만족할 줄 알아야지요"라고 말했다.

국숫집을 나온 뒤 류진위안은 트림을 몇 번이나 했다. 트림 냄새에 온몸이 편안해졌다. 그러면서 정말 오랜만에 느껴보는 편안함이라고 생각했다.

큰길로 나온 뒤 그는 라오치와 헤어졌다. 두 사람은 연락처를 주고받지 않고 또 국수를 먹으러 오자고만 말했다. 그들은 국숫집이 있는 한 또 만날 것이라고 믿었다. 하지만 류진위안은 마지막에 "쓰촨 음식도 정말 맛있답니다. 매운 걸 즐길 수 있다는 건 축복이에요"라고 덧붙였다. 아내가 그리웠다.

류진위안은 천천히 집 쪽으로 걸음을 옮겼다.

그에게는 할 일이 없었다. 살아가는 것 그리고 시간과 잘 지내는 것만이 그가 지금 할 수 있는 일이었다.

16. 남방으로

그날 돌아온 뒤 류진위안은 감기에 걸렸다. 기침이 얼마나 심한지 숨도 제대로 쉬기 힘들었다.

아내가 죽기 전 큰아들 류샤오안이 그들 집으로 들어왔다. 원래 류샤오안은 중부 지역의 군수공장에서 일하다가 일찌감치 퇴직하고 둘째 류샤오촨의 사업에 발을 들였다. 그렇게 일하던 그를 둘째가 돌려보내며, 전문성도 없고 성취욕도 없으니 차라리 집에서 부모님을 성심껏 모셔주면 좋겠다고, 그러면 자신이 밖에서 마음 편히 일할 수 있다고 말했다. 그 대가로 류샤오촨은 류샤오안에게 20만 위안의 연봉과 집 한 채, 차 한 대를 제시했다. 류샤오안 부부는 수지가 맞는다고 판단해 돌아왔다. 그들 부부는 자기 집을 세준 뒤 부모 집으로 들어와 살았다. 먹고 쓰는 돈은 물론 가정부 비용까지 전부 부모 주머니에서 나와 그들 부부는 놀고먹기만 했다. 언젠가 류진위안의 아내가 그에게 "둘째가 돈을 떼 주지 않나? 쟤들은 왜 식비조차 보태지 않을까요? 자기 빨래까지 왜 가정부에게 맡기는 건지" 하고 몰래 불평을 했다. 류진위안은 "됐어. 아들이 곁에 있는 게 없는 것보다 낫지. 우리 두 사람 퇴직금 이면 네다섯 사람이 쓰기에도 충분하고. 돈이란 쓰지 않고 가지고 있으면 폐지에 불과한 거잖아. 또 설령 우리 돈을 모두 쓴다고 해도 둘째가 모르는 척하겠어?"라고 대꾸했다. 류진위안의 아내는 그 말에 곧장 마음을 비우고 아예 두 사람 퇴직금까지 전부 큰아들에게 관리하라고 내줬다. 잘 먹고 마시게만 해주면 되니 쓰고 싶은 곳에 쓰라고 했다. 그러고 나자 양쪽 모두 편안해졌다.

류샤오안 부부는 매일 아침 춤을 추러 나갔고, 돌아오는 길에 장을 봐왔다. 류샤오안의 아내는 가정부가 장을 볼 때 돈을 빼돌릴지 모른다고 의심해 모든 물품을 류샤오안과 직접 구매했다. 오후가 되면 류샤오안의 아내는 미용실에 가거나 마작을 치러 나가고 류샤오안은 집에서 부모님과 시간을 보냈다. 그래 봐야 자기 방에서 다른 사람과 온라인 바둑을 두는 정도였다. 저녁에는 자연스럽게 함께 모여 텔레비전을 보았다. 류진위안은 전쟁 드라마를 좋아했다. 하지만 가만히 보는 게 아니라 늘 텔레비전을 가리키며 "어디 저렇게 싸워? 저건 병사한테 죽으라는 거잖아?"라고 평가하거나 "저 전투는 저렇지 않았어, 저런 광경은 없었다고"라며 비난했다. 그러면 류샤오안은 "뭘 그렇게 마음 쓰세요? 아버지가 전투할 때 관중이 있었나요? 전투가 끝난 뒤 목숨을 건진 것만으로 기뻐하셨잖아요. 저 전투는 수많은 사람이 지켜보고 있으니 멋지게 싸우고 그럴싸한 장면도 보여줘야지요. 어쨌든 누가 죽는 것도 아니니까요"라고 대꾸했다. 류진위안은 말문이 막혔다. 아들 말이 구구절절 옳아서 반박할 수가 없었다.

노년의 일상은 그런 식으로 흘러갔다. 류진위안은 그래도 괜찮다고,

뭐라 해도 집을 드나드는 사람이 있고 집안 구석구석에서 사람 냄새가 난다고 생각했다. 이웃 장씨는 자식이 모두 외국으로 나가고 아내가 세상을 뜨자 노인네 혼자 가정부 하나만 두고 살았다. 돈이 아무리 많아도 쓸 기력이 없으면 무슨 소용이 있겠는가. 온종일 싸늘한 집보다는 좁고 북적거리는 가난뱅이 집이 차라리 나았다.

그날 류진위안은 산책하러 나가기는커녕 침대에서 일어나지도 못했다. 류샤오안 부부는 춤을 추고 돌아왔다가 아버지가 나가지 않은 걸 알고는 다급하게 들여다보았다. 류진위안이 아직도 침대에 누운데다 기운도 전혀 없는 걸 발견한 그들은 허둥지둥 구급차를 불러 군관구 병원으로 모셔갔다. 다행히 병원이 가까웠다. 의사는 세심하게 진찰한 뒤 감기일 뿐이니 걱정할 것 없다고 말했다. 그러면서 우한은 갑자기 추웠다 더웠다 해서 노인이 감기 걸리기 쉽다고 덧붙였다.

류샤오안은 동생 류샤오촨에게 전화를 걸어 아버지 상태를 알렸다. 그가 형이지만 류샤오촨은 그의 사장이었다. 그는 동생 밑에서 일하는 셈이라 집안 대소사도 전부 류샤오촨이 주도했다. 류샤오안이 "다른 건 괜찮으셔. 열도 좀 내렸고. 그런데 기침을 심하게 하시네"라고 전하자 류샤오촨이 말했다. "그러면, 열이 떨어지자마자 아버지한테 선전에 오시라고 해. 우한이 따뜻해진 뒤에 다시 모셔가고."

기본 체력이 좋아서인지 류진위안은 사흘 동안 링거를 맞고 나자 열도 다 내리고 기분도 나아졌다. 하지만 기침이 영 그치지를 않았다. 그는 병원에 있기 싫다며 집으로 돌아가겠다고 고집을 피웠다. 류진위안은 노인들의 경우 병원에 입원해 약 냄새에 익숙해지면 심리적으로 점점 의존하게 되고 결국 집으로 돌아가지 못한 채 병원에서 죽는다는

것을 알고 있었다. 평생 다른 건 아무것도 두렵지 않았지만, 입원만큼
은 두려웠다. 병원의 포르말린 냄새만 맡으면 머리가 지끈거렸다. 예
전에는 어디가 아프다 싶으면 곧장 군관구 병원의 의사 우자밍을 집으
로 불렀다. 우자밍은 그의 권유로 깊은 산을 나와 입대하고, 또 그의 도
움을 받아 의사가 된 사람이었다. 성격이 온화한 우자밍은 무슨 병이고
어떤 약을 쓰는지 차근차근 잘 설명해줬다. 무엇보다 그의 설명은 설
득력이 있었다. 류진위안이 승진해 우한으로 왔을 때 다행스럽게도 우
자밍 역시 전역해 이곳으로 왔다. 큰 병이든 작은 병이든, 전화 한 통이
면 직접 집으로 찾아왔다. 이건 류진위안이 평생 자랑스러워하는 일이
었다. 그러나 애석하게도 우자밍은 너무 일찍 세상을 떠났다. 그러지만
않았어도, 하고 류진위안은 생각했다. 그러지만 않았어도 내가 이렇게
작은 병으로 입원했겠어? 링거를 맞았겠느냐고? 며칠이나 맞았는데도
기침이 그치지 않겠냐고? 과장이 아니라 정말로 우자밍은 무슨 병이든
약 몇 봉지로 다 해결했는데.

　류샤오촨이 집으로 전화했을 때 류진위안은 거의 숨도 못 쉴 정도
로 심하게 기침을 했다. 다급해진 류샤오촨은 전화기에 대고, 내일 당
장 비행기를 타고 선전으로 오시라고 소리쳤다. 마침 본사로 돌아오는
지사장이 있으니 류샤오안은 아버지를 공항까지 모셔다드리기만 하면
된다고 말했다.

　류샤오안은 더할 나위 없이 기뻐했다. 그와 아내는 늘 타이완에 놀
러가고 싶었는데 아버지 때문에 꼼짝할 수 없었다. 이제 아버지가 남쪽
으로 가시면 최소 한 달은 계실 테니 얼마든지 돌아다닐 수 있을 터였
다. 그래서 얼른 알았다고 대답했다.

그날 밤 바로 짐을 쌌지만 사실 챙길 물건도 없었다. 류샤오촨 집에는 없는 게 없었다. 그래서 류진위안은 트랜지스터라디오 하나만 챙겼다. 매일 아침 눈을 뜨자마자 뉴스를 들어야 했기 때문이다. 그건 류샤오촨 집에서 찾아볼 수 없는 물건이었다. 늘 텔레비전을 보는 게 훨씬 좋다고 말하는 류샤오촨에게 류진위안은 라디오로 듣는 게 버릇이 되었다고 대꾸하며 속으로 생각했다. 너희가 뭘 알아? 텔레비전은 가만히 앉아 아무것도 못하고 멍하니 쳐다봐야 하잖아. 라디오는 들으면서 세수나 면도를 할 수도 있고, 차를 우리거나 신문을 보거나 무슨 일이든 다 할 수 있어. 류진위안은 늙은이의 생각이 젊은이와 다르다는 것을 잘 알았다. 손주들은 텔레비전조차 보지 않고 집에 오자마자 인터넷에 접속했다.

류진위안은 이제 젊은이와 이야기하고 싶지 않았다. 그가 보기에 젊은이들은 아무것도 몰랐다. 더 심각한 점은 젊은이들 역시 그가 아무것도 모른다고 생각하는 거였다. 어느 해인가 설날에 모여 식사할 때, 그는 손주들에게 찬둥 일대에서 비적을 소탕했던 일을 들려주며 한 친구가 정보를 보내려다가 비적에게 붙들려 비참하게 죽었다고 말했다. 그는 지금의 행복한 생활이 얼마나 힘들게 만들어졌는지 알려주고 싶었다. 그런데 생각지도 못하게 어린 손자가 "에이, 할아버지. 할아버지 세대를 어떻게 말해야 할지 정말 모르겠어요. 생각도 케케묵고 머리도 굳었어요. 인터넷 쓰는 법을 배우시라고 해도 절대 안 배우시죠. 그 사람이 인터넷에만 접속할 줄 알았어도 방법이 얼마나 많았겠어요? 클릭한 번으로 정보를 보낼 수 있었을 텐데 말이에요. 정말 헛된 죽음이에요"라고 말했다. 류진위안은 너무 화가 나 젓가락을 탁 소리가 날 정도로 세게 내던진 뒤 소리쳤다. "아무것도 모르는 주제에!" 그러자 손자도 지지 않고 불만스럽게 중얼거렸다. "분명 할아버지가 모르면서 나한테 모른다고 하시긴." 자식들은 전부 웃음을 참지 못했다. 특히 둘째 류샤오촨은 웃다가 의자에서 떨어질 뻔했다. 그러니 더 무슨 말을 하겠는가? 류진위안은 자신이 고립된 군인 같다고 생각했다. 설 연휴 동안 자식과 손주들로 집안이 북적거렸지만, 그는 내내 기분이 좋지 않았다. 먹고 자는 자질구레한 일상을 이야기하는 것뿐 서로를 이해하지 못한다는 생각이 들었다.

이튿날 아침 일찍 류진위안은 톈허공항으로 갔다. 류샤오안은 그 지사장과 잘 아는지 보자마자 악수하고 어깨를 토닥이며 인사했다. "칭린, 갈수록 좋아지네. 지사장이 됐으니 월급도 많이 올랐지?"

류진위안은 예전에 만났던 사람인가 싶을 만큼 지사장 얼굴이 친숙했다. 그러다 류샤오촨의 부하가 늘 집으로 이것저것 보내온다고 했던 이야기가 떠올라, 이 지사장도 다녀가서 낯이 익나보다 생각했다. 지사장이 류진위안을 보자마자 "어르신 안녕하십니까?" 하고 인사했다.

어쨌든 지사장이라니, 류진위안도 "지사장 안녕하시오?" 하고 인사했다.

류샤오안이 지사장과 한바탕 웃고 나서 말했다. "아버지, 뭘 그렇게 격식을 차리세요? 그냥 우리 집안 사람이라고 생각하세요. 이쪽은 칭린이고요, 샤오촨이 직접 발탁했어요. 제가 사무실에 있었을 때는 제 밑에 있었고요."

칭린도 웃으며 말했다. "맞습니다. 어르신도 칭린이라고 불러주세요. 목적지까지 안전하게 모시겠습니다."

마지막 말에 류진위안은 호감이 생겼다. 그가 좋아하는 어투였다.

류진위안의 얼굴에 웃음이 떠올랐다. 칭린이라는 이름이 익숙한데 그 이유는 알 수 없었다. 그래서 샤오촨과 샤오안이 모두 아는 사람이니 집에서 자주 언급했겠거니 생각했다.

류샤오안은 류진위안을 칭린에게 맡긴 뒤 급히 돌아갔다. 비행기를 기다리고 타는 꽤 오랜 시간 내내 칭린은 류진위안을 세심하고 편안하게 보살피면서 계속 말을 걸고 차도 우려줬다. 차를 가져올 때는 간식까지 내왔다. 류진위안은 정말 오랜만에 젊은이와 유쾌한 시간을 보낸다고 생각했다.

류진위안은 칭린에게 어떻게 류샤오촨의 회사에 들어갔느냐고 물었다.

칭린은 그전에도 이미 여러 회사에 다녔노라고 말했다. 이번 회사에서 면접을 볼 때 사장님이 제 어투에서 우한 사투리를 알아채시고 우한 말로 이야기하셨습니다. 또 제 이름이 듣기 좋고 시적이라고 하셨지요. 사장님 부모님은 귀찮으셨는지 아이들이 태어난 지명에서 한 글자씩 따다가 이름을 지으셨다며, 형은 시안에서 태어나 류샤오안, 사장님은 쓰촨에서 태어나 류샤오촨, 여동생은 우한에서 태어나 류샤오우가 되었다고 하셨습니다. 샤오우라는 이름이 여자애에게 어울리는지는 생각도 안 하셨다고요. 여동생은 철든 뒤 혼자 공안국에 가서 한자를 바꿔 개명했으며 다행히 춤을 좋아해서 이름이 잘 어울렸다고 하셨습니다.*

---

* 원래는 우한(武漢)의 '우(武)'를 사용해 '무기'라는 뜻의 한자를 썼으나 이후 춤을 뜻하는 '우(舞)'로 이름을 바꿨다.

류진위안은 크게 웃으며 아들의 말이 맞다고 생각했다. 확실히 그때 이름 짓기가 힘들어 지명에서 글자를 따왔다. 칭린이 말했다. "그때 저는 사장님께, 부모님이 귀찮아서가 아니라 인생에 표식을 남기려 하신 거라고 말씀드렸습니다. 이름을 부를 때마다 옛일을 떠올리실 생각으로요. 당신들이 하신 일에 큰 의미가 있어서 잊기 싫으신 거라고 생각했거든요. 어르신, 아세요? 제가 채용된 건 그 말 때문입니다. 사장님이 제게 남의 마음을 잘 살핀다면서 회사에 필요한 사람이라고 하셨거든요. 그러니 어르신은 제 은인이나 마찬가지입니다."

　류진위안은 웃음을 터뜨렸다. 정말 기분좋은 말이고 칭린의 말이 맞았다.

　비행기가 선전에 도착하자 류샤오촨이 직접 아버지를 마중나와 있었다. 비행기에서 내린 몇몇 승객이 류샤오촨에게 인사를 건넸다. "류 사장님 안녕하십니까?" "류 사장님, 직접 공항에 오셨군요."

　류진위안은 정말 이해가 되지 않았다. "넌 어떻게 이렇게 많은 사람을 아니?"

　류샤오촨이 웃기만 하자 칭린이 대답했다. "세상 사람들 모두 사장님을 알고 사장님도 세상 사람을 다 아십니다."

　류진위안이 류샤오촨의 자가용에 오른 뒤 칭린에게도 타라고 하자 칭린이 손을 내저었다. "어르신, 안녕히 가십시오. 저는 방향이 다릅니다." 그런 다음 그 자리에서 류샤오촨의 자가용이 멀어질 때까지 손을 흔들었다.

　차에서 류진위안이 말했다. "샤오촨, 좀 태워다주지."

　류샤오촨이 웃었다. "제가 그러겠다고 해도 감히 못 받아들일걸요."

"가는 김에 태워주는 게 뭐가 대수라고."

"예전에 아버지 군관구의 소대장이 감히 아버지 차에 탈 수 있었어요?"

류진위안은 아무런 말도 할 수 없었다. 틀림없이 탈 수가 없었을 것이다.

류샤오촨이 말했다. "비즈니스 전장도 아버지 그때와 비슷해요."

"네가 보낸 그 지사장, 아주 괜찮더라."

"가난한 집 출신 아이들은 일할 때 부지런하고 바르지요. 어디 형처럼 게으르겠어요?"

"형에 대해 그렇게 말하지 마라. 걔도 사는 게 쉽지 않아. 그 지사장이 가난한 집 아이라면 잘 대해주고."

"물론이지요. 제가 아니었으면 어떻게 지금의 그가 있겠어요? 예전에는 백 위안밖에 없던 사람이 지금은 돈을 많이 벌어서 좋은 주택까지 샀어요."

"하여튼 거들먹거리긴!"

류샤오촨이 또 웃으며 대꾸했다. "잘난 척이 아니라 정말이에요."

류진위안은 아무 말도 하지 않았다. 그는 아들의 어투가 정말 마음에 들지 않았다. 아들과 함께 있으면 어딘가가 불편했다. 몇 시간 알았을 뿐인 칭린만도 못했다. 칭린과 함께 있을 때는 내내 편안했다. 몸에 착 감기는 따뜻한 편안함, 심지어 오랫동안 느껴보지 못한 그런 편안함이었다. 기억조차 나지 않을 정도로 아주 오래된 느낌, 예전에 언젠가 어디선가 누군가와 함께 있을 때 받곤 했던 느낌이었다.

지나간 일들은 류진위안의 머릿속에 띄엄띄엄 희미하게 남아서 하나로 연결되지 못할 때가 많았다. 기억이 금방이라도 부서질 것만 같아 류진위안은 자신이 너무 늙었다는 생각이 들었다.

제 4 장

17. 깜짝 놀란 칭린

　본사로 돌아온 날 칭린은 둥훙의 전화를 받고 너무 놀라 휴대폰을
떨어뜨릴 뻔했다.

　둥훙은 어르신이 늦도록 안 일어나시기에 처음에는 전날 일로 피곤
하신 줄만 알았는데 그게 아니었다고 말했다. 넋이 나간 듯 다른 사람
한테 전혀 반응하지 않으시고 말을 걸어도 못 들으시는 것 같아요. 어
제와 완전히 딴판이세요. 눈도 초점이 안 맞아 어디를 보시는지 모르겠
고요. 가끔은 무슨 말씀을 하시듯 입술을 계속 움직이시는데 소리가 나
지 않아요. 음식을 드리면 드시고, 안 드리면 안 드세요. 처음에는 화장
실도 혼자 못 가서서 대소변을 그냥 보셨고요. 몇 번 그러셔서 제가 규
칙적으로 화장실에 모셔가 변기에 앉혀드려요. 소변인지 대변인지 큰
소리로 말씀드리면 아직은 구분해서 보시지만, 로봇 같아요. 장 기사와
병원에 모셔갔는데 열이나 기침도 없고 어디가 편찮으신 것도 아니라
아무 병도 찾아낼 수 없었어요. 의사 선생님이 집으로 모셔가 잘 관찰
하라고 했고요.

칭린은 어머니에게 대체 무슨 일이 벌어진 건지 몰라 정신을 차릴수가 없었다. 그는 일단 전화기를 딩쯔타오 귀에 대달라고 했다. 어머니가 자기 목소리를 들으면 반응이 있을 것 같아서였다. 그가 전화기에대고 어머니를 큰 소리로 불렀지만, 반대편에서는 아무 소리가 없었다.둥훙이 말했다. "어르신이 못 들으시는 것 같아요."

칭린은 곧장 공항으로 나가 마지막 비행기를 탔다. 집에 도착했을때는 거의 한밤중이었다.

집안이 아무도 없는 것처럼 조용했다. 둥훙의 방문도 닫혀 있었다.칭린은 곧장 어머니 방으로 들어갔다. 등나무 의자에 단정히 앉은 딩쯔타오가 보였는데 움직임이 전혀 없었다. 칭린이 큰 소리로 불렀다. "엄마, 저 왔어요."

여전히 응답이 없었다. 어제였다면 딩쯔타오는 그를 맞아주며 함박웃음을 짓거나 이리저리 살펴보거나 잔뜩 흥분해 그 주위를 돌았을 터였다. 칭린은 가슴이 철렁해 딩쯔타오 앞에 무릎을 꿇고 말했다. "엄마,왜 그러세요? 저 칭린이에요. 겁주지 마세요. 이제야 겨우 좋은 날이 시작됐다고요."

딩쯔타오는 움직이기는커녕 시선조차 돌리지 않았다. 소리를 들은둥훙이 들어와 온종일 저 상태라고 말했다. 오후에도 다섯시까지 주무셨어요. 깨우지 않았으면 일어나지 않으셨을 거예요. 저녁식사도 제가먹여드렸고요. 드시라고 해야 드시고, 아니면 안 드세요. 사장님이 오시면 혹시 깨어나실까 싶어서 아직 잠자리를 봐드리지 않았고요.

칭린이 또 큰 소리로 외쳤다. "엄마, 엄마, 저예요. 저 왔어요. 칭린이에요."

딩쯔타오는 여전히 반응도 없고 꼼짝도 하지 않았다. 옆에서 떠드는 두 사람이 그녀에게는 아예 존재하지 않는 것 같았다. 벽에 시선을 맞춘 채 주위에 아무도 없다는 듯, 자기 세계에 완전히 빠져 헤어나오지 못하는 것 같았다.

칭린이 불안한 얼굴로 물었다. "어머니 상태를 어떻게 발견했어?"

둥훙이 대답했다. "아침 열시가 넘었는데도 기척이 없으셔서 들어와 봤어요. 그랬는데 어딘가 이상하시고 침대와 옷이 오줌으로 축축하더라고요. 제가 말을 걸어도 안 보이는 듯 반응이 없으셨고요. 사장님께 전화를 드렸지만 벌써 비행기에 타셨는지 연결되지 않았어요. 저는 너무 초조해서 옷을 갈아입혀드린 뒤 장 기사와 병원으로 모셔갔어요. 혈압과 심장 모두 정상이고 아무 병도 발견되지 않자 의사 선생님이 충격을 받은 건지도 모른다고 했어요. 입원할 필요는 없고 며칠 지나면 회복될 수 있다고도 했고요."

어머니 얼굴을 쓰다듬어보니 체온도 정상이고 코밑에서 들려오는 숨소리도 규칙적이라, 칭린은 조금 안심하며 말했다. "아무 일도 없었는데 대체 어디서 충격을 받으셨지? 설마 새집에 오셔서?"

"그러니까요. 저와 장 기사도 새집으로 이사오신 것 말고는 아무 일도 없었다고 말했어요. 그랬더니 의사 선생님이 새집에 적응이 안 되어서 그럴 수도 있겠다고 했어요."

칭린이 가만히 생각해보니 수십 년 동안 집이 없다가 갑자기 큰 저택이 생긴 것도 어머니에게는 큰일일 수 있을 듯했다. 지나친 흥분 역시 충격이 되지 않을까 싶었다. "며칠 뒤에 회복되시면 좋을 텐데."

"다른 일은 없었어요. 시간 맞춰 화장실에 모셔가고 식사를 챙겨드리면 이렇게 조용히 앉아만 계셔요."

칭린은 이해할 수 없었다. "대체 무슨 병일까? 알츠하이머? 하지만 그것도 과정이라는 게 있지 않나?"

"그러니까요. 저희 할머니도 알츠하이머를 앓으셨는데 천천히 사람을 못 알아보셨어요. 하지만 어르신은 하룻밤 만에 이렇게 되셨잖아요."

"정말 이해가 안 되네."

둥홍이 또 말했다. "참, 어젯밤 주무시기 전에 좀 이상하셨어요. 저를 샤오차라 부르시면서 친정에서 데려왔다고, 어려서부터 당신 집에서 자라지 않았느냐고 하셨어요."

칭린은 깜짝 놀랐다. "그게 무슨 말이야?"

"그래서 저는 어르신이 술에 취해서 엉뚱한 소리를 하신다고 생각했어요."

말하다 말고 둥홍은 딩쯔타오를 화장실에 데려갔다가 와서는 잠옷으로 갈아입히고 침대에 눕혔다. 그러고 나서 다시 말했다. "내일 아침에 일어나시면 원래대로 회복하실지도 모르지요. 예전에 저희 할머니가 낮에 할 수 없는 일을 밤에는 할 수 있다고 하셨거든요."

"그래. 우리 어머니도 사람은 하룻밤 사이에 변할 수 있다고 하셨어. 두 분 말씀이 맞기만을 바라야지."

둥홍이 구석에 쌓인 상자들을 가리키며 말했다. "사장님, 장 기사가 오후에 어르신 물건을 전부 가져와 저기에 놓았어요."

칭린이 다가가 발로 툭툭 차며 말했다. "내일 정리해. 옷은 장롱에 넣고 너저분한 물건들은 버려. 참, 신발 깔창은 남겨둬. 일단 가서 자고."

둥훙이 알았다고 한 뒤 나갔다. 칭린은 딩쯔타오의 침대 옆으로 의자를 끌어다 앉은 뒤 어머니를 바라보며 속삭였다. "엄마, 온갖 고난을 다 이겨내셨잖아요. 이번에도 이겨낼 수 있을 거예요. 그렇죠? 내일 아침에 엄마의 웃는 얼굴을 보고 싶어요."

18. 비밀을 간직한 사람

　칭린은 밤새 눈을 붙이지 못했다. 젊은 시절부터 노년에 이르기까지의 어머니 얼굴이 눈앞에서 계속 어른거렸다. 과거가 책처럼 그의 기억속에서 두서없이 페이지를 넘겼다.

　어렸을 때부터 지금까지 그가 아는 한 어머니는 가정밖에 몰랐다. 처음에는 아버지와 그를 보살폈고, 아버지가 돌아가신 뒤에는 그들 모자의 생계를 위해 바쁘게 움직였다. 어머니가 가정부로 사느라 친구도 거의 없다는 걸 칭린은 잘 알고 있었다. 아버지는 그가 초등학교에 막 입학했을 때 돌아가셨다. 이제 아버지에 관한 기억은 거의 사라졌지만, 아버지의 음성만큼은 아직도 생생했다. 그건 생전에 아버지가 그에게 했던 말이었다. 네가 자라서 무슨 일을 하든, 가난하든 부유하든 엄마를 잘 보살펴야 한다, 정말 불쌍하고 특별한 사람이란다.

　그동안은 아버지 말에 큰 의미를 부여하지 않고 그저 어머니에게 효도하라는 뜻으로만 생각했다. 그런데 지금 돌아보니 무척 의미심장한

말 같았다. 어머니가 뭐가 특별한 거지?

그러고 보니 칭린은 집에 친척이 한 사람도 없다는 게 늘 의아했다. 아버지와 어머니 모두 가까운 친척은 물론 먼 친척까지 단 한 명도 없었다. 부모님의 호적상 주소는 후베이 우한이었지만, 아버지와 어머니 억양에서는 우한 사람이라는 게 전혀 느껴지지 않았다. 아버지는 북쪽 억양이 뚜렷했고 어머니는 서남쪽 사투리처럼 말끝을 늘어뜨렸다. 대학 때 친구에게 이야기한 적이 있는데 친구는 웃으면서 말했다. 친척이 없다고 설마 돌에서 튀어나오셨겠어?

칭린이 고향이 어디냐고 물었을 때 어머니는 우한이라고 대답했다. 그럼 왜 우한 말을 제대로 못하느냐고 묻자, 어머니는 젊을 때 계속 외지에 있었고 나중에는 북방 사람 집에서 가정부로 일한 탓이라고 대답했다. 왜 우한에 친척이 한 명도 없느냐고 물었을 때는 너 하나면 충분하다고 대답했다. 이에 칭린이 자신은 친척이 아니라 가족이라고 말하자 어머니는 가족 하나가 친척 백 명과 같다고 대꾸했다.

그렇게 그들의 대화는 앞으로 나아가지 못했다. 나중에는 칭린도 자기 일에 바빠서 더 물어보지 않았다.

이제, 그러니까 어제, 어머니는 갑자기 어머니의 아버지에 대해 말했다. 귀곡자가 하산하는 그림을 즐겨 그리셨다고? 정말 그렇다면 어머니는 최소한 가난한 집안의 아이가 아니었다. 어머니의 어린 시절은 어땠을까? 가난한 집 아이가 아니었다면 왜 글을 배우지 않았을까? 그러고 보니 칭린은 어머니가 본인에 대해 말하는 걸 들어본 적이 없었다. 마치 젊은 시절이 없었던 것처럼 말이다.

어머니는 글자를 조금밖에 몰랐다. 칭린은 그렇게 알고 있었다.

1950년대 문맹퇴치운동 때 배웠다고 들었다. 그래서 어머니가 평소에 책이나 신문을 읽지 않는 걸 이해할 수 있었다. 그런 어머니가 어떻게 그렇게 고상한 시를 읊었을까? '창 앞의 대나무', 칭린은 그 구절을 떠올렸다. 어머니가 문 앞의 대나무를 보고 무심히 내뱉은 시구였다.

칭린의 머릿속에 불현듯 의문이 떠올랐다. 컴퓨터를 켠 뒤 '창 앞의 대나무'를 쓰자 곧장 '맑고 푸름이 홀로 기이하구나'라는 구절이 완성되었다. 어머니가 읊었던 뒤 구절이었다. 칭린은 '사조'를 보았을 때 한층 더 놀라고 말았다. 순간 "사조로구나"라고 했던 어머니 목소리가 귓가에서 울렸다. 정말 이상했다.

놀랍게도 어머니는 사조를 알고 있었다. 남북조시대의 시인인 사조는 시쳇말로 잘나가지 못한 시인이었다. 칭린은 대학을 나왔음에도 그에 대해 들어본 적이 없었다. 그런데 글자도 얼마 모르는 어머니가 알고 있었다. 알 뿐만 아니라 풍경을 보고 그의 시를 읊을 수 있었다.

어머니의 이상한 점들이 하나둘 칭린의 머릿속에 떠오르기 시작했다. 어머니는 새집을 보자 무슨 루라고 말했다. 체련루? 또 무슨 탕? 도자기 화병의 그림을 보고는 곧바로 귀곡자하산도라고 말했고, 침대의 보라색 이불을 보고는 붉은색이어야 한다고 했으며, 무슨 총개머리에 등을 맞아서 너무 아프다고도 했다. 또 아까 둥훙이 전해준 친정에서 데려온 샤오차 등등도 있었다. 그 모든 것들 때문에 칭린은 어머니가 낯설게 느껴졌다. 어제는 자신이 어머니에 대해 잘 모른다고만 생각했는데 지금은 그의 어머니, 인사불성이 된 어머니가 어떤 일로 인해 엄청나게 변해버린 듯했다. 더이상 그의 기억 속에 있는 어머니가 아니었다. 완전히 다른 사람, 비밀을 간직한 사람 같았다. 그 비밀 때문에 어머니가 거대한 책처럼 느껴졌다. 지금까지 표지만 알았을 뿐 내용은 한 번도 읽어본 적이 없는 책.

19. 그녀의 영혼은 현세에 없어

칭린의 유일한 소망은 어머니가 의식을 회복하는 것이었다. 하지만 매일 아침 어머니 방에 들어가면 전날과 똑같이 멍한 얼굴을 마주할 뿐이었다. 울지도 웃지도 않는 무표정한 얼굴. 잠이 들었을 때와 깨어 있을 때의 차이는 눈을 감았느냐 떴느냐 하는 것뿐이었다.

생활이 어수선해졌다. 칭린은 어머니를 모시고 사방으로 병원을 찾아다녔다. 절에도 가고 사당에도 갔다. 스님과 도사가 일러주는 방법을 몇 차례나 반복했고 심지어 대사를 집으로 청해 살풀이까지 했다. 수십만 위안을 쏟아부었지만, 어머니는 차도가 전혀 없었다.

어느 날 칭린의 대학 동기인 룽중융이 아버지를 모시고 상하이에서 구이저우 고향으로 간다며, 기왕 나선 김에 조금 돌더라도 오래전에 결혼해 황피에 사는 고모까지 찾아뵐 작정이라 우한에서 하루이틀 머물 예정이라고 했다. 칭린은 룽중융을 자기 집으로 초대하며 말했다. "예의 차릴 게 뭐가 있어? 한방에서 몇 년이나 같이 살았던 사이인데. 집에 오는 게 차 쓰기도 편하고 이야기하기도 좋지."

롱중융은 칭린이 진심인 걸 알고 아버지와 함께 찾아왔다. 그의 아버지는 삼사 년 전부터 알츠하이머병을 앓았다. 롱중융은 아버지가 천천히 변해가는 모습을 무기력하게 지켜볼 수밖에 없다며 말했다. "그렇게 지혜롭던 분이 이렇게 변하시다니, 정말 마음이 아파. 이루 말할 수가 없어."

거실에 앉아 칭린은 어머니 상태에 대해 털어놓은 뒤 자신은 그저 어머니가 행복하기만을 바랐다고 말했다. 하지만 새집으로 이사오고 하룻밤 만에 완전히 다른 사람, 현세의 누구와도 소통하지 못하는 사람으로 변했다고 말한 다음 울먹거리며 덧붙였다. "우리 어머니가 네 아버지처럼 과정이라도 있었으면, 그래서 내가 천천히 슬퍼할 수 있었으면 이렇게 힘들지는 않을 거야."

그때 멍하니 옆에 앉아 고개를 숙이고 바닥만 내려다보고 있던 롱중융의 아버지가 갑자기 입을 열었다. "그녀의 영혼은 현세에 없어."

롱중융의 아버지는 시선을 바닥에 고정한 채 칭린을 쳐다보지 않았지만 종을 치는 것처럼 선명하고 우렁찬 목소리로 말했다. 그의 짧은 말 한 마디가 바닥에서 천장까지 튀어오르며 거실에서 웅웅 메아리치는 듯했다.

칭린과 롱중융은 대경실색했다. 롱중융은 아버지가 오랫동안 세 글자 이상 말한 적이 없다면서, 처음 병을 앓기 시작했을 때 본인이 현세를 떠나 또다른 세계로 천천히 가고 있다고 자주 말했노라 알려줬다. "두 분이 받아들이는 게 우리 상식과 다른지도 몰라. 혹시 이런 상태는 병이 아니라 당신들 소망이 아닐까."

칭린은 롱중융과 그의 아버지 말에 가슴이 먹먹해졌다. 어쩌면 그럴 수도 있다는, 정말로 그럴지도 모른다는 생각이 들었다. 어머니는 병에 걸린 게 아니라 영혼이 다른 세계로 가서 그곳 사람들을 보고 있을 뿐이야. 나중에 돌아오실지도 몰라. 그게 아니고서야 어떻게 주변 사람들을 인식하지 못하고 자기 세계에만 빠져 있는데 다른 증상이 없겠어? 생명을 유지하기 위한 모든 것, 먹고 마시고 싸고 자는 행위는 전부 정상이잖아.

칭린은 좀 개운해지는 듯했다. 그렇다면 무리하지 말고 시간에 맡기자, 예전처럼 열심히 일하고 예전처럼 잘 지내자고 생각했다. 어머니도 그걸 바랄 것 같았다.

그래서 칭린은 정말 예전으로, 쳇바퀴 돌듯 바쁘게 움직이던 예전으로 돌아갔다.

어머니 간호는 전부 둥훙에게 맡겼다. 둥훙의 일은 훨씬 단순해졌다. 집안과 정원을 돌보는 것 외에 딩쯔타오를 시간 맞춰 먹이고 화장실에 데려가고 며칠 간격으로 옷을 갈아입히기만 하면 됐다. 다른 일은 없었다.

20. 낡은 가죽 가방

　어느 날 집에 돌아온 칭린은 문 앞에 낡고 작은 가죽 가방이 굴러다니는 것을 보았다. 진갈색 가방은 모서리를 보호하는 고정핀이 녹슬었을 정도로 상태가 안 좋았다. 어디선가 본 듯 눈에 익었다. 하지만 너무도 까마득한 친숙함이라 칭린은 도무지 기억이 나지 않았다. 결국 둥홍을 불러 물어봤다.

　둥홍이 대답했다. "오늘 어르신 물건을 정리했거든요. 가방은 상자 안에 있었어요. 이불 같은 잡동사니 아래 있더라고요. 제가 상자를 통째로 고물상에게 주었는데, 고물상 노인이 하나씩 꺼내 다시 정리하다가 안에서 가방을 발견했지요. 노인이 필요 없으면 자기한테 달라고 했는데 주지 않았어요. 자물쇠로 잠겨 있더라고요."

　칭린은 불현듯 그게 아버지가 세상을 떠난 뒤 어머니가 조심스럽게 옷장 위에 놓았던 가방이라는 게 떠올랐다. 그때 어머니는 "네 아버지 물건이야. 줄곧 잠가놓아서 뭐가 들었는지는 모른단다. 언젠가 자기가 죽으면 아들에게 주라고 했는데. 내가 죽은 뒤에 열어보거라"라고 말했다.

오랫동안 집 없이 살다보니 칭린은 가방 자체를 완전히 잊고 있었다. 순간 어머니가 걸상에 서서 가방을 치켜들고 옷장 위에 놓다가 고개를 돌려 그에게 말하던 모습이 생생하게 떠올랐다. 그 느낌은 다정하면서도 기묘했다. 칭린이 동홍에게 말했다. "아버지 유품이니 내 방에 갖다둬."

그날 저녁 칭린은 인터넷에 접속해 업무 메일을 몇 통 작성한 뒤 아들과 통화했다. 그런 다음 어머니 방으로 가 침대 옆에 앉아 자신의 일과를 보고했다. 동료한테서 어느 식물인간이 매일 가족 목소리를 들은 덕분에 갑자기 깨어났다는 이야기를 들어서였다. 칭린은 자신이 매일 어머니에게 말을 걸면 어머니도 어느 날 깨어나 자신을 보며 "와, 칭린, 눈을 뜨자마자 너를 볼 수 있다니 정말 기쁘구나"라고 말할 것 같았다.

이런저런 이야기를 늘어놓다가 칭린은 갑자기 가방이 떠올라 곧장 자기 방에서 가방을 가져왔다. 생각보다 좀 무거웠다. 칭린이 가방을 들며 말했다. "엄마, 보이세요? 아버지 가방이에요. 아까 발견했어요. 이 안에 뭐가 들었는지 아세요? 열쇠는 없나요?"

칭린에게 돌아온 것은 어머니의 고른 숨소리뿐이었다. 세상의 모든 것이 그녀와 무관해 보였다. 심지어 그녀가 사랑했던 두 사람, 남편과 아들까지도.

칭린은 가방을 열어보기로 마음먹고 드라이버로 자물쇠를 비틀었다. 위쪽에는 오래된 의학서가 놓여 있었다. 틀림없이 아버지가 읽던 책일 터였다. 그런데 뜻밖에도 책 아래에 공책이 잔뜩 있었다. 칭린은 좀 이상하다고 생각했다. 들춰보니 일부는 아버지의 의학 노트와 나중에 병원에서 일할 때 작성한 업무 일지였다. 또다른 일부는 아버지의 생활 기록인데 일기 같기도 하고 아닌 것 같기도 했다. 어떤 것은 날짜가 있고 어떤 것은 연도와 계절만 적혀 있었다. 오래된 탓에 글씨가 꽤 바랬다.

칭린은 갑자기 가슴이 두근거렸다. 아버지의 기록 속에 어머니의 비밀이 있지 않을까? 호기심이 발동한 그는 아예 바닥에 앉아 일기를 공책 오른쪽 위에 적힌 번호대로 정리했다.

1948년 가을에 시작된 일기는 1966년까지 이어졌다. 문화대혁명이 시작된 뒤 더는 기록하지 않은 듯했다.

칭린은 첫번째 일기를 펼쳤다. 처음부터 읽을 생각이었다. 그런데 이미 퇴색한 만년필 글씨에 시선을 떨군 순간 갑자기 불안이 밀려왔다. 그는 여기에 무엇이 기록됐는지 몰랐다. 여기에서 완전히 낯선 아버지와 어머니를 보게 될지도 몰랐다. 그런 낯섦이 그의 인생에 충격을 가져오지 않을까? 알 수 없는 두려움이 솟아났다. 칭린은 그때 어머니는 왜 본인이 죽고 나서 보라고 하셨을까, 하는 의문이 들었다.

칭린의 가슴이 느닷없이 쿵쿵 뛰었다. 그는 잠시 망설이다가 일기를 도로 가방에 넣었다. 아직 준비되지 않았다는 생각이 들었다.

제5장

21. 잿빛 속의 계단

딩쯔타오는 추락하는 동안 몸이 점점 무거워지는 기분이 들었다. 심장도 무수한 실 가닥에 휘감긴 듯 숨을 쉬기 힘들었다. 이미 발버둥칠 기력마저 없어서 그녀는 마지막 숨을 각오한 뒤 희망을 완전히 내려놓았다. 그런데 그때 쿵 하는 소리가 크게 울리더니 뼈 마디마디에서 삐걱거리는 소리가 났다. 온몸이 갈가리 찢기는 느낌이었다.

아주 한참이 지나 고통이 잦아들기 시작했을 때 그녀는 자신의 추락이 끝났음을 알았다. 바닥까지 떨어진 모양이었다. 하지만 사방은 여전히 칠흑처럼 어두웠고 자신이 어디에 있는지, 살았는지 죽었는지도 알 수 없었다. 그녀는 무의식적으로 자신에게 물었다. 내가 죽었나? 이미 죽은 건가?

묻고 나자 어머니의 말이 떠올랐다. "살아 있어야만 통증도 있어. 죽으면 아픔도 사라지지." 그 장면이 눈앞으로 떠올랐다. 어린 그녀는 수예방에서 공작의 꽁지깃을 수놓다가 바늘에 찔렸다. 새빨간 피가 손끝에서 흘러나오는 걸 보고 그녀는 엉엉 울음을 터뜨렸다. 어머니가 다가와 힐끗 쳐다보고는 야단치고 나서 그렇게 말했다. 그녀는 그게 어머니가 어릴 때 외할아버지한테 늘 들었던 잔소리임을 알았다. 어머니 집안은 청두 커자상에서 수예점을 운영했고, 외할아버지는 근방에서 유명한 수예가였다. 어머니 집안에서는 주로 부자들이 소장하거나 감상하기 좋아하는 송나라 그림을 수놓았다. 어머니는 어려서부터 수예를 배웠다. 결혼하기 전 어머니는 시댁에도 수예방이 있어야 한다는 조건을 내세웠고, 외할아버지는 두말없이 어머니의 요구를 받아들였다. 그 순간 수예방과 수틀에 걸린 수예품이 눈앞에서 아른거렸다. 어머니가 수틀 옆에 서서 한 손으로 수예품 가장자리를 정리하는 한편 다른 손 손끝으로 수놓은 문양을 쓰다듬었다. 어머니가 고개를 숙이며 말했다. "또다른 방법도 있어. 기억을 없애는 거야. 그러면 아팠는지조차 몰라."

몸을 움직여보니 온몸에서 극심한 통증이 느껴졌다. 그래서 그녀는 아직 살아 있다고, 아플 뿐만 아니라 기억도 난다고 생각했다.

청각도 예민해져 희미한 휘파람소리까지 들을 수 있었다. 아주 멀리에서 들려오는 듯했다. 끝이 보이지 않는 심연 속에서 그녀는 그 소리에 겹겹으로 포장된 듯 단단히 둘러싸였다. 그녀는 자신이 까마득하게 깊은 심연 속에 있다고 생각했다. 하지만 전혀 두렵지 않았다. 한없이 피곤할 뿐이었다. 그래서 그녀는 눈을 감았다. 자신이 깨어 있는지, 자고 있는지도 알 수 없었다.

시간은 늘 자신만의 방식으로 흘러갔다. 어쩌면 하루나 일 년, 또 어쩌면 백 일이나 백 년일지도 몰랐다. 그때 갑자기 검은색의 농도가 흐려졌다. 흐릿한 잿빛이 머리 위로 나타났고, 그 빛 속에는 부드러운 베

일이 나풀거리는 듯했다. 딩쯔타오는 그 베일 너머를 올려다보았다. 잿빛이 시작되는 쪽을 향해 일정한 선이 계단처럼 고르게 자리하고 있었다. 그녀는 천천히 세어봤다. 열여덟까지 세고 나자 잘 보이지 않았다.

18층, 왜 하필 18층일까 하고 그녀는 생각했다. 이게 무슨 의미일까?

22. 아니, 그런 게 아니야!

어디선가 갑자기 불어온 찬바람이 순식간에 뼛속까지 스며들었다. 딩쯔타오는 몸을 부르르 떨다가 문득 오래전의 일을 기억해냈다. 그때 그녀는 호숫가의 작은 대나무 정자에 앉아 가을바람에 흔들리는 물결과 호수 위를 나는 갈매기를 바라보고 있었다. 그녀는 수면에서 일어나는 바람에 한기를 느끼고 중얼거렸다. "보슬비 내리는 꿈속의 변방은 아득하고, 누대를 메운 옥피리 소리는 차갑구나."

누군가 그녀에게 옷을 덮어줬다. 순간 그녀의 가슴까지 따뜻해졌다.

누구지? 누가 옷을 덮어줬지? 딩쯔타오는 아무리 생각해도 떠오르지 않아 자기도 모르게 큰 소리로 물었다. "누구세요? 누구시죠? 왜 제게 옷을 덮어주셨나요?" 그러자 묵직한 남자 목소리가 대답했다. "나야. 루중원. 감기 걸릴까봐."

딩쯔타오가 물었다. "루중원, 어디 갔었어? 왜 이렇게 오랫동안 만날 수 없었던 거야?"

루중원이 대꾸했다. "내가 묻고 싶은 말이야. 다들 어디 간 거야? 우리 부모님은? 할머니와 작은어머니는? 고모와 형은? 후이위안은? 다들 어디 갔어? 그리고 우리 팅쯔는? 왜 찾을 수가 없지?"

딩쯔타오는 아연실색했다. 그들은 다 어디로 갔지? 그가 말한 사람들이 있는지 살펴보려고 그녀는 주위를 둘러보았다. 그들은 그와 그녀의 가족이었다.

사방이 휑하고 짙은 안개에 휩싸인 듯 희뿌예서 루중원조차 보이지 않았다. 딩쯔타오가 물었다. "어디 있어? 루중원, 어디에 있어?"

루중원의 목소리가 아득하게 멀어졌다. 딩쯔타오는 목소리가 들려오는 방향조차 감을 잡을 수 없었다. 그 목소리가 말했다. "나는 계속 찾고 있어. 다들 어디 있어?"

딩쯔타오는 자신이 어디에 있는지, 여기가 어디인지 떠올려봤다.

그녀는 다시 한번 잿빛 속의 18층 계단을 바라보았다. 순간 정말로 지옥에 있는 건 아닐까 싶었다. 작은어머니가 그때 넌 지옥에 떨어질 거야, 라고 말한 것처럼.

그녀는 손을 뻗어 피가 나는지 살펴보려 했다. 하지만 아무것도 보이지 않았다. 손이 있다는 건 느껴지는데 눈에 보이지가 않았다. 딩쯔타오는 갑자기 자신의 두 손이 역겹게 느껴졌다. 무척 더럽다는 생각이 들면서 처음부터 없었으면 좋았을 거라는 생각까지 들었다.

왜지? 무슨 일이 있었지? 그렇게 생각하면서 딩쯔타오는 두 손을 들어 뺨을 한 대씩 때려보았다. 짝, 짝, 선명한 소리가 울렸다. 그 소리에 깜짝 놀랐다. 그런 다음 짝, 짝 하는 소리가 수도 없이 귓가에서 울렸다. 하지만 그녀의 손은 딱딱하게 굳은 채 움직이지 않았다. 귓가에서 소리가 끝없이 이어지면서 얼굴들이 떠올랐다. 그녀의 손이 그 얼굴을 한 대 한 대 때리고 있었다. 더할 나위 없이 익숙한 얼굴들이 멍한 표정으로 그녀를 바라보며 그녀의 흔들리는 손에 자기 얼굴을 내맡기고 있었다.

사방에서 환호성이 울리고 금속 부딪치는 소리가 났다. 그 속에서 누군가 날카롭게 소리쳤다. "넌 지옥에 떨어질 거야! 염라대왕이 가만두지 않을 거야!"

딩쯔타오가 소리쳤다. "아니, 그런 게 아니야!"

그녀는 자기 자신에게 말했다. 아니, 그런 게 아니야! 나는 지옥에 떨어지면 안 돼. 지옥에 떨어질 사람은 내가 아니야. 나는 나가서 루중원에게 알려줘야 해. 작은어머니에게, 모두에게 일이 그렇게 된 게 아니라고 말해야 해. 사실은 그들이 본 것과 다르다고, 그들이 상상하는 것과 다르다고 말해야 해.

그때 딩쯔타오는 갑자기 나가야겠다는 생각이 들었다. 반드시 나가야 했다. 모두에게, 이글거리는 눈빛으로 차갑게 자신을 바라보던 사람들에게 알려줘야 했다. 그때 일어난 일이 자기 뜻이 아니며 자신과 무관하다고 말해야 했다. 설령 지옥으로 되돌아가는 한이 있어도 그녀는 전부 사실대로 똑똑히 말해야 했다.

그래서 그녀는 위로 올라가기 시작했다.

23. 첫번째 지옥:
강물 속 울부짖음

천천히 조금씩 기어올랐다. 얼마나 오래 걸렸는지는 몰라도 딩쯔타오는 첫번째 계단에 올라섰다. 그녀는 몸을 펴고 위를 올려다보면서, 이곳이 자신의 열여덟번째 층이겠다고 생각했다. 그렇지만 자신에게 묻지 않을 수 없었다. "사람들에게 뭘 말해줘야 하지? 어디서부터 시작해야 할까?"

그녀는 자신이 하고 싶은 말은 많은데 어디서부터 어떻게 시작해야 할지 모른다는 사실을 발견했다.

순간 강물이 그녀를 집어삼켰다. 주변이 온통 돌이었다. 격류가 그녀를 이 바위에서 저 바위로 밀어댔다. 그녀는 필사적으로 몸부림치며 어떻게든 바위에 오르려 했다. 하지만 강물 속 바위는 너무 미끄러웠다. 잡았다 싶을 때마다 어느새 또다른 물살에 떠밀렸다.

그녀는 목이 다 쉴 정도로 소리치고 또 소리쳤다. "팅쯔! 팅쯔!"

팅쯔가 아직 배에 있었다. 파란 꽃무늬 이불보에 싸여 잠들어 있었다. 단잠에 빠져 살며시 미소 짓던 작은 얼굴이 떠올랐다. 팅쯔가 다리로 이불보를 차 꽃신이 드러났다. 그녀가 직접 만든 그 꽃신에는 금붕어 두 마리가 수놓여 있었다.

떠나기 전날 밤, 루중원은 내내 팅쯔를 안고 있었다. 부자가 서로를 보며 웃었다. "아빠라고 해봐."

루중원의 말에 팅쯔가 따라 했다. "빠……빠."

루중원이 활짝 웃으며 팅쯔를 안아올렸다. 그런데 들어올리는 순간 팅쯔가 오줌을 쌌다. 오줌 줄기가 루중원의 얼굴로 떨어졌다. 그는 으악 소리를 지르면서 팅쯔를 그녀에게 건넸다. 그가 밖으로 나가 얼굴을 씻는 동안 곳곳에서 웃음이 터졌다. 세수를 마치고 옷을 갈아입은 루중원이 돌아와 팅쯔의 엉덩이를 두드리며 말했다. "고얀 놈. 이게 아빠를 배웅하는 인사야?"

그녀도 웃으며 말했다. "그렇지. 우리 팅쯔가 제대로 표식을 남겼네."

루중원은 홍콩으로 갈 계획이었다. 떠나기 전에 그가 또 말했다. "당신과 우리 팅쯔가 걱정이네. 최대한 빨리 돌아올 테니 아이를 잘 돌보고 있어. 부모님은 당신이 신경쓸 필요 없겠지만, 무슨 일이 있으면 챙겨드리고."

"걱정하지 마. 그리고 샤오차와 푸퉁도 있잖아."

"푸퉁은 샤오차를 좋아해서 결혼하고 싶어하던데. 당신도 반대하지 않지?"

그녀가 웃으며 말했다. "반대할 리가 있어? 두 팔 벌려 환영이지. 푸퉁은 어려서부터 당신 옆에, 샤오차는 어릴 때부터 내 옆에 있었으니 천생연분이라고. 나중에 두 사람한테 아이가 생기면 우리 팅쯔 친구가 될 거고."

루중원이 떠날 때 그녀는 팅쯔를 안고 마차로 현성*까지 배웅했다.

지금은? 팅쯔는 어디 있지? 배는? 배는 어디 있을까?

한편 그녀는 물속에 있었다. 움직이는 돌덩이처럼 물살에 씻기고 밀렸다. 아주 이상한 돌이었다. 끝없이 밀려드는 물살에 반항하는 듯도 했다. 때론 구르고 때론 차이면서 정신없이 떠내려갔다. 강가 어디에서도 사람 소리는 들리지 않고 나뭇잎을 스치는 바람 소리마저 미미했다. 돌에 부딪히는 물소리에 비하면 아예 존재하지 않는 듯했다. 그녀는 아직 의식이 또렷했다. 강물이 수시로 머리 위까지 덮쳐 입을 벌릴 때마다 물을 먹었다. 곧이어 물에 막힌 듯한 소리들이 그녀 가슴으로 달려들었다. 그녀에게 남은 것은 '팅쯔! 팅쯔!' 하는 두 글자뿐이었다. 그녀의 울부짖음은 그녀의 심장을 거의 찢어놓았다.

물살은 한층 더 빠르게 그녀를 하류로 밀어냈다. 우르릉우르릉 부딪치는 소리가 점점 강렬해졌다. 그녀는 그게 자기가 내지르는 울부짖음의 메아리인 줄 알았다. 이제 하늘과 물조차 구분할 수 없었다. 사랑하는 아들 팅쯔는 어디에 있을까? 아무리 애를 써도 보이지 않았다.

정신없이 몸부림치던 중 떠다니는 뭔가가 손가락 끝에 닿았다. 꽉 움켜쥐고 보니 나무판이었다. 나무판을 안았을 때 그녀는 그게 자기 집 안의 배, 푸퉁이 젓던 배의 나무판이라는 것을 알아차렸다. 정신이 확 들었다. 배가 바위에 부딪혀 부서졌나? 그럼 우리 팅쯔는? 배에 누워 있던 팅쯔는? 이런 의문이 떠오르자 그녀는 살고 싶은 생각이 없어졌다. 그래서 두 손을 풀고 모든 것을 내려놓았다.

---

* 현(縣) 정부 소재지, 현도.

텅쯔가 없다면 살아서 무엇하겠는가. 물살에 휩쓸릴 때 그녀가 했던 마지막 생각이었다.

24. 두번째 지옥:
급류에 휩쓸린 배

딩쯔타오는 기진맥진했다. 자신이 무엇을 하는지는 알 수 없고 숨이 턱턱 막히는 감각만 남아 있었다.

어둠 속에서 문득 맑은 기운이 느껴졌다. 물 냄새였다. 내가 어느새 강가에 도달했나, 하고 그녀는 생각했다.

갑자기 푸퉁이 보였다. 배에서 뛰어내린 푸퉁이 그녀에게 달려왔다. 그녀의 두 다리는 이미 물속에 들어가 있었다. 푸퉁이 그녀 앞을 막으며 소리쳤다. "왜 그래요? 다이윈 누님! 어디 가려는 거예요?"

그녀는 멍하게 쳐다보기만 할 뿐 아무 말도 하지 않았다. 푸퉁이 그녀를 배 쪽으로 데려갔다. 그가 먼저 배에 오른 뒤 손을 내밀어 그녀를 끌어올렸다. "왜 이렇게 늦게 오셨어요? 어르신이 날이 밝기 전까지 완다오촌에 도착해야 한다고 하셨어요. 쑹 형님이 하구에 나와 있을 거라고요. 팅쯔는 괜찮죠? 음, 아주 잘 자네요. 아가씨는요? 어르신이 같이 갈 거라고 하셨는데 뒤처졌나요? 기다려야 할까요? 더 늦으면 발각될 수도 있어요."

그녀는 머릿속이 엉망진창이라 나직하게 한마디만 했다. "다른 사람은 없어."

그런 다음 팅쯔를 안고 자리에 앉았다. 거의 넋이 나간 그녀는 독립적 사고가 이미 불가능했다. 그저 복종만 할 수 있는, 누가 시키는 대로만 할 수 있는 상태 같았다.

배가 재빨리 강가를 벗어났다. 아무도 쫓아오지 않는 걸 확인한 뒤에야 배를 젓던 푸퉁이 안도의 한숨을 내쉬었다. "어르신이 어제 점심 때부터 여기에 배를 대놓고 있으라고 하셨어요. 저는 망루 아래의 비밀통로로 나왔는데 누님도 그렇죠? 그 비밀통로는 아무도 모른대요. 옛날에 어르신 조부께서 만드셨고 비상 상황이 아니면 쓰지 않는다고 하셨어요. 누님과 아가씨를 중원 형님한테 모셔가고 가는 길에 잘 보살펴드리라고 하셨지요. 그런데 왜 혼자 오셨어요? 후이위안 아가씨가 집에 있다가 투쟁대회에 끌려가면 어떡하라고요?"

그녀는 응, 하고 대꾸했다. 말하고 싶지 않았다. 가슴속이 온갖 것들로 꽉 막혀 있었다. 그것들이 그녀의 오장육부를 어지럽게 채우고 시끄럽게 들끓었다. 너무 괴로워서 토하고 싶었지만 그럴 수도 없었다.

푸퉁이 또 말했다. "하지만 진톈이 공작조 조장이라고 하더라고요. 후이위안 아가씨와 사이가 각별했으니 심하게 굴지 않을 거예요."

그녀가 갑자기 소리쳤다. "그놈 얘기는 꺼내지도 마!"

푸퉁이 화들짝 놀라면서 배까지 흔들렸다. 그가 조용히 "왜 그래요?" 하고 중얼거린 뒤 또 말했다. "전 중원 형님과 함께 자랐어요. 형님을 모시고 학당에 갔고, 형님이 공부하는 동안 저는 밖에서 기다렸지요. 형님은 돌아오는 길에 학당에서 배운 글자를 가르쳐주셨고요."

그녀는 푸퉁이 싫어졌다. 정말 말하고 싶지도, 듣고 싶지도 않았다. 그냥 조용히 있고 싶었다.

거센 물살이 작은 배를 순식간에 산 사이까지 밀고 갔다. 강을 사이에 두고 높은 산이 마주보고 있었다. 폭이 좁고 돌이 많은데다 물살이 빨라졌다가 느려지기를 반복했다. 다행히 푸퉁이 여러 차례 강을 다녀본 덕분에 돌과 물을 잘 알았다. 그는 삿대로 양측의 튀어나온 암벽을 기민하게 찍었다. 그의 제어 속에서 배는 가뿐하게 물굽이를 돌며 앞으로 나아갔다.

팅쯔는 상황을 아는 듯 밤새 보채지 않고 그녀 품에서 잠만 잤다. 그녀는 옷을 너무 얇게 입어서 등이 선득했지만, 온몸이 따끈따끈한 팅쯔 덕분에 앞가슴은 따뜻했다.

푸퉁이 말했다. "팅쯔가 정말 착하네요. 내일 꼭 푸퉁 아저씨 배를 밤새 탔다고 알려줘야겠어요."

그녀는 여전히 대꾸하지 않았다. 고아인 푸퉁은 어렸을 때 그녀의 시어머니가 데려와 키웠다. 시댁에서는 진뎬이라는 또다른 고아도 거뒀는데, 그는 나이가 좀 있어서 집안 일꾼들을 따라다니며 일했다. 반면 푸퉁은 나이가 어려서 그녀 남편인 루중원을 시중들었다. 두 사람은 함께 자랐기 때문에 형제처럼 친했다.

푸퉁은 그녀의 침묵에 신경쓰지 않고 계속 혼자 떠들었다. "어르신 말씀으로 중원 형님은 홍콩에 계실 거래요. 저는 누님을 모셔다드리고 돌아올 거고요. 홍콩에서 돌아올 때, 다이윈 누님, 샤오차에게 뭘 가져다줄까요?"

그녀 머릿속을 꽉 채우고 있던 혼란이 '샤오차'라는 말에 금이 가면서 조금 가라앉는 듯했다. 그녀가 무의식적으로 "샤오차?" 하고 되풀이했다.

"네. 누님이 즐겨 매는 스카프를 좋아하니, 샤오차에게 그걸 사다 줄까요?"

어느새 날이 밝았다. 햇살이 산 뒤쪽에 있었다. 두 산 사이로, 높은 산 그림자 사이로 강물이 흘러갔다. 바깥쪽에서 불어오는 바람이 들어오자마자 차갑게 식었다.

갑자기 그녀가 큰 소리로 울기 시작했다. "다 죽었어. 전부 죽었다고." 그녀의 울음소리가 물소리를 누르고 산 사이에서 메아리쳤다.

푸퉁이 깜짝 놀라 물었다. "죽어요? 누가 죽어요?"

그녀가 울면서 말했다. "전부 다 죽었어."

배가 심하게 흔들리고 푸퉁이 소리쳤다. "왜 죽어요? 어떻게 죽어요? 누가요? 누가 죽었는데요? 대문을 잠가서 외부인은 들어올 수 없잖아요!"

그녀는 품안의 팅쯔 몸에 머리를 묻고 울었다. "팅쯔 할아버지가 다 같이 죽자고 하셨어. 날이 밝자마자 루씨 집안을 대상으로 사흘 동안 투쟁대회를 한다고 마을에서 들으셨거든. 투쟁대회가 끝나면 사람과 재산을 나눈다고, 진덴이 그렇게 결정했다고 했어."

푸퉁은 얼떨떨한 표정으로 잠자코 배를 저었다. 잠시 뒤 그가 갑자기 소리쳤다. "샤오차는 관련 없지요? 샤오차는 빈곤층이지 지주 가문이 아니잖아요. 루씨도 아니니 죽을 필요 없잖아요. 맞죠?"

그녀가 냉정을 되찾고 고개를 들었다. "샤오차는 자기가 죽겠다고 했어. 마씨네 둘째한테 배정됐다는 얘기를 들었거든. 샤오차는 죽어도 받아들일 수 없다고 했어. 하지만 싫다고 해도 소용없다는 걸 알았지. 배정되는 대로 가지 않으면 살아남을 수 없으니까."

푸퉁이 노 젓는 것을 멈추자 배가 심하게 흔들렸다. 그가 소리쳤다. "샤오차는 제 사람이에요. 저랑 결혼하기로 약속했다고요. 저도 빈곤층이고요! 마씨는 집이 있지만 저는 집도 없어요. 다이윈 누님, 농담하지 말아요!"

그녀가 목멘 소리로 말했다. "내가 직접 샤오차를 묻었어. 서쪽 담장의 홍초 밑에 쯔핑과 함께 묻었어. 두 사람이 나란히 누웠다고." 그러면서 또 울음을 터뜨렸다. "흙을 덮을 때까지도 샤오차의 숨결이 느껴지는 것 같았어……"

"어떻게 죽게 내버려둘 수 있어요? 어떻게 묻을 수 있어요?"

그녀가 울면서 대꾸했다. "안 묻으면 어떡해? 날이 밝으면 햇빛에 얼굴이 다 드러날 텐데, 어떻게 그대로 둬?"

푸퉁이 고함치기 시작했다. "어떻게 그럴 수 있어요? 샤오차는 누님 사람이잖아요? 샤오차는 누님을 친언니처럼 여겼는데 어떻게 안 구해줘요? 아가씨가 안 오겠다면 샤오차를 데려올 수도 있었잖아요? 한 사람 더 탈 수 있는데. 왜 안 데려왔어요?"

그녀는 처음 보는 푸퉁의 태도에 속으로 중얼거렸다. 하인 주제에 감히 나한테 이런 식으로 말해? 그러고는 차갑게 대꾸했다. "내가 묻지 않으면 달리 뭘 할 수 있는데? 너랑 결혼할 수 있을 것 같니?"

푸퉁이 울음을 터뜨렸다. "누님, 저와 샤오차는 늘 누님을 친누나처럼 생각했는데 어떻게 이럴 수 있어요? 어쩜 이렇게 독해요?"

그녀는 하인 주제에 어디서 감히 대드느냐고 욕을 퍼부으려 했다.

하지만 입을 열기도 전에 갑자기 풍덩하는 소리가 났다. 고개를 들자 푸퉁은 이미 보이지 않았다. 배가 곧장 흔들리기 시작했다. 그녀가 "푸퉁! 푸퉁!" 하고 외쳤다.

푸퉁의 목소리가 수면에서 미끄러지듯 들려왔다.

"저를 탓하지 마세요. 이제 누님은 못 챙겨요. 샤오차를 찾으러 가야겠어요……"

물살이 거세게 배를 밀었다. 배가 암벽에 부딪힐 때마다 비명을 질렀지만, 돌아오는 것은 그녀 자신의 목소리뿐이었다. 그녀는 황망히 팅쯔를 내려놓고 푸퉁이 내던진 삿대를 잡았다. 푸퉁의 목소리는 들리지 않고 포효하는 듯한 물소리만 들렸다. 그녀는 배를 안정시키려고 허둥지둥 손을 놀렸다. 하지만 그녀는 물을 잘 모르는데다 배 젓는 방법도 몰랐다.

물살이 한층 거세지더니 배를 이쪽 바위에서 저쪽 바위로 힘껏 밀쳐냈다. 그녀는 중심을 잃으며 한쪽으로 넘어졌고, 생각할 겨를도 없이 배가 뒤집혔다. 물에 빠지는 순간 그녀는 "팅쯔" 하고 소리쳤다.

그뒤로 그녀의 머릿속에는 팅쯔 외에 아무것도 남지 않았다.

25. 세번째 지옥:
산길에서의 달음박질

딩쯔타오의 눈에 산길이 들어왔다. 자신이 질주하고 있었다.

구불구불한 산길 양측에 키 작은 식물이 자라고 사이사이에 돌들이 어지러이 널려 있었다. 누가 멋대로 내던진 끈처럼 보이는 그 길은 굽이져 숲속 깊은 곳까지 뻗어 있었다. 누군가 끊임없이 그녀의 귀에 대고 명령을 내렸다. 다이윈, 너는…… 다이윈, 너는 꼭…… 그 목소리 때문에 그녀는 무척 심란했다.

이제 그녀는 다이윈이 자신이라는 것을 알고 있었다.

그녀의 아버지는 『홍루몽』의 대옥과 상운을 좋아했다. 딸이 대옥의 총명함과 상운의 순박함을 지니면 행복할 거라면서, 두 사람 이름을 따다가 그녀에게 다이윈이라는 이름을 지어줬다.* 그녀의 아버지는 책을 좋아하고 그림 그리기를 즐겼다. 동쪽 사랑채의 큰 방 세 개가 거의 아

---

* 『홍루몽』의 두 인물인 대옥(黛玉)과 상운(湘雲)에서 각각 '대(黛)'와 '운(雲)' 한 글자씩 따서 '다이윈(黛雲)'이라고 지은 것이다. 두 글자를 현대 중국어 발음으로 읽으면 각각 '다이'와 '윈'이다.

버지의 서재로 쓰일 정도였다. 그중 한 방에서 글을 쓰고 그림을 그렸
다. 그럴 때 아버지는 길게 소리를 늘여 그녀를 부르곤 했다. "원아……
와서 먹 좀 갈아라." 아버지의 역연* 벼루는 다이원이 무척 좋아하는 물
건이었다. 노란색이라고도 할 수 없고 초록색이라고도 할 수 없는 그
벼루는 두 사람이 바둑을 두는 형상이었다. 가만히 쓰다듬으면 매끄러
우면서 시원했다. 하지만 먹 가는 걸 좋아한 건 아니었다. 팔도 아프고
옷도 매번 더러워졌다. 어머니도 아버지가 그녀에게 먹을 갈라고 시키
는 걸 싫어했다. 그런 일은 작은어머니나 할 일이라고 생각하며 어머니
는 다이원을 수예방에 잡아두고 싶어했다. 어머니는 그녀가 자신의 수
예 기술을 배우길 바랐다. 하지만 아버지는 늘 그녀를 찾았다. "우리 원
이가 먹을 잘 갈아, 농도가 딱 맞는다고. 원이가 먹을 갈아줘야 내 글씨
나 그림의 품격이 제대로 산다니까." 그런 다음 또 말했다. "역시 지난
번의 조소공** 먹을 써야겠다."

하지만 달려가는 지금 그녀 귓가에서 말하는 사람은 아버지가 아니
었다. 아버지는 늘 온화하고 부드럽게 말했는데 지금의 음성은 강하고
단호했다.

산길이 칠흑처럼 어두웠다. 하늘에 달은 물론 별도 하나 없었다. 먹
구름이 얼마나 빽빽한지 끝도 보이지 않고 두께도 알 수 없었다. 다이
원은 아이를 업은 채 걷다가 뛰기를 반복했다. 길을 볼 필요도 없는 듯
했다. 가야 할 길을 발이 그냥 아는 모양새였다.

그렇게 아무것도 없는 밤인데, 누군가 방향을 알려주듯 허공에서 계

---

* 역수고연(易水古硯)이라고도 불리는 중국의 대표적인 벼루.
** 청나라 때 먹 제조로 유명했던 장인.

속 이야기했다. 망루로 들어가면 계단 밑에 망가진 나무 창이 쌓여 있다. 그걸 치우면 뒤쪽으로 작은 문이 있는데, 내 조부께서 예전에 파놓은 비밀통로다. 뒷산으로 통하니 그 비밀통로로 빠져나가거라. 동굴 입구에 띠풀이 있다. 띠풀을 지나면 차밭이다. 차밭에서 나가면 녹나무두 그루가 보일 게다. 나무 뒤에는 울타리가 있다. 울타리를 넘어서 남쪽으로 열 걸음 정도 가면 돌이 깔린 오솔길이 나올 거다. 언덕을 에둘러 올라가는 그 길로 가거라. 돌이 어지럽게 깔려서 발을 다치기 쉬우니, 너무 가장자리로는 걷지 말거라. 오솔길은 산기슭까지 통하니 길을따라 달려라. 길이 꺾이면 너도 꺾고 숲으로 통하면 너도 숲으로 들어가고, 오르막이 나오면 너도 올라가거라. 길에서 벗어나지 말고 끝까지달려라. 끝까지 가면 강이 나오고, 푸퉁이 기다리고 있을 게다. 빠를수록 좋다. 날이 밝아 붙들리면 너와 아이는 목숨을 부지할 수 없을 게다.

그건 시아버지 루쯔차오의 지시였다. 그는 엄격하고 단호하며 반박을 용납하지 않았다.

산속은 전혀 조용하지 않고 온갖 이상한 소리가 사방에서 시끄럽게 울렸다. 그녀의 달음박질에 놀란 새떼가 어디선가 후드득 날아오르기도 했다. 새들의 날갯짓 소리는 밤을 타고 사방으로 울려퍼졌다. 하지만 그녀는 그런 것에 두려움을 느끼지 않았다. 그런 괴이한 소리보다훨씬 더 큰 공포에 압도되었기 때문이다.

그녀는 달렸다. 미친 듯 달렸다. 죽을 듯 달렸다. 잡히면 정말로 죽는다는 것을 그녀는 잘 알고 있었다. 그녀 아버지와 어머니를 비롯한 온가족의 처량한 얼굴, 그들의 통곡과 비명 소리 그리고 밤사이 마을 사람들이 세세히 묘사하던 그들의 비참한 죽음이 채찍처럼 그녀의 달음박질을 재촉했다. 불과 몇 달 전에 그녀는 아버지, 어머니와 체런루의 식당에 앉아 밥을 먹었다. 재산을 전부 내놓고 하인들도 내보내 집이 썰렁하고 궁색했다. 그들 가족은 직접 국수를 만들어 먹으며 어머니의 생일을 축하했다. 그런 상황에서도 아버지는 일가족이 모일 수 있는데다 체런루에서 식사할 수 있으니 천만다행이라고 했다. 체런루는 그녀의 할아버지가 지었다. 처음 지을 때 뒷집 먼 친척 아저씨가 너무 높게 짓는다고 툭하면 찾아와 소란을 피웠다. 소란을 피울 때마다 할아버지는 들보를 잘랐다. 일주일 동안 세 차례나 잘랐다. 다른 친척들이 더는 못 보겠다며 그녀의 집안을 위해 나서려 했다. 하지만 할아버지는 참고 양보하자며, 이웃과 척질 수 없다고 말렸다. 더군다나 친척이 아니냐고 했다. 집을 완공한 뒤 할아버지는 '체런루'*라고 이름을 붙였다. 다른 집보다 지붕은 낮아도 생활은 갈수록 좋아졌다. 반면 높고 큰 집에 살던 친척 아저씨 집안은 세 아들이 재산 다툼을 벌이다가 몇 년 만에 풍비박산났다. 그녀의 아버지는 그것 보라면서 참으면 복이 온다고 했다. 체런루에는 그녀의 가족 십여 명이 살았다. 도시로 공부하러 가기 전까지 그녀는 그곳에서 살았다. 평생 가장 정든 곳이었다.

그 한 끼를 먹고 며칠 뒤 가족들과 영영 이별하게 될 줄 누가 알았겠는가. 그녀는 속으로 중얼거렸다. 아버지, 아버지, 할아버지처럼 평생을 양보하고 참으시더니 어떤 결과를 맞으셨나요? 온갖 방법을 다 썼지만 결국에는 총살당하셨잖아요. 심지어 어머니와 작은어머니, 새언니까지 온 가족이 아버지 때문에 전부 참고 양보하다가 죽었어요. 그렇게 참는

---

* '체런루(且忍廬)'는 '인내하는 집'이라는 뜻이다.

게 무슨 소용이냐고요?

그런 생각들로 그녀의 가슴은 갈가리 찢어졌다.

귓가로 조금씩 물소리가 들려왔다. 순간 물 냄새도 맡은 듯했다. 이어서 강줄기가 보였다. 또 이어서는 푸퉁이 보였다.

이미 기진맥진한 상태였지만 걸음을 멈출 수가 없었다. 그렇게 질주하기 위해 살아온 것만 같았다. 물을 봤을 때 그녀는 강가에 이르렀으니 멈춰야 한다고 생각했지만, 발을 멈출 수가 없었다. 그녀는 비틀거리며 물속으로 뛰어들었다.

푸퉁이 달려와 그녀를 붙들며 소리쳤다. "왜 그래요? 다이윈 누님! 어디 가시려는 거예요?"

제 6 장

26. 바쁘지 않아도 인생은 피곤해

칭린은 제일 바쁜 시기를 넘겼다. 회사의 창샤 부동산 프로젝트가 대략적인 틀을 갖춘 것이다. 합리적인 가격으로 토지를 매입했고 단지 조성 계획도 얼마 전에 마무리되었다. 논의해보니 여러 부서 모두 만족스러워했다. 그들이 개발할 지역은 포쭈링이었다.

착공에 앞서 사장 류샤오촨이 둘러보러 왔다. 그는 칭린의 일 처리에 매우 흡족해하며 시찰하는 동안 칭린의 설명에 수시로 고개를 끄덕이거나 어깨동무를 하고 등을 토닥이는 등 친근한 방식으로 칭찬했다. 칭린이 오히려 불편해질 정도였다.

점심때는 탕쉰호수에 가서 어묵을 먹었다. 부드러운 식감에 뽀얀 국물이 무척 맛있었다. 류샤오촨은 어묵을 한 그릇 비운 뒤 흥이 올라 학창시절 이야기를 늘어놓았다. 예전에 툭하면 친구 몇 명과 부대 지프차를 훔쳐 타고 새를 잡으러 왔었어. 아주 옛날에 이곳은 사람이 살지 않는 황무지였지. 특히 포쭈링에 마을이 들어선 건 명청 시대 이후의 일이고. 어느 해인가 큰 홍수가 나서 사람들이 허둥지둥 사방으로 달아났다더군. 그런데 이곳에 이르렀을 때 갑자기 물이 물러났다는 거야. 사실 지대가 높기 때문이었지만 당시 백성들은 아둔해서 이곳을 복된 땅이라고 생각해 정착했다더라고. 이후 우한 사람들이 복과 불을 혼용해 부르다가 결국에는 부처님 고개라는 뜻의 포쭈링으로 굳어졌다지.* 부처님이 보살핀다니 당연히 좋을 수밖에 없겠지만, 우리는 어떤 일이든 현실적으로 접근해야 되잖나. 복된 게 부처보다 더 큰 의미가 있지.

모두 고개를 끄덕였다. 칭린도 고개를 끄덕였지만, 속으로는 그게 대체 무슨 소리인지, 완전히 말도 안 된다고 생각했다. 칭린은 류샤오촨의 성격을 잘 알았다. 우한 부대에서 자란 그는 그 자랑스러운 성장 배경 덕분에 언제나 자신만만해했다. 허풍은 그런 사람들의 특징이었다. 자신 같은 사람은 그런 자유로움을 평생 가질 수 없을 거라고 칭린은 생각했다.

그래도 결국 홀가분함은 가지게 되었다.

그는 류샤오촨과 같은 비행기를 타고 남쪽으로 돌아왔다. 우한에 오래 있었더니 아내와 아이가 보고 싶었다. 일과 어머니 때문에 그들 곁을 오래 비워서 칭린은 미안한 마음이었다. 류샤오촨이 칭린의 마음을 꿰뚫어본 듯 말했다. "시간은 앞으로도 많아. 우리 아버지가 예순 살에 퇴직하셨거든. 수속을 마치고 집으로 돌아온 날 흥분하셔서는 드디어 아내와 제대로 살 수 있겠다고 말씀하셨어. 그렇게 이십여 년을 함께하셨지. 나중에는 전혀 재미있다고 생각하지 않으셨고. 그러면서 예전에

---

* 부처님이라는 뜻의 '불(佛)'은 현대 중국어 발음으로 '포'라고 읽고, 복되다는 뜻의 '복(福)'은 '푸'라고 읽는다. 발음이 유사한 두 글자를 혼용하며 이 지역을 부르다가 결국 '포쭈링(佛祖嶺)'으로 굳어졌다는 뜻.

늘 떨어져 있었던 게 다행이라고 하시더라. 아니었으면 한 사람과 오륙십 년이나 함께 산 것을 떠올릴 때마다 인생이 가치 없게 느껴졌을 거라고. 봐봐, 이게 바로 살아본 사람의 심오한 깨달음이라고."

칭린이 웃으며 어르신의 말이 재미있다고 생각했다.

칭린은 집에서 일주일을 머물렀다. 아침에 본사로 나가 한 바퀴 돌긴 했지만, 달리 맡은 일이 없어서 지인들과 이야기를 나누다가 금방 퇴근했다. 남는 시간에는 아들을 학원에 데려다주고 데려오고, 저녁에는 아내와 텔레비전을 보거나 쇼핑을 나갔다. 아내와 아들은 무척 좋아했고 그도 자기 삶이 꽤 만족스러웠다. 우한에 누워 있는 어머니는 하루가 백일이나 마찬가지일 터라, 칭린의 괴로움과 불안도 서서히 엷어졌다. 어머니에게는 이미 미래가 없었다. 기다림과 어머니의 숨을 유지하는 것이 어쩌면 그가 할 수 있는 효도의 전부였다.

칭린은 매우 현실적인 사람이었다. 그는 자기처럼 빈손으로 세상에 던져진 사람이 현실적이지 않으면 어떻게 현실을 추구하는 사회에서 살아남을 수 있겠느냐는 확고한 신념을 가지고 있었다. 현실적이어서 지금처럼 만족할 수 있었다.

다만 인생의 가치에 대해 류샤오찬의 아버지가 했다는 말이 가끔 떠오르곤 했다. 맞는 말이었다. 바쁘지 않은 인생이라도 똑같이 피곤할 수 있었다.

그때 대학 동기 룽중융이 전화를 걸어왔다. 후베이성 서쪽에서 아주 독특한 지주 저택이 발견되었다면서, 마침 중국 민간의 대부호 저택을 조사중이라 대학원생 세 명과 살펴보러 간다고 했다. 그러면서 칭린에게 시간이 있는지, 같이 갈 의향이 있는지 물었다.

대학 동기들 대부분 각 회사나 설계사무소로 흩어져 비슷한 일을 하고 있었다. 물론 계속 공부해 대학에 자리잡은 친구도 있었다. 룽중융은 박사과정을 마친 뒤 학교에 남았다. 프로젝트를 맡으면 친구들끼리 아이디어를 주고받거나 세계적 전문가를 소개하는 등 적극적으로 교류했다. 특히 룽중융은 칭린과 사 년 동안 같은 방에서 지낸 특별한 사이였다. 칭린은 프로젝트를 맡을 때마다 룽중융에게 전화해 의견을 물었다. 지금 칭린은 한가하다못해 지루해지던 참이라, 두 번 생각할 것도 없이 곧바로 말했다. 당연히 가야지! 또 후베이에 가는 거라면 모든 비용을 자신이 부담할 수 있다고도 했다. 대학교수에 비하면 자신의 경제적 여건이 훨씬 낫다고 생각했다.

그들은 후베이성 언스의 쉬자핑공항에서 만나기로 약속했다. 세심한 칭린은 반나절 먼저 언스에 도착해 그들이 가려는 저택의 소재지를 알아보다가 리촨현이라는 말을 듣고는 깜짝 놀랐다. 그가 알기로 리촨은 이루 말할 수 없을 만큼 가난한 지역이었다. 옛날 이웃에 살던 형이 지식청년*으로 내려갔던 시골이 리촨이었다. 그곳 주민들은 무척 고단하게 살며 감자를 주식으로 먹는다고 들었다. 그렇게 궁벽한 시골에 어떻게 대부호의 집이 있지? 심지어 화려한 저택이라고? 아무리 생각해도 기이했다.

칭린은 언스에 사는 친구에게 지프차를 빌린 뒤 리촨에 전화해 게스트하우스를 예약했다. 산으로 들어가는 길도 물어보고 대충 약도까지 그려뒀다. 그렇게 준비를 마친 뒤 칭린은 차를 몰아 공항으로 갔다.

---

* 문화대혁명 시기 농촌으로 내려가 사회주의사상을 실천했던 도시의 젊은이.

비행기가 연착해 룽중융 일행은 거의 저녁 여덟시가 되어서야 도착했다. 칭린이 차로 마중나온데다 계속 그 차를 이용할 예정이며 숙소까지 예약해뒀다고 하자 룽중융이 활짝 웃었다. "그럴 줄 알았어. 너만 있으면 머리 없는 파리처럼 좌충우돌할 일이 없을 줄 알았다니까. 아무리 엉망인 일도 너한테 맡기면 잘 풀리지."

칭린은 그런 말을 듣는 게 좋았다. 그는 모두에게 차에 타라고 한 뒤 웃으며 말했다. "다 왔다고 생각하지 마. 산지라고. 산이 끝없이 이어져. 더 깊이 들어가야 해. 길이 좋으면 오늘 안에 도착할 수 있겠지만, 안 좋으면 새벽에야 도착할 거야."

그 말에 학생들이 깜짝 놀랐다.

길이 무척 험하고 차창밖이 새까맸다. 가끔 인가 한두 곳이 콩알만 한 불빛으로 보일 뿐이었다. 헤드라이트가 비치는 곳은 멀든 가깝든 모두 산그림자였다. 작은 지프차가 거센 파도를 타듯 산길을 출렁거리며 나아갔다.

한 학생이 걱정스럽게 물었다. "룽 선생님, 부자가 이런 곳에 살았다고 확신하세요? 심지어 화려한 저택까지 짓고요?"

룽중융이 대답했다. "이 세상은 말이지, 사람만 있으면 무슨 일이든 가능해."

칭린은 맞는 말이라고 생각했다.

27. 바이양바의 다수이징

이튿날 아침 차를 몰고 문을 나섰을 때에야 그들은 주변을 제대로 볼 수 있었다. 지난밤에는 산길이 영영 계속될 것만 같고 산의 윤곽이 끝없이 멀어지는 파도처럼 아득할 뿐이었지만 지금은 산이 그다지 높지 않고 산머리도 뾰족하지 않아 깊은 산속이라는 느낌이 별로 들지 않았다. 사방을 둘러봐도 꽉 막혔다거나 좁다고 느껴지지 않았다. 농민들의 밭과 가옥이 중간중간 적절하게 뒤섞여 있어 담백하고 평온해 보였다. 한가로운 농촌을 상상할 때 떠오르는 전형적인 전원 풍경이었다.

시내를 벗어나자 사람들이 거의 눈에 띄지 않았다. 산기슭의 조각조각 개척된 밭들이 늦봄 초여름의 햇살 아래 푸르르게 빛났다. 가끔 산자락에 바싹 붙은 흙집이 보였다. 흙집 옆에는 텃밭이 있고 그 옆으로 나무가 드문드문 서 있었다. 그런 나무들은 내키는 대로 공터를 찾아 뿌리를 내린 듯 산발적으로 자라고 있었다.

그들은 차를 세우고 담배를 피우며 길가에 잠시 서 있었다. 칭린이 말했다. "오랫동안 일하며 하도 많이 봐서 자연 경치에 무뎌졌다고 생

138

각했거든. 그런데 오늘 풍경은 정말 감동적이다."

룽중융이 동의했다. "그러니까. 이렇게 소박하고 원시적이라니. 천 년 동안 하나도 안 변했을 것 같아."

어제 질문했던 학생이 여전히 의혹을 제기했다. "선생님, 여긴 농촌이잖아요. 농촌은 원래 이렇다는 거 아시잖아요? 원시적인 가난 때문에 자연 속 일부가 된 거죠. 부자가 왜 이런 곳에 오겠어요?"

룽중융이 대꾸했다. "보지 않았을 땐 몰랐는데 보고 나니 가슴이 뛰네. 느낌이 아주 좋아. 부자가 저택을 짓겠다고 마음먹었으면 아주 좋아했을 지역 같아. 중국 부자들은 괜히 떠돌아다니는 걸 좋아하지 않아. 뿌리 박고 정착하는 걸 좋아하지. 그렇게 뿌리를 내리는 곳이 고향이 되고. 지나치게 가난한 지역은, 예를 들어 물과 나무가 부족한 곳은 생활이 불편해서 원치 않았을 거야. 그런데 여기는 위치가 정말 좋아. 겹겹의 산이 병풍 같고 물도 풍부해. 조금 멀 뿐이지. 돈 있는 사람한테 거리는 문제가 되지 않아. 심지어 외질수록 더 좋아하기도 해. 재산을 숨기기 쉬우니까. 또 궁벽한 시골에 사는 친족들은 소박하고, 왕법보다 가법을 중시하거든. 관청보다 종가를 두려워한다고. 그러니 다루기 쉽지. 자기 집안사람을 잔뜩 데려오면 그 지역을 지키기도 쉽고. 원수가 있어도 찾아오기 쉽지 않을 거야. 말하자면 세상의 은신처 같다고 할까."

학생은 여전히 의아해하며 믿지 않는 눈치였다. 하지만 칭린은 룽중융의 말에 일리가 있다고 생각했다. 다만 그저 커다란 저택에 불과할지도 몰랐다. 그런 식의 시골 저택을 그는 후베이성 여러 마을에서 수없이 목격했다.

그들의 목적지는 바이양바진에 있는 '다수이징'*이라는 이름의 저택이었다. 정말 이상한 이름이었다. 소문에 따르면 그들 가문은 과거 비적의 공격을 받았을 때 물이 부족해 항복하는 수밖에 없었다. 비적이 물러간 뒤 그들은 근방에 우물을 파고 그 사방을 친족들 주택으로 에워쌌다. 가문의 수장이 벽에 '다수이징'이라는 글자를 적은 이후 그곳은 '다수이징'이라 불리게 되었다.

그들은 차 안에서 남방과 북방의 지주 저택에 어떤 차이가 있는지, 또 서민의 부유함이 왜 국가 부강의 기반이 되는지, 전통 민가가 어떻게 자연과 조화를 이루는지, 민간 건축에서 빠지지 않는 중국식 문화의 특징이 무엇인지 등에 관해 이야기했다. 룽중융은 이제는 그런 게 없어졌다고 말했다. 건축사가 없던 시대에는 오히려 알고 있었어. 건축이란 자연을 경외하고 자연 속에 녹아 유기적인 한 부분이 되어야만 오래 살아남을 수 있다는 걸 말이야. 반면 지금은 대부분의 마을이 자연에 시위하는 형태로 건물을 짓지. 마치 봐봐, 내가 너보다 훨씬 대단하니까 더 빛나고 멋져야 해, 라고 말하는 것 같다니까. 그런 건축은 결말이 좋을 수 없어. 자연의 힘은 이길 수 없거든.

청린은 룽중융의 의견이 신선하다고 생각하며 덧붙였다. "예전에 선생님이 강조하시던 얘기와 통하네. 일상적인 주택은 절제하고 또 절제해야 한다고 하셨지. 사실 집뿐만 아니라 인생도 절제하고 순리를 따라야 오래갈 수 있어."

한 학생이 물었다. "우 선생님, 오래간다는 건 수명을 뜻하나요?"

---

* '다수이징(大水井)'은 물이 많은 우물이라는 뜻이다.

청린은 말문이 막혀 한참을 생각한 뒤에야 대답했다. "그런 것 같군."

세 학생 모두 웃음을 터뜨렸다. 청린은 이들의 웃음이 어떤 의미인지 의아했다.

심하게 낡은 다수이징이 드디어 눈앞에 나타났다. 길가에 차를 세운 뒤 그들 일행은 별로 눈에 띄지 않는 저택으로 걸어갔다. 아무 매력도 느껴지지 않았다. 대문이 45도 정도 비스듬하게 열려 있었다. 룽중융은 남쪽 사람들은 풍수를 중시했으니 문도 분명 배산임수를 따랐을 거라고 말했다.

대문 위쪽에 '청련미음靑蓮美蔭'이라 적힌 현판이 걸려 있었다. 청린이 말했다. "집주인이 이씨였던 게 확실하네."*

룽중융이 웃으며 맞장구쳤다. "황족이 아니라 문인을 끌어들였군. 문화적 소양이 상당해 보이잖아."

한 학생이 웃으며 말했다. "이씨의 당나라 왕조를 끌어들이기에는 너무 멀었겠지요."

다른 학생이 반박했다. "이백도 당나라 시대 사람 아니야? 그건 왜 멀게 느껴지지 않는데?"

그들 일행은 웃으며 안으로 들어갔다. 난간 먼지부터 실내 분위기까지 곳곳에서 오랫동안 사람이 살지 않았음이 드러났다. 관리하는 노인이 있어서, 그들은 인사를 건넨 뒤 대학에서 건축을 연구하는 선생이라고 밝혔다. 노인은 아무 대꾸 없이 순박하게 웃으며 안으로 들여보내줬다. 평소에 거의 찾아오는 사람이 없어서 어쩌다 찾아온 손님을 반기며

---

* 당나라 시인 이백(李白)의 호가 청련거사(靑蓮居士)라는 사실을 연상하고 한 말.

기꺼이 보여주고 싶어하는 듯했다.

안으로 들어가자 뜻밖에도 집이 겹겹으로 이어지고 마당 뒤에 또 마당이 나오는 게, 가히 놀라움의 연속이었다. 한 바퀴 둘러본 뒤 룽중융이 말했다. "백 년 된 저택이 아니라 지주의 장원莊園이었네. 스타일의 변화를 좀 봐. 최소 이백 년은 됐겠어. 건축에서도 몇 대 왕조의 흔적이 보이고."

칭린도 깜짝 놀랐다. 그러다 사당에 이르렀을 때 그들의 놀라움은 충격으로 바뀌었다. 후이저우 스타일의 담장이 맞은편의 높은 산머리와 조화를 이루고 있었다. 그리고 사당 내부의 웅장함에서 이 남방의 지주 장원이 얼마나 어마어마한 가치를 지녔는지 알 수 있었다. 처마에서 복도까지, 대문에서 창문까지, 위든 아래든, 작은 점이든 넓은 면이든 신경쓰지 않은 부분이 하나도 없었다. 중국 남방의 한 부유한 가문이 자신의 문화 전통을 얼마나 존중했는지 여실히 드러나고 있었다.

세 학생이 마당 개수를 세어보았는데 스무 개가 넘었다. 방과 누각은 셀 수조차 없을 만큼 많았다. 곳곳에서 시간이 남겨놓은 쇠락의 흔적이 보였지만, 정교하게 조각된 목조 창과 알록달록한 처마에서 당시에 얼마나 화려했을지 짐작할 수 있었다. 한 학생이 소리쳤다. "세상에, 이 기둥머리는 배추예요. 배추를 기둥머리로 만들다니 어떻게 이런 생각을 했을까요? 중국식과 서양식이 너무 심하게 섞여 있네요."

룽중융이 말했다. "이상할 것도 없지. 민간 백성들은 건물을 지을 때 복을 아주 중시했거든. 배추는 부의 상징이니까 그걸 많이 조각했고. 그런데 민국 시기*에는 중국식과 서양식의 장점을 자연스럽게 혼합하지 못했어. 많은 지방 호족이 서양식 기둥을 원하면서도 중국 전통 역시 버리지 못했거든. 그러니 억지스럽더라도 기를 쓰고 배추를 넣을 수밖에."

사당 밖으로 나가자 첩첩이 쌓인 산들이 물러나는 듯하다가 또 줄줄이 다가오는 듯 보였다.

칭린은 전혀 기대하지 못한 수확 앞에서 거의 말을 잃었다. 가장 놀라웠던 것은 병풍식의 두 쪽짜리 벽에 새겨진 글자였다. 장원 전체에서 제일 큰 글자로, 벽면 전체에 한 글자씩 적혀 있었다. '인忍'과 '내耐'였다. 대체 어떤 경험과 감정 때문에 그들 가문은 그 두 글자를 인생의 신조로 삼았을까?

칭린은 뭔가를 잡은 것 같았지만, 밑도 끝도 없는 혼란에 빠진 것도 같았다. 두 손을 깊고 짙은 구름 속에 넣어 분명히 움켜쥐었는데 양손이 텅 빈 느낌이었다.

룽중융은 마을에 머물기로 했다. 그는 학생들을 데리고 이 장원을 전체에서 세부까지, 구조부터 문과 창문, 벽화, 대련, 현판 등등까지, 간단히 말해 건축부터 문화까지 하나의 사례로 제대로 측정하고 도면을 그리고 해부할 생각이었다. 룽중융이 말했다. "사람들은 양쯔강 이남의 장원만 알지, 그 외 남쪽 지역의 장원은 잘 몰라. 이건 내 다음 책 내용이 될 거야."

칭린이 동의했다. "맞아. 특히 중남부 지역, 중국의 복부에 해당하는 이곳에 어떤 명문가의 장원이 있었는지 별로 아는 게 없지."

---

* 1912~1949년.

룽중융이 말했다. "유적지는 많이 봤어. 그런데 내가 흥미를 느끼는 것은 이런 가문이 어떻게 흥성했고 쇠락했느냐야. 그 과정을 이해하면 중국의 건축사를 이해하는 데 도움이 될 거야. 거꾸로 이런 건축사와 그들의 흥망성쇠 과정을 명확히 알면 중국 역사의 전환점과 진정한 발전 궤적을 파악할 수 있을 거고."

칭린이 웃었다. "우와. 갑자기 이렇게 진지해지다니, 깜짝 놀랐네."

세 학생도 웃었고 그중 하나가 말했다. "선생님 수업은 늘 이런 식이에요. 갑자기 심오한 부분으로 넘어가 저희를 멍하게 만드시지요."

룽중융의 원래도 진지한 얼굴이 한층 더 진지해졌다. "건축은 예술일 뿐만 아니라 실용이야. 특히 장원에는 한 가문과 자연, 각종 사회관계가 응축돼 있지. 장원의 시작과 기원, 흥성 및 쇠락은 전부 사회 변화와 밀접하게 연결돼. 장원 건축을 정말로 이해하려면 자기 마음속에 진짜 역사를 품고 있어야 하고. 책에 쓰인 것과 완전히 다르더라도 우리는 건축 자체가 제공하는 데이터에 근거해 당시의 역사를 확인하는 수밖에 없어."

칭린이 또 웃었다. "설마 지금 현장 강의하는 거야?"

학생들이 한바탕 웃음을 터뜨리자 룽중융도 어쩔 수 없다는 듯 웃었다.

28. 어느 가문 이야기

오후에 친구가 집을 한 곳 소개해줬다. 그 집 노인이 젊었을 때 다수이징 장원에서 하인으로 일하며 부근 산기슭에 살았다고 했다. 칭린 일행은 그 관계를 듣자마자 반색하며 당장 만나고 싶어했다. 특히 룽중융은 내부 사정을 아는 사람의 구술이 제일 중요하다고 계속 중얼거렸다.

노인은 샹씨로 나이가 꽤 있었다. 그에게 지난 일은 일부러 떠올려야 하는 회상이 아니라 언제라도 반가운 수닷거리였다. 손님이 찾아오자 노인은 무척 좋아하며 긴 담뱃대를 꺼내 손님들에게 피워보라고 권했다. 칭린이 보니, 대나무로 만들어진 담뱃대는 세월이 흘러 까만 윤기가 반드르르하게 흘렀다. 연기가 나오는 끝부분이 뾰족하게 위로 들려 있고 금속 재질에 비늘무늬가 새겨진 게 무척 값비싸 보였다. 연녹색 옥을 상감한 물부리 부분 역시 긴 시간에도 탁해지지 않고 여전히 옥색이 은은하게 빛났다. 노인은 당시 재산 분배 때 작업조 조장에게 받아낸 담뱃대라고 말했다. 귀한 손님이 오지 않았으면 아까워서 꺼내지도 않았을 거라며, 지금은 천 위안 정도 나갈 거라고 덧붙였다.

룽중융이 말했다. "옛날 지주의 물건이면 만 위안은 될 겁니다."

노인이 곧장 아들을 바라보며 말했다. "선생님 말씀 들었지? 아주 비싼 물건이니 잘 간직해라."

노인은 사투리가 심하고 말도 조리 있게 하지 못했다. 구이저우 사람인 룽중융은 서남쪽 사투리에 워낙 익숙해 잘 알아들었고, 칭린도 우한에서 자랐기 때문에 대충 이해할 수 있었다. 하지만 룽중융의 세 대학원생은 각각 산둥성, 랴오닝성, 푸젠성 출신이라 거의 알아듣지 못했다. 룽중융은 선생이 아니라 통역사가 되어야 했다. 그러다보니 이야기 시간도 무척 길어졌다.

샹 노인은 리씨* 가문의 일을 말하려면 삼백 년은 걸릴 거라면서 입을 열었다. 두 리씨 형제는 후난에서 쓰촨으로 왔네. 예전에는 이곳도 찬둥에 속하고 펑제 관할이었지. 처음에 그들 형제는 황씨 지주 밑에서 일했어. 형은 유능하고 총명해 차츰 재산 관리를 맡게 되었고, 작게 본인 장사도 시작했네. 그런데 시간이 흐르면서 그들 장사가 주인집보다 커졌고 나중에는 아예 그들이 주인이 되었지. 여기 장원에서 제일 오래된 집이 바로 황씨 집안의 저택이라네. 두 형제는 돈을 벌자 아이들을 공부시켰어. 예전에는 공부를 마치면 관리가 되었거든. 관리가 되자 재산도 더 늘고 가업도 번창했지. 가업이 흥성하면 가족이 늘어나는 게 당연하지 않겠나? 부자는 첩을 여럿 들이니까. 마누라가 많아지니 아이도 늘어 무리를 이루었네. 가문에서 회의를 열었다 하면 우르르 딸려오는 가족이 백여 명이었어. 그렇게 가문이 흥성하니 살 집이 부족했

---

* '이(李)'를 현대 중국어에서는 '리'라고 발음한다. 앞서 이씨의 저택일 것 같다는 칭린의 짐작이 맞아떨어진 것이다.

지. 하지만 돈이 있는데 두려울 게 뭐가 있겠나. 새로 지으면 그만이지. 한 세대 한 세대 계속 집을 짓다보니 집이 즐비하게 들어서면서 장원을 이룬 거야. 리씨 가문은 촨둥의 대부호가 되었고 주변 일대가 전부 그들 집안의 토지였어.

왜 다수이징이라고 부르냐고? 옛날에는 가난한 사람도 많고 비적도 많았네. 촨둥 지역도 늘 비적이 들끓었지. 비적이 훑고 가면 돈 있는 집들은 남아나질 않았어. 하지만 우리 주인집은 비적을 무서워하지 않았네. 사당에 가봤나? 벽이 두껍지? 위치도 높고? 108개의 총구를 108명이 하나씩 지켰으니 어느 비적인들 살아남을 수 있겠어? 비적이 몇 차례 왔지만 건드릴 생각도 못했네. 그러다 나중에 허씨가 군대를 이끌고 쳐들어온 거야. 민국 시기였지. 그때 나는 아직 어렸지만, 우리 아버지가 사격수였어. 아버지 말씀이 며칠을 포위당했어도 함락되지 않았대. 하지만 사당의 물이 바닥난 거야. 그때 수장이 우리 주인인 리가이우였거든. 그는 어쩔 수 없이 혼자 말을 타고 협상하러 갔어. 허 대장한테 꽤 많은 은화를 주었지. 허 대장도 세간의 규칙을 아는 사람이라 돈을 받자 떠났고, 그들이 떠난 뒤 수장은 우물을 파겠다고 결정했네. 우물을 다 판 뒤에는 담장을 높이 쌓았고. 물만 있으면 아무리 많은 사람이 몰려와도 두려울 게 없지. 벽에 적힌 글자 봤나? 다수이징이라는 세 글자는 우리 주인인 리가이우가 적었어. 아주 크게, 정말 위풍당당하게 적어놓았지.

그렇지만 아무리 담을 높고 두껍게 쌓은들, 해방 때는 전혀 소용이 없을 줄 어떻게 알았겠나. 그들 일가는 크든 작든 전부 지주였으니 철저하게 타도됐어. 자네들이 갔던 그 장원의 어르신 이름은 리량칭이었어. 그 집 맏이 부부는 총살됐지. 셋째는 누각에서 뛰어내렸고. 당시 이십대 초반이었던 나는 그 집 소작인으로 가난뱅이였어. 그렇다고 열성분자도 아니었네. 리씨 일가가 우리한테 잘 대해줘서 어머니가 혁명에 가담하지 말라고 하셨거든. 그래도 토지문서를 불사를 때는 참여했지. 어머니가 토지문서는 태우는 게 좋겠다고 하셨으니까. 그때 이후로 우리는 우리 자신을 위해 농사짓게 되었고. 더는 지주에게 세를 내지 않았네.

우리 주인 리가이우는 아주 총명한 사람으로, 비적 소탕과 패권주의 반대에 적극적으로 나섰어. 심지어 나중에는 완현에서 토지개혁대 대장까지 했다더라고. 그래서 그 재난을 피해갈 수 있을 줄 알았는데, 농민조합은 기어코 그를 투쟁대회에 세웠네. 현에서는 그를 보호하기 위해 교수형이나 총살형에 처하면 안 된다고 했어. 농민조합은 현의 지시를 따를 수밖에 없었지만, 그를 미워하는 사람도 많았기 때문에 그들 일가를 장원에 가둬버린 거야. 때리거나 죽이지 않는 대신 먹을 것도 주지 않았지. 그런 규정은 없었으니까. 그들은 먹을 게 없어서 굶어죽었어. 두 아이까지 굶어죽었지. 정말이지 전생에 무슨 죄를 지어서 현생에서 그런 고통을 받았는지 모르겠네.

노인이 띄엄띄엄 이야기하다보니 어느새 날이 어두워졌다.

리씨 가문은 그렇게 끝났네. 노인이 마지막으로 말했다.

이후로는 담배 피우는 소리만 남았다.

칭린은 세상이 어떻게 이토록 잔혹할 수 있는지 가슴이 먹먹해지면서 장원에서 봤던 커다란 '인'과 '내' 글자가 떠올랐다. 요동치는 시대의 흐름 속에서 그 글자들이 무슨 쓸모가 있었겠는가?

세 학생이 훌쩍이자 룽중융이 말했다. "많은 사람이 정권 교체와 정국 안정화는 필연적 과정이었다고 생각하지. 그래도 우리는 꼭 그렇게 잔혹해야 했는지 자문해볼 필요가 있어."

칭린도 맞는 말이라고 생각했다. 왜 그렇게까지 잔혹해야 했을까? 이성적으로 접근했으면 훨씬 더 좋은 방법이 있었을 텐데.

예전에는 그런 내용을 접할 기회가 워낙 적어서 역사의 흐름에 대해 거의 알지 못했다. 그들은 그 가문 이야기를 듣고, 장원에서 느꼈던 놀라움보다 더 큰 충격을 받았다.

현성으로 돌아오는 길에 그들은 누구도 입을 열지 않았다. 다들 생각에 잠긴 듯도 하고 머리가 텅 빈 듯도 했다.

저녁식사는 현성에서 했다. 룽중융은 내일 바이양바진으로 옮겨갈 생각이라며 말했다. "남방의 장원이라고 하면 범위가 굉장히 넓어 보이는데, 내가 말하는 곳은 양쯔강 중상류의 남쪽 지역이야. 이 지역에는 규모가 큰 장원이 많지 않아. 특히 산시나 양쯔강 하류에 비하면 새 발의 피야. 그런데 이 궁벽하고 은밀하기까지 한 숲에서 내력이 불분명한 대저택이 갑자기 튀어나왔으니, 정말 놀랐어. 더군다나 여기 장원 주인의 신분도 의아하고 건축자재의 출처도 의문이란 말이야. 이렇게 남쪽을 돌아다닐 때마다 나는 신비감에 빠져. 저택과 장원 뒤에 말할 수 없는 비밀이 무수히 숨어 있는 듯하다니까. 오늘 우리가 봤던 것처럼 언스는 많이 외지잖아. 리촨은 더 외지고. 거기서 더 외진 바이양바에 다수이징 같은 규모의 장원이 있다니, 정말 불가사의해. 기둥 하나가 들보 아홉 개를 받치고 있는 거 봤어? 얼마나 노련하고 잘 들어맞는지."

그들은 식사하면서 계속 이야기를 나누었다.

학생 하나가 물었다. "선생님, '신비'라는 단어로 세상의 무상함을 대변하신 겁니까?"

룽중융이 대답했다. "세상사가 확실히 무상하지만, 의심할 여지 없이 신비하기도 해. 내가 예전에 찬둥의 천씨 장원에 가봤거든. 다수이징은 비교도 안 될 만큼 규모가 컸지. 그런데 장원 어디에서도 배수 시스템이 보이지 않았어. 하지만 수백 년 동안 아무리 큰비가 와도 장원에 물이 고인 적이 없었대. 그걸 보면서 정말로 신비롭다고 느꼈어."

칭린이 끼어들려고 할 때 휴대폰이 울렸다. 사장 류샤오촨이었다.

류샤오촨은 아버지를 모시고 충칭에 친구를 만나러 왔는데 갑자기 긴급한 일이 생겨서 당장 미국으로 가야 한다고 했다. 그런데 형 부부가 유럽 여행중이라 사흘 뒤에야 돌아온다는 것이었다. 그러다 마침 칭린이 언스에 있다는 게 떠올랐다며, 혹시 충칭에 와서 아버지를 돌봐줄 수 있느냐고 물었다. "아버지가 어렵게 나오셨거든. 어렵게 나오셨으니 아무 일도 안 하고 돌아갈 수는 없지. 원래는 여기에서 돌봐드릴 사람을 찾으려고 했는데 아버지가 자네를 콕 집어서 가능한지 물어보시더라고. 자네를 좋아하셔. 가만 생각해보니 마침 자네도 근처에 있지 않나? 어때, 올 수 있나?"

칭린은 자신이 리촨에 있는 건 맞지만 쉬자핑공항에 충칭행 비행기가 있는지 몰라 우한으로 돌아가야 하니, 이틀 정도 걸릴 거라고 말했다. 류샤오촨이 대꾸했다. "그렇게 돌아갈 필요 없어. 리촨이면 더 편하니까. 아버지가 원래 찬둥으로 가실 계획이었거든. 기사한테 내일 완저우까지 모셔가라고 할 테니까 자네도 아침 일찍 차를 타고 그리로 와. 200킬로미터도 안 되니까 반나절이면 올 거야. 형 부부가 이삼일 뒤면

오거든. 자네는 그때 다시 리촨으로 돌아가면 돼."

칭린은 잠시 생각한 뒤 대답했다. "알겠습니다."

칭린이 자신의 동선을 대충 알려주자 룽중융이 말했다. "걱정하지 말고 일 봐. 우리는 바이양바진에 며칠 머물 거니까. 지도 작성처럼 세밀한 일은 오랫동안 사장 자리에 있어온 너한테는 익숙하지도 않을 테고."

칭린이 웃으며 대꾸했다. "내가 무슨 사장이야? 봐라, 우리 사장이 호출하니 아르바이트생처럼 당장 대령해야 하잖아."

29. 완저우의 생선구이

 칭린은 오후에 완저우국제호텔 로비에서 류진위안을 만났다.

 원래도 불그레한 류진위안의 얼굴이 한층 붉게 상기되어 있었다. 오는 길이 힘들었던 때문인 것 같기도 하고 흥분해서인 듯도 했다. 인사하고 악수할 때 칭린은 그의 힘을 느낄 수 있었다.

 류진위안이 말했다. "칭린, 내가 샤오촨에게 자네를 불러달라고 했네. 나를 누구에게 부탁하려면 칭린한테 부탁하라고 했지. 샤오촨은 내 말을 잘 들어서 그러겠다고 약속했고. 그런데 자네가 이렇게 빨리 올 줄은 몰랐군. 나 같은 늙은이와 다니는 게 어쨌든 귀찮은 일일 텐데, 자네 일에 방해되지 않나?"

 칭린이 대꾸했다. "아닙니다, 괜찮습니다. 모시게 돼 영광입니다."

 "샤오촨한테 들으니 어머니 건강이 안 좋으시다고?"

 "좀 그렇습니다. 식물인간처럼 침묵에 잠기셨어요. 가정부가 보살펴드리고 있습니다."

 "음, 샤오촨 말이 자네, 어렸을 때 아버지를 여의고 어머니 손에 자랐다며. 힘드셨을 거야. 어머니한테 효도하게."

칭린이 얼굴빛을 흐리며 말했다. "효도하려 한 게 어머니께 오히려 독이 된 듯합니다."

"절대 그렇게 생각하지 마. 부모는 누구나 자식의 효심을 알 수 있거든. 자네 어머니가 혼수상태라도 틀림없이 속으로는 아실 거네."

"네, 그랬으면 좋겠습니다. 예전에 여기에서 싸우셨다고 사장님이 말씀하시던데요?"

"그래, 끔찍한 전투였지. 비적 소탕이었어. 얼마나 격렬했는지 덩샤오핑도 언급할 정도였다네. 또 화이하이 전역*도. 이건 차차 이야기해주지."

칭린이 웃으며 말했다. "네, 오시느라 피곤하실 텐데 일단 좀 쉬세요. 조금 뒤에 모시고 식사하러 가겠습니다. 여기 생선구이가 유명하거든요."

"아, 자네 말을 들으니 뱃속이 벌써 요동치는군. 샤오촨 엄마가 우시 사람이라 생선구이를 잘했거든. 가정부에게 기술을 가르쳐주기까지 했다니까. 우리 가정부도 이곳 출신인데다 총명하고 세심해서 나중에는 더 잘했지."

그러면서 류진위안은 생선구이를 떠올리는 듯 고개를 저으며 눈을 감았다. 칭린은 그 모습이 재미있었다. 칭린도 생선구이를 좋아했다. 예전에 어머니가 자주 만들어줬고 그때마다 어머니는 시장의 산초가 예전 것만 못하다고 툴툴거렸다.

---

* 1948~1949년 쉬저우를 중심으로 중국 인민해방군과 국민당 군대가 벌인 대규모 전투. 이 전투에서 인민해방군이 승리함에 따라 대세는 공산당으로 기울게 되었다.

칭린은 문득 어머니가 그리워 생각에 잠겼다. 어머니가 다시 깨어나실 수 있을까? 깨어나시면 생선구이를 해달라고 해야지.

땅거미가 내릴 즈음, 칭린은 류진위안이 충분히 쉬었을 듯해 식사하러 나가자고 했다. 호텔을 나서자 길가에 각양각색의 식당이 즐비했다. 싼샤댐이 얼마 전 완저우 절반을 수몰시켜 어디에 가든 그 일로 말들이 많았는데, 식당은 전혀 타격이 없는 듯했다.

류진위안이 탄식했다. "세상이 정말 많이 달라졌네. 예전에는 식당이 어디 이렇게 많았겠나? 이 길을 잘 아는데 익숙한 느낌이 전혀 들지 않는군."

"요즘 도시는 십 년이면 크게 한 번, 오 년이면 작게 한 번 변합니다. 여기를 얼마 만에 오셨어요?"

"사십 년."

"그럼 큰 변화는 네 번, 작은 변화는 여덟 번이나 있었겠네요."

"그렇게 부지런히 변하다가 대소변이 되면 어쩌나?"*

칭린이 크게 웃으며 말했다. "어르신, 유머가 너무 원초적인데요?"

류진위안도 웃음을 터뜨렸다. 그는 평생을 엄숙하고 진지하게 살았는데, 은퇴한 뒤 한가해지자 성격까지 점점 변했다. 세상에 쓸모가 없어져서 내가 자포자기하기 시작한 걸까, 라는 생각이 들 정도였다.

어느 길목을 지나가다가 류진위안이 걸음을 멈추고 앞쪽 건물을 가리켰다. "저기가 예전에는 군관구 병원이었어. 샤오촨이 저기에서 태어났지. 아, 걔가 벌써 오십이 넘었으니, 우리가 어떻게 안 늙겠어?"

---

* '큰 변화는 네 번, 작은 변화는 여덟 번'에 해당하는 원문 '大變了四回, 小變了八回'는 '대변 네 번, 소변 여덟 번'과 발음이 같다.

"사장님이 저기에서 태어나셨군요. 어르신, 옛일 좀 떠올려보세요. 비밀을 좀 캐서 회사에 돌아가면 밑천으로 삼아야겠습니다."

"벌거숭이 어린애한테 비밀이랄 게 어디 있겠어? 의사가 발목을 잡고 엉덩이를 팍팍 두드린 게 전부지."

그 말에 칭린이 웃음을 터뜨리자 류진위안도 웃었다. 그들은 지나가던 사람들이 쳐다볼 정도로 크게 웃었다.

칭린이 생선구이 전문점을 발견하고는 재빨리 들어가 살펴본 뒤 나와서 말했다. "아주 깨끗한데 어떠세요?"

"자네 말하는 품이 꼭 샤오촨 엄마 같군. 그녀 평생 나한테 제일 많이 했던 말이 깨끗이 하라는 거였는데."

칭린이 웃었다. "제 어머니와 아내도 그렇습니다."

류진위안이 또 웃었다. "세상 여자들은 똑같다니까. 사실 잔소리 많다고 귀찮아해도, 다들 여자들이 없어지면 잘 지내지 못하지."

"그렇습니다. 어르신은 저보다 훨씬 더 심하게 느끼시겠지만요."

크지 않은 생선구잇집에 매콤한 냄새가 가득했다. 완저우 억양에 목소리가 가는 사장이 스스럼없이 친절하게 맞이했다. "사장님들 창가로 앉으시지요. 어르신께는 이 자리가 넓어서 다리도 편하고 거리 풍경을 보기에도 좋습니다."

사장이 안내해준 자리에 앉은 뒤 류진위안이 감탄했다. "전부 다 변했는데 냄새만큼은 그대로군. 완현 사람들은 예전에도 이렇게 친절하고 세심했지."

"여기 얼마나 계셨어요?"

"거의 십 년. 내 일생에서 가장 편안한 시간이었네. 새로운 중국을 건

설했지, 전쟁도 끝났지, 비적도 완전히 소탕했지, 사회도 안정되었지 임금도 충분했어. 집에는 활발하고 건강한 두 아들과 마누라, 가정부까지 다섯 식구가 있었고. 내 최대 전투는 장난꾸러기 두 아들과의 싸움이었네. 특히 샤오촨. 그런 일상은 내가 전쟁터에 나갈 때마다 가장 소망했던 꿈이었어. 막 입대했을 때 분대장이 그러더군. 공산주의가 무엇이냐? 바로 처자식과 뜨끈한 구들목이다, 라고 말이야. 그렇게 생각하지 않는 사람이 한 사람도 없었지."

칭린이 웃음을 지었다. "그게 당시 사람들의 이상이었나요? 재미있습니다."

류진위안도 웃으며 대답했다. "정말이야. 그때의 동력은 집으로 돌아가 잘사는 거였네. 자네, 진짜로 인류 해방이라고 생각한 건 아니지? 도시의 지식분자들은 그렇게 생각했을지도 몰라. 하지만 훨씬 더 많은 우리 농민들은 마을을 떠나 곧장 전선으로 나갔거든. 혁명에 참여한 이유도 지주한테 당하지 않고 잘살고 싶어서였어. 군인이 되었을 때 나는 부모님께 일본군을 몰아낸 뒤 돌아와 잘살겠다고 말했네. 이후에는 국민당을 무너뜨리고 돌아와 잘살겠다고 했지. 그러고 나서는 비적을 소탕한 뒤 돌아와 잘살겠다고 했고. 북한에 갈 때는 미국놈들을 물리치고 돌아와 잘살겠다고 했어. 그리고 마침내 좋은 날이 왔는데 아버지가 돌아가시고 어머니도 가셨지. 두 분이 안 계시니 집에 돌아갈 마음마저 없어지더군."

칭린은 류진위안의 말에 거의 쓰러질 정도로 웃었다.

"자네 같은 젊은이들은 그냥 우습게 들리지? 하지만 촨둥의 비적을 소탕하기 위해 우리는 주력부대가 왔어. 소탕이 끝난 뒤 나는 북한으로 갔고. 일 년 뒤 부상을 당해 돌아왔네. 집이 여기에 있어서 업무 배정도 이곳으로 났지. 조직에서 고향으로 돌려보내지 않으니 나는 여기에 있을 수밖에 없었어. 50년대 말이 되어서는 우한으로 갔고."

"정말 오래 계셨네요. 여기에 감정이 남다르실 만합니다. 그런데 고작 도적 몇을 잡으러 주력부대까지 움직일 필요가 있었나요?"

"이런, 여기를 과소평가하는군. 주변을 둘러보게. 첩첩이 산이야. 비적은 이곳에서 수백 년이나 둥지를 틀고 있었기 때문에 쉽게 몰아낼 수 없었네. 앞서 일본군과 국민당을 상대할 때는, 그들이 양지에 있고 우리가 음지에 있어서 싸움의 주도권이 우리한테 있었거든. 그런데 비적은 완전히 반대였어. 우리가 양지, 그들이 음지였지. 그들은 지형을 훤히 꿰고 있는데다 국민당 잔류부대와 합류했어. 심지어 현지 부자들이 양성했던 민병대까지 있었네. 정말 힘든 전투였어. 처음에는 경험이 없어서 얼마나 고생했는지 몰라."

칭린은 듣다보니 흥이 올랐다. "그럼 어떻게 이기셨어요?"

"전통적인 방법. 군중을 움직였다네. 백성들에게 말했지. 비적이 된 친척이나 친구, 고향 사람들한테 돌아오라고 권하라고, 돌아오면 추궁하지 않겠다고. 우리는 정규군으로 국민당 군대 수백만 명을 물리쳤는데 설마 도적떼를 못 당할 것 같으냐고. 비적을 소탕하면 모두 잘살 수 있다고 말했지. 사람들이 생각해보니 맞는 말이거든. 누구나 똑같은 마음이잖아. 어느 누가 잘살고 싶지 않겠나? 새로운 중국이 막 성립된 때라 민심은 공산당 편이었어. 그래서 비적이 아무리 기승을 부려도 곳곳에서 우리한테 정보가 전달되었지. 또 비적을 잘 아는 사람들이 어떻게 공격할지 알려줬네. 옛말에 아무리 강한 용도 그 지역 뱀을 이길 수는 없다고 하잖나. 우리는 용이고 그들은 뱀이었어. 하지만 우리는 기어코 몇 달 만에 뱀을 깨끗이 몰아냈네. 청나라 때부터 찬둥에서는 비적들이 끊임없이 백성을 괴롭혔지. 그런데 보게, 이후 중국 어디에 비적이 남아 있나? 오십여 년 동안 비적 없이 평화롭게 살고 있지. 그게 누구 덕분일까? 일반 백성들은 똑똑히 알고 있어."

청린은 숙연해졌다. "어르신, 술 드시겠어요? 한잔 올리고 싶습니다. 어르신 세대의 노력이 없었으면 지금의 좋은 세월도 없었을 테니까요."

류진위안은 기분이 좋아졌다. 평소에도 이런 말을 자주 했지만, 누구하나 귀기울여 들어준 적이 없었다. 그런데 지금 청린은 잘 들어줄 뿐만 아니라 그의 생각에 공감까지 했다. 정말 드문 경우였다. "혈압이 높아서 의사가 못 마시게 해. 자네 마음만 받겠네. 요즘 젊은이들은 우리가 어떻게 지나왔는지 몰라. 얼마나 끔찍했는데! 수많은 전우가 빗발치는 포탄 속에서 수십 년을 버텨놓고 이곳에서 죽었네. 기껏 공화국이 세워졌는데 하루도 복을 누려보지 못하고 느닷없이 사라졌지. 일본군과 싸울 때는 순국을 각오했기 때문에 옆에서 전우가 하나둘 죽어나가도 그렇게까지 슬퍼하지는 않았어. 그들은 항일 영웅이고, 그럴 만한 가치가 있었으니까. 하지만 여기에서는 불의의 총격에 죽기도 하고 길에서 기습을 당해 죽거나 비적한테 잡혀 고통스럽게 죽었어. 여기에서 흘린 눈물이 항일전쟁 때보다 훨씬 많았네. 왜 그랬겠나? 그들은 행복의 문 앞에 이르러 한 발을 집어넣었는데 끝내 들어가지 못했어. 그런 죽음은 정말 가슴이 아팠네. 그래서 나는 비적을 특히 증오했어. 놈들을 잡아서 전부 죽여버리고 싶을 정도로."

청린이 몸을 부르르 떨었다. "사람을 죽여보셨어요?"

류진위안이 자랑스럽게 대답했다. "당연하지! 전투에서는 말할 것도 없고, 여기에서만도 수없이 죽였어. 언젠가 비적단 하나가 우리 군량미 조달조를 습격해 몇 명을 죽였네. 샤오촨 엄마도 그 습격에서 목숨을 잃을 뻔했지. 그 비적단을 잡은 뒤 나는 내 손으로 두목을 죽였어. 샤오촨 엄마가 산골짜기에서 작전지 병원으로 이송될 때, 다행히 의술을 아는 군인이 구출대에 있어서 응급조치했으니 망정이지, 아니었으면 샤오촨은 태어나지도 못했을 거야. 공교롭게도 그 군인은 내가 북방의 깊은 산속에서 데려와 혁명에 참여시킨 사람이었지. 이게 바로 덕을 베풀면 언젠가 돌려받는다는 진리라고."

칭린은 옛날 촨둥의 비적 소탕에 대해 아는 게 전혀 없었다. 과거 전쟁에 대해서도 기껏해야 영화나 텔레비전, 책을 통해 대충 접해본 수준이었다. 그런데 류진위안의 말을 직접 들어보니 느낌이 완전히 달랐다. 노인의 말에 담긴 의분과 탄식, 슬픔 같은 감정은 옆에서 귀를 기울일 때만 생생하게 느낄 수 있는 것들이었다. 칭린은 머릿속으로 그의 전투와 전우애를 복원해보려 애썼지만, 역시 상상하기 힘들었다. 그의 감정도 완전히 이해하기는 어려웠다. 그래서 낯선 그 모든 것을 전설처럼 생각하며 열심히 듣는 수밖에 없었다.

그들은 생선을 먹으며 이야기를 이어갔다. 그때 류샤오촨이 전화를 걸어와, 그들이 길가 식당에서 생선구이를 먹으며 비적 소탕에 관해 이야기한다는 걸 듣고는 전화기 속에서 크게 웃었다. "저보다 칭린이 더 잘 맞춰드릴 줄 알았어요. 저보다 인내심이 강하니 아버지 말을 훨씬 잘 들어드릴 거예요."

류진위안이 불쾌해하며 말했다. "너는 왜 인내심이 없는데?"

류샤오촨이 전화기 속에서 계속 웃었다. "아버지, 저는 철이 든 뒤 지금까지 이미 수십 년 동안 그 이야기를 들었다고요. 그러니 어떻게 질리지 않겠어요?"

류샤오촨의 목소리가 워낙 커서 탁자 맞은편의 칭린까지 웃음을 터뜨렸다.

이번에 류진위안이 완저우에 온 이유는 리둥수이라는 사람을 만나기 위해서였다. 그보다 몇 살 더 많은 이곳 토박이였다. 류진위안은 리둥수이가 자기 집주인이었고 젊었을 때 파오거*의 일원이었으며 셋째 형이라 불렸다고 말했다. 비밀결사대는 관우를 숭배해 누구도 둘째를 대신할 수 없다며 둘째 자리를 공석으로 비워뒀다. 호칭만 셋째 형일 뿐, 사실 리둥수이는 파오거의 이인자였다. 해방 직전에 지하당에 포섭된 그는 촨둥 유격대의 연락책이 되었다. 비적을 소탕할 때 류진위안은 그의 집에 묵었고, 그는 일대 비적의 수법을 잘 알아서 좋은 계략을 여러 차례 내놓았다. 원래 공작대 한씨 대장이 리둥수이의 입당을 추진했는데 하필 그날 대장이 길에서 비적의 총에 사망하고 말았다. 비적 소탕이 끝난 뒤 류진위안은 리둥수이와 연락이 끊겼다. 그런데 얼마 전 리둥수이의 손자가 인터넷을 통해 연락을 해왔다. 자기 할아버지가 옛날 비적 소탕 때 공을 세웠음을 증언해달라면서 그게 할아버지 평생의 유일한 소원이라고 했다. 그제야 류진위안은 비적이었던 경력 때문에 리둥수이가 토지개혁 및 문화대혁명 때 고생했음을 알았다. 그는 곧바로 증언을 약속한 뒤 직접 문서까지 작성해 제출했다. 그런데 현에서

---

* 청나라 말기 쓰촨 지역에서 활동하던 민간 비밀결사대.

자료를 받았음에도 진전이 더디다는 거였다.

류진위안이 말했다. "이 일은 반드시 도와줘야 해. 우리는 모두 늙어서 염라대왕전의 귀신들이 온종일 우리 문 앞을 오간다고. 나한테 인사하는 게 보일 정도야. 나는 저승사자한테 이미 몇 번이나 놓아줬으니 조금만 더 기다려달라고 했네. 염라대왕전에 나 하나 없으면 어떠냐고, 일을 좀 처리하고 가겠다고 했지. 생각해보게. 내가 리둥수이를 도와주지 않으면 그는 일생 자체가 억울해져. 이제 그는 아흔 살이 넘었을 거야. 평생 억울해하면서 이 나이까지 살아 있는 건 틀림없이 집념을 내려놓지 못해서일 거라고. 샤오촨은 내가 아주 좋은 일을 하러 간다면서 일부러 동행했지. 회사에 급한 일만 터지지 않았어도 같이 갔을 텐데."

칭린은 알 수 없는 감동에 휩싸였다. 사람이 늙으면 명예나 이익에 무덤덤해지고 심지어 무심해진다고 했던가. 나이가 들면 감정이 무엇보다 중요해질지도 모르겠다고 생각했다.

30. 순간 마음이 바뀐 칭린

　전날 저녁에 약속한 대로 칭린이 아침에 일어나 식당으로 갔을 때 류진위안은 이미 밖에 다녀온 뒤였다. 아침 일찍 운전기사와 한 바퀴 돌았다며 태백바위까지 다녀왔다고 했다. "싼샤댐 건설로 완현의 절반이 수몰됐는데 다행히 태백바위는 그대로 남아 있더군."

　칭린이 물었다. "태백바위요?"

　"예전에는 서암西岩이라고 불렸는데 이백이 그곳에서 술을 마시며 바둑을 둔 이후 사람들이 태백바위라고 이름을 바꾸었지."

　"아, 그렇군요. 역시 문인은 대단합니다."

　"비적을 소탕하고 평안을 유지하느라 그렇게 많은 병사가 죽었건만, 누구도 그 산을 영웅산이라고는 부르지 않아. 시 몇 수를 지은 문인이 우리 같은 영웅보다 오래도록 빛나는 게지."

　칭린이 웃음을 터뜨렸다. "너무 서운해하지 마세요. 문인이 어디에 가든 글을 쓰는 건 명성을 원해서잖아요. 하지만 어르신들은 다르지요. 명성을 얻든 말든 상관하지 않고, 심지어 이익을 추구하지도 않았습니다. 그래서 영웅이시고요. 문인들은 아니지요."

류진위안이 엄지손가락을 치켜들었다. "정말 좋은 해석이군. 우리 샤오촨보다 대단해. 샤오촨은 '그건 문화예요. 문화야말로 영원한 거니까 싫어도 받아들이셔야 해요!'라고 말했거든. 그 말은 도무지 받아들일 수 없었는데 자네 말에는 승복해야겠군. 자네 말이 맞아. 우리 영웅들은 문인들과 추구하는 바가 다르니까. 진심으로 인민을 위해 복무할 뿐, 명성을 얻고 말고는 중요하지 않지."

"확실히 영웅이시라 생각도 남다르시네요. 요즘 사람들은 그렇게 생각하지 않거든요. 지금의 관리들도 상당수가 그렇게 생각하지 않을 거고요."

류진위안이 탄식을 내뱉었다. "사회가 변했어. 그래서 우리는 늙었고."

아침식사를 마친 뒤 그들은 백마언덕이라는 곳으로 향했다. 류진위안은 전우 몇 명이 거기에서 전사해 묻혔다며 참배하고 싶다고 말했다.

기사가 아침에 길을 잘 물어보고 떠났지만, 아무리 돌아도 찾을 수가 없었다. 현지 주민에게 물으니 백마언덕은 예전에 없어졌다는 대답이 돌아왔다. 도로를 건설할 때 언덕을 전부 밀었다는 것이었다. 하지만 열사의 묘지는 밀지 않았을 거라고 말했다. 일반 백성들 마음속에서 그들은 은인이었다며, 예전에는 해마다 주민들과 학생들이 참배하러 갔다고 했다. 도로를 건설하기 전에 이장했는데 어디로 이장했는지 모를 뿐이며, 어디로 이장했든 분명 기리는 사람이 많을 거라고도 말했다.

류진위안이 슬퍼하며 더 알아보려 하자 칭린이 말렸다. "시간이 조금 촉박합니다. 주민들 이야기 들으셨지요? 은인이라고 생각해 매년 참배하러 갔다고요. 그분들은 모두의 마음에 살아 계십니다."

류진위안은 칭린이 사람 마음을 편안하게 만드는 말솜씨를 가졌다고 진심으로 생각했다. 관점이 살짝 달라도 구구절절 이치에 맞고 설득력이 있었다.

그는 더이상 말하지 않았고, 자기 생각을 고집하지도 않았다. 그저 사방의 산을 향해 조용히 허리 굽혀 절한 뒤 말했다. "라오한, 샤오다이, 전우들, 내가 마지막으로 자네들을 대신해 백마언덕에 감사를 표하겠네. 그때 자네들을 받아주고 편안히 잠들게 해줘서 감사하다고. 이제는 도로가 되었군. 길이 평탄하고 넓어서 마을 사람들이 오가기 편해졌어. 이게 바로 당시 우리가 소망하던 모습 아니겠나? 자네들을 찾을 수는 없지만, 자네들이 이 변화를 좋아할 걸 아네. 조만간 우리 만나게 될 거야. 자네들, 승리하면 산머리에서 이백처럼 술을 마시며 바둑을 두자고 했었지. 내가 아직도 기억하고 있네. 내가 갈 때 루저우라오자오를 두 병 가져가지."

칭린은 갑자기 눈가에 눈물이 고이는 걸 느꼈다.

심지어 조금 당혹스럽기까지 했다.

류진위안 같은 노병에게 칭린은 그동안 아무 느낌이 없었다. 탄복하지도 않았고 싫어하지도 않았다. 그냥 노인으로만 생각했다. 류진위안한테 존경을 표한 것도 그가 사장의 부친이기 때문이었다. 진심이라기보다는 예의였다. 세상의 허위와 가식을 수없이 접하면서 무슨 일이든 별로 마음 쓰지 않는 습관이 들었다. 그런데 지금 갑자기 이런 진심, 가슴 깊은 곳에서 우러나는 진정과 정성을 보자 칭린은 순간적으로 마음이 달라지는 것을 느꼈다.

　노인은 그의 마음속에서 숭고함을 끌어냈다. 칭린은 이런 분이라면 제대로 이해해봐야 하는 게 아닐까 하는 생각이 들었다.

31. 먼지는 먼지일 뿐

샹수이진에 도착했을 때는 이미 점심때였다. 샹수이진에서 리둥수이 노인의 집까지 가려면 산길을 좀더 들어가야 했다. 사실 칭린은 군관구에서 차로 호텔까지 노인을 데려오길 바랐다. 아니면 그들이 진에 있는 식당을 예약하고 노인을 데려와 식사하며 대화하는 것도 좋을 듯했다. 그런데 류진위안이 싫다고 거절했다. 우선 군관구를 찾지 않는 이유는 이미 오래전에 퇴역한데다 자식까지 있는데 부대에 부탁하기 싫다는 거였다. 또 리둥수이는 자신과 나이가 비슷하고 오랫동안 고생했으니 분명 몸이 좋지 않을 거라면서 자신이 직접 찾아가야 마땅하다고 말했다. 칭린과 운전기사는 그의 생각을 꺾을 수 없어서 시키는 대로 따랐다.

리둥수이의 손자가 진으로 나와 길을 안내했다. 그는 할아버지가 이미 걸을 수 없고 아버지도 허리와 다리를 다쳐 이렇게 멀리까지 나올 수 없다고 밝혔다. 또 자신은 충칭에서 일하는데 일부러 휴가를 내서 돌아왔다며, 자기가 피시방에서 네티즌을 통해 류진위안을 찾아냈다고 말했다. 리둥수이는 이미 4대째 같은 집에 살고 있었다. 그들을 안내하는 사람은 손자라는데 나이가 칭린과 비슷했다.

백 미터쯤 남았을 때 차가 더는 들어가지 못하자 류진위안이 차에서 내려 걸음을 옮겼다. 흙길이 좁아도 평평했다. 류진위안이 몇 걸음 걸어본 뒤 말했다. "이런 흙길에 발을 디디니 정말 편안하군."

칭린이 웃으며 응했다. "옛날 기억 때문이시겠지요. 저는 어렸을 때부터 도로로만 걸어서인지 별 느낌이 없습니다."

"그런 건 우리 샤오촨과 똑같군. 발이 흙에 익숙해지는 게 뭔지 모른다니까."

리둥수이의 집은 붉은 벽돌집으로, 산기슭의 녹음과 대비돼 눈에 확 띄었다. 멀리에서 쇠약하고 힘없는 노인 하나가 문에 기댄 채 하염없이 이쪽을 바라보는 게 보였다.

리둥수이의 손자가 노인을 가리켰다. "저희 할아버지십니다. 아침부터 계속 대문에 나와 기다리셨어요."

류진위안은 자기도 모르게 걸음을 빨리하더니 나중에는 거의 뛰다시피 했다. 칭린은 그가 혹시라도 넘어질까봐 세심하게 부축했다. 두 노인은 한마디도 꺼내지 못하고 일단 끌어안았다. 리둥수이가 엉엉 울음을 터뜨렸다. 그러고는 엉망이 된 목소리로 흐느끼며 말했다. "류 정치위원님, 저를 만나러 와주실 줄 몰랐습니다. 정말 생각도 못했습니다."

류진위안도 흐느끼며 말했다. "셋째 형, 저도 이렇게 만날 수 있으리라고는 생각 못했습니다. 정말 많이 변하셨군요. 그때 셋째 형이 얼마나 대단했는데요!"

"너무 늙었지요. 그래도 류 정치위원님은 기세가 예전과 똑같습니다."

"저도 늙었지요, 늙었어요!"

집안에 사람이 적지 않았는데 나이가 많든 적든 다들 눈물을 훔치기 시작했다. 칭린과 리둥수이의 손자는 각각 두 노인을 부축해 낡은 등나무 의자에 앉혔다. 이어서 리둥수이의 손자가 마을 지부서기 등 손님들을 한 사람씩 소개했다.

또다른 노인이 지팡이를 짚으며 차를 내왔다. "류 정치위원님, 저 솜털입니다. 그때 열네 살이었고 정치위원님이 글을 가르쳐주셨지요."

류진위안이 어리둥절한 표정을 지었다가 생각났다는 듯 말했다. "아, 솜털. 말하지 않았으면 몰라봤겠다. 이렇게 컸어? 마커우둥 동굴을 칠 때 자네 아버지가 보냈다며 나를 찾아왔었지?"

솜털이라는 노인이 대답했다. "맞습니다. 그 전투는 우리의 압승이었지요. 누구도 털끝 하나 다치지 않은 채 동굴에 있던 비적 수백 명을 생포했으니까요."

"자네 아버지 전략이 뛰어나서였지!"

리둥수이의 손자가 솜털을 가리키며 말했다. "류 정치위원님, 이분이 제 아버지십니다. 이미 일흔이 다 되셨어요."

류진위안이 말했다. "그때 자네 발이 정말 빨랐지. 하룻밤에 산을 몇 개씩 넘어가며 우리한테 소식을 전해줬는데. 지금은 어떻게 된 건가?"

솜털이 대답했다. "예전에 길이 안 좋을 때 트랙터를 몰고 가다가 뒤집혀 다리가 부러졌습니다."

칭린은 일상 이야기가 끝도 없이 이어질까봐 얼른 마을 지부서기에게 물었다. "리 어르신 일은 다 처리됐습니까? 류 정치위원님이 증명서를 쓰고 직접 찾아오시기까지 했는데 문제없겠지요?"

지부서기가 곧장 대답했다. "그럼요, 문제없습니다. 류 정치위원님은
저희 촌둥에서 비적 소탕으로 명성이 자자하십니다. 이렇게 직접 증언
해주셨으니 전혀 문제없지요. 잘못을 수정했을 뿐만 아니라 표창까지
계획하고 있습니다. 위에서 리둥수이 어르신께 매월 수당도 지급하기
로 했는데, 얼마가 될지는 모르겠습니다. 어르신께는 아무 죄도 없습니
다. 다 저희 잘못입니다."

리둥수이가 말했다. "자네들과는 관련 없네. 자네들은 나이가 어려서
아무것도 몰랐으니까. 그때 제대로 밝히지 않은 탓이지. 아, 더 이야기
할 것 없네."

류진위안이 물었다. "그때 왜 나를 찾아오지 않았어요? 완현에 있었
는데."

숨털이 대답했다. "갔었습니다. 그런데 북한으로 가서 돌아오지 않
으셨을 때였습니다. 나중에 또 갔을 때는 중상을 입어 만날 수 없다고
했습니다. 그 이후는 찾을 수 없었고요. 정치위원님께 접근조차 할 수
없었지요. 그러니 아무도 아버지 행적을 증언해줄 수 없었습니다. 또
예전에는 길이 안 좋아서 산을 나가기도 무척 힘들었고요. 그러다 제가
다리를 다치자 아버지가 그만하자고 하셨지요."

류진위안이 길게 한숨을 내쉬었다. "자네 아버지가 이렇게 고생했
을 줄이야. 전혀 몰랐네. 리둥수이는 여기에서 명성이 자자했던 셋째
형이자 우리 당의 비밀 연락책이었습니다. 저는 그때부터 알고 있었지
요. 믿을 만한 사람이라 비적을 토벌할 때 우리는 그의 집에 묵었습니
다. 그러니까 리둥수이는 비적이 아니라 비적 소탕의 영웅입니다. 그의

도움이 없었으면 우리는 그렇게 순조롭게 비적을 소탕할 수 없었을 겁니다. 우리가 쉽게 마커우둥을 점령하고 동굴에서 비적 수백 명을 잡을 수 있었던 것은 전부 셋째 형이 좋은 방법을 제시했기 때문입니다. 그 전투를 제가 지휘했으니 제가 증언할 수 있습니다. 그리고 솜털은 당시 한밤중에 산을 몇 개씩 넘어가며 소식을 전해줬습니다. 그 덕분에 군량미 조달대가 습격을 피할 수 있었지요. 여러분 아시겠습니까? 그 소식 덕분에 몇 명이나 목숨을 구했습니다. 이제 마을에서는 이들 두 영웅을 잘 보살펴야 합니다. 더는 억울한 일이 없도록 하세요."

마을 간부 몇이 얼른 고개를 끄덕이며 알겠다고 말했다.

리둥수이가 또 흐느끼기 시작했다. "류 정치위원님, 그 말씀 덕분에 제 인생도 가치를 찾았습니다. 세상에서 정치위원님 한 사람만 저를 영웅으로 인정해주셔도 제 삶이 헛되지 않습니다."

그의 아들과 손자들도 다시 눈물을 훔쳤다.

칭린은 그런 광경이 조금 부담스러워 밖으로 나갔다. 오솔길을 따라 걷다보니 바깥이 온통 산이고, 산 뒤에 또 산이 있었다. 그 속의 인간은 먼지처럼 보잘것없게 느껴졌다. 가만히 세어보니 리둥수이는 오십 년 넘게 누명을 쓴 채 살아왔다. 그의 자식과 손자도 영향을 받아 남들 밑에서 일하며 수많은 기회를 놓쳐야 했다. 그런데 지금, 위로 몇 마디와 '영웅'이라는 인정만으로 모든 억울함이 연기처럼 사라지고 있었다.

천천히 거닐고 있는 운전기사를 보고 칭린이 다가가 담배를 청했다. 운전기사는 노인들이 이야기를 잘 나누고 있느냐고 물었다. 칭린이 상황을 들려주며 감격을 표하자 기사가 말했다. "그냥 보통 사람이잖아요? 그게 아니면 뭘 할 수 있겠어요? 소송? 거액의 손해배상? 오십 년을 되돌려 다시 살까요? 전부 불가능하잖아요."

　칭린이 웃으며 맞장구쳤다. "불가능하지요."

　웃고 나서 생각해봐도 역시 어쩔 수 없었다. 그래, 먼지는 먼지일 뿐이지. 잊어야 하는 일이든 잊지 말아야 하는 일이든 결국에는 모두 잊을 수밖에.

32. 체린루?

그날 리둥수이 집에서 잔치가 열렸다. 마당에 탁자 다섯 개가 펼쳐
지고 인근에서 나름 인망 높은 주민들이 줄줄이 찾아왔다. 엄청난 경사
였다. 칭린도 초대받아 상석에 앉았다. 그는 조용히 식사하며 떠들썩하
게 오가는 대화에 귀를 기울였다. 그중 네다섯 명은 여든이 넘은 노인
이었다. 촨둥의 비적 소탕이 화제로 올라오자 그들은 이런저런 이야기
를 잇달아 꺼내놓았는데 류진위안이 주인공으로 등장할 때가 많았다.
류진위안은 무척 흥분해 특별히 금기를 깨고 술을 마셨다.

칭린은 막중한 책임감이 느껴졌다. 류진위안이 계속 마시도록 내버
려둘 수 없어서 칭린은 연거푸 술을 권하는 사람이 있으면 아주 단호
하게 제지했다. "사장님한테 받은 제 임무입니다. 안 그러면 제가 일자
리를 잃습니다."

마을 사람들은 실직이 엄청난 일이라고 생각하면서도 정말 어렵게
영웅과 술자리를 가졌으니 좀 봐달라고 계속 부탁했다. 류진위안도 영
웅이라는 호칭을 듣자 흥이 올라 기어코 더 마시려고 했다. 하지만 마

당의 탁자 다섯 개에 수십 명이 앉아 있으니, 한 모금씩만 마시며 대작해도 너무 많았다. 청린은 도시인의 비법을 쓰는 수밖에 없었다. 류진위안의 고량주를 몰래 생수로 바꿨다. 류진위안은 꽤 많이 마셔서 술이 바뀐 걸 전혀 눈치채지 못했다.

술을 마시던 류진위안이 갑자기 입을 열었다. "생각나는 사람이 하나 있는데. 왜 그 후링원에 대해 아는 사람 없나요? 그때 술만 마시면 쓰러져서 젊은이들이 엄청나게 놀렸지요."

탁자에 있던 사람들이 모두 말을 멈추고 멍하니 서로를 쳐다보았다.

이번에도 솜털이 입을 열었다. "아, 생각났습니다. 충칭에서 돌아왔던 대학생 맞죠? 정치위원님 서류 작업을 도와드렸던 그 사람이요. 저희 집에서 며칠을 묵었죠. 저와 한 침대에서 잤고 글자 연습책도 제게 주었고요."

"맞네, 맞아. 자기 아버지가 유학을 다녀오셨고 글자와 그림을 좋아하셔서 집에 책이 많다고 했지. 내가 나중에 책 좋아하는 사람들을 데리고 그 집에 찾아가겠다고 했어. 그런데 북한에서 돌아오니 보이지 않더라고. 이후에는 일이 너무 바빠서 잊고 살았네. 오늘 여기 와서 술을 마시니 전부 기억이 나는군. 그 친구가 글을 무척 잘 써서 나중에 작가가 될 수 있겠다고 했는데. 다들 그 친구한테 주량을 늘려야 한다고 놀렸지. 그래야 나중에 같이 산머리에서 술을 마시고 바둑을 두면 산에 링윈이라는 이름이 붙을 거라고, 태백바위보다 더 유명해질 거라고 말이야."

솜털이 무심하게 대꾸했다. "이미 죽었습니다."

류진위안은 깜짝 놀랐다. "어떻게 죽었나? 아직 젊을 텐데."

"비적을 소탕한 뒤 그는 현에 남아 간부가 되었습니다. 그런데 토지 개혁 때 그의 집안도 지주로 분류돼 일이 터졌습니다. 그 여동생이 사람을 보내, 어서 집으로 돌아와 부모님을 성안으로 모셔가라고 했지요. 그는 그날 밤 집으로 돌아가던 도중에 맞아 죽었다고 합니다."

류진위안은 한층 더 놀랐다. "뭐? 그게 무슨 일인가!"

한 노인이 끼어들었다. "아, 제가 그 일에 관해 들은 게 있습니다. 아마 그 친구가 후수이당 마을, 후 지주의 큰아들이었을 겁니다. 당시 공작대 동지 하나가 충칭으로 설을 쇠러 돌아갈 때 폭설에 차가 움직일 수 없어서 저희 집에 며칠 머물렀습니다. 그런데 그 친구 짐에 다른 건 없고 책만 잔뜩 들었더라고요. 너무 이상해서 제가 산에서 나온 사람이 어디서 그렇게 많은 책을 샀느냐고 물었습니다. 그랬더니 후수이당의 후 지주 집에서 가져왔다는 겁니다. 후 지주는 책을 좋아해 방 몇 칸이 책으로 가득했다고 합니다. 마을 사람들이 책을 태우는 데 며칠이 걸릴 정도였다지요. 재가 아주 많이 나와서 농민들이 비료로 썼고요. 지식인인 제 동지는 아까워서 몰래 훔쳐왔던 겁니다. 그때 저한테 보여줬는데 이상한 이름의 직인이 찍혀 있었지요. 뭐더라, 체런루던가."

칭린은 순간 가슴이 철렁했다.

'체런루'라는 말이 낯설지 않았다. 그런데 어디에서 들어봤더라? 그는 생각나지 않았지만, 갑자기 마음이 어지러워지면서 식은땀이 솟았다. 이 세 글자가 나와 무슨 관련이 있지? 내 무엇을 건드리는 걸까? 왜 이 이름을 듣자 가슴이 이토록 심하게 뛰지?

칭린이 다급하게 물었다. "무슨 루요? 방금 무슨 루라고 하셨습니까?"

노인이 대답했다. "수십 년이 흘렀네. 당시 나도 이해할 수 없어서 그게 뭐냐고 물어봤지. 불 피우는 가마냐고 했다니까. 동지 말이 후씨 노인이 교양 있는 사람이었다더군. 무슨 일이든 일단 참고 양보하라는 뜻에서 체런루라고 지었다고. 불 피우는 가마가 아니라. 후씨 저택의 문패라고 했네."

칭린은 좀더 자세히 물어보고 싶었지만, 탁자의 화제가 바뀌었다.

그들이 리둥수이 집을 나왔을 때는 이미 날이 어두워진 뒤였다. 칭린은 류진위안이 피곤하겠다고 생각해 뒷좌석에 눕힌 뒤 쿠션을 베개처럼 머리에 받쳐줬다. 그런 다음 아무 말 없이 조용히 호텔까지 돌아갔다. 도착했을 때는 이미 저녁 열시가 가까웠다.

류진위안의 잠자리를 살핀 다음 칭린은 류샤오촨에게 전화해 대략적인 상황을 전달했다. 그리고 고량주를 생수로 바꾼 일도 보고했다. 류샤오촨은 아버지가 몰랐을 것 같으냐고 말했다. 수십 년 동안 술을 마신 분이니 당연히 알아채셨을 거네. 당신 스스로 더 마실 수 없다는 걸 알아서 모르는 척하셨겠지. 젊었을 때 누가 술을 바꿨다면 호되게 욕을 퍼부었을걸.

칭린이 말했다. "나중에 꾸중 듣는 한이 있어도 무리하시도록 그냥 둘 수 없었습니다. 긴장돼서 죽을 뻔했고요."

"잘했어. 자네가 술을 바꾼 걸 묵인하셨다는 말은 스스로 한계라는 걸 아셨다는 뜻이야. 하지만 체면을 버릴 수도 없으셨겠지. 아버지는 그런 분이셔. 내일은 호텔에서 쉬시라고 하고 아무데도 가지 말게. 옛 부하들이 꼭 만나겠다고 하면 호텔로 부르고. 접대비는 아버지 방에 달아뒀다가 기사한테 나중에 한꺼번에 계산하라고 해."

그런 다음 류샤오촨은 형 류샤오안이 귀국중이며 우한에서 시차에 적응한 뒤 모레 완저우에 도착할 거라고 말했다. 칭린은 사장의 말대로 하는 게 노인에게 좋겠다고 생각하며 걱정하지 말라고, 자신이 잘 처리하겠다고 했다.

이어서 칭린은 아내에게 전화해 하루 동안의 일을 간략하게 들려줬다. 아내는 심드렁하게 들으며 어서 돌아오면 좋겠다고, 며칠 전처럼 지내고 싶다고 말했다. 칭린은 웃으며 계속 그러면 당신 남편은 폐인이 될 거라고 대꾸했다. 그런 다음 둥훙에게 전화해 어머니 상태를 물었다. 둥훙은 별 차도가 없다며 여전히 아무것도 알아보지 못하는 상태라고 대답했다.

그건 칭린이 예상했던 일이었다.

온종일 바쁘게 뛰어다녔더니 칭린도 무척 피곤했다. 샤워를 마친 뒤 침대에 누워 몽롱하게 잠에 빠지는 순간, 갑자기 그의 머릿속으로 체런루라는 글자가 튀어올랐고 동시에 다수이징 벽면에 있던 커다란 글자 '인'과 '내'도 떠올랐다. 그 글자들에 얼마나 많은 생존 철학과 무력감이 담겨 있을까?

그날 밤 칭린은 꿈에서 어머니를 보았다. 어머니가 대문을 가리키며 체런루와 다르다고 말했다. 그는 화들짝 놀라 잠에서 깼다.

설마? 칭린은 생각했다. 내가 잘못 들었나? 애초에 어머니가 말한 게 그거라고? 그리고 또 무슨 탕이더라?

칭린은 더이상 잠을 이룰 수 없었다. 어머니가 발병하기 전에 보였던 이상한 모습이 차례차례 눈앞에 떠올랐다. 대문, 사조의 시, 귀곡자가 하산하는 그림이 그려진 화병 그리고 당신 아버지가 그림 그리기를 좋아했다는 어머니의 말, 보라색 비단 이불 등등.

어머니가 무의식적으로 드러냈던 그 단편적인 단어들 뒤에 무엇이 있을까? 맞다. 어머니는 무척 두려워했어. 누가 재산을 빼앗아간다고 했는데 설마 무슨 일을 겪은 건가? 공교롭게도 체런루라는 집이 정말로 있었어. 무엇보다 어머니 어투가 이곳 방언과 비슷하고.

칭린은 날이 밝을 때까지 계속 뒤척거렸다.

류진위안이 약속 시각에 식당으로 내려오지 않자 칭린은 조금 걱정하며 그의 방으로 올라갔다. 마침 방문을 나온 운전기사가 그를 보고 말했다. "어르신이 어제 피곤하셨는지 오늘은 둘러보러 나가지도 않으시고, 일어나기도 싫으시답니다. 아침식사는 방으로 가져다드렸고요. 사장님께 전화했더니 쉬시게 두라고 합니다. 저는 오늘 방문하기로 한 옛 부하분들에게 오후에 오시라고 전화해야겠습니다."

칭린이 말했다. "그러세요. 어제 저도 피곤하더라고요. 저희 둘도 좀 쉬지요. 참, 리둥수이 손자의 전화번호 있으세요?"

"네. 연락하시게요?"

"물어보고 싶은 게 있어서요."

칭린이 전화하자 리둥수이의 손자는 충칭으로 돌아가는 중이라고 했다. 그는 자기도 잘 모르고 어렸을 때 들어본 적도 없다고 말했다. 하지만 물어봐줄 수 있다고 했다. 칭린은 꼭 좀 부탁한다며 간곡히 청했다. 삼십여 분 뒤 리둥수이의 손자가 전화해, 체런루를 언급했던 마을 노인도 잘 모른다고 전했다. 그냥 모진 세월 속에서 우연히 지나가는 사람의 이야기를 들었을 뿐이라는 거였다. 또 후수이당은 50년대 댐을 건설할 때 수몰되었으며 마을 사람들 모두 행방을 알 수 없다고도 했다.

그 소식에 칭린은 무척 실망했다.

33. 잘못을 바로잡으려면 선을 넘을 수밖에

오후 동안 세 팀의 손님이 류진위안을 찾아왔다. 나중에 온 두 팀은 우연히 마주쳤다가 서로를 알아본 뒤 함께 어울렸다. 칭린은 내내 옆에서 손님을 맞이하거나 배웅하고 물을 따랐다. 모두 노인들이라 주로 옛 일을 추억했다. 어쩌다 알아듣는 내용이 나올 때면 칭린도 끼어들어 한두 마디 물어봤다.

그중 마 노인은 예전에 류진위안의 부하였다가 전역해 관리가 된 사람이었는데, 반우파운동 때 좌천됐다고 했다. 그는 류진위안을 보자마자 눈물이 그렁그렁해졌다. "대장님, 그때 대장님 말씀대로 부대에 남았더라면 이렇게 비참해지지는 않았을 겁니다."

"아이고, 그러게 전우보다 여자를 더 중시하지 말라고 꾸짖지 않았나. 기어코 여학생한테 미래를 걸더니, 결과가 뭐였나? 완전히 망쳤지. 여학생도 떠났고. 역시 아내만 자네 곁을 평생 지키지 않았나?"

마 노인이 겸연쩍어했다. "대장님도 여학생을 만났고 라오우도 여학생을 만났으니, 저라고 꿈꾸지 않겠습니까?"

"우리 둘은 고향에 아내가 없었으니까 그랬지. 하지만 자네는? 아이도 둘이나 되면서 다른 사람을 찾았으니. 당연한 결과지."

마 노인이 울상을 지었다. "반박의 여지 없이 제가 자초한 결과입니다."

"그래도 잘못을 뉘우치고 직급도 되찾았으니 서운해할 것 없네. 또 비적 손에 죽은 사람들과 달리 자네는 살아 있잖아. 라오우와 비교해도 운이 좋고. 그가 죽은 지도 벌써 수십 년이 되었군."

"그렇게 생각하니 그렇네요. 잘나가는 사람보다는 못하지만 죽은 사람보다는 나으니까요."

"비교 자체를 말게. 내가 자네보다 직급이 높았던들 또 무슨 소용인가? 지금은 자네나 나나 모두 일반인 아닌가? 누가 더 오래 사는지나 겨뤄보자고."

두 사람은 그렇게 이야기하다 웃음을 터뜨렸다.

옛사람과 옛일을 회상하는 게 대화의 주요 내용이었다. 두 사람이 언급한 사람들 대부분이 이미 세상을 떴기 때문에 그들은 수시로 한숨과 탄식을 내뱉었다.

노인들이 한창 회포를 풀고 있을 때 칭린은 룽중융의 전화를 받았다. 룽중융은 하루만 있으면 그림 작업이 끝난다면서 칭린에게 돌아올 것인지 물었다. 또 이번에 뜻밖의 수확을 얻었다고 덧붙인 뒤 칭린이 바이양바에 돌아올지 말지, 오면 언제 오는지를 듣고 나서 다음 일정을 짤 계획이라고 했다. 고향이 촨둥인 학교 문학박사 하나가 그의 대학원생에게 보내온 문자 때문이라며, 그 학생 고향에 아주 독특한 저택이 수십 년 동안 거의 파손되지 않은 채 남아 있다는 거였다. 정부에서 특별히 보호해서가 아니라 워낙 음산해 주민들이 귀신의 집이라며 감히 들어가지 않기 때문이며, 그 학생도 '유령 장원'이라 부른다고 설명했다. 더군다나 외진 산간에 있다보니 정부의 관리에서 벗어나 내내 방치되었다고 했다. 듣기에 저택 망루가 카이펑 누각*과 달리 촨둥 특색이 농후하다면서 차가 있으면 별로 멀지 않아 하루도 안 걸린다는 거였다. 학생들 모두 문학청년이라 유령이라는 말을 듣자마자 가보고 싶어하는데다 자신도 기왕 여기까지 왔으니 멀지 않으면 가봐도 좋겠다 싶어서 청린의 차를 빌리고 싶다는 얘기였다.

청린도 '유령'이라는 말에 구미가 당겨 곧 돌아갈 수 있다고 대답했다. 구체적인 시간은 저녁에 알려주겠다며 전화를 끊은 뒤, 청린은 어쩌면 이 기회에 체런루를 아는 사람을 찾을 수도 있겠다고 생각했다.

저녁식사는 호텔에서 했다. 청린은 찾아온 노인들에게, 외지에서 온 손님을 대접하고 싶으시겠지만 꼭 사장님이 계산하고 싶어한다고 말했다. 또 이건 사장님이 내린 지시라 제대로 처리하지 못하면 자신이 질책받을 거라고 하자 노인들은 거부하지 않았다.

류진위안도 거들었다. "자네들이 일부러 여기까지 찾아와줬는데 그깟 밥값으로 나랑 다툴 생각인가? 예전에 자네들이 나와 함께 목숨을 걸고 혁명에 참여하지 않았다면 나도 지금까지 살아 있지 못할 거네." 그런 다음 또 덧붙였다. "사실 나도 아들 돈을 쓰는 거야. 효도 좀 받자고. 샤오촨은 자네들도 알지? 샤오촨이 얼마나 많이 자네들 물건을 망가뜨리고 유리창을 깼나? 그때 빚을 이번에 다 받는 셈 치자고."

---

* 유네스코 세계문화유산으로 등재된 광둥성 카이펑에 있는 고층 누각.

그 말에 모두들 하하 크게 웃었다. 칭린도 웃으며 말했다. "사장님이 엄청난 악동이셨군요."

류진위안이 맞다고 했다. "샤오촨은 예닐곱 살 때 이미 골목대장이 었어. 얼마나 장난이 심했는지 다들 쥐어박고 싶어했지."

노인들이 너나없이 장난꾸러기일수록 성공한다고 응수했다. 류진위 안이 탄식을 내뱉었다. "그런가보네. 예전에 제 어미가 저놈이 나중에 우리집에서 제일 성공할 거라고 오냐오냐하더니, 마누라 눈이 나보다 좋았나봐."

한 노인이 말했다. "펑 누님도 대단하셨지요. 비적 소탕 때 정치위원 님이 매일 집을 비우셨잖아요. 그때 샤오안은 두세 살로 고향 집에 있 었고요. 누님은 여기서 식량을 조달하는 바쁜 와중에도 문맹퇴치반과 야학을 곳곳에 열어 새로운 중국에 대해 알리셨지요. 주민들이 무척 좋 아했고 비적들까지 교육을 받았습니다."

또다른 노인이 말했다. "그때 안펑에서 비적들이 폭동을 일으켜 우 리 사람들을 많이 죽였잖아요. 그들이 두번째 공격을 준비할 때 제가 누님과 식량을 구하고 있었거든요. 다행히 리가이우한테 정보를 들은 왕 부장이 부대를 미리 치웨산으로 보내 비적을 일망타진할 수 있었지 요. 당시 저는 얼마 되지 않았을 때라 정말 놀라 죽을 뻔했습니다. 누님 이 북돋워주셔서 겨우 버텼습니다."

칭린은 갑자기 튀어나온 리가이우라는 이름을 듣고 얼른 물었다. "다수이징의 리가이우요?"

류진위안이 조금 놀랐다. "어떻게 그를 아나?"

칭린은 룽중융 일행과 리촨에서 남방 민가를 조사중이었다고 설명한 뒤 다수이징의 상황 및 자신이 들은 리씨 집안의 사연을 들려주었다. 노인들은 귀를 기울여 듣다가 간혹 질문까지 던졌다. 칭린이 말했다. "며칠 전에 그곳에서 왔습니다. 리씨 집안은 장원만 그대로 보존되고 있을 뿐 자손은 하나도 남지 않았습니다. 리가이우가 아주 비참하게 죽었다는 이야기도 들었고요. 저는 정말 이해가 안 됩니다. 같은 편인 그를 왜 봐주지 않았던 겁니까?"

노인들은 모두 입을 다물었다.

류진위안이 침묵을 깨고 입을 열었다. "내가 촨둥의 토지개혁에 참여하지는 않았어도 과정은 알고 있네. 도가 지나쳤다고 들었어. 죽지 말아야 할 사람이 너무 많이 죽었다고. 그중에는 내가 아는 사람들도 있었네. 비적을 소탕할 때 우리를 도와줬던 사람인데. 루쯔차오도 죽어서는 안 됐고. 당시 그들은 공산당을 옹호하고 새 정부를 지지했지."

마 노인이 말을 이었다. "그렇네. 루쯔차오와 리가이우는 공을 세웠어. 식량을 조달할 때 리가이우는 국가를 위해 식량을 내어달라고 곳곳에서 호소했지. 루쯔차오도 자기 창고의 곡물 절반을 내놓았고. 그때 우리는 조직에서 그들을 지켜야 한다고 생각했다네. 그렇게 죽을 줄은 정말 몰랐어. 루쯔차오는 자살했지만, 그게 더 끔찍하지."

칭린이 물었다. "그럼 밑에서 난동을 부리는 걸 왜 용인했습니까?"

노인들이 길게 한숨을 내쉬었다.

마 노인이 대답했다. "기층 농민들이 극도로 흥분해 이성을 잃었네. 공작조도 당황해 어떻게 처리해야 할지 갈피를 못 잡다가 결국 농민들처럼 통제불능이 된 걸세."

또다른 노인이 말했다. "사실 예전에는 촨둥에 대부호가 많았지. 토지개혁이 선을 넘지 않았으면 지금 이렇게 가난하지도 않을 텐데."

류진위안은 그렇지 않다고 반박했다. "잘못을 바로잡으려면 선을 넘을 수밖에 없네. 그렇지 않고서 우리가 어떻게 그들을 제압할 수 있었겠나? 그때는 상황이 훨씬 복잡했어!"

칭런이 말했다. "저는 그래도 이해가 되지 않습니다. 어르신들은 그때 모든 지주를 투쟁의 대상으로 생각하지 않았습니까? 정말 모든 지주가 다 그렇게 나빴나요?"

마 노인이 말했다. "우리가 아니라 현지 농민이 그랬네. 우리의 문제는 제지하지 않았다는 거지. 지금 시선으로 보면 당연히 이것도 틀렸고 저것도 틀렸다고 느낄 거야. 하지만 그때 사회는 음험하고 혼란스러웠네. 우리가 찬둥에 오기 전까지 이곳의 거의 모든 도시가 비적한테 점령당한 전력이 있었어. 천하가 우리 것이라 해도 우리는 수비수고 그들은 공격수였지. 우리를 얼마나 많이 죽였는데? 누가 그들을 지지했을까? 더군다나 우리는 오랫동안 싸움만 했지, 토지개혁은 해본 적이 없었네. 법치가 뭔지 몰랐으니, 당연히 무슨 일이든 법대로 처리해야 한다고 말하는 사람도 없었어. 모두 모여 회의를 열고 누구를 죽여야 한다고 하면 죽였지. 혹은 토지개혁조 조장이 어떤 사람이 아주 나빠서 죽여야 한다는 보고를 들으면 죽이라고 결정했고. 말단 책임자가 아는 게 없으니 정책 수준이 낮을 수밖에. 그저 가난한 사람들을 위해 일해야 한다는 것만 알았지, 가난한 사람들의 행동이 옳은지 그른지는 별로 생각하지 않았네."

류진위안도 말했다. "그건 연습해본 뒤에 시작할 수 있는 일도 아니었어. 당시에는 가난한 사람이 왜 가난한지, 가난한 사람들 중에 불량

배가 있는지 없는지 분석하는 사람도 없었고. 어느 부자가 좋고 나쁜지 말하는 사람은 더더욱 없었네. 모든 걸 현장에서 판단해야 했어. 그리고 전쟁을 끝내고 비적을 소탕한 뒤라 살기가 아직 남아 있어서 진압이 가장 간단하고 효과적인 방법이라고 생각한 거지. 지금과 달랐어. 마을 집단회의에서 누구를 죽일지 말지 판가름하는 게 어디 그리 쉬웠겠나? 지금이야 사회가 진보했지만, 그때는 누구도 몰랐네. 그러다보니 순식간에 선을 넘어간 거야. 일단 선을 넘으니 브레이크를 밟을 수 없어 엉망이 되었고, 상부에서 함부로 죽이지 말라고 명했을 때는 이미 많은 사람이 죽은 뒤였네. 자네도 그 대저택을 봤지? 그러면 부자가 얼마나 부유했는지 알았겠지. 하지만 가난한 사람이 얼마나 가난했는지는 모르잖나. 먹을 것도 입을 것도 없는 사람이 정말 많았네! 어느 사회에서든 가난한 사람들에게 부자들 재산을 빼앗거나 지주들 토지를 빼앗아도 된다고 하면, 적극적으로 나서지 않을 사람이 어디 있겠나? 세상 인심은 똑같아."

노인들이 고개를 끄덕이며 맞다고 동의했다. 그때는 엄격한 수단이 없어서 부자들을 통제하는 게 불가능했다. 부자들에게는 돈과 총, 민병대가 있어서 그걸 모으면 군대나 다름없었다. 더군다나 그들은 국민당 잔당과 비밀스럽게 결탁했다. 또 비적을 소탕했다고는 해도 잠복하고 있는 파괴자가 여전히 많았다. 다행히 토지개혁으로 그들이 포섭하거나 지지하려던 주요 대상을 전부 제거했을 뿐만 아니라 그들을 위축시킬 수 있었다. 사회 안정의 대가가 참혹했어도 어쨌든 핵심은 안정을 이뤘다는 사실이다. 촨둥에 비적이 없었던 때가 언제 있었는가? 비적을 소탕한 뒤에도 잔당은 이리저리 흩어져 기회를 노렸다.

정규군이 철수한 뒤 다시 산으로 들어가려는 사람도 있었다. 하지만 토지개혁 이후 완전히 사라졌다. 죽거나 통제된 덕분이었다. 그때 이후 오십여 년 동안 백성들은 비적 걱정 없이 살아왔다. 노인들은 그렇게 이야기했다.

칭린은 그들의 이야기를 듣기만 하고 더는 끼어들지 않았다.

조용히 그들의 말이 자기 관점과 다르다고 생각했다.

칭린은 건축을 공부했고 언제나 사람을 중심으로 생각했다. 어떻게 하면 사람이 편리하고 편안할지, 어떻게 독립을 유지하고 사생활을 지키며 자유를 얻을지, 어떻게 하면 홀가분해질지, 종합적으로 어떤 환경에서 행복할지, 좋은 집을 가진 뒤에는 무엇을 추구할지 등과 같은 것들을 고민했다. 천하니 강산이니 하는 거창한 문제는 한 번도 생각해본 적이 없었다. 그렇게 거창하고 요원한 것은 칭린에게 실감할 수 없는 허상에 불과했다. 그래서 그는 반박할 말을 찾을 수 없었다.

류진위안이 칭린의 생각을 읽은 듯 그를 보며 말했다. "평화로운 시기에 자란 자네들은 우리 마음을 이해할 수 없어. 자네들은 천하를 두고 싸운 적이 없으니까. 지금 자네들의 삶은 우리가 젊었을 때 투쟁을 거듭하며 목숨과 바꿔 얻어낸 거야. 그때 우리는 집을 나서면서 살아서 돌아올 수 있을지 장담할 수 없었네."

칭린이 고개를 끄덕였다. "맞습니다. 저희는 실감할 수 없습니다. 하지만……"

그는 '하지만'을 뱉었다가 역시 말하지 않는 게 좋겠다고 생각했다. 때로는 소통하려고 해봐야 더 큰 장벽만 생기기 때문이다.

칭린은 곧바로 말을 바꿨다. "호텔 음식이 정말 맛있습니다. 쓰촨요리는 어떻게 요리해도 좋네요."

　　그런 다음 바로 이게 '오늘 날씨가 어쩌고, 하하하' 하는 얼버무림이
라고 생각했다.

제 7 장

34. 네번째 지옥:
서쪽 담장의 홍초 아래

딩쯔타오는 완전히 녹초가 됐다. 이미 네번째 층에 도달했음을 똑똑히 알 수 있었다. 이전과 비교하면 그래도 설핏하게 빛이 느껴졌다.

그녀는 이곳이 서쪽 담장이라는 것을 똑똑히, 심지어 한눈에 알 수 있었다.

여기는 싼즈탕 화원의 서쪽 담장이었다. 높고 긴 그 담장은 그녀에게 너무나도 익숙했다. 산을 따라 구불구불 수백 미터나 이어졌다. 층층이 쌓인 크고 두꺼운 돌 틈 안팎에 이끼가 가득 끼어 있었다. 담장 중간에 뚫린 총구멍도 생생하게 보이고 끝 쪽의 망루도 시선에 들어왔다. 그녀의 시아버지는 그 망루에 사각형 정자를 특별히 증축했다. 날아오를 듯 들린 처마끝은 풍경을 감상하는 정자라는 느낌을 주었다. 하지만 그녀는 정자 중앙에 작은 화포가 놓여 있다는 것을 알았다. 그 포루는 비적과 대치할 때 엄청난 위력을 드러냈다.

서쪽 담장 아래에 그늘이 짙게 드리워져 있었다. 담장을 가득 뒤덮었던 담쟁이가 이미 생기를 잃고 시들었다. 그 옆에 무리 지어 핀 불처럼 빨간 홍초도 꽃부리를 축 늘어뜨리고 있었다. 겨우 냉기를 견디는 모양새였다.

루씨 가문의 쌴즈탕에 처음 발을 들인 게 언제였는지 기억나지 않았다.

그녀는 태어났을 때부터 쌴즈탕을 알고 있었던 것 같았다. 그건 아버지 때문이었다. 쌴즈탕은 그녀의 집보다 더 깊은 산속에 있었지만, 아버지는 해마다 그곳을 찾았다. 멀리에서 보면 높이 솟은 쌴즈탕과 산을 반쯤 휘감은 담장이 한눈에 들어온다고 아버지는 말했다. 쌴즈탕의 화원은 그 높은 담장 뒤편에 있었다.

끝 쪽의 망루 역시 마을 사람들이 늘 입에 올리는 장소였다. 오래전에 친씨 성의 악명 높은 비적이 있었는데 그가 일단 강탈하겠다고 마음먹으면 어떤 마을도 피해갈 수 없었다고 했다. 하지만 그런 그도 쌴즈탕을 넘보다가 망루의 화포에 막혀버렸다. 비적들이 쌴즈탕 근처에 다가가지 못한 것은 물론이고 친씨 성의 두목은 아예 누각의 화포에 목숨을 잃었다. 쌴즈탕은 높은 담장 뒤에 마당이 몇 개고 방이 몇 개인지 분명히 아는 사람이 없을 정도로 규모가 컸다. 나중에 루씨 집안으로 시집간 그녀조차 정확히 알지 못했다.

그녀는 아버지를 따라서 간 것이었다. 그녀의 아버지 후루원과 쌴즈탕의 주인 루쯔차오는 예전에 일본에서 함께 유학한 사이였다. 루쯔차오는 귀국하자마자 신해혁명에 참여했고 은퇴해서 고향으로 돌아올 때까지 정계에서 일했다. 반면 그녀의 아버지는 조부의 소금 사업을 물려받아 장사를 계속하는 한편 고향의 땅 백여 무畝*도 관리했다. 그러면서 시간이 날 때마다 친구를 불러 시를 읊고 책이나 그림을 모으는 등 풍류를 즐겼다.

아버지는 청나라 때 관직에 있었던 루쯔차오의 조부가 싼즈탕을 만들었다고 알려줬다. '싼즈三知'는 '하늘이 알고 신이 알고 내가 알고 네가 안다'라는 양진**의 말에서 따왔다며, 그는 평생 관직에 있으면서 인간관계든 일 처리든 매우 깨끗했음을 자손 및 세상 사람들에게 알리려 했다고 말했다. 다만 '네가 안다'는 제외한 채 하늘이 알고 신이 알고 내가 안다는 뜻만 살렸다고 덧붙였다. 그녀는 아버지에게 그건 왜 제외했느냐고 물었다. 아버지는 탄식하며 그의 조상이 아편을 팔아 성공한 걸 남이 아는 게 싫었기 때문이라고 대답했다. 이미 하늘이 알고 신이 알고 있으니, 나만 알고 너는 알 필요가 없다는 뜻이라고 설명하고 아버지는 또다시 탄식을 내뱉었다. "요즘 세상에 누군들 다 알리고 싶겠니?"

순간 딩쯔타오는 길게 탄식하던 아버지의 표정이 떠올랐다.

이어서 루씨 집안의 둘째 아들 루중원이 그녀를 화원의 서쪽 담장 아래로 데려갔다. 산을 따라 올라가는 담장 옆에는 청석 계단이 깔려 있었다. 담장의 총구멍에서 화약 흔적이 보였다. 가까이 다가가 아래를 내려다보자 산 밑의 밭과 집이 한눈에 들어왔다.

담장의 한쪽 옆에 홍초가 붉은 꽃을 피우고 있었다.

"고모할머니가 홍초는 부처님 발가락에서 나온 피라 유난히 빨간 거라고 하셨어." 그녀의 말에 루중원이 웃었다. "여리여리한 풀 홀로 지탱하기도 힘들구나, 아름다운 줄기는 누구를 위해 그리 고운가. 줄기는

---

* 중국의 토지 면적 단위. 1무는 약 667제곱미터.
** 한나라 때의 정치가.

추운 가을을 견디지 못할지라도 붉은 마음은 영원하리.' 너는 피를 떠올렸지만 나는 시가 떠오르네. 누가 썼게?" 그녀가 "몰라"라고 대답하자 루중원은 "남송의 대가 주희가 썼어. '연못의 물이 어찌 그리 맑은가 묻노니, 수원에서 끊임없이 물이 흘러들기 때문이네' 역시 그가 지었고"라고 말했다. "지금 그 구절도 모르겠네. 내가 공부를 헛했나?" 그녀의 말에 루중원이 또 웃기 시작했다. 그의 웃음소리에 그녀는 마음이 흔들렸다.

그들 사이에 감정이 생긴 건 그때였을 것이다. 이후 서쪽 담장은 그들이 늘 찾는 장소가 되었다. 담장 끝 망루의 정자 역시 두 사람이 자주 가는 장소였다. 작은 화포도 여전히 있었다. 그들은 포루 난간에 몸을 기댄 채 바람을 쐬고 시를 읊었다. 루중원은 하모니카를 불기도 했다.

그런데 지금 루중원은 어디 있지?

딩쯔타오는 자기도 모르게 소리를 질렀다. "중원, 어디 있어?"

그녀의 목소리가 담장 총구멍으로 빨려들어가는 듯했다. 바람소리 외에는 아무 소리도 들리지 않았다.

그때 그녀가 자신을 보았다. 다이원이라 불리는 자신이 홍초 더미 아래에 꿇어앉아 있었다.

그녀는 구덩이에 흙을 덮고 있었다.

구덩이 속에 누운 두 사람이 보였다. 그녀가 친정에서 데려온 하녀 샤오차 그리고 쯔펑이었다. 쯔펑은 원래 시조모를 돌보던 하녀였는데 그녀가 시집온 뒤 시아버지가 그녀에게 보내줬다. 그 둘은 어깨를 맞대고 나란히 구덩이에 누워 있었다. 구덩이가 작아서 비좁게 옆으로 누워 있었다. 그녀는 샤오차가 그렇게 끼어 있는 게 싫어서 샤오차를 끌어내

쯔핑을 아래에 눕힌 뒤 샤오차를 그 위에 놓았다.

날이 무척 어두웠다. 그녀는 구덩이 옆의 흙을 밀어 두 사람을 덮었다. 먼저 샤오차의 발을 덮고 몸을 덮었다. 얼굴을 덮기 직전 그녀는 참지 못하고 샤오차의 얼굴을 쓰다듬었다. 그런데 샤오차에게서 아직 숨결이 느껴져, 그녀는 자기도 모르게 소리쳤다. "샤오차! 샤오차! 일어나서 나랑 같이 가자. 아가씨가 안 간대. 샤오차, 너를 두고 갈 수 없어."

아무 대답이 없었다. 샤오차는 열 살 때부터 그녀와 함께했다. 그녀 집의 하녀이자 그녀의 친구였다. 시집올 때 샤오차도 함께 왔다. 그렇게 오래도록 언제든 샤오차를 부르면 낭랑한 대답 소리를 들을 수 있었다. 하지만 이때만큼은 상대해주지 않았다. 아무리 큰 소리로 외치며 불러도 대답하지 않았다. 반면 그녀가 줄 수 있는 것은 흙뭉치뿐이었다. 그녀는 흙을 샤오차의 몸에 뿌리며 원망스럽게 말했다. "샤오차, 몰래 나랑 갔어야지. 푸퉁이 강가에서 기다리는데. 배에 한 사람 더 탈 수 있단 말이야."

샤오차가 작별하러 왔을 때 그녀는 술을 막 마신 뒤였다. 샤오차가 그녀 옆으로 다가와 말했다. "아가씨, 이제 아가씨를 모실 수 없네요. 저를 기억해주세요. 언젠가 집에 돌아오시면 저를 파내 관에 넣어서 우리 엄마 옆에 묻어주세요." 그녀는 알았다고 약속하며 샤오차를 끌어안고 오열을 터뜨렸다. 샤오차도 울었다. 문밖에서 쯔핑이 "샤오차, 우리 같이 가자"라고 소리치자 샤오차는 그녀의 손을 풀고 혼자 밖으로 나갔다.

다시 만났을 때 샤오차는 쯔핑과 홍초 아래에 나란히 누워 있었다.

그녀는 마지막 흙을 샤오차의 얼굴에 골고루 뿌렸다. 샤오차의 표정이 보이지 않았다. 샤오차의 머리카락이 흩뜨려졌는지도 보이지 않았다. 그녀는 눈물이 나오지 않았다. 심지어 슬픔조차 느껴지지 않았다.

그건 그녀가 화원에서 마지막으로 메운 구덩이였다. 그녀는 떠나야 한다는 걸 알았다.

방으로 가 팅쯔를 바구니에 넣고 천을 덮은 뒤 등에 멨다. 갑자기 침대 옆에 놓인 팔찌가 눈에 들어왔다. 그녀가 샤오차에게 준 생일선물이었다. 샤오차가 떠나기 전에 몰래 되돌려준 모양이었다. 그녀는 얼른 팔찌를 집어 화원으로 돌아갔다.

화원 곳곳이 흙더미였다. 어둠 속에서 적막이 죽음처럼 흘렀다. 풀벌레 소리도 없고 화초나 나무마저 죽은 듯했다. 이 화원은 이미 죽었어. 그녀는 생각했다.

담장의 홍초 아래에서 몸을 숙이고 흙을 판 뒤 팔찌를 샤오차의 손 위에 올려놓았다. 달빛이 없어도 새로 불룩하게 올라온 흙더미를 똑똑히 볼 수 있었다. 그녀는 몸을 돌려 화원의 모든 흙더미를 향해 허리 숙여 절한 뒤 망루로 향했다. 내가 어떻게 되돌아올 수 있겠어? 샤오차, 미안해. 나는 쌴즈탕을 영원히 잊어버리고 다시는 돌아오지 않을 거야.

십여 분 뒤 그녀는 망루 아래층 계단 뒤의 비밀통로로 빠져나왔다. 동굴 밖은 차밭이었다. 빽빽한 차나무 뒤에 있는 입구는 주변이 잡초로 우거져 거의 드러나지 않았다. 또 몇 분 뒤 그녀는 늙은 녹나무를 보고 울타리를 넘었다. 열 걸음 정도 가자 오솔길이 나타났다. 그녀는 그 길에서 뛰기 시작했다.

35. 다섯번째 지옥:
화원의 연매장

그랬다. 덩쯔타오는 자신이 이제 다섯번째 층에 올랐다는 걸 알았다.

자신이 살아온 길을 거슬러올라가는 중이라는 것도 이미 알아차렸다. 그녀는 갈수록 점점 더 많은 것을 보았다. 사건들의 세세한 부분, 그때그때 상황의 분위기, 한 사람 한 사람의 표정 그리고 사람들의 목소리가 전부 분명하게 느껴졌다.

언젠가 시아버지 루쯔차오가 했던 말이 떠올랐다. 사람은 풍성한 혼백을 가지고 태어났다가 살면서 차츰 잃어간다. 그러다 다 잃어버리면 혼이 사라지지. 옆에서는 그 사람이 죽었다고 생각하지만, 사실은 사라진 거다. 그 사람은 다시 몸을 돌려 조금씩 자기가 뿌려놓은 혼백을 줍기 시작하지. 도로 다 회수하면 득도할 수 있다. 그러면 좋은 집에서 다시 태어날 수 있어. 다 회수하지 못하면, 잘은 모르지만 내세에 돼지나 개로 태어날지도 모른다.

그녀는 내 혼을 조금씩 모두 회수해야 해, 다음 생에는 좋은 삶을 살 거야, 더는 생고생하기 싫어, 하고 생각했다.

이제 딩쯔타오는 화원에 도착했다. 안에서 울부짖는 다이윈이 보였다. 다이윈이 마주하고 있는 방향을 바라보자 혼이 모두 날아가는 듯했다.

화원은 죽은 듯 고요했다. 사방이 구덩이고 구덩이마다 옆에 흙이 쌓여 있었다. 루씨 집안의 사람들이 자기 자신을 위해 파놓은 구덩이였다. 그들이 스스로를 위해 쌓아놓은 흙이었다. 그들은 구덩이를 파고 흙을 잘 쌓아놓은 뒤 아무 말 없이, 작별인사도 없이 각자 목을 젖혀 준비해놓은 비상을 삼킨 뒤 구덩이로 들어가 누웠다.

대추나무 아래의 구덩이에 누운 사람은 시아버지와 시어머니였다. 거기서 멀지 않은 장미 화단의 구덩이에는 셋째 작은어머니가 누웠다. 동쪽 담장의 대나무숲에는 얕은 구덩이가 있었다. 오랫동안 병을 앓았던 시숙 보원은 기력이 달려 깊게 파지 못하고 그냥 누워버렸다. 그러면서 관은 없어도 대나무가 곁에 있으니 우아한 죽음이라고 말했다. 바로 옆에는 큰고모의 구덩이가 있었다. 큰고모는 후사를 보지 못했으니 보원을 아들로 생각하겠다며 그 옆에 누웠다.

연못 옆의 제일 깊은 구덩이는 집사 라오웨이의 것이었다. 거기에서 멀지 않은 곳에는 시조모와 시어머니를 시중들었던 우 어멈이 있었다. 우 어멈은 살아봐야 의미 없다며 함께 가겠다고 말했다.

화원 구석구석까지 전부 구덩이였다. 구덩이마다 그녀가 잘 아는 사람들이 누워 있었다. 온 가족이 다 있었다. 그들은 함께 죽기를 선택했다. 시아버지는 내일 아침 햇빛이 본인들 얼굴에 떨어지지 않도록 최대한 빨리 흙을 메워야 한다고 그녀에게 말했다.

하늘에는 달도 없고 구름도 없었다. 집안의 등도 전부 꺼졌다. 땅의

색과 나무의 그림자가 뒤엉켰다. 화원에는 한줄기 바람조차 불지 않았다. 봄이 왔어도 겨울이 아직 물러가기 전이었다. 화원의 모든 동식물이 웅크리고 있었다. 소리도, 숨결도, 색도, 냄새도 없는 화원이었다.

그녀가 흙을 메우기 시작했다. 구덩이마다 옆에 도구가 놓여 있어서 그녀가 따로 들고 다닐 필요가 없었다. 그녀는 미친듯이 구덩이 속으로 흙을 밀어넣었다. 시부모와 시조모의 구덩이가 제일 깊었다. 라오웨이가 대신 팠기 때문이었다. 구덩이를 팔 때 라오웨이는 웃음까지 지어가며 "나리, 나리 내외와 함께 죽는데다 같은 방식으로 죽다니, 제가 복이 많습니다. 제 부모님은 이런 운이 없었지요"라고 말했다. 라오웨이의 어머니는 친정에 가다가 비적에게 맞아 죽었고 아버지는 허난에서 물건을 가져오다 일본인한테 잡혀 감옥에서 죽었다. 두 사람 모두 시신조차 찾을 수 없었다. 라오웨이는 자기 옆에 구덩이를 파고 시조모를 눕힌 뒤 말했다. "두려워하지 마세요. 제가 가까이에 있으니 지켜드릴 수 있습니다."

시어머니는 계속 울면서 중얼거렸다. "나는 연매장 싫은데. 우리 어머니가 연매장하면 환생하지 못한다고 했어."

시아버지가 비상이 든 물을 마신 뒤 구덩이에 누우며 타박했다. "살고 싶으면 마을 어귀의 마가 놈이랑 자. 그놈이 다른 건 다 필요 없고 당신이랑 장미목 침대만 달라고 했다잖아. 그놈이랑 가라고. 환생? 환생할 생각만 하다니, 어디로 가고 싶은데?" 시어머니는 몸서리를 치며 비상 물을 단숨에 들이켰다. 그러고는 시아버지 옆에 누워 수건으로 얼굴을 덮었다.

그녀는 원래 시누이 후이위안과 함께 흙을 메우기로 했었다. 하지만 후이위안을 부르러 갔을 때 그녀는 이미 하얀 거품을 물고 방에 쓰러져 있었다. 깜짝 놀라 필사적으로 흔들어 깨우자 후이위안이 살짝 눈을 뜨더니 말했다. "부모님도 돌아가셨잖아요. 나도 살기 싫어요. 내가 가족들을 해쳤어요. 진뎬에게 아무 말도 하지 않았지만, 진뎬이 우리집을 증오하게 된 건 모두 제 탓이에요. 저는 혼자 살 수 없어요. 언니, 저를 부모님 곁에 묻어주세요. 저승에서 부모님과 큰오빠를 돌봐드릴래요."

그녀는 순간 아무 말도 할 수 없었다. 하고 싶은 말이 입안을 맴돌았지만 끝내 뱉을 수 없어 침으로 삼켜버렸다.

그녀는 후이위안을 화원으로 데려갔다. 시부모의 구덩이에서 몇 미터 떨어진 웨량먼*은 후이위안이 제일 좋아하는 곳이었다. 친구들과 공연하길 즐겼던 후이위안은 늘 웨량먼으로 등장하곤 했다. 그녀가 구덩이를 팔 때 아직 숨이 붙어 있던 후이위안이 "언니, 저 대신 파줘서 고마워요"라고 말했다.

그녀는 대꾸하지 않고 힘껏 구덩이만 팠다. 어디에서 그런 힘이 나 그렇게 빨리 팠는지 알 수 없었다. 구덩이에 내려놓았을 때 후이위안의 얼굴은 이미 차갑게 식어 있었다. 그녀는 자신의 스카프를 풀어 후이위안의 얼굴을 덮었다. 고모가 집에서 기르던 갈색 고양이가 밤새 그녀를 따라다녔다. 녀석은 눈을 동그랗게 뜨고 집안에서 일어나는 일을 이상하다는 듯 바라보았다. 그녀가 녀석을 가볍게 발로 차며, 참새야, 어서 달아나, 라고 말했다. 참새는 달아나는 대신 어리둥절한 눈으로, 심지어 슬픈 눈으로 쳐다보기만 할 뿐이었다. 그녀는 한숨을 내쉰 뒤 녀석

---

* 중국 전통 건축에서 흔히 보이는 반원형의 중문.

을 고모의 무덤 앞으로 데려가 고모님이 여기 계시니 네가 옆에서 쓸쓸하지 않게 지켜드려, 하고 말했다.

그날 밤 그녀는 자신이 얼마나 많은 흙을 메웠는지 몰랐다. 평소에는 아침부터 밤까지 재잘재잘, 바스락바스락 울리던 집안의 소리가 전부 사라졌다. 한때 미소 짓던, 슬퍼하던, 키득거리던, 찡그리던, 침울해하던 얼굴이 전부 똑같이 변해버렸다.

이런 밤을 겪었는데 제가 살아 있는 것 같나요? 그녀는 속으로 그들에게 물었다.

마지막으로 그녀는 서쪽 담장 아래로 갔다.

쯔핑과 샤오차를 묻을 차례였다. 그건 쯔핑의 마지막 당부였다. "다른 사람들부터 다 묻고 저를 마지막에 묻어주세요. 혹시 시간이 모자라면 상관하지 마시고요. 저는 시신이 드러나도 두렵지 않거든요. 이미 죽었는데 시신이 드러나는 게 대수겠어요?" 쯔핑의 여동생 쯔옌은 산 남쪽 언덕마루에 있는 마을에서 천씨 노부인을 모시던 하녀였다. 재산 분배가 끝난 뒤 천씨 일가는 총살되었고 마을 사람들은 그 집 하녀들을 나누었다. 마을 조장이 쯔옌을 데려가 바보인 둘째 아들의 아내로 삼았다. 어느 날 쯔핑이 동생을 만나고 돌아와 말했다. "그렇게 사느니 죽는 게 낫지요."

그녀는 쯔핑을 이해했다. 쯔핑 같은 사람에게는 죽는 게 사는 길이었다. 얼마 전 그녀의 작은어머니도 똑같은 말을 했다. "내 유일한 살길은 죽음이야. 그렇지 않으면 죽느니만 못한 삶을 살 뿐이지."

죽음을 결정하는 건 결코 쉬운 일이 아니었다. 그 논의는 온 가족이 사당으로 끌려가 비판받을 거라는 소식을 들은 새벽부터 시작되었다.

그런데 일단 결정하고 나자 어려운 게 없었다. 모두 조용히, 태연하게 자신의 결정을 실행했다.

쯔펑의 의기에 감동하기도 했고, 또 샤오차를 위해 그녀는 시간이 촉박해도 어떻게든 그들을 묻어줄 생각이었다. 연매장만으로도 이미 억장이 무너지는데 흙조차 제대로 덮지 못하면 그녀들 삶이 너무 불공평하지 않겠는가.

시아버지가 시킨 대로 모든 구덩이를 메우고 나자 그녀는 완전히 녹초가 되었다. 그러고 나서 마지막으로 쯔펑과 샤오차가 몸을 옆으로 세운 채 비좁게 누운 걸 보았을 때, 그녀는 두 다리에서 힘이 풀려 바닥에 꿇어앉고 말았다.

그녀와 함께 자란 샤오차, 언제나 옆에 있는 게 당연했던 샤오차가 달빛도 없는 밤에 구덩이 속에 누워 그녀가 흙을 덮어주길 기다리고 있었다. 그녀가 불러도 더는 대답하지 않았다.

36. 여섯번째 지옥:
최후의 만찬

여섯번째 층에 도달했을 때 딩쯔타오는 걷는 게 조금 힘겨워졌다. 이제는 자신이 지옥에 떨어진 게 당연하다고 느꼈다. 나는 왜 화원에 내 구덩이를 파지 않았을까? 왜 내 손으로 그들을 매장해야 했을까?

빛이 좀더 밝아졌다. 그녀는 천당에 가까워진 건지, 현실에 가까워진 건지 알 수 없었다. 어쨌든 그녀 눈에 보이는 게 점점 많아졌다.

희미하게 사람들 그림자가 어른거려 세어봤다. 아홉, 아니면 열 명이었다. 그들 얼굴이 조금씩 선명해졌다. 무표정하게 그녀를 바라보고 있었다. 그런 다음 그녀도 자신을 보았다.

익히 잘 알고 있는 작은 식당이었다. 작은 식당은 창고와 멀지 않았다. 복도 하나만 지나면 바로 부엌이었다. 부엌 뒤편 뜰에는 하인들 거처가 있었다. 루씨 집안에 시집온 뒤 그녀는 주로 이곳에서 식사했다. 보통 식탁 두 개에서 나이든 사람과 젊은 사람으로 나뉘어 식사했다. 그러다 설을 쇨 때면 밖에 나간 사람들이 전부 돌아왔기 때문에 작은 식당에 다 들어갈 수 없어서 큰 식당을 썼다. 큰 식당에는 한꺼번에 여덟 개의 탁자를 놓을 수 있었다. 그럴 때는 식사 자리가 무슨 공연 무대처럼 시끌벅적했다.

지금은 설이 지난 뒤였다. 루씨 집안의 네 자녀 중 맏이와 딸만 집에 있고 둘째와 셋째는 외지로 나갔다. 상석에 시조모가 앉고 시아버지와 시어머니가 각각 시조모의 양쪽 옆에 앉았다. 큰고모와 셋째 작은어머니가 시아버지와 시어머니 옆에 앉고, 병약한 시숙 루보원이 큰고모 옆자리를 차지했다. 이들 여섯 명의 자리는 언제나 똑같았다. 항상 집에 있기 때문이었다. 반면 나머지 사람들은 마음대로 골라 앉았다.

작은 식당에 큰 탁자가 놓이고 집안의 모든 사람이 멍한 얼굴로 모였다. 집에 큰일이 났다. 절체절명의 상황이었다.

시아버지의 긴 수염이 쉴새없이 떨렸다. 관직을 내려놓고 고향으로 돌아온 뒤 시아버지의 수염이 하얗게 셌다. 그녀는 시아버지가 분노를 참지 못할 때 수염이 저절로 떨린다는 것을 알고 있었다. 광대뼈까지 화를 내기 때문일 거라고 그녀는 생각했다.

시어머니가 슬픈 얼굴로 그 옆에 앉아 있었다. 시어머니는 평생 시아버지에게 순종한 연약한 여인으로, 늘 "남자에게 시집가면 여자의 운명은 남편의 것이다"라고 말했다. 시조모는 시아버지의 계모였다. 이미 나이가 너무 많아 그냥 살아 있을 뿐인 시조모는 평소처럼 검은색 털모자를 쓴 채 아무 말도 하지 않았다. 셋째 작은어머니는 얼굴을 찡그리고 있었다. 그녀는 무척 살고 싶었지만, 자신에게 기회가 없다는 것도 잘 알고 있었다. 큰고모의 표정은 언제나처럼 담담했다. 결혼하고 한 달 만에 남편이 쓰촨 항일전에 나갔다가 전사하는 바람에 친정으로 돌아온 큰고모는 하루를 더 살든 적게 살든 개의치 않는 눈치였다. 병색이 완연한 시숙은 평소처럼 초췌했다. 보통 길게 머리카락을 땋았던 시누이 후이위안만 머리를 풀어헤치고 의문이 가득한 표정이었다. 평소에는 식탁에 앉지 않던 집사 라오웨이도 있었다. 한때 수십 명이나 되었던 하인들은 해방되자마자 뿔뿔이 흩어졌다. 갈 곳이 없거나 꼭 필요한 사람들만 남았다. 이제 집에는 우 어멈과 쯔핑, 샤오차만 있었다. 지금은 그들도 일하지 않고 똑같이 슬픈 얼굴로 한쪽에 서 있었다.

긴 수염의 시아버지가 심각한 얼굴로 나직이 말했다. "모두 보았겠지. 비탈 남쪽과 북쪽의 대부호들이 모욕이란 모욕을 다 받았다. 심지어 대부분 목숨까지 잃었어. 죽지 않은 사람도 비참하게 살고 있고. 그리고 다이윈 집안의 일도 다들 잘 알고 있겠지. 다이윈의 아버지는 가업을 계승해 가게를 운영하면서 책을 모으기 좋아하고 글을 쓰거나 그림을 그렸다. 누구에게든 후했고 무슨 일이든 참았지. 다이윈의 오라비는 정부를 위해 일하며 곳곳에서 군량미를 모았고, 우리집도 꽤 많은 식량을 내놓았다. 결과는 어땠지? 링윈은 부모를 구하러 돌아오는 길에 총에 맞아 죽었다. 부모를 구하지도 못했고 자기 목숨마저 잃었지. 다이윈, 울지 마라. 울어봐야 소용없으니까. 우리 루씨 가문은 이곳에서 대대로 당당하게 살아왔다. 나 루쯔차오는 자존심을 내려놓을 수도 없고 체면을 구길 수도 없으며 수모는 더더욱 견딜 수 없다. 자결하느니만 못해."

시어머니가 울기 시작했다. "우리 손자 팅쯔는 어떡해요? 두 살도 안 됐는데 중원한테 어떻게 말해요?"

시아버지가 말했다. "팅쯔는 죽을 수 없지. 다이윈, 팅쯔와 후이위안을 데리고 오늘밤에 달아나거라. 어떻게 가야 하는지 알려주마. 이미 푸퉁에게 강가에서 기다리라고 해뒀다. 배가 너무 작아서 두세 명밖에 탈 수 없어. 물살이 거세서 무척 위험하고 큰 배로는 갈 수 없다. 나머지 사람들은, 원하면 나와 함께 죽고, 원치 않으면 각자 알아서 떠나라."

라오웨이가 말했다. "밖에 이미 지키는 사람이 있어서 누구도 나가기 힘듭니다. 그런데 떠나지 않고 몇 사람이나 죽은 집에 남아 있으면, 살아 있어도 좋은 결말을 보기 힘들 겁니다."

셋째 작은어머니도 눈물을 훔치며 말했다. "죽는다고 수치를 면할 수 있나요? 우리 시신을 이리저리 끌고 다니다 들개한테 먹이면 어떡해요?"

시아버지가 대꾸했다. "싼즈탕을 나가도 배가 없으면 달아날 수 없어. 그래서 생각해봤다. 나와 함께 가려는 사람은 각자 화원에 구덩이를 파도록 해. 다이윈, 후이위안, 너희는 한밤에 모두를 묻은 뒤 나가거라. 흙에 묻힌 이상 저들도 파내지 못할 거야. 그건 엄청난 금기니까. 누구도 감히 나서지 못할 거다. 나와 가기 싫다면 각자 알아서 살길을 찾고."

시누이 후이위안이 말했다. "아버지와 어머니가 돌아가시면 제가 살아서 뭐해요?"

시아버지는 상대하지 않고 다이윈을 보며 말했다. "네가 후이위안을 데려가. 일단 중원의 둘째 외숙한테 가거라. 너희를 상하이로 보내줄 거다. 그런 다음 네 외사촌을 찾아가. 중원과 사이가 좋았으니까 틀림없이 홍콩에서 중원과 만날 수 있게 도와줄 거다. 중원을 만나면 다 함께 영국의 넷째 숙부한테 가거라. 거기에서 일해. 무슨 일을 해도 상관

없으니 중원한테 돌아오지 말라고 전해. 이 집은 이미 없다고. 나중에 후이위안에게 좋은 사람을 찾아주기 바란다. 그게 우리 루씨 가문에 좋은 일을 하는 거다."

시조모가 말했다. "나는 땅에 들어가련다."

셋째 작은어머니가 말했다. "관도 없는데 어떻게 들어가요?"

시아버지가 굳은 얼굴로 나직하게 소리쳤다. "연매장!"

시어머니의 울음소리가 커졌다. "난 연매장 싫어요. 연매장하면 환생할 수 없어."

시아버지가 타박했다. "또 태어나고 싶어? 이 세상에 또 와서 뭐하게?"

시어머니가 울음을 멈추지 못했다. 내내 아무 말이 없던 시숙 보원이 입을 열었다. "어머니, 아버지 말씀이 옳아요. 앞마을과 뒷마을, 우리 마을을 보세요. 쌴즈탕보다 세력이 약하고 부유하지 않던 사람들도 목숨을 건져봐야 처참하기 그지없고, 죽은 사람들 역시 편안히 죽지 못했어요. 우리 루씨 가문은 이곳에서 대대로 명망을 누렸고 아버지는 자존심이 강한 분이시니 그런 모욕을 받으면 안 돼요. 저는 병 때문에 집에 아무런 도움이 되지 못하는 게 정말 부끄러워요. 제가 할 수 있는 일이라고는 누구도 우리 가문을 비웃지 못하도록 아버지와 함께 가는 것뿐이에요."

시아버지가 말했다. "훌륭하다. 그렇게 하자꾸나. 함께 가려는 사람들은 제일 좋은 옷을 골라 입고."

하인들이 울기 시작하자 시아버지가 손을 내저었다. "떠나고 싶으면 떠나거라. 밖에 있는 사람들이 자네들을 원해."

우 어멈이 낮게 흐느꼈다. "저는 루씨 가문과 오랫동안 함께했습니다. 저들과는 잘 지낼 수 없고 저들도 저를 놓아주지 않을 거예요. 저는 마님과 같이 가겠습니다. 저승에서도 식사를 준비해드릴게요."

쯔핑이 울면서 말했다. "어르신, 저도 함께 가겠습니다. 마을 동쪽의 땅딸보가 저를 지목했다고 들었습니다. 귀머거리나 바보가 아니고 멀쩡하지만, 투쟁대회 때 서쪽 마을의 웨씨 어르신을 매질하는 걸 보았습니다. 얼마나 악독하던지, 그런 사람과 함께하기 싫어요."

셋째 작은어머니가 말했다. "샤오차, 너는 대머리한테 배정됐다던데 그리로 갈 거니?"

샤오차가 머리를 흔들며 울었다. "아니요, 싫어요."

셋째 작은어머니가 말했다. "놈을 따라가면 푸퉁, 그 고집불통이 목숨을 걸고 싸울 거야. 푸퉁이 놈을 이길 수 있을까? 놈은 마을에서 열성분자로 꼽히는데. 네가 죽지 않으면 푸퉁이 죽을 거야."

다이윈이 화를 냈다. "작은어머니, 무슨 말씀을 그렇게 하세요? 샤오차는 하녀인데 왜 죽어야 해요?"

샤오차가 우느라 더듬거리며 말했다. "맞는 말씀이세요. 제가 대머리 놈을 따라가면 푸퉁이 가만있지 않을 거예요. 지금 푸퉁이 어떻게 대머리를 이기겠어요? 저도 가는 게 좋아요. 제가 가면 다들 포기하겠지요."

시아버지의 얼굴이 한층 더 딱딱해졌다. "모두들 나를 따르겠다면 좋아. 울 것 없다. 이게 우리 운명이지. 어떤 사람은 체면 대신 목숨을 선택하지만, 우리 루씨 집안은 목숨 대신 체면을 선택하는구나."

그녀는 어떻게 해야 할지 모를 정도로 심란해 고개를 들고 시아버지에게 말했다. "아버님, 저도 함께 가겠습니다."

"말도 안 되는 소리! 너는 우리를 묻어준 뒤 팅쯔와 후이위안을 데리고 도망가거라. 내가 너를 남기는 것은 후씨 가문의 사람을 남기는 것이기도 해. 그래야 구천에서 네 부모를 만나도 할말이 있지. 네가 팅쯔를 잘 보살피면 루씨 가문의 뿌리도 살리는 셈이고."

그녀는 몸이 덜덜 떨리면서 갑자기 등까지 몹시 아파왔다. 그녀의 가족에 대한 투쟁대회가 열렸던 날, 집에서 도망나올 때 총개머리에 맞은 자리였다. "아버님, 저는 두렵습니다. 죽는 것보다 사는 게 두려워요."

"라오웨이, 술을 한 병 가져오게."

라오웨이가 루저우라오자오 한 병을 가져오자 시아버지가 말했다. "마시거라. 석 잔을 마시면 배짱이 생길 거다. 마시고 나서 팅쯔와 방으로 돌아가. 화원에서 아무 소리도 들리지 않을 때 다시 나오거라. 공덕을 쌓는 셈 치고 모두를 묻어줘."

그녀는 감히 거역할 수 없어 술병을 받은 뒤 뚜껑을 열고 꿀꺽꿀꺽 삼켰다. 너무 급하게 마시는 바람에 기침이 났다. 샤오차가 다가와 등을 두드려줬다. 그녀는 몇 차례 기침한 뒤 또 마시려 했다.

한 모금 마시자마자 또 기침이 났다. 라오웨이가 병을 빼앗고 말했다. "충분합니다. 너무 많이 드시면 취해요. 정말로 취해서 쓰러졌다가 깨어나지 못하면 낭패입니다."

그때 시아버지가 탁자를 가리키며 말했다. "식사하자. 배불리 먹어야 떠나기 좋다."

그건 루씨 가문의 마지막 만찬이었다. 우 어멈은 집에 남은 거의 모든 음식을 식탁에 올렸다. 다 함께 길을 떠날 터라 주종의 구분 없이 다

같이 둘러앉았다. 말하는 사람이 아무도 없어서 씹는 소리가 유난히 크게 들렸다.

불안과 음울함이 식당을 메웠다. 바스락거리는 움직임 속에서 낮은 울음소리가 새어나왔다. 흐느낌이 커지자 시아버지가 눈을 부릅떴다. 그러자 소리가 곧장 잦아들었다.

37. 일곱번째 지옥:
누군가 전해준 소식

딩쯔타오는 두려움에 떨며 일곱번째 층으로 올라갔다. 심장을 꽉 조이던 통증이 점점 흩어졌다. 그녀는 이미 무감각해지기 시작했다. 눈앞의 모든 것이 익숙하면서도 낯설게 보일 정도로 무감각해졌다. 분명 자신이 겪은 일인데 아득히 멀게만 느껴졌다.

소식은 날이 채 밝기도 전에 전해졌다. 누군가 다급하게 대문을 두드렸다.

쿵쿵 소리에 팅쯔가 놀라서 울음을 터뜨렸다. 그녀는 얼른 일어나 팅쯔를 안고 오줌을 뉘었다. 그때 쿠웅 하고 대문 열리는 소리가 들렸다. 루씨 저택의 대문은 높은 담장 아래에 뚫린 구멍처럼 보일 만큼 무척 작았다. 두 사람이 나란히 서면 꽉 찰 정도였다. 반면 대문을 지나면 넓고 푸른 정원이 펼쳐졌다. 문밖에서는 특별히 주의를 기울이지 않는 한, 그 작은 문 뒤에 화려한 저택이 있으리라고 상상조차 할 수 없었다. 루씨 집안의 선조는 아편 파는 일을 업으로 삼았다. 양귀비 재배에서 아편 제조, 판매까지 모든 과정을 취급했다. 산 위의 차밭에 처음 심었던 것도 양귀비였다. 아편 판매로 성공했기 때문에 루씨 선조들은 몸을 사리며 조심스럽게 행동했다. 루쯔차오의 조부가 관직에 올라 양귀비밭을 차밭으로 바꾼 이후 그녀의 시아버지인 루쯔차오 세대에 이르러서야 루씨 가문은 깨끗하고 당당한 명문 귀족이 될 수 있었다.

한 짝짜리 붉은색 대문에는 문고리 없이 툭 튀어나온 나무 손잡이만 있었다. 오랜 세월 손때가 묻어 반질반질 윤이 났다. 무척이나 두툼한 문짝은 열 때마다 쿠웅 하는 육중한 소리를 냈다. 시아버지 루쯔차오는 부호의 문이라면 이런 소리가 나야 한다고 말했다. 크기가 커야 할 필요는 없어도 소리만큼은 기세등등해야 한다면서, 손님이 문을 들어설 때 그 소리로 어떤 집안인지 알 수 있다고 했다.

딩쯔타오는 자기 집과 참 다르다고 생각했다. 친정인 체런루의 문은 시댁의 문보다 컸고 일반적인 집처럼 두 짝이었으며 검은색에 문고리도 있었다. 왜 우리집 문은 루가 저택의 문과 달라요? 그녀의 물음에 아버지가 대답했다. 대대로 학자 집안이라 숨길 필요가 없어서란다. 거리낄 게 없거든. 그래서 다른 사람들과 똑같이 해도 돼. 사실 세상에서 제일 이목을 끌지 않는 사람은 모두와 똑같은 사람이란다. 그래야 제일 안전하고.

그런 기억을 떠올리다가 딩쯔타오는 냉소를 지었다. 어떤 식으로 몸을 낮췄든 전부 곱게 죽지 못했잖아요, 하고 생각했다.

문을 연 사람은 집사 라오웨이였다. 그녀는 무슨 일인지 보려고 살짝 창문을 열었다.

라오웨이가 말했다. "이렇게 일찍부터 찾아오는 경우가 어디 있나?"

찾아온 사람은 이웃 마을의 천보싼이라는 젊은이였다. "어머니가 최대한 일찍 가라고 하셔서요. 저는 천보싼입니다. 아저씨도 기억하실 거예요. 삼 년 전에 저희 어머니가 산에서 바위에 깔렸을 때 루 어르신께서 구해주시고 성에서 치료받도록 해주셨지요. 어르신이 아니었으면 제 어머니는 이미 세상에 안 계실 겁니다."

"기억하네. 그런데 이 꼭두새벽부터 감사 인사를 하러 온 건 아니겠지?"

"급한 일입니다. 정말 엄청난 일이 터졌어요. 어머니가 반드시 어르신께 직접 전하라고 하셨고요."

"아직 안 일어나셨으니 일단 내게 말하게. 어르신을 깨울 일인지 들어보지."

천보싼이 조급해하며 말했다. "정말 큰일이 벌어졌습니다. 사실 어머니는 어젯밤에 저를 보내려 하셨어요. 하지만 앞으로 기회가 없을 테니 하룻밤이라도 편히 주무시게 두자며 마음을 바꾸셨습니다."

"그게 무슨 말인가?"

"저희 어머니 말씀입니다. 어머니가 반드시 어르신께 직접 전하라고 여러 차례 당부하셨습니다. 은혜를 갚아야 한다고요."

라오웨이는 천보싼을 훑어본 뒤 말했다. "선량한 사람 같으니, 일단 기다리게."

몇 분 뒤 라오웨이는 천보싼을 안으로 데려갔다.

그녀는 따라가지 않았다. 그녀는 호기심이 많은 부류가 아니었다. 알아야 할 일은 모두 알려줄 테니 몰라도 될 일까지 들으려 하지 말라는 집안 규칙도 잘 알고 있었다. 더군다나 그녀는 무척 피곤했다. 한 달 남짓한 사이 하루도 편히 자본 적이 없었다. 밤마다 부모님의 처참한 울부짖음과 작은어머니의 저주, 오라비를 죽인 총소리가 들렸기 때문이다.

날이 아직 밝지도 않았는데 샤오차가 깨웠다. 샤오차는 당황한 표정으로 어르신이 모두 서재에 모이라고 했다는 말을 전했다. 아침 일찍부터 모인다는 말은 뭔가 큰일이 터졌다는 의미였다.

그녀는 대충 세수하고 샤오차에게 팅쯔를 안으라고 한 뒤 함께 나갔다.

서재 분위기가 무척 침울했다. 시아버지 루쯔차오의 얼굴이 파랗게 질리고 수염도 누가 일부러 건드린 것처럼 떨리고 있었다. 그는 이리저리 서성이기만 할 뿐 입을 열지 않았다. 그리고 시어머니는 울 듯한 표정으로 슬픔에 젖어 있었다.

그녀의 심장이 쿵쿵 뛰기 시작했다. 제일 먼저 든 생각은 남편 루중원이 사고를 당했나 하는 거였다. 홍콩으로 간 지 몇 달이 되었는데 한 달 전 편지를 마지막으로 소식이 없었다. 그래서 가족 모두 문제가 생긴 건 아닌지 걱정하던 중이었다.

시누이 후이위안이 마지막으로 들어와 입을 삐죽거렸다. "날도 추운데 이렇게 일찍부터 무슨 일이에요?"

그녀가 후이위안의 옷을 잡아당기며 속삭였다. "오빠한테 일이 생긴 건 아니겠죠?"

"언니, 걱정하지 마요. 오빠가 얼마나 똑똑한데요. 절대 무슨 일이 있을 리 없어요."

그녀는 조금 마음을 놓았다. 그런 말을 듣는 게 좋았다.

시아버지가 마침내 걸음을 멈추고 모두를 훑어본 뒤 나직이 말했다.

"다들 집에 무슨 일이 났다는 건 짐작하겠지. 오늘 새벽에 누가 소식을 전해줬다. 모레 마을에서 우리집을 대상으로 투쟁대회를 연다는구나. 루씨 집안은 근방에서 제일 큰 부자이고 내가 국민당 정부에서 일했으니 제대로 비판하지 않으면 평민들이 분노할 거라고. 일주일 동안 온 가족을 대상으로 진행할 예정이며, 부근 마을의 농부들도 투쟁대회에 참석하라는 요구를 받았다는구나."

방안이 갑자기 조용해졌다. 기이할 정도로 조용했다. 모두의 심장 뛰는 소리가 들릴 뿐만 아니라 크고 작은 심장박동소리가 누구 가슴에서 나는지까지 알 수 있었다.

순간 그녀는 온몸에서 힘이 풀렸다. 이미 한 번 겪어본 상황이었다. 그 단상에 서면 죽고 싶은 마음밖에 들지 않았다. 살려면 도대체 얼마나 독하게 마음을 먹어야 하는지 알 수 없었다.

시간이 멈춘 듯했지만, 정적 속에서도 조용히 흘러갔다. 정적을 깬 사람은 뜻밖에도 우 어멈이었다. "일단 식사부터 하시지요. 다 식겠습니다."

논의는 아침식사 자리에서 시작되었다.

후이위안이 먼저 입을 열었다. "아버지, 저는 공중에 매달린 채 불타기 싫어요."

그렇게 말한 뒤 옆자리에 앉은 다이윈을 쳐다보았다. 다른 사람들도 다이윈을 바라보았다. 다이윈의 눈에서 비 오듯 눈물이 흘러내렸다. 그녀의 작은어머니와 새언니가 공중에 매달린 채 서서히 불태워져 사흘 동안 비명을 질렀으며 어딘가에 버려졌다는 말을 들었기 때문이었다. 언덕에 버려졌다고 하는 사람도 있고 강물에 던져졌다고 하는 사람도 있었다.

시아버지가 말했다. "내가 그렇게 되도록 두지 않을 거다. 하지만 그래도 투쟁대회에 나가야 한다면 어떡할 거냐?"

후이위안이 결연히 대답했다. "차라리 죽겠어요."

후이위안의 말에 모두 가슴이 철렁 내려앉았다.

"음, 맞는 말이다. 지금부터 우리는 투쟁대회를 거친 뒤 우리한테 살기회가 있느냐에 대해 의논하려 한다. 기회가 없다면 어떻게 죽어야 할까. 투쟁대회에서 죽을까, 아니면……"

그는 말을 멈추고 머뭇거렸다. 그리고 대신 말해달라는 뜻으로 라오웨이에게 시선을 돌렸다.

라오웨이가 고개를 숙인 채 우물우물 말했다. "나리 말씀은…… 그러니까…… 투쟁대회에서 죽고 싶은지, 스스로 죽을 방법을 찾을지 물으시는 겁니다."

시아버지가 말했다. "그렇다. 다행히 소식을 전해준 사람이 있어서 우리는 우리가 제대로 살아남을 수 없다는 걸 따져볼 시간을 벌게 되었구나. 살 수 있다면 당연히 좋겠지. 하지만 살 수 없다면 어떻게 죽을지 선택해야 한다."

다이원이 말했다. "남녀노소를 불문하고 마을 사람들이 전부 청원서를 쓰지 않았나요? 아버님이 좋은 사람이며 청나라를 무너뜨리는 데 일조했고, 산속 유격대에 약을 보냈을 뿐만 아니라 비적 소탕 때도 해방군을 도와 대도회*를 와해시켰으며, 군량미도 제일 많이 냈다는 청원

---

* 청나라 말기에 결성된 백련교 유파의 비밀결사 조직.

서요. 그리고 위에서도 루씨 집안은 투쟁대회에서 제외하기로 이미 동의하지 않았나요?"

라오웨이가 대꾸했다. "그런데 새로 온 조장이 그걸 인정하지 않아 소용없게 되었습니다."

후이위안이 물었다. "새로 온 조장은 왜 모두의 의견을 따르지 않는데요?"

시아버지가 후이위안을 힐끗 쳐다본 뒤 대답했다. "왕쓰의 아들이니까."

가족들 모두 깜짝 놀라 한숨을 내쉰 뒤 후이위안을 바라보았다.

다이윈의 심장이 맹렬하게 뛰기 시작했다. 샤오차와 눈길이 마주쳤을 때 샤오차가 살며시 고개를 저었다. 그녀는 무슨 말인지 알아듣고 고개를 살짝 끄덕였다.

후이위안이 날카롭게 소리쳤다. "왜 다들 나를 쳐다봐요? 그건 그 사람 일이라고요. 나는 아무 말도 하지 않았어요."

셋째 작은어머니가 말했다. "진덴 아비가 어떻게 죽었는지 네가 말해주지 않았다면 진덴이 떠났겠니? 이제 복수하러 돌아온 거고."

라오웨이가 말했다. "배은망덕한 놈 같으니. 어쨌든 루씨 집안에서 키워줬거늘!"

시아버지가 무표정한 얼굴로 차갑게 말했다. "이건 누구와도 관련 없다, 그냥 숙명이야!"

오래전에 잊혔던 왕쓰가 그 순간 기어이 모두의 눈앞에 모습을 드러냈다.

그건 아주 오래전의 일이었다.

그때는 루쯔차오가 아직 젊었고 집사 라오웨이도 젊었다. 집안 어른들이 사당을 재건하기로 계획하고 그 일을 루쯔차오와 라오웨이에게 맡겼다. 그들은 풍수가를 청했고, 풍수가는 온종일 살펴본 뒤 부근의 어느 땅이 제일 적합하다고 말했다. 그런데 그 땅은 왕쓰 집안의 땅이었다. 왕쓰의 조부는 과거 루가 어르신의 호위로, 루씨 가문을 따라 이곳에 자리를 잡았다. 열여덟 무의 땅도 그때 루씨 가문에서 호위로서 그의 공을 인정해 내준 것이었다. 그래서 루쯔차오는 무리 없이 협상할 수 있을 줄 알았다. 그런데 라오웨이가 먼저 왕쓰를 만나 두 무를 더 얹어 교환하거나 높은 가격으로 사겠다고 했을 때, 왕쓰가 거절했다. 할아버지와 아버지가 돌아가시기 전에 그 땅을 할아버지의 목숨과 바꾼 왕씨 가문의 뿌리라고 했고, 지금 자신의 가족도 그 땅에 의지해 살아가기 때문이라고 했다. 며칠을 이야기해도 절대 받아들이지 않았다. 심지어 루쯔차오가 직접 나섰을 때도 왕쓰는 물러서지 않았다. 당시 루쯔차오는 외지에서 관직에 있었는데 체면이 깎였다고 화를 냈다. 왕쓰도 고집불통이라 성질을 부렸다. 결국 아무 성과도 없이 교착상태에 빠졌다.

루쯔차오와 라오웨이가 더 나은 해결법을 모색하고 있을 때 일이 터졌다.

왕쓰에게는 다섯 살짜리, 세 살짜리 두 딸과 아내 뱃속의 셋째 아이가 있었다. 폭우가 쏟아지고 산사태까지 난 그날, 왕쓰의 아내가 갑자기 진통을 시작했다. 폭우를 무릅쓰며 찾아온 산파는 난산임을 알고는 자신이 감당할 수 없다며 왕쓰에게 어서 성안의 서양 의사를 찾아가라고 말했다. 그런데 성안으로 들어가는 길이 전부 잠겨서 루씨 집안의 마차만 통과할 수 있었다. 게다가 루씨 집안의 마차는 덮개가 있어 비바람도 막을 수 있었다. 왕쓰는 어쩔 수 없이 쌴즈탕으로 달려가 집사 라오웨이를 찾았다. 라오웨이는 마차를 빌려주는 건 문제없지만, 일단 땅 매매부터 처리해야 한다고 했다. 왕쓰는 싫다면서 돌아서 나갔다. 집으로 되돌아가면서 산파가 아이를 받을 수 있기만 바랐다. 하지만 산파는 목숨이 걸린 일이라 감히 나서려 하지 않았다. 그러면서 뭘 망설이냐, 사람부터 구해야지, 두 사람 목숨보다 중요한 게 뭔가, 하고 다그쳤다. 덜컥 겁이 난 왕쓰는 허둥지둥 되돌아가 계약서에 서명했다. 라오웨이는 약속을 지켜 곧장 마차와 마부를 내줬다. 다만 생각지도 못하게, 병원에 도착할 때까지 내내 비명을 질렀던 왕쓰의 아내는 아이만 무사히 낳고 본인은 목숨을 부지하지 못했다. 의사는 삼십 분만 일찍 왔어도 살았을 거라고 말했다. 아내도 죽고 대대로 내려오던 토지도 잃은 왕쓰는 거의 미칠 지경이었다. 땅값은 받았어도 어디에 가서 아이들을 키워야 할지 막막했다. 한편 루씨 집안에서는 땅을 얻었어도 왕쓰의 아내가 죽었기 때문에 그곳을 피가 묻은 불길한 땅이라 생각해 사당을 다른 곳에 짓기로 했다.

　이삼 년 뒤 어떤 사람이 왕쓰라는 사람이 보냈다며 사내아이를 데리고 루씨 저택으로 찾아왔다. 아이 몸에는 '아이를 대신 키워주면 더는 원망하지 않겠습니다'라는 쪽지가 있었다. 라오웨이가 왕쓰는 어떻게 되었느냐고 묻자 그 사람은 죽었다고, 병사했다고 대답했다. 라오웨이는 깜짝 놀라 그럼 딸들은 어떻게 되었느냐고 물었다. 그 사람은 본 적 없다고, 진작 팔았을 거라고 말했다. 그 일은 루씨 집안에 큰 충격을 주었고 라오웨이도 무척 후회했다. 일이 그 지경에 이르자 루쯔차오는 아이를 받아들이고 그 열여덟 무의 땅도 아이의 땅이라고 말했다. 아이 이름은 왕진뎬이었다. 진뎬은 루씨 저택에서 라오웨이와 우 어멈의 보살핌을 받으며 자랐다. 라오웨이는 죄책감 때문에 아이를 특히 잘 챙겼다. 루씨 집안 아이들이 서당에 갈 때 진뎬도 따라가 공부했다. 서당 공부를 마친 뒤 루씨 아이들이 성안 중고등학교에 진학했을 때에야 진뎬은 일꾼들을 따라 일하기 시작했다. 원래는 별일 없이 평화로웠다. 하지만 이 년 전 어느 날 진뎬은 누구에게도 말하지 않고 갑자기 집을 나가 행방이 묘연해졌다. 셋째 작은어머니는 후이위안이 두 집안 사이의 일을 진뎬에게 알려줬다고 주장했다. 안방마님이 후이위안에게 진뎬과 너무 가까이 지내지 말라고 경고하면서 루씨 집안과 왕쓰 집안의 일을 알려준 뒤, 며칠 지나지 않아 진뎬이 떠났다는 이유에서였다. 하지만 후이위안은 절대 인정하지 않았다. 루쯔차오는 누구도 책망하지 않고 다시는 그 일을 거론하지 말라고 했다. 그러면서 열여덟 무의 땅은 여전히 진뎬 몫이라고만 말했다.

그런 진뎬이 자기만의 방식으로 되돌아왔다.

침묵의 시간이 너무 길었다.

후이위안이 참을 수 없었는지 큰 소리로 말했다. "제가 왕진뎬을 만나볼게요. 루씨 집안에서 자기를 어떻게 대했는지는 그도 잘 알고 있을 테니까요."

시아버지가 꾸짖었다. "조용히 하고 앉아! 한 걸음도 못 나간다. 우리 루씨 집안에서 네가 나서야 할 일이 어디 있느냐? 우리가 또 언제 왕가에게 부탁한 적이 있더냐?"

셋째 작은어머니가 중얼거렸다. "다 죽게 생겼는데 자존심이 뭐람."

시아버지가 한층 더 크게 소리쳤다. "자네도 입 다물어!"

서슬 퍼런 꾸짖음에 모두 벌벌 떨었다.

그날 아침식사는 매우 오래 걸렸다. 식사를 마친 뒤에도 나가는 사람이 없었다. 하루종일 온 가족이 모여 의논했다. 이번에 살아남을 수 있을까, 없다면 어떡해야 할까.

서쪽 마을의 판씨 집안은 저택을 창고로 내주고 온 가족이 외양간으로 쫓겨났다. 북쪽 비탈의 류씨 집안은 우르르 들이닥친 일고여덟 가구의 사람들에게 본채와 별채를 모두 내주고 자기 일가족은 하인들 방에 끼어 살면서 들락거릴 때마다 온갖 수모를 받았다. 예전에 그들을 볼 때마다 고개를 숙이고 허리를 굽히던 사람들에게 짓밟혔다. 산 남쪽 언덕마루의 천씨 집안은 4대가 함께 살았는데 노약자 몇 명만 빼고 모두 죽었으며, 살아남은 사람은 마을 어귀 토지신 사당으로 쫓겨나 구걸로 연명하고 있었다. 마을 건달 몇이 그들의 집과 여자를 나눠 가졌다. 사돈인 후수이당의 후루원 집은 더 말할 것도 없었다. 다이원을 제외한 누구도 살아남지 못했다. 점포와 집도 당연히 주인이 바뀌었고 집안의 글과 그림, 책이 며칠 동안 불탔다. 불타고 남은 재까지도 비료로 가져갔다.

앞마을과 뒷마을, 주변 지주들이 겪은 일을 종합해볼 때 투쟁대회에 끌려나가면 살아남지 못할 것이며, 살아남아도 죽느니만 못한 지경이 될 거라는 데 모두가 동의했다.

시아버지 루쯔차오가 마무리했다. "살 수 없다면 죽자. 다행히 우리는 죽음을 선택할 수 있어. 맞아 죽는 것보다 낫다."

결론이 나자 여자들이 울음을 터뜨렸다. 길거나 짧은 울음소리에 온종일 팽팽했던 분위기가 오히려 조금 풀렸다.

　이미 해가 지고 있었다. 겨울이 지나갔는데도 봄은 더디게 오고 있었다. 석양빛이 초봄의 한기에 얼어붙은 듯 열기를 내지 못해 그날 밤은 유난히 추웠다.

제8장

38. 뒷모습이 왜 이렇게 익숙할까?

류진위안은 싼샤 유람선의 뱃머리에 서 있었다.

그의 옆에는 큰아들 류샤오안이 있고, 류샤오안의 아내는 선실에서 나오지 않았다. 부드럽게 얼굴을 스치는 강바람이 유난히 기분좋고 편안했다. 바람은 예전의 그 바람이었지만, 배는 예전의 그 배가 아니었다. 갑판도, 뱃전도 없이 선실 사이의 통로만 있었다. 그나마 다행이라면 뱃머리가 넓다는 거였다. 그것도 아니면 이게 무슨 배야, 사람을 안에 품는 잠수정이랑 뭐가 다르냐고, 하고 류진위안은 생각했다.

그는 강기슭에서 점점 멀어지는 칭린의 뒷모습을 바라보았다. 볼수록 익숙한 느낌이 들었다. 그 익숙한 감정은 아주 아득한 익숙함, 오래전에 잊어버린 익숙함이었고 지금 불현듯 그의 가슴 위로 떠올랐다. 왜 이런 감정이 들까?

류샤오안이 말했다. "아버지, 선실로 가시지요?"

류진위안이 대꾸했다. "완저우를 좀더 보련다. 이게 마지막일 테니까. 다시는 기회가 없을 거야."

"그런 불길한 말씀 마세요. 오고 싶으면 언제든 오실 수 있어요. 교통이 얼마나 편해졌는데요."

류진위안은 아무 말도 하지 않았다. 이게 작별이라는 것을 그는 알고 있었다.

류샤오안 부부는 류진위안이 완저우에 머문 지 나흘째 되던 날 도착했다.

류샤오안은 완저우에서 초등학교를 몇 년 다녔다. 그때만 해도 완현이었다. 그는 자신이 기억하는 게 많을 줄 알고 비행기에 오른 뒤 옛일을 떠올리며 잔뜩 흥분했다. 하지만 도착한 뒤 당황하고 말았다. 완전히 낯선 곳으로 변해 이곳에 살았던 느낌이 전혀 없다고 투덜거렸다. 그는 차를 몰고 아내와 한참이나 시내를 돌아다닌 후에야 옛 흔적이 남은 곳을 몇 군데 발견해 기억을 되짚을 수 있었다고 말했다. 다만 도착하기 전에 조금씩 쌓아올렸던 감정들은 생소함에 이미 산산조각난 뒤였다.

류진위안은 그의 푸념을 심드렁하게 들었고 칭린은 계속 웃음을 터뜨렸다.

칭린은 원래 류샤오안이 도착한 다음 날 곧장 완저우를 떠나 다수이징으로 갈 계획이었다. 룽중융 일행과 합류해 촨둥으로 가려는 것이었다. 그런데 떠나기 직전에 룽중융이 아버지가 위중해 돌아가야 한다며 촨둥에 갈 수 없다고 전화를 걸어왔다. 심지어 칭린의 차를 기다릴 수 없어 이미 공항행 시외버스에 올랐다고까지 했다.

류진위안이 말했다. "그렇다면 급할 것도 없겠군?"

칭린이 대답했다. "네."

류샤오안이 말했다. "그럼 여기에서 우리 늙은이들 좀 챙겨줘. 아버지 영웅담도 좀 들어드리고, 자네가 없으면 내가 들어야 하거든."

칭린이 크게 웃었다. "저는 어르신들의 그때 이야기를 듣고 싶습니다. 정말 재미있어요. 촨둥의 비적 소탕 같은 역사를 이전에는 전혀 몰랐거든요. 그리고 어르신 세대와 저희 세대의 생각이 왜 그렇게 다른지도 알게 되었습니다."

류샤오안도 웃었다. "자네는 처음이니까 신선하겠지. 하지만 나는 이미 오십 년을 들어서 태어나자마자 항일 투쟁에 나서고 지금까지 비적 소탕에 가담한 것 같아. 나 스스로가 역사 속 인물 같다니까. 그나저나 우리 아버지가 말씀하실 때 당시 류샤오안은 어떻고 류샤오촨은 어떻고, 계속 말씀하시지 않았어?"

그 말에 류진위안도 웃음을 터뜨렸다. 아닌 게 아니라 말할 때마다 툭하면 두 아들을 들러리처럼 끌어들였다.

류샤오안이 말했다. "어쨌든 나이드신 뒤 아버지도 성격이 많이 좋아지셨어. 젊으셨을 때는 내가 아버지 앞에서 이런 말 자체를 할 수 없었으니까. 지금은 많이 자상해지셨지. 자상하다는 표현은 노인한테 정말 좋은 말 같아."

류샤오안은 일 처리는 별로 믿음직하지 못해도 함께 일하기에는 즐거운 사람이었다. 칭린이 처음 입사했을 때만 해도 류샤오안은 사무실에 있었다. 그 밑에서 자질구레한 일을 처리하면서 칭린은 얼마나 많은 구멍을 메웠는지 몰랐다. 그러면서도 아무 소리 하지 않았기 때문에 류샤오안은 늘 칭린을 좋게 생각했다. 그러다 칭린이 프로젝트 부서로 옮긴 뒤 얼마 지나지 않아, 류샤오촨은 부모님만 잘 모셔달라며 류샤오안을 집으로 돌려보냈다.

류진위안은 늘 류샤오안이 장자로서 좀더 진취적이어야 한다며 마뜩찮게 여겼다. 하지만 류샤오안은 천성적으로 진취성과 거리가 먼 사람이었다. 예전에 지식청년으로 시골에 가지 않았던 것도 문화대혁명 때라 수업은 없는데 집에 있기도 심심해 곧장 군대를 선택해서였다. 당시 고등학생의 입대는 무척 깨어 있는 행동에 속해 승진할 기회가 많았다. 하지만 류샤오안은 사랑 때문에 승진을 마다했을 뿐만 아니라 아예 직업까지 바꿔, 류진위안 부부는 펄쩍 뛰었다. 류샤오촨은 사석에서 형이 미인이라도 만났으면 이해했을 거라고 말했다. 그런데 우리 형수는 예쁘지도 않고 무슨 재능도 없어. 그저 먹고 마시고 노는 것만 좋아하지. 형수가 아니었으면 형은 경력으로 볼 때 지금쯤 장군이 되었을 텐데.

칭린은 류샤오촨의 말에 일리가 있다고 생각했다. 그러던 어느 해 류샤오안과 베이징으로 출장 가 거리의 작은 식당에서 맥주를 마시게 되었다. 칭린은 갑자기 흥이 올라 그때 무슨 생각이었느냐고 물었다. 그러자 류샤오안이 당당하게 대답했다. "나는 편안하고 자유롭게 살고 싶어. 인생에는 여러 방식이 있는데, 왜 꼭 아버지처럼 출세하고 싶어하거나 동생처럼 부자를 꿈꿔야 하지? 아내는 나와 인생관이 같아. 그래서 나는 이런 사람과 살면 정말 편하겠다고 생각했어. 오랜 시간을 통해 내가 옳았다는 게 증명됐고. 아내가 돈을 좀 밝히지만, 절대 내 삶을 희생해가며 출세하거나 돈을 벌어오라고 나를 몰아붙이지 않아. 류샤오촨의 아내를 봐. 은행에 수억 위안을 저축해놓지 않으면 잘살 수 없다고 생각하는 것 같잖아. 그런 다음 내 아내를 보라고. 걱정 없이 잘 먹고 마시고 놀면 그만이야. 어떤 인생이든 사실은 소소한 인생이고 누구나 소소한 일상을 제일 많이 살아. 다시 말해 소소한 인생은 소소한 일상과 어울려야만 가장 자유롭게 즐길 수 있다고."

당시 결혼 전이었던 칭린은 류샤오안이 결혼할 배우자를 어떻게 선택했는지 듣고 큰 깨달음을 얻었다. 하지만 그와 동시에 자기처럼 가난한 집 출신은 류샤오안 같은 기반이 없으니 열심히 노력해야 한다고도 생각했다. 다만 가족들이 풍족하게 생활할 수 있을 때까지만 필사적으로 뛰고, 그다음에는 멈추겠다고 마음먹었다.

완저우는 당연히 류샤오안 부부의 마음을 사로잡지 못했다. 바로 직전에 유럽에서 화려하고 깔끔하고 아름다운 소도시를 보고 왔기 때문에 심리적 격차가 너무 컸다. 특히 류샤오안의 아내는 툭하면 이렇게 낙후한 곳에 볼 게 뭐가 있느냐고 툴툴거렸다. 하도 툴툴거려 류진위안의 낯빛이 변하자 칭린이 여기에 놀러온 게 아니라 추억을 찾아온 것이라며 눈치 빠르게 나섰다. 추억은 현대인의 삶에서 가장 중요하고, 유럽 마을이 수백 년 동안 변하지 않은 것도 사실 후대인의 추억을 위해서라고 말했다.

류진위안이 맞장구쳤다. "옳은 말이야."

이번에는 류샤오안도 아버지 관점에 동의했다. "여기에 정이 없어서 그러니, 저 사람한테 신경쓰지 마세요."

하지만 류샤오안은 정든 곳이었음에도 완저우의 가이드 역할을 못하고 옛날에 살던 지역을 돌아보는 정도에 그쳤다. 무엇보다 아는 사람이 거의 없었다. 옛 지역에 대한 감정이란 옛사람에 대한 그리움이나 그들과의 만남이 있어야 절절해지는 법인데, 류샤오안은 완저우를 떠났을 때 초등학교 3학년에 불과했다. 눈에서 멀어지면 마음에서도 멀어진다고 했다. 심지어 너무 어렸으니 훨씬 더 빨리 멀어졌다. 완저우 친구들과 왕래하지 않아 이름이 기억나는 친구도 없었다. 그래서 류샤오안은 호텔에서 하룻밤 자고 난 뒤 돌아가자고 했다.

돌아가자는 생각에는 칭린도 대찬성이었다. 그가 보기에 류진위안은 이곳에서 하려던 일도 다 했고 만나야 할 사람도 다 만났다. 더 머물러봐야 큰 의미가 없으니 확실히 돌아갈 만했다. 하지만 류진위안은 며칠 더 머물고 싶어했다. 이렇게 호텔에 있으면서 산책하고 이곳 공기를 마시는 것만으로 아주 좋다고 했다. 사실 류진위안에게는 말할 수 없는 다른 이유가 있었다. 며칠 연속 바쁘게 돌아다니고 말을 많이 했더니 무척 피곤해 쉬고 싶었던 것이다. 그렇지만 자신의 약한 모습을 드러내기 싫었다.

그때 칭린이 의견을 제시했다. 곳곳을 둘러보기 위해 나선 길이니, 왔던 길로 되돌아갈 필요가 없으며 여기에서 계속 있어도 별 의미가 없다고 말했다. 완저우에서 싼샤 유람선을 타고 곧장 우한까지 돌아가는 것이 가장 좋은 방법 같다고 했다. 이렇게 하면 배에서 쉴 수도 있고 댐이 건설된 이후의 싼샤 풍경도 볼 수 있었다. 싼샤의 새로운 풍광도 예전 못지않을 거라고 덧붙였다.

칭린도 자기 나름의 계산이 있었다. 완저우에 계속 머무르는 것도 내키지 않았지만, 류진위안이 요 며칠 동안 흥분해 체력 소모가 크고 피곤해하는 걸 알아차렸다. 충분히 쉬지 않고 곧장 차와 비행기를 타면 몸이 견딜 수 없을 듯했다. 사장은 류샤오안에게 류진위안을 맡기면 된다고 했지만, 혹시라도 무슨 일이 생기면 괜히 불안하고 죄스러울 것 같았다. 또 류샤오안이 도착하자마자 가버리면 류진위안이 자신이 일 때문에 함께 다녔다고 생각할까봐 송구스러운 마음도 있었다. 그런데 배를 타면 문제가 전부 해결될 터였다. 배에서는 휴식, 그것도 훨씬 편안한 휴식이 가능하기 때문이었다.

류진위안은 두말없이 찬성했다. 만약 류샤오안이 제안했으면 오기 전부터 계획했으리라 생각해 반감을 느끼며 반대했을 것이다. 하지만 그건 칭린의 제안이었다. 그는 칭린의 표정에서 류샤오안과 상의한 게 아니라 진짜로 그렇게 생각했음을 알 수 있었다. 그래서 곧장 동의했고, 내심 좋은 아이디어라고 생각했다. 휴식을 취할 수 있을 뿐만 아니라 편안하게 돌아가면서 싼샤를 다시 볼 수 있기 때문이었다.

류샤오안은 거의 환호성을 내지를 뻔했다. 사실 유람선을 핑계로 아내한테 시차 적응할 시간도 주지 않고 이곳까지 달려왔던 터였다. 하지만 도착하자마자 그 말을 꺼내려니 역시 마음에 걸렸다. 아버지나 동생이 그들 부부가 정말로 싼샤에 여행하러 왔다고 생각할까봐 걱정스러웠다. 그건 아내를 설득하기 위한 핑계일 뿐이었다. 정말로 싼샤 여행을 하려면 얼마든지 기회를 만들 수 있었다. 하지만 류진위안과 류샤오촨은 그렇게 여길 게 확실했다. 그래서 아내가 계속 투덜대며 어서 말씀드리라고 재촉하는데도 말을 꺼내지 못하고 있었다.

그런 와중에 칭린이 자연스럽게 제안하고 아버지도 흔쾌히 허락한 거였다. 그들 두 사람의 생각이 자신의 소망과 완벽히 일치했다. 문득 류샤오안은 칭린이 정말 세심하고 남의 마음을 잘 배려한다는 생각이 들었다. 예전에 함께 일할 때도 무척 편안한 사람이라고 여겼는데 이제 그 감정이 한층 확고해졌다.

칭린은 그들을 위해 잡무를 처리하고 배에 오르는 걸 지켜보았다. 그들이 탄 배가 항구를 떠날 때까지 손을 흔들며 배웅한 뒤에야 운전기사와 각각 차를 몰아 돌아갔다.

류진위안도 류샤오안과 배에서 칭린을 바라보았다. 칭린의 뒷모습과 걸음걸이를 보면 볼수록 익숙한 느낌이 들었다. 하지만 왜 그런 감정이 드는지는 알 수 없었다.

류진위안이 말했다. "너희 회사의 저 젊은이, 정말 괜찮더구나. 유난히 친근하게 느껴지고. 내가 잘 아는 사람이랑 비슷한데 그게 누구인지 떠오르지를 않아."

"그렇게 젊지도 않아요. 마흔쯤 됐을걸요. 처음 입사했을 때 제 밑에서 일했는데 그때야말로 젊었지요. 어쨌든 칭린은 태생적으로 유능한 사람 같아요. 그렇지 않고서야 샤오촨이 그렇게 빨리 승진시켰을 리도 없고요."

"남을 배려할 줄 알더구나. 그건 정말 쉽지 않지."

"사실 그렇게 가난한 집에서 자라면 어렸을 때부터 남의 눈치를 많이 봤을 거예요. 지금은 자연스럽게 몸에 뱄을 거고요. 타고난 팔자를 바꾸려고 저희와는 비교도 되지 않게 노력했어요."

류진위안이 한심하다는 듯 말했다. "흥, 자신의 노력 부족을 부모가 너무 좋은 환경을 만들어준 탓이라고 원망하다니."

"그게 원인이 아니라고는 말 못하겠어요. 분명 부모님 덕을 봤으니까요. 우리가 굳이 노력하지 않아도 아무도 우리를 우습게 볼 수 없었지요. 그러니까 제 생활방식에 아버지도 감사하셔야 해요. 아버지 후광으로 올라갈 생각을 버렸으니 걱정을 덜어드린 셈이잖아요. 아니었으면 아버지도 여러 사람한테 꽤 부탁하셔야 했을걸요?"

류샤오안이 웃으면서 류진위안을 부축해 선실로 돌아갔다. 선실 문을 넘는 순간 류진위안은 갑자기 뭔가 떠오르는 듯해 다급하게 물었다. "칭린은 성이 뭐니? 계속 잊고 못 물어봤네."

"우씨예요. 아버지가 일찍 돌아가셨다고 했고요."

류진위안은 가슴이 철렁 내려앉으면서 조급해졌다. "우씨라고? 아버지 이름이 뭔데? 무슨 일을 했고?"

류샤오안이 웃었다. "제가 어떻게 알겠어요? 홀어머니 밑에서 자랐는데 지금 어머니가 병에 걸려 혼수상태라는 것만 들었어요. 나중에 아버지가 직접 물어보세요."

류진위안은 더이상 말하지 않고 생각에 잠겼다. 우씨라니, 어쩐지 아는 사람과 닮았다 했어. 혹시 그가…… 침대에 누운 뒤 류진위안은 필사적으로 기억을 더듬었다. 생각할수록 칭린이 그 사람을 닮은 듯했다. 걸음걸이와 말하는 방식, 심지어 느낌마저 비슷했다. 무엇보다 칭린과 함께 있을 때면 그 사람과 함께 있을 때처럼 따뜻했다. 칭린이 그의 아들일까?

류진위안은 집에 돌아가면 꼭 직접 물어보리라 마음먹었다.

39. 그의 아버지를 본 게 확실합니까?

완저우에서 돌아온 뒤 류진위안은 기분이 무척 좋았다.

은퇴하고 오랫동안 그는 거의 다른 사람에게 이해받지 못했다. 그러다 보니 생사의 고비를 넘나들었던 자신의 일생이 헛되게 느껴지고 무시당하는 기분이었다. 하지만 이번 완저우 방문으로 가슴속 응어리가 모두 풀렸다. 자기 평생의 선택이 옳았음을 가슴 깊이 느낄 수 있었다. 그의 세대에서 했던 일들은 잊히지 않았고 사람들 사이에서 전설이 되었다. 사람들은 모두 기억하고 아들과 손자에게도 전해줬다. 무엇보다 산속 마을을 돌아다니면서 당시 그들이 원했던 안녕을 확인할 수 있었다. 그곳에 사는 거의 모든 사람이 말하길, 예로부터 비적이 끊이지 않아 해마다 고통을 겪었는데 그들이 비적을 소탕해준 덕분에 오십여 년 동안 비적한테 당하지 않고 살 수 있었다고 했다. 류진위안은 정말 가치 있는 일을 했다고 생각했다. 내가 더 따질 게 뭐가 있겠어? 장렬히 희생된 전우들과 달리 나는 여든이 넘도록 살아 있고, 이 나이에 예전에 살던 곳도 다시 가볼 수 있는데 탄식할 게 뭐가 있겠냐고? 나는 누구보다 운이 좋은 사람이야.

그렇게 유쾌한 마음으로 매일 아침 산책을 다시 나갔다. 산책을 마친 뒤에는 국숫집에 가서 다오샤오몐을 먹었다. 평화롭고 단조로운 일상이 또 시작되었다.

날이 점점 추워졌다. 류샤오촨이 전화해, 늦가을에 우한이 추워지면 사람을 보낼 테니 남쪽에 와서 겨울을 나시라고 했다. 류진위안이 당부했다. "칭린을 보내. 물어보고 싶은 일이 있거든."

류샤오촨이 웃었다. "뭘 물어보시게요? 전투 이야기나 계속 들려주세요. 어쨌든 칭린도 좋아하니까요."

류진위안은 속으로 네가 뭘 아느냐고 중얼거렸다.

그날 아침은 조금 썰렁했다. 류진위안은 얇은 털옷을 걸치고 공원으로 나가 팔을 흔들고 다리를 뻗어보다가 십 분도 안 돼 발걸음을 돌렸다. 스트레칭 시간이 점점 짧아졌다. 예전에는 삼십 분가량 몸을 풀고 돌아갔지만, 요즘은 공원에 도착해 대충 몇 번 움직이다가 걸음을 돌렸다. 그는 자신이 공원에 가는 목적이 다오샤오몐에 있는 듯해서 스스로를 비웃었다. 다오샤오몐 때문에 고향에 대한 그리움이 갈수록 커졌다. 심지어 언제 한번 가볼까 싶기까지 했다.

그날 류진위안은 우연히 라오치와 또 마주쳤다. 두 사람은 무척 기뻐했다.

라오치는 고향에 갔다가 너무 추워서 돌아왔노라고 말했다. 류진위안이 대꾸했다. "여기도 추워요."

"그래도 여긴 곳곳이 푸릇푸릇해 춥다고 느껴지지 않습니다. 밖에 나갈 수도 있고요. 난방기가 있어서 딸네 집도 춥지 않습니다. 고향서는 문밖으로 나갈 수가 없지요."

류진위안이 웃으며 말했다. "이제 노인들은 날이 추워지면 철새처럼 남쪽으로 옮겨와야 하나봅니다."

"그러게 말입니다."

"우리 부모 세대는 이런 복을 못 누렸지요."

라오치가 웃으며 말했다. "그때가 어떤 사회였습니까? 또 우리가 살았던 사회는 어떻고요? 예전에 아버지, 어머니가 걱정하실 때는 편지 오가는 데도 한 달이 더 걸렸는데, 지금은 일 초면 되지요. 휴대폰도 있습니다. 예전에는 마을 어디에도 전화가 없었지만, 지금은 젊은이들 모두 휴대폰이 있지 않습니까? 과거에는 상상도 못했지요. 형님 아들은 차가 있다고 하셨지요. 우리 사위도 몇 년 뒤에 산다더군요. 저는 생각할수록 겁이 납니다. 옛날에는 지주도 이렇게 살지 못했잖아요, 아닙니까?"

류진위안이 맞장구쳤다. "왜 아니겠어요? 제 손자는 누가 정보를 직접 전달하라고 했느냐고, 문자를 보냈으면 되지 않았느냐면서 우리더러 멍청하다고 따지고 들더군요."

전에도 했던 그 이야기를 류진위안은 또 말했고 라오치 역시 또 크게 웃었다. 국수를 가져온 사장도 크게 웃었다. 그들은 요즘 아이들이 정말 어리다고 생각했다. 예전에는 열 살만 넘으면 대부분 어른이 하는 일을 해야 했다.

사장이 말했다. "그렇게 고급스러운 건 차치하고, 대도시에서 다오샤오몐을 먹게 될 줄 어렸을 때 어디 상상이나 했습니까?"

고향 말을 하면서 고향 국수를 먹고 웃으니 무척 즐거웠다. 류진위안은 이게 바로 행복이며, 이런 행복은 전투할 때는 상상도 못했던 것이라고 생각했다. 현실은 오래전에 그의 예상을 넘어섰다. 그는 평생을 정말 성공적으로 살았다는 기분이 들었다.

문을 나설 때 바람이 살짝 불었다.

라오치가 말했다. "남쪽에서는 한바탕 비가 지나가면 바로 가을이 오는 것 같습니다."

류진위안이 달려오는 자전거를 피해 몸을 틀면서 대꾸했다. "여기에서 제일 좋은 때가 가을입니다. 정말 가을은⋯⋯"

말을 채 마치기도 전에 자전거가 뒤에서 오는 차를 피하느라 류진위안 쪽으로 방향을 틀었다. 류진위안은 재빨리 나무 뒤로 피했고, 그와 거의 동시에 자전거가 쌩 지나갔다.

라오치가 깜짝 놀라며 물었다. "형님, 괜찮으세요?"

류진위안이 손으로 허리를 짚으며 대답했다. "고놈 참 맹렬하네요. 피할 틈이 없었어요. 허리를 삐끗했습니다."

라오치가 다급하게 류진위안을 부축했다. "움직여보세요. 걸으실 수 있겠어요? 차를 부를까요?"

처음 움직여봤을 때는 괜찮은 듯했는데 몇 걸음 걷고 나자 류진위안은 심상치 않다는 생각이 들었다. 라오치는 선뜻 손을 놓을 수 없어 계속 부축했다. "병원에 가야 하지 않을까요?"

"그렇게 요란 떨 필요 없어요. 좀 쉬면 괜찮습니다. 집도 멀지 않고."

"천천히 걸을 수 있으면 제가 모셔다드리겠습니다. 힘드시면 길에서 좀 쉬었다 갈까요?"

류진위안이 웃으며 대꾸했다. "아니, 걸어서 돌아갈 수 있습니다. 걱정 마시고 집도 알 겸 바래다주면 좋겠습니다."

류진위안이 라오치의 부축을 받으며 집에 갔을 때 류샤오안 부부는 아침 운동을 나가고 없었다. 그가 소파에 기대며 말했다. "잠시 쉬면 괜찮아질 겁니다."

라오치가 물었다. "차 좀 드시겠어요?"

류진위안이 고개를 끄덕였다. "그럼 부탁드리겠습니다."

라오치가 대답했다. "고향 사람끼리 뭐가 대수라고요."

차를 따른 뒤 라오치도 자리에 앉았다. "제가 잠시 앉았다 가겠습니다. 어차피 할 일도 없으니 걱정하지 마시고요."

"좋지요, 나랑 이야기나 해요. 가끔 혼자 있으면 답답하더라고요."

류진위안의 탁자에는 사진이 널려 있었다. 라오치가 무심히 들여다보며 "군복 입은 모습이 정말 위풍당당해 보이시네요"라고 말했다.

"그때는 당당했어도 지금은 다 늙었으니, 무슨 소용입니까? 자전거를 피하다가 걷지도 못하게 됐는데. 정말 폐물이지요."

"회고록을 쓰고 계십니까?"

"아닙니다, 그냥 일이 없어서 정리하고 있어요. 얼마 전에 촨둥에서 돌아왔습니다. 거기가 제가 전투했던 지역이에요."

라오치가 뭔가에 이끌리기라도 한 듯 탁자의 단체사진을 집어들고 자세히 살펴보았다.

류진위안이 말했다. "예전에 촨둥에서 비적을 소탕할 때 전우들과 찍었습니다."

라오치가 갑자기 이상한 표정으로 한 사람을 가리켰다. "이 사람, 의사 아닙니까?"

류진위안이 조금 의아한 표정으로 "그때는 아니었지만, 나중에 병원에 있었지요. 좋은 의사였고"라고 대답했다.

라오치의 목소리가 덜덜 떨렸다. "혹시 둥씨 아닌가요?"

류진위안이 고개를 저었다. "아니, 우씨입니다. 우리 고향 사람이고요. 깊은 숲에서 내가 직접 데리고 나왔지요."

라오치가 조금 실망했다. "우씨요? 둥씨가 아니라요?"

"왜 그럽니까? 아는 사람입니까?"

"제 사촌 형과 어떻게 이렇게 비슷하지요? 정말 닮았습니다."

류진위안이 웃으며 대꾸했다. "닮은 사람들이 많지요."

"그 사람의 가족을 아십니까? 지금 어디에서 일하나요? 전화번호 갖고 계세요?"

"옛날에 그 사람 집에 갔을 때 어머니는 돌아가시고 아버지 혼자 약초를 캐며 살고 있었습니다. 그래서 그도 의술을 좀 안다고 했지요. 막 해방됐을 때인데 나중에……"

라오치가 말을 끊고는 자기도 모르게 소리쳤다. "그 아버지를 만나셨다고요? 그의 아버지가 확실합니까?"

"맞아요. 내가 산에서 비적을 만나 부상을 입은데다 길까지 잃고 쓰러졌는데 그들 부자가 구해줬습니다. 그 집에서 보름 정도 있었고, 산을 나올 때까지도 상처가 다 낫지 않아서 그 아버지가 아들한테 나를 따라가며 보살피라고 했습니다. 그렇게 우자밍을 부대로 데려왔지요. 막 해방되었을 때입니다."

라오치는 한층 더 실망하며 그러냐고 대꾸했다.

류진위안이 물었다. "사촌 형은 어떻게 됐습니까?"

"실종됐습니다. 아직도 찾지 못했고요."

"언제 실종됐는데요?"

"48년입니다. 형은 의대를 졸업했습니다. 상하이에서 몇 년이나 있었고 의술도 좋았지요. 원래는 고향으로 돌아가 병원을 차릴 계획이었습니다. 그렇게 돌아가던 형을 제가 중간에서 막았지요. 집에 일이 터졌거든요. 아시죠? 그 집이 지주였습니다. 형네 부모님 모두 돌아가셨는데 아버지가 돌아가시기 전에 '막아라'라는 한마디를 남기셨습니다. 저는 무슨 말인지 알아들었고요. 그래서 사촌 형을 집으로 가지 못하게 막았습니다."

류진위안이 한숨을 내쉬었다. "참 쉽지 않았지요. 하지만 실종된 지이리 오래됐으면, 전쟁으로 어수선했던 때니 이미 죽지 않았겠습니까? 살아 있으면 해방된 지가 언제인데 왜 아직 안 돌아왔겠어요? 돌아오지 않았다면 돌아올 수 없었던 거겠지요."

"아닙니다. 좀 달라요. 지금도 그 집 사람들이 억울하게 죽었다고 말하는 사람이 없으니까요. 다 죽고 없는 집에 부른다고 형이 어떻게 오겠습니까? 참, 방금 그 사람 이름이 뭐라 하셨죠?"

"우자밍입니다. 집 자家에 이름 밍名."

라오치가 다시 한번 깜짝 놀랐다. "우자밍? 그건 집도 없고 이름도 없다는 뜻이 아닙니까?"*

류진위안은 당황해 말을 잇지 못했다. 우자밍을 그렇게 오래 알았지만 한 번도 그런 식으로 이름을 생각해본 적이 없었다. 한참 뒤에야 정

---

* 우자밍의 성인 '우(吳)'는 '없다'는 뜻의 한자 '무(無)'와 현대 중국어 음이 같아서 '우자밍'의 이름을 읽으면 집도 이름도 없다는 뜻이 된다.

신을 차린 류진위안이 길게 탄식했다. "사실 자밍도 오래전에 죽었습니다. 교통사고였지요. 정말 안타깝습니다."

라오치는 정말로 당황해 중얼거렸다. "죽었다고요? 정말로 죽었다고요?"

그러면서 황망하게 일어난 라오치는 며칠 뒤에 사촌 형 사진을 가지고 올 테니 봐달라고, 그 사람이 전우와 같은 사람인지 확인해달라고 말했다.

그날 밤 류진위안은 꿈을 꾸었다.

꿈에서 그는 산속에 엎드려 있었는데 무거운 물건에 눌린 듯 꼼짝할 수 없었다. 희뿌연 속에서 갑자기 두 사람이 나타나 그를 들어서는 작은 오두막집으로 데려갔다. 라오우와 그 아들 우자밍이라는 게 똑똑히 보였다. 당신들이 또 나를 구해줬군요, 라고 말하자 두 사람은 아무 말 없이 자신을 바라보며 묘한 웃음만 지었다. 그런데 그건 완전히 다른 얼굴이었다. 이목구비가 전혀 닮지 않았다. 느닷없이 귓가에서 "그의 아버지를 본 게 확실합니까?"라는 소리가 폭탄처럼 울렸다.

그는 깜짝 놀라 눈을 떴다.

정말로 기억을 되짚어 자세히 떠올려보기 시작했다. 생각해보니 아주 이상했다.

류진위안은 적에게 쫓기다가 부상을 입고 길을 잃은 뒤 피를 많이 흘려 혼절했던 때를 떠올렸다. 정신을 차려보니 숲속 오두막집이었다. 그를 구한 사람은 깊은 숲속에 사는 부자였다. 약초꾼으로 오랫동안 산에서 살았다고 했다. 그는 거의 보름을 그곳에서 보냈다. 그런데 상처가 다 낫기도 전에 급하게 부대로 복귀해야 해서 산을 나왔다. 아버지는 상처가 다 낫지 않은 걸 보고 아들에게 함께 산을 내려가라고 했다. 아들에게 이름을 묻자 아들이 잠시 망설이다가 우자밍이라고 말했다. 그가 대답할 때의 표정이 순간 류진위안의 머릿속에 떠올랐다. 또 생각해보니 산을 나온 뒤 우자밍은 자기 아버지 이야기를 거의 하지 않았고 찾아간 적도 없었다. 전통 의학을 안다고 했지만, 서양 외과 의술 수준도 매우 뛰어났다. 심지어 배우지 않았는데도 수술할 수 있었다. 병원장도 그때 훌륭한 의사를 보내줬다고 고마워했다. 상당한 전문가였다. 그 모든 것을 예전에는 그냥 지나쳤는데 지금 보니 확실히 어딘가 이상했다. 류진위안은 그들이 정말로 부자가 아니었나? 류진위안은 우자밍의 내력이 자못 의심스러웠다.

그렇게 생각하니 라오치에게 전화를 해야 할 것 같았다.

하지만 전화기를 들었을 때 류진위안은 아직 날이 어둡다는 걸 알아차렸다. 이 시간에 남에게 전화하는 건 실례인 듯해 손을 도로 내려놓았다. 요의가 느껴져 화장실에 갈 작정으로 몸을 움직이려는데 류진위안은 아무리 애를 써도 몸을 일으킬 수가 없었다. 그는 화가 나 속으로 중얼거렸다. 내가 평생을 영웅으로 살았는데 오줌조차 누지 못하나? 그래서 침대 가장자리를 힘껏 잡고는 몸을 획 세웠다. 그러다 몸이 미끄러지면서 바닥으로 나가떨어졌다.

40. 한 사람의 일생이 이렇게 끝나는구나

류샤오안은 아침에 일어났을 때 아버지 방문이 닫힌 걸 보고 왜 산책하러 안 가셨나, 아직도 허리가 아프신가 의아했다. 방문을 열고 그는 소스라치게 놀랐다. 류진위안이 두 다리를 침대에 걸친 채로 바닥에 떨어져 있었다.

류샤오안은 소리를 지르며 허둥지둥 구급차를 불렀다.

병원에 입원한 뒤에도 류진위안이 정신을 차리지 못하자 집안의 남녀노소가 모두 모였다. 무척 큰 고비라는 것을 알 수 있었다. 의사의 말과 표정에서 넘기기 힘들다는 것도 짐작할 수 있었다. 나이든 사람들은 "일흔세 살과 여든네 살이 되면 염라대왕이 찾아오거나 자기가 가기 쉽지"라고 탄식했다.

일주일 뒤 류진위안은 숨을 거두었다.

모든 게 너무 갑작스러워 세 남매는 슬픔을 참기 힘들었다. 그들은 류진위안이 무척 건강해 백 살까지 살 수 있을 거라고 생각했다. 특히 류샤오안은 큰 소리로 울부짖었다. 손주들은 이상하다는 눈빛으로 그들을 바라보았다. 사람이 죽는 건 당연한 일이고 늙으면 가야 하는 길인데 왜 그러는지 의아해했다. 류샤오안은 전날 아버지가 허리를 삐끗했다는 걸 알았으면서도 병원에 모셔가지 않은 걸 후회했다. 병원이었으면 침대에서 떨어지지 않았을 터였다. 또 밤에 주의를 기울여야 했다고, 그렇게 깊이 잠들어서는 안 됐다고 후회했다. 아버지 방에서 나는 소리를 전혀 듣지 못했던 것이다.

류샤오촨은 한참 눈물을 흘린 뒤 류샤오안의 어깨를 두드렸다. "형이 최선을 다했다는 거 다들 알아. 막을 수 없는 일도 있잖아." 그리고 또 말했다. "아버지 집은 공공주택이라 반납해야 해. 이 일은 형이랑 형수가 처리해줘. 그리고 선전에 아버지가 쓰실 주택을 사뒀었는데, 형네 식구가 거기서 살아."

추도식은 이틀 뒤에 열렸다. 각지의 가족과 친척들이 전부 참석했다. 준비할 시간이 얼마 없었는데도 무척 성대하게 열렸다.

류진위안의 전우 중에는 살아 있는 사람이 이미 많지 않았고, 살아 있더라도 거동이 자유로운 사람은 손에 꼽을 정도로 적었다. 하지만 걷기 힘든 사람들도 찾아왔다. 심지어 두 사람은 휠체어를 타고 왔다. 세 남매는 당연히 그들을 알아보고 아버지에 관해 이야기했다. 휠체어에 탄 노인이 말했다. "자네 아버지는 많이 누렸어. 나는 삼십 년 동안 휠체어를 탔지만, 그는 어디든 돌아다닐 수 있었지. 더군다나 최소 세 번 이상 죽다 살아났잖나. 누구보다 운이 좋았으니, 염라대왕도 한 번은 만회해야 하지 않겠나?"

류진위안의 어린 손자가 끼어들었다. "염라대왕이 한 판 만회하는 거야 괜찮지만, 우리 할아버지는 그대로 오버됐잖아요."

온종일 휠체어에서 하는 일이 없어 손자한테 게임을 배웠던 그 노인은 곧장 말을 받았다. "그럼 그도 다른 사람보다 피가 많아졌겠네."

그들 대화에 류샤오안은 울음을 멈추고 웃었다. 그렇게 받아들일 수도 있겠구나 싶었다. 내내 답답하고 슬펐던 세 남매의 마음이 그 순간 조금 가벼워졌다.

선전에 있던 칭린은 소식을 듣고 깜짝 놀라 추도식까지 한걸음에 달려왔다. 류진위안이 이렇게 빨리 세상을 뜰 줄은 전혀 예상하지 못했다. 그는 루저우라오자오 두 병을 챙겨와 류샤오찬에게 말했다. "이미 예상하셨던 게 아니었을까요? 그렇지 않고서 왜 찬둥을 다녀오셨겠어요?"

그러면서 류진위안이 백마언덕에서 전우들에게 제사 지낼 때 했던 말을 전해주었다. 그리고 술을 건네며 어르신이 전우들에게 약속했으니 가져가시면 좋겠다고 덧붙였다.

류샤오찬이 말했다. "고맙네, 이렇게 세심하게 생각해줘서 고마워. 자네가 말해주지 않았으면 아버지가 이걸 원하셨는지도 몰랐을 거야. 어쩌면 정말로 예감하셨는지도 모르겠네. 제때 보내드려서 다행이고."

"저도 다행입니다. 어르신의 마지막 시간을 함께 보낼 수 있어서요. 정말 많이 배웠거든요. 예의상 하는 말이 아닙니다."

찬둥 리둥수이의 손자도 찾아왔다. 할아버지와 아버지가 움직일 수 없어 가족들 대표로 애도와 존경을 표하러 왔다고 말했다. 그를 보자 칭린은 체런루가 생각나 설을 쇠러 집에 돌아가면 알아봐달라고 부탁했다.

한 사람의 일생이 그렇게 끝났다.

빈소에서 나갈 때 칭린은 류진위안의 어린 손자가 휠체어 탄 노인과 열정적으로 게임에 대해 이야기하는 걸 보았다. 그들 얼굴에는 슬픈 기색이 전혀 없었다. 죽은 사람이 그들과 아무 관련도 없는 듯했다. 심지어 죽음조차 그들에게는 아무것도 아닌 듯했다. 칭린은 인생이란 정말 재미있다고 생각했다.

그리고 또 한 사람도 빈소를 찾아왔다. 그는 주머니에 사진을 넣은 채 류진위안에게 작별인사를 하며 눈물을 흘렸다. 형님, 왜 이렇게 빨리 가셨습니까. 정말 가슴이 아픕니다. 매일 함께 다오샤오몐을 먹기로 약속하지 않았습니까? 또 사촌 형 사진을 보여드리고 형님 전우였는지 확인하고 싶었습니다. 저는 평생 사촌 형을 찾고 있었어요.

라오치였다. 빈소에서 그를 아는 사람은 아무도 없었다. 그는 조용히 왔다가 혼자 쓸쓸하게 돌아갔다.

제 9 장

41. 여덟번째 지옥:
날 죽게 내버려 둬!

딩쯔타오는 마침내 여덟번째 층에 도착했다. 가뜩이나 피곤한 몸과 마음이 이제는 견디기 힘들 만큼 피폐해졌다.

사방이 여전히 어두컴컴하고 끝도 없이 망망했다. 희미한 빛이 보였다가 사라지기를 반복했다. 그녀는 자기도 모르게 주저앉았다. 그때 자신이 보였다. 울고 있는 다이윈이 보였다.

가시처럼 날카로운 다이윈의 비명이 딩쯔타오의 귀를 찔렀다. 그녀는 울면서 "날 죽게 둬! 죽게 내버려두라고!" 하고 소리쳤다.

라오웨이와 푸퉁이 진정시키려는 듯 다이윈을 꽉 붙들고 있었다. 하지만 다이윈은 계속 몸부림쳤다. 움직임을 보면 벽에 부딪치려는 것 같았다.

그녀의 울음소리 속에서 훨씬 더 큰 울음소리가 들려왔다. 팅쯔였다. 후이위안의 품에서 힘껏 발을 구르며 다이윈 쪽으로 손을 내밀고 울었다.

샤오차도 한바탕 울었는지 두 눈이 새빨갰다. 그녀는 시종일관 다이원 옆을 맴돌며 쉼없이 중얼거렸다. "아가씨, 안 돼요. 이러시면 안 돼요. 팅쯔는 아직 어려서 엄마가 없으면 안 된다고요. 아가씨, 참으세요."

하지만 다이윈은 귀신에라도 씐 듯 광적으로 소리를 질렀다. 라오웨이와 푸퉁 두 남자의 힘으로도 그녀를 붙들고 있는 게 힘겨워 보였다.

그때 밖에서 소동이 일더니 루쯔차오가 들어왔다. 샤오차가 얼른 소리쳤다. "아가씨, 어르신 오셨어요! 아가씨, 진정 좀 하세요. 어르신 말씀 들으세요."

하지만 다이윈은 상관하지 않고 거의 미친 사람처럼 울기만 했다. 시아버지 루쯔차오가 앞쪽으로 다가오더니 그녀의 따귀를 두 대 때렸다. 순간 방안에서 여인의 비명이 터졌다.

다이윈이 울음을 멈추고 분노로 가득한 눈으로 시아버지를 노려보았다. 시아버지가 말했다. "너한테 죽을 자격이 있니? 후씨 가문에 너 하나만 남았다. 네 부모가 너를 살리기 위해 얼마나 애를 썼는데 죽고 싶다고? 이 방에서 다른 사람은 다 죽어도 되지만 너는 안 돼!"

다이윈이 대꾸했다. "제가 살기 싫다면요?"

"넌 살기 싫어도 살아야 한다. 무슨 수를 쓰든, 돼지나 개처럼 살더라도 살아야 해. 이게 네 운명이야!"

"저들에게 죽음으로 보여줄 거예요."

"저들은 상관도 하지 않을 거다. 네가 죽어봐야 개가 죽은 듯 여길 거야. 너희 온 가족이 죽었는데 신경쓰는 사람이 있더냐?"

다이윈은 다시 몸부림치기 시작했지만 아까처럼 격렬하지는 않았다.

시아버지가 굳은 얼굴로 차갑게 쳐다보다가 말했다. "라오웨이, 푸퉁, 놓아줘라. 죽겠다면 죽으라고 해. 어디 죽을 수 있나 봐야겠다.”

라오웨이와 푸퉁이 손을 놓았다. 다이윈은 고개를 들고 절망과 원한이 가득한 눈으로 시아버지를 노려보았다. 그런 다음 벽을 향해 돌진했다. 라오웨이가 그녀를 잡았는데 찌이익, 옷 찢어지는 소리만 들리고 다이윈은 벽에 그대로 부딪쳤다.

방에서 날카로운 비명이 울렸다. 샤오차가 소리를 지르며 달려갔다. “어르신, 이러지 마세요.”

시아버지는 다가가는 대신 냉랭한 표정으로 라오웨이에게 “의사가 아직 뒤편에 있으니 불러서 윈난 지혈제를 발라주라고 해”라고 말한 뒤 밖으로 나갔다.

소란스러웠던 방안이 순식간에 잠잠해졌다. 팅쯔마저 울음을 멈췄다. 아이는 무슨 일이 벌어졌는지 몰라 사방을 둘러보다가 갑자기 후이위안의 머리카락을 잡아당기며 깔깔거렸다.

딩쯔타오는 그 광경을 보고 깜짝 놀랐다. 그녀는 자기도 모르게 이마를 문질렀다.

흐릿한 상처를 만지며 생각했다. 맞다, 이게 그날 생겼지.

42. 아홉번째 지옥:
이런 목숨이 무슨 의미가 있나요?

　이제 아홉번째 층이었다. 딩쯔타오는 세보다가 조금 흥분하기까지 했다. 이미 절반을 지났으니 절반만 더 가면 나갈 수 있었다. 햇빛을 볼 수 있을까? 딩쯔타오는 갑자기 햇빛이 자신에게 아주 중요하다는 생각이 들었다. 태양을 못 본 지 얼마나 되었더라?

　그러고 나서 그녀는 라오웨이를 보았다.

　황혼이 내릴 무렵이었다. 날이 음습해 햇빛도 없고 북풍까지 거세게 불어, 오후가 되자마자 하늘빛이 희뿌옇게 변했다. 라오웨이가 당황한 얼굴로 허둥지둥 대문을 들어섰다. 라오웨이는 예전부터 입고 다니던 회색 솜옷을 여전히 입고 있었다. 딩쯔타오는 그 솜옷 어깨를 기워줬던 게 떠올랐다. 라오웨이는 하하 웃으면서 비적의 칼에 맞아 옷이 뜯겼는데 살을 다치지 않았다며, 나중에 나리가 몸값을 지불해 풀려난 뒤 솜옷을 행운의 상징으로 여기게 되었다고 말했다. 문득 라오웨이의 웃음소리가 귓가에서 울렸다.

　라오웨이는 다이원 방으로 가서 문을 두드리려다 손을 도로 거뒀다.

잠시 망설이던 그는 몸을 돌려 황급히 다른 정원의 어느 방문 앞으로 갔다.

딩쯔타오는 시아버지 루쯔차오의 서재임을 확실히 알 수 있었다.

시아버지는 대련*을 쓰는 중이었다. 매년 겨울이면 대련을 잔뜩 적어둔 뒤 마을 사람들한테 설에 찾아와 마음에 드는 문구로 골라가라고 했다. 딩쯔타오는 시아버지의 벼루와 붓이 아버지 후루윈의 선물이었던 것까지 기억났다. 그들은 오랜 친구였다가 사돈이 되었다. 매년 시아버지 생신 때면 아버지는 그림이나 문방사우를 선물로 보냈다. 시아버지는 산속에서 그런 물건을 보낼 상대는 자기밖에 없을 거라고 우스갯소리를 했다. 아버지도 웃으며 그럴 거라고 인정했다.

문 여는 소리가 너무 컸는지 루쯔차오의 붓끝이 떨렸다. 라오웨이는 들어가자마자 무릎을 꿇고 머리를 바닥에 붙인 채 덜덜 떨리는 목소리로 말했다. "나리, 큰일났습니다. 정말 큰일이 났습니다."

루쯔차오의 붓이 손에서 떨어졌다. 그는 움직이지 않고 고개도 돌리지 않은 채 "무슨 일인가?"라고만 물었다. 하지만 음성은 확연히 떨리기 시작했다.

"사돈 어르신, 다이윈 아씨의 부모님과 가족이 모두 돌아가셨습니다. 어제 모두 돌아가셨습니다."

루쯔차오가 벌떡 일어나 고개를 돌려 바닥에 거의 엎드려 있는 라오웨이를 바라보았다. 얼굴에 놀란 기색이 가득했다. 곧이어 서슬 퍼런 음성으로 물었다. "어떻게 죽었나?"

---

* 문이나 기둥에 써 붙이는 대구.

"감히 입 밖으로 못 뺄겠습니다. 나리도 전부 아실 필요는 없습니다. 모두 돌아가셨다고만 아셔도 충분합니다. 나리, 어쨌든 아씨를 지켜주셔야 합니다. 아니면 후씨 가문은 대가 끊깁니다."

루쯔차오가 힘없이 의자에 앉아 탁한 목소리로 말했다. "일단 말하지 말거라."

하지만 소식은 빠르게 퍼져 저녁때에는 온 가족이 알게 되었다.

다이윈의 어머니가 운영하던 수예방은 재산 분배 때 몰수당했고 수예품도 일찌감치 사라졌다. 마지막으로 떠난 수예공이 소식을 전해줬다. 다이윈의 부모는 아들 링윈이 집으로 돌아오다가 총에 맞아 죽었다는 말을 듣자마자 살고 싶지 않다면서 자신이 아들을 죽였다고 한탄했다. 이후 다이윈의 어머니는 두 차례 자살을 시도했다. 처음에는 목을 매달았다가 작은어머니한테 발견돼 살았고, 두번째는 우물에 뛰어들었는데 역시 구조돼 죽음을 면했다. 하지만 결국 투쟁대회에 끌려나가고 말았다. 예상과 달리 투쟁대회는 점점 격해졌고 그들을 끌어내 총살까지 해버렸다. 대회 때 누군가 그들이 총살 명단에 들어 있다고 말했기 때문이었다. 다이윈의 작은어머니와 올케는 명단에 없었는데 어찌된 일인지 소란을 통제하는 사람이 없어 강물에 던져지고 말았다. 두 사람은 던져지기 전에도 거의 숨이 붙어 있지 않았다.

그 소식에 다이윈은 엄청난 충격을 받았다. 울다가 정신을 잃었다. 정신을 차리면 또 울고, 또 울다가 혼절했다. 그나마 다행이라면 소식을 들은 뒤 루쯔차오가 다이윈이 못 견딜 줄 알고 라오웨이를 시켜 곧바로 의사를 불러온 것이었다. 마치 기다리고 있었다는 듯 의사를 대기시켰다.

다른 가족도 모두 울었다. 샤오차는 울다가 목이 쉬어버렸다. 샤오차의 어머니는 다이윈의 어머니가 청두에서 데려온 하녀였다. 체런루에서 결혼한 뒤 어느 해, 친정으로 가다가 홍수에 배가 뒤집히는 바람에 샤오차의 부모 둘 다 익사했다. 겨우 목숨을 구한 샤오차는 고아가 되었다. 다이윈의 어머니는 샤오차가 조부모 집에서 고생하자 도로 데려와 다이윈 옆에 두었다. 그때 샤오차는 겨우 세 살밖에 되지 않았다. 이후 그녀는 후씨 집안에서 자라며 다이윈의 부모를 자기 부모처럼 여겼다. 다이윈의 어머니는 샤오차를 수예공으로 키울 생각이었지만, 샤오차는 다이윈 옆에 있기를 원했고 다이윈도 샤오차와 떨어지지 않으려 했다. 다이윈이 시집갈 때도 기어코 루씨 집안까지 따라갔다. 그러자 다이윈의 어머니는 샤오차의 뜻을 허락할 수밖에 없었다.

어린 팅쯔는 집에서 무슨 일이 벌어졌는지 몰라 엄마와 샤오차를 찾으며 떼를 썼다. 하는 수 없이 샤오차는 한 손으로 팅쯔를 안고 다른 손으로 다이윈을 돌보면서 자기도 슬픔을 이기지 못해 엉엉 울었다.

온 집안이 혼란에 빠졌다. 라오웨이는 밤새 신경쓰고 사람들을 돌보느라 이튿날 날이 밝았을 때 얼굴이 다 까매졌다.

그날 밤 루쯔차오도 눈을 붙이지 못했다. 서재에서 계속 이리저리 오가다가 간혹 자리에 앉아 문구를 만지작거렸다. 탁자 위의 문구류는 모두 그의 친구이자 사돈인 후루윈이 선물한 거였다. 그가 하룻밤 새에 죄인이 되더니 또 하룻밤 새에 비참한 죽음을 맞았다.

아침식사 때 다이윈은 나타나지 않았다. 대신 라오웨이가 상황을 전했다. 의사 선생님이 약을 먹여 아씨를 재우라고 하십니다. 그러지 않으면 깨어나자마자 도로 무너질 거라고요. 사실 밤새 소동을 벌여 체력도 남아 있지 않을 테니 그냥 재우는 게 낫겠습니다.

루쯔차오가 탄식했다. "이러다가 또 무슨 일이 일어날지 모르겠군. 저쪽에서 멈추지 않고 여기까지 쫓아와 다이윈을 찾으면 곤란한데. 오늘 오후에 다이윈이 정신을 차리든 말든 무슨 수를 써서라도 마차에 태우게. 그리고 성안 서쪽의 빈집에서 지내도록 해. 거기는 아는 사람이 거의 없으니까. 후이위안이 함께 가고. 샤오차도 아이를 데리고 가서 잘 돌보거라. 상황이 계속 안 좋으면 상하이로 갈 방법을 찾자. 상하이에서 홍콩으로 건너가 중원을 찾도록 하지. 상황이 풀리면 돌아오고. 푸퉁도 성으로 들어가서 관리인 라오양과 교대로 상황을 살피거라. 밤이든 낮이든 누군가는 꼭 깨어 있도록 해라."

셋째 작은어머니가 말했다. "저도 시골에 있기 싫으니 같이 갈래요. 그 집은 예전에 저를 위해 마련한 거잖아요. 제가 성안을 잘 아니까 편리할 거고요. 샤오차를 도와 팅쯔를 돌볼 수도 있어요."

루쯔차오가 버럭 화를 냈다. "이 상황에 뭔 헛소리야?"

후이위안이 말했다. "전 안 가겠어요. 아버지, 어머니와 같이 있을래요. 그리고 우리집은 혁명 집안이고 아버지도 공적이 있잖아요. 위에서 아버지에 대한 투쟁을 허락하지 않았으니 집이 안전해요. 저는 성에 들어가기 싫어요."

루쯔차오가 그녀를 흘겨보며 말했다. "네 멋대로 굴 일이 아니다."

셋째 작은어머니가 말했다. "후이위안이 안 가면 제가 갈래요. 무슨 일이 생긴다면 제가 후이위안보다 낫지 않겠어요?"

루쯔차오가 말했다. "후이위안, 너는 반드시 가야 한다. 상황이 잠잠해진 뒤에 돌아오너라."

후이위안이 단호히 거부했다. "아버지, 어머니가 안 가시면 저도 안 가요. 어쨌든 저는 두 분과 떨어지지 않을 거예요. 두 분이 안전하셔야 저도 아무 일 없어요. 두 분한테 무슨 일이 생길지도 모르는데 제가 떠나면 양심이 없는 거죠."

루쯔차오가 후이위안을 가만히 쳐다보다가 길게 한숨을 내쉬었다. 그때 라오웨이가 말했다. "나리, 지금 아씨를 성안으로 보내는 건 좋지 않을 듯합니다. 일단 깨어나면 또 소동을 부릴 텐데 어떡합니까? 팅쯔는 아직 어리고 샤오차와 푸퉁만으로는 진정시킬 수 없을 겁니다."

루쯔차오가 이번에는 고집을 피우지 않고 잠시 생각한 뒤 말했다. "그럼 며칠 늦추고 다이원한테 생각할 시간을 주지. 모두 잘 들어. 후씨 가문에 다이원 혼자 남았다. 나는 목숨을 걸고 다이원을 지킬 거다. 모두 다이원한테서 한시도 눈을 떼면 안 돼."

탁자에 모인 사람들이 말없이 고개만 끄덕였다. 금방이라도 폭발할 듯한 침울함이 방을 메우고 있었다.

그날의 일을 딩쯔타오는 전부 기억해냈다. 가슴이 쥐어짜듯 아팠다. 자신의 심정을 뭐라 표현할 수가 없었다. 그녀는 속으로 중얼거렸다. 다들 나더러 살라고 해서 난 정말로 살았어요. 그런데 이렇게 사는 게 죽는 것과 뭐가 다르죠? 내가 사는 게 후씨 가문, 루씨 가문과 무슨 관련이 있나요? 모두 사라졌는데, 내가 후씨 가문 사람인지 루씨 가문 사람인지 누가 신경이나 써요? 다들 내 목숨을 지켜주려 했지만 나는 내가 누구인지조차 몰라요. 이런 목숨이 무슨 의미가 있나요?

딩쯔타오는 이제 눈물마저 말라버렸다. 세상에서 제일 쓸모없는 게 눈물이었다.

43. 열번째 지옥:
오빠 어디 있어?

이제 딩쯔타오는 열번째 층에 도착했다. 그녀는 희망을 보았다고 생각했지만, 그 희망을 채우고 있는 것들 때문에 절망하고 말았다. 자신이 누구인지 알았고 인생에서 어떤 일을 겪었는지도 알았다. 하지만 그와 동시에 자신이 누구인지, 그런 일을 겪고도 왜 살아 있는지는 또 기억나지 않았다. 시아버지가 주저 없이 죽음을 선택한 건 죽음이야말로 제일 쉽고 간단한 방법이었기 때문인 듯했다.

딩쯔타오는 보면 볼수록 고통이 희미해지는 느낌이었다. 익숙한 이름과 얼굴들이 하나둘 튀어나왔다. 그러나 더이상 놀랍지 않았다. '링윈'이라는 이름을 들었을 때도 그녀는 아, 우리 오빠지, 후링윈 하고 생각했을 뿐이었다. 그래, 링윈 오빠, 항상 그렇게 불렀어. 그러나 어떻게 생겼는지는 기억나지 않았다.

모든 것이 그렇게 선명하게 드러났다.

푸퉁이 성안에서 밤길을 달려 돌아왔을 때 제일 먼저 만난 사람은 샤오차였다. 그는 샤오차에게 링윈 형님을 만났다고 말했다. 도련님이라고 불렀더니 그렇게 부르지 말라고, 형이라고 부르면 된다고 하더라. 링원 형님은 중현의 토지개혁에 참여할 계획이라고 했어. 형님 부모님이 투쟁 대상이라는 말을 듣고 엄청나게 놀라더라고. 그런 다음 당장 집으로 돌아가 부모님을 성안으로 모셔 가겠다고, 다이윈 아가씨한테 걱정하지 말라고 전하래. 또 중원 도련님이 연말에 돌아오지 않으면 다이윈 아가씨도 성안에서 친정 식구들과 새해를 맞자고 했어.

샤오차는 안도의 한숨을 내쉰 뒤 곧장 그 희소식을 다이윈에게 전했다.

날이 몹시 흐렸다. 라오웨이는 곧 눈이 오겠다며 올해는 눈이 많이 내릴 것 같다고 말했다. 그리고 눈이 내리기 전에 설음식을 장만해야겠다고, 그래야 손님들이 오셨을 때 음식이 부족하지 않겠다고 덧붙였다.

셋째 작은어머니는 지금 토지개혁이 한창이라 다들 겁에 질려 있는데 평소처럼 한가롭게 돌아다닐 리 있겠느냐고 말했다. 다이윈은 작은어머니 말이 옳다고 생각했다. 하지만 라오웨이는 손님이 오든 안 오든 루씨 집안에서는 준비해야 한다며 언제든 예의를 다 갖추는 게 어르신의 규칙이라고 대꾸했다.

한밤에 말먹이꾼이 갑자기 라오웨이를 찾아와 누군가 밖에서 이 집 며느리의 오라비가 어젯밤에 총에 맞아 죽었다고 외쳤노라고 전했다. 말먹이꾼은 누가 소리치는지 보려고 옷을 입은 뒤 마구간 밖으로 나갔는데 아무도 없었다며, 역시 마음에 걸려서 일단 라오웨이에게 알리러 왔다고 했다.

라오웨이는 깜짝 놀랐다. 다이윈이 푸퉁에게 성안에 있는 오라비에게 부모님을 모셔 가라는 말을 전해달라고 부탁할 때, 라오웨이가 마차를 내줬다. 푸퉁도 다이윈의 오라비가 곧 돌아간다는 소식을 가져왔었다. 설마…… 라오웨이는 날이 밝자마자 루쯔차오에게 보고했다.

루쯔차오는 소스라치게 놀랐다. 후씨 가문에 아들이라고는 링윈 하나뿐이라 그에게 일이 생기면 그 부모는 엄청난 충격을 받을 터였다. "어서 푸퉁을 데리고 나가서 알아보게. 정말로 일이 생겼으면 일단 조용히 돌아와. 나하고 상의한 뒤에 말하자고." 라오웨이는 알았다고 한 뒤 허둥지둥 푸퉁을 불러 밖으로 나갔다.

오후에 라오웨이가 돌아와, 후링윈은 저녁식사를 마친 뒤 동료 한 명과 후수이당으로 가다가 집에서 이십여 리 떨어진 산기슭에서 불의의 총격을 받았다고 말했다. 두 사람 모두 죽었으며 상대가 아무 흔적도 남기지 않아 누구 짓인지 모른다고 했다. 사돈댁에서는 이미 아들이 돌아오는 길에 죽었다는 소식을 들었으며, 시신은 후수이당이 아니라 부근 사당에 맡겨졌다고 말했다. "아씨에게 알려야 할까요?"

루쯔차오가 길게 탄식한 뒤 말했다. "다이윈 부모가 이미 아는데 어떻게 안 알려주겠나? 안 알려주면 나를 원망할 것이네. 샤오차에게 먼저 알려주고 전달하라고 해. 내가 이미 알았다고는 말하지 말고."

샤오차는 저녁식사 전에 소식을 들었지만, 꾹 참고 있다가 다이윈이 식사를 마친 뒤에야 비보를 전했다. 다이윈은 거의 얼이 빠졌다. 그녀는 시아버지 방으로 달려가 사실이냐고 물었다. 시아버지 루쯔차오는 한참 만에야 입을 열었다. "나도 라오웨이한테 들었다. 정말 어떻게 이런 일이 있는지. 라오웨이 말로는 네 부모님도 이미 아신다는구나."

그제야 다이윈은 눈물이 솟구쳤다. 그녀는 한마디도 하지 않고 고개를 돌려 나갔다. 루쯔차오가 물었다. "어디 가느냐?"

다이윈은 대답하는 대신 무작정 대문으로 향했다. 라오웨이가 달려가 그녀를 막으며 말했다. "안 돼요, 이렇게 늦었는데 나가면 안 됩니다."

다이윈이 날카롭게 소리쳤다. "우리 오빠를 봐야겠어요."

그녀의 고함에 깜짝 놀란 가족들이 우르르 앞마당으로 달려와 라오웨이와 함께 그녀를 말렸다. 라오웨이가 말했다. "링윈 도련님은 불의의 총격을 받았습니다. 누가 쐈는지도 몰라요. 지금 그곳은 안전하지 못하단 말입니다. 내일 낮에 가면 되잖아요?"

다이윈이 말했다. "오늘 가야겠어요. 오늘 가서 링윈 오빠를 봐야겠다고요."

마지막으로 나온 사람은 루쯔차오였다. 그는 "라오웨이, 문을 잘 잠그게. 오늘은 누구도 나가지 못한다"라고 준엄하게 말한 뒤 몸을 돌렸다.

다이윈은 그대로 바닥에 주저앉아 울음을 터뜨렸다. "오빠, 어디 있어? 내가 오빠를 죽였네. 내가 오빠한테 돌아오라고 하지 않았으면 죽지 않았을 텐데. 오빠, 세상에."

그날 밤 다이윈의 비통한 울음소리 속에서 루쯔차오는 편지를 썼다. 둘째 아들 루중원에게는 집에 돌아오지 말고 홍콩에 머물라 하고, 막내아들 루수원에게는 최대한 빨리 영국으로 가 공부하라고 했다. 자신의 친필 편지를 받지 않는 한 절대 돌아오지 말라고 했다.

제 10 장

44. 일기를 읽기 시작한 칭린

설에 칭린은 남쪽으로 돌아가지 않았다. 어머니가 잠에 빠진 지 어느새 두 해가 넘었다. 그러는 사이 어머니의 존재는 칭린에게 갈수록 신비하게 느껴졌다. 표정도 멍하고 살아 있어도 살아 있는 것 같지 않았다. 심장도 정상적으로 뛰고 식사 역시 정상적으로 했다. 가끔 호흡이 가빠졌다가 평온해지길 반복할 뿐이었다. 그녀 혼자만의 세상에서 걷고 앉고 눕는 듯했다. 거기에서 뭐가 중요하고 중요하지 않은지는 그녀 세상 속의 사람만 알 수 있었다. 칭린은 그녀가 가장 사랑하는 아들이었지만, 그녀의 세상 밖에 있는 존재였다.

다행히 칭린은 생각이 깊었다. 그는 어쩌면 이것이 어머니 삶에서 필연적으로 거쳐야 하는 과정일지도 모른다고 생각했다. 어머니가 도착한 곳은 다른 사람이 갈 수 없는 곳일지도 몰랐다. 어머니는 그곳에서 또다른 방식으로 살아가고 있을 뿐이며, 그 방식은 자기처럼 평범한 사람은 이해할 수 없을지도 모른다. 중요한 사실은 이 세상에 어머니의 숨결이 있는 한 안심할 수 있다는 거였다.

그렇게 생각하자 칭린은 어머니가 병에 걸린 게 아니라 비밀스러운 상태로 존재하는 것 같았다. 그래서 아들에게 전화해 할머니가 지금 외계인처럼 아주 신비롭다고 말했다. 아들은 믿을 수 없다며 당장 날아와 할머니가 대체 어떻게 신비로운지 보겠다고 했다. 그러자 아내가 칭린을 책망했다. 중학생한테 제일 중요한 건 학업이라면서 방학 때도 보충수업에 전념해야 한다고 잔소리했다.

칭린은 최대한 많은 시간을 어머니와 보내려 했다. 어느 날 갑자기 어머니가 회복할 수도 있지 않겠는가? 어머니가 정신을 차리면 제일 먼저 자신을 봐야 했다. 칭린은 자신이 어머니에게 최고의 회복제라는 사실을 잘 알고 있었다.

둥훙은 섣달그믐 정오에 출발했다. 그믐날에 먹을 음식과 설에 먹을 음식까지 잔뜩 만들어놓았다. 올해는 꼭 집에 가야 한다고, 노부인을 돌보느라 이 년이나 집에서 설을 쇠지 못해 부모님이 속상해하신다고 이미 말했음에도 둥훙은 떠나기 전에 무척 송구스러워했다. 정월대보름까지만 머물고 곧바로 돌아오겠다고 여러 차례 말했다. 칭린이 안심시켰다. "괜찮으니까 마음 편하게 다녀와. 내가 알아서 할 수 있어. 초사흘부터는 친구가 올 거고. 매일 밤 친구네 가정부도 건너와서 어머니를 돌봐드릴 거니까 걱정하지 마."

겨울이라 쌀쌀하긴 해도 날이 꽤 화창했다. 어머니 방의 남향 창문으로 햇빛이 비스듬하게 들어왔다. 난방을 돌려 방안에 온기가 가득했다. 오후에 칭린은 어머니를 창문 앞에 앉히고 어깨에는 양털 숄을 둘러드렸다. 그의 아내가 설 선물로 산 숄이었다. 칭린의 아내는 시어머니와 함께 살기를 거부했지만, 그런 소소한 행동으로 칭린의 환심을 샀다. 시어머니와 며느리는 원래 원수 같은 사이인데다 그의 어머니는 사회적 지위가 전혀 없는 가정부에 불과했다. 칭린은 아내의 속물근성을 잘 알았기 때문에 아내의 태도에 신경쓰지 않았다. 때때로 어머니의 기분을 맞추려는 소소한 행동과 설 동안 남편이 시어머니를 돌보도록 두는 것만으로 아내는 이미 충분히 배려한 것이었다. 세상 누구에게도 속물근성이 없기를 기대해서는 안 된다고 칭린은 생각했다.

칭린은 책을 가져와 어머니 옆에서 읽기 시작했다. 집 밖에서 나무가 휘휘 스산하게 흔들렸다. 어머니가 꽃이나 채소를 심을 수 있도록 비워둔 땅에 둥훙은 각종 채소를 심었다가 겨울이 되어 채소가 죽자 땅을 전부 갈아엎었다. 칭린은 마당을 내려다보며 봄에 어머니가 깨어나 직접 채소를 심으면 얼마나 좋을까 생각하다가 입을 열었다. "엄마, 건강해지시면 저기 밭에 토마토를 심어요. 제가 토마토달걀볶음을 제일 좋아하잖아요."

사실 칭린은 토마토달걀볶음 속에 든 달걀을 좋아했다. 토마토의 시큼한 맛은 전혀 좋아하지 않았다. 하지만 아버지는 늘 토마토에 영양가가 많으니 먹으라고 강요했다. 그럴 때면 어머니가 아버지 몰래 토마토를 먹어줬다. 부모님 앞에서 재롱 피우던 어린 시절을 떠올리자 칭린은 자기도 모르게 탄식이 나왔다. 두 분 모두 건강히 살아 계셔 자신이 마련한 이 큰 집에서 사셨으면 얼마나 좋았을까 싶었다.

그런 생각을 하다보니 문득 아버지의 공책이 떠올랐다. 칭린은 자기 방으로 가서 낡은 가방을 가져왔다. 그리고 가방을 어머니 앞에서 들어올리며 말했다. "엄마, 다시 좀 보세요. 이 가방 기억나세요? 아버지 거예요. 아버지를 무척 사랑하셨잖아요. 그러니까 기억나실 거예요, 그렇죠?"

어머니는 여전히 아무 반응이 없었다. 칭린은 어쨌든 두 분을 좀 알아야겠다는 생각이 들었다. 일기 속에 받아들이기 힘든 내용이 있더라도 두 분은 언제까지나 자신이 가장 사랑하는 부모님일 터였다.

그리하여 설날의 따뜻한 시간 속에서, 칭린은 아버지의 오래된 일기를 읽기 시작했다.

45. 아버지가 둥씨라고?

칭린은 첫번째 공책을 펼쳤다.

일기는 1948년 여름부터 시작되었다. 만년필 잉크가 번져서 글자가 흐릿해진 곳들이 있었다. 아버지가 어머니에게 쓴 열몇 글자짜리 쪽지밖에 본 적이 없어서 칭린은 아버지 글씨체가 조금 낯설었다. 하지만 그 글자들 사이에서 아버지의 숨결이 느껴지는 듯했다. 아버지가 쓴 글임을 알 수 있었다.

일기는 대부분 매우 짧았다. 날짜가 있기도 하고 없기도 했는데 그보다는 연도나 계절만 적어놓은 뒤 대충, 심지어 다급하게 기록한 게 더 많았다. 아버지가 의사라 긴 글에 서툴렀나보다는 생각이 들었다.

1948년 7월 15일

집으로 돌아가는 길이다. 황허를 건넜다. 곧 부모님을 뵙는다고 생각하니 정말 흥분된다. 어머니는 눈이 안 좋아져서 매번 손으로 내 얼굴을 더듬으신다. 손이 거칠어도 편안하다. 아버지는 편지로 읍내에 진료소를 차리라고 하셨다. 서양인들처럼 수술할 수 있는 진료소를 열어 노약자들을 치료하라신다. 장소도 이미 골라뒀고 사촌 동생 샤오치한테 보조를 맡기라고, 샤오치는 둘째 외삼촌 약방에서 자라 약초를 꽤 아니까 도움이 될 거라고 하셨다.

세상이 어지러워 어디에서든 제대로 살기 힘드니, 아버지 말씀을 따르자. 우리 둥씨 집안은 고향 사람들한테 도움을 많이 받았다며, 아들이 돌아와 진료소를 열면 어느 정도 보답할 수 있겠다고 아버지는 말씀하셨다.

신부님이 양의를 불러 어머니 병을 치료해준 뒤 아버지는 서양의학을 믿기 시작했다. 아버지가 옳다. 이렇게 어지러운 세상에서는 어딜 가나 힘들다. 그렇다면 집으로 돌아가 가족과 함께 있자.

둥씨 집안? 칭린은 첫번째 글을 읽고 깜짝 놀랐다. 아버지는 우씨잖아? 왜 둥씨라는 거지?

칭린은 어리둥절했다. 순간 머릿속이 뒤죽박죽 뒤엉키는 기분이었다.

7월 21일

어떻게 이럴 수가! 살고 싶지 않다!

며칠 전 산기슭에서 샤오치와 만났는데 나를 막으러 왔다고 했다. 샤오치는 울면서 우리 부모님과 누나, 할아버지, 할머니가 모두 돌아가셨다며 집에 가면 안 된다고, 돌아가면 죽음밖에 없다고 말했다. 아버지가 숨을 거두기 전 마지막으로 남긴 말이 막으라는 거였단다. 다른 사람은 알아듣지 못했지만 샤오치는 이해했다.

세상에, 어떻게, 세상에! 왜, 대체 왜 온 가족을 죽인단 말인가? 가족이 모두 죽었는데 나는 또 혼자 어떻게 살까? 샤오치는 나더러 부모님을 생각해 절대 죽으면 안 된다고 울부짖었다. 가능한 한 멀리 달아나라고, 둥씨 가문의 대가 끊기면 안 된다고 했다.

그의 말이 맞다. 그러면 나는 이제 집이 없는 사람인가?

심란하다. 지난 며칠 동안 어떻게 지냈는지 모르겠다. 오늘밤은 여관에서 묵지만, 내일은 어디서 묵을까? 내가 어디로 갈 수 있을까?

글은 매우 짧았는데 글씨가 엉망이었다. 문장이나 행도 아무렇게나 나뉘어 있었다. 여러 군데 만년필에 종이가 찢기고 눈물자국까지 있었다. 글쓴이의 슬프고 복잡한 심경이 고스란히 드러났다.

칭린은 무척 놀랐다.

몇 줄밖에 안 되는 글에 엄청난 양의 정보가 들어 있었다. 무슨 일이 벌어졌기에 온 가족이 한꺼번에 죽었을까? 게다가 아들은 집으로 돌아가면 죽기 때문에 돌아갈 수 없다니. 비적 때문일까, 아니면 전쟁 때문일까? 원수가 작정하고 찾아와 집안을 몰살했나? 칭린은 머릿속 회로가 뒤엉키는 듯했다. 그런데 샤오치는 또 누굴까? 아버지의 사촌 동생? 이전에 아버지가 말씀하시는 걸 왜 한 번도 들어본 적이 없지?

칭린은 불현듯 두려워졌다. 계속 읽어야 할지 고민스러워 자리에서 일어나 이리저리 왔다갔다했다. 어느새 날이 어두워지고 있었다. 칭린은 어머니를 화장실에 모셔 갔다가 다시 등나무 의자에 앉힌 뒤 말했다. "엄마, 엄마는 아버지가 둥씨라는 거 알았어요? 알고 계셨어요?"

어머니는 대답이 없었다.

섣달그믐 저녁, 칭린은 어머니와 단둘이 식사했다. 딩쯔타오의 메뉴는 병어달걀찜이었다. 칭린은 어머니가 영양분을 충분히 섭취해 면역력을 유지해야만 다른 병에 걸리지 않을 거라고 생각했다. 그러다보면 어느 날 갑자기 깨어날지도 몰랐다. 의사도 그런 가능성을 배제할 수 없다고 말했다.

칭린은 어머니 입에 달걀찜을 넣어드린 뒤 어머니가 무표정하게 씹는 걸 지켜보았다. 가슴이 무척 아팠다. "엄마, 내년 설에는 절 이렇게 비참하게 만들지 마세요. 꼭 건강을 되찾으셔야 해요. 매일 생선과 고기를 구워주겠다고 약속하셨잖아요. 저는 이미 오랫동안 엄마가 해주시는 음식을 못 먹었어요."

그렇게 말하는데 눈물이 주르륵 흘러내렸다. 칭린은 눈물을 닦지 않고 흘러내리게 두었다.

그해 섣달그믐의 저녁식사 때 가장 기억에 남은 맛은 바로 그 눈물의 맛이었다.

식사를 마친 뒤 칭린은 거실 텔레비전을 켜고 어머니가 볼 수 있게 텔레비전 앞 소파에 앉혀드렸다. 설맞이 프로그램은 언제나처럼 화려하고 시끌벅적했다. 하지만 웃음소리와 노랫소리가 아무리 많이 터져나와도 어머니의 시선을 끌지는 못했다. 칭린은 잠시 앉아 있다가 재미없다고 생각하며 자조하듯 말했다. "우리 엄마 수준이 높아지셨네, 설맞이 프로그램도 시큰둥해하시니. 저도 그래요, 설 프로그램 따윈 하나도 안 좋아해요."

그는 혼자 중얼거리다가 텔레비전을 끄고 어머니를 방으로 부축해

갔다.

다시 자리에 앉아 일기장을 펼치니 어느새 가을로 접어들어 있었다.

1948년 가을

시간을 모르겠다. 깊은 산속에서 지내고 있다. 가을도 깊었다.

사냥꾼 우 노인은 좋은 사람이다. 그는 약초를 캐서 돌아오는 길에 바위에 누워 있는 나를 발견했다고 말했다. 내가 죽었는지 살았는지 몰라서 다가가 불렀다고 한다. 내가 대꾸도 하지 않았단다. 이마를 짚어봤더니 열이 펄펄 끓고 헛소리를 하다가 아버지, 어머니를 불렀다고 했다. 그래서 나를 업어 자기 집으로 데려왔다는 거였다.

지금 나는 이곳에 머물고 있다. 우 노인은 내가 최소 닷새 동안 혼수상태였고 정신을 차린 뒤에도 오랫동안 멍하니 누워만 있었다고 말했다. 다행히 그는 오랫동안 약초를 캐며 살아서 약초를 쓸 줄 알았다. 그는 자신이 구해주지 않았으면 내가 끝장났을 거라고 강조했다. 나는 속으로 내가 원하는 게 끝장나는 거라고 중얼거렸다.

우 노인은 내 마음을 알아차린 듯 산속에서 지내면 아무도 모르게, 죽은 것처럼 살 수 있다고 말했다.

그 말이 가슴에 와닿았다. 하늘이 죽음을 허락하지 않는다면 한번 살아보자.

우 노인은 날이 추워지기 전에 산을 빠져나가라고 했다. 눈에 갇히면 나갈 수 없다며, 우자산을 넘으면 허난 경계라고 했다.

하지만 내가 갈 수 있는 곳이 어디 있겠는가? 내가 아무 말 없자 우 노인은 갈 곳이 없으면 남으라고 했다. 깊은 산속의 원시림이라 사방 수십 리에 사람이 살지 않네. 나도 늙어서 누가 같이 있으면 좋지. 우 노인이 성이 뭐냐고 물었다. 나한테 무슨 성이 남아 있겠는가? 나는 마음대로 부르라고 대답했다.

우 노인이 나를 가만히 쳐다보다가 대답했다. 알았네, 그럼 내 성을 따라. 내가 자네 목숨을 구했으니 아들을 얻은 셈 치지. 하늘이 내게 준 보답이라고 생각하겠네.

그러자. 죽은 듯 살자. 이미 죽었는데 뭔들 참지 못할까.

1948년, 여전히 늦가을

이미 11월에 들어섰을 듯싶다. 오늘은 문을 나섰다. 우 노인의 집은 동굴과 이어져 있다. 동굴 양쪽에 작은 텃밭을 만들어 돌을 쌓은 뒤 여러 채소를 조금씩 심어놓았다. 내가 모르는 식물은 약초일 것이다. 텃밭은 절벽에 붙어 있고 위에서 물이 흘러내린다. 물은 비스듬히 기대 놓은 죽통을 타고 동굴 앞 돌절구 속으로 떨어진다. 우 노인은 산에서는 물만 있으면 굶어죽지 않는다고 말했다. 동굴 입구에서 몇 미터 앞은 낭떠러지다. 숲에 들어가려면 절벽에 붙어 여든여섯 개의 돌계단을 내려가야 한다. 우 노인이 총을 들고 나가 사냥해야 한다고 말했다. 산속의 겨울은 길어서 먹을 걸 충분히 마련해둬야 한다는 거였다. 나는 이제 겨우 회복한 상태라 우 노인 혼자 나갔다. 내 다리 힘으로는 절벽을 내려갈 수 없다는 이유였다.

점심때 햇살이 들기에 바위에 앉아 햇볕을 쬐었더니 나른해졌다. 감히 생각은 할 수 없다. 생각만 하면 죽고 싶다.

만년필 잉크가 거의 떨어져 간다. 쓸 수 있을 때까지만 쓰자.

오늘은 비가 왔다. 무기력하고 무료한 날들. 부모님을 떠올릴 때마다 온몸이 아프다. 침대에서 일어나기도 싫다. 자다가 죽는 것도 좋은 방법이다.

우 노인은 11월이 되었을 거라고 했다. 정확히 그런지 아닌지는 그도 모르지만, 아무려면 어떻겠는가. 날이 무척 추워졌다. 우 노인은 얼마 지나지 않아 눈이 내릴 거라고 했다.

1948년 겨울

어쩌면 12월, 혹은 해가 넘었을지도 모르겠다. 우 노인은 시간을 기억하는 게 무슨 의미가 있느냐고 말했다. 하늘을 보면 밥때를 알 수 있고 추위와 더위는 저절로 알게 된다고 했다. 일리가 있다.

눈이 왔다. 우 노인과 함께 문 앞에 쌓인 눈을 낭떠러지 밑으로 쓸어냈다. 그러지 않으면 얼어붙어 걷기 힘들다.

아무 일도 없다. 우 노인이 약초에 대해 가르쳐줬다. 의술을 배웠다는 사실은 얼마 전에 이미 이야기했다. 부모님 모두 돌아가셔서 살고 싶지 않았다고도 털어놓았다. 우 노인은 집에 무슨 일이 일어났음을 짐작했노라고 말했다.

오늘 우 노인이 자신은 마흔두 살에 산에 들어왔다며 자기 부모님도 살해당했다고 알려줬다. 그는 원수를 죽인 뒤 아내와 아이를 데리고 달아났는데 아이가 길에서 죽었다고 했다. 처음에는 아내와 함께 살았고 마을에도 자주 내려가 산속 물건을 잡화와 바꿔 왔지만, 나중에 아내가 죽은 뒤로는 나가는 게 귀찮아졌다고, 봄이 되어 따뜻해지면 약초를 캐러 와 하룻밤 쉬어가는 사람한테 소금을 부탁한다고 했다. 그렇게 산에서 혼자 사는 데 익숙해졌고 조용히 살고 싶다고 말했다.

그랬구나. 나도 이런 생활에 익숙해질 수 있을 것 같다.

눈이 두껍게 쌓였다. 비탈을 걷다가 돌아보니 한 사람 발자국뿐이었다. 꿩을 한 마리 잡아 돌아오던 중 문득 바라보았는데 눈빛이 무척 슬퍼 보였다. 놓아주고 싶었지만 우 노인한테 아무 소득이 없었다고 할 수 없어 결국 가지고 왔다.

1949년 정월

맞는지 모르겠다. 이미 새해가 밝았다고 짐작할 뿐이다. 사실 짐작할 필요도 없다. 어느 해면 어떻겠는가. 무의미한 시간의 지옥이란 이런 것이리라.

폭설. 거의 갇혀 있다. 방에서 몸을 웅크리고 있다. 우 노인이 잠을 청하면서 할일이 아무것도 없는 상황에 적응해야 한다고, 오래 자라고 말했다. 오래 자는 건 천천히 죽음을 배우는 거라고 했다.

우 노인은 웃으며 말했지만 웃음 속에 체념이 깃들어 있었다. 연습이 필요한 죽음은 좋은 죽음이라 할 수 있겠지. 그런데 아버지, 어머니는? 평생 부지런하고 선하게 살았음에도 끝이 좋지 못했다.

그만 생각하자. 생각하면 온몸이 아프다.

여기까지 읽었을 때 만년필 잉크가 떨어진 게 보였다. 마지막 '아프다'에서 글자가 흐릿해지다 끊겼다.

칭린의 눈에서 눈물이 주르륵 흘러내렸다. 아버지가 이렇게 슬프고 외로운 사람이었다니. 그 깊은 상처를 그는 아들이면서 전혀 모르고 있었다. 아버지는 그가 초등학교에 막 입학했을 때 세상을 떠났다. 아버지라고 하면 두 손을 자기 겨드랑이에 끼어 번쩍 들어올리던 모습이 제일 먼저 떠올랐다. 그가 큰 소리로 웃고 아버지도 크게 웃었다. 칭린의 기억 속 아버지는 늘 밝고 환하게 웃었으니, 아버지가 그런 고난을 겪었을 줄 어떻게 알았겠는가?

칭린은 생전 처음으로 송곳에 찔리는 듯 가슴이 아팠다. 어머니가 갑자기 발병했을 때보다 훨씬 날카로운 통증이었다.

아버지의 일기를 덮은 뒤 그는 마음을 가라앉혔다.

46. 다시 시작된 삶

친구네 가정부가 와서 어머니를 씻기고 옷을 갈아입힌 뒤 잠자리를 봐줬다. 어머니는 온순하게 몸을 내맡겼고 침대에 눕자마자 눈을 감았다. 모든 게 소리 없이 진행되었다.

칭린도 목욕했다. 섣달그믐 밤에 깨끗하게 씻는 것은 어렸을 때 어머니가 만들어놓은 규칙이었다. 예전에는 여건이 안 좋아서 지금처럼 매일 샤워할 수 없었다. 화장실이라고 해봐야 아주 작은 구덩이 하나가 전부였다. 목욕하고 싶으면 방에 커다란 나무 대야를 놓고 뜨거운 물을 부어야 했다. 날이 추울 때는 열기가 빠져나가지 못하도록 어머니가 비닐 덮개로 씌워줬다. 그때는 일주일에 한 번만 목욕할 수 있었다.

칭린은 목욕 가운을 걸치고 어머니 방으로 갔다. 그러고는 일기를 전부 가방에 담은 뒤 침대 옆으로 가서 말했다. "엄마, 엄마는 아버지 신분을 알았어요? 아버지한테 깊고도 비참한 과거가 있었다는 거 아셨어요? 왜 한 번도 저한테 알려주지 않으셨어요? 엄마도 몰랐어요? 설마 아버지가 엄마한테도 얘기하지 않은 거예요?"

칭린의 질문은 혼잣말에 불과했다. 딩쯔타오는 눈을 꽉 감은 채 아무 변화도 보이지 않았다. 거기에는 칭린이 원하는 답이 없었다.

칭린은 길게 한숨을 내쉰 뒤 일기를 전부 챙겨 자기 방으로 돌아갔다.

날이 이미 깜깜했다. 집집의 등불과 희미한 음악소리가 이 밤을 평화로운 분위기로 가득 채우고 온기와 편안함을 더했다. 하지만 창가에 선 칭린의 마음은 한없이 복잡했다. 아버지 집에 대체 무슨 일이 있었을까?

그는 다시 일기로 돌아갔다.

일기 뒤쪽에 나뭇잎 몇 장이 끼워져 있었다. 칭린은 나무에 대해 모르고 아버지가 나뭇잎을 왜 끼워놓았는지, 그 속에 무슨 비밀이 있는지도 몰랐다. 그는 나뭇잎을 집어 빛에 비추며 살펴보았다. 하나씩 전부 살펴봤지만 잎맥 빼고는 아무것도 보이지 않았다.

마지막 장에 어수선한 약도가 그려져 있었다. 다른 펜으로 그렸는데 각각의 선이 방위와 노선을 가리키고 있었다. 칭린은 그 의미를 알 수가 없었다.

그 페이지 뒤에는 '삶이 다시 시작되었다!'라는 문장이 적혀 있었다.

감탄사 뒤로 또 거친 그림이 이어졌다. 아버지 심경에 변화가 생긴 게 분명했다. 칭린도 마음이 들떠 생각에 잠겼다. 무슨 일이 아버지를 일으켰을까? 설마 어머니를 만났나? 사랑이 아버지 마음을 바꾼 건가?

칭린은 두번째 공책을 찾아냈다. 위에 적힌 연도가 이미 1950년이었다.

날짜를 계산해보니 첫번째 일기와 일 년 반의 공백이 있었다. 설마 그동안 아버지는 계속 산속에서 속세를 등진 채 생활했나? 그러다 이제 산을 나왔다고?

1950년

오늘은 섣달그믐이다. 해마다 이때가 되면 가족이 그립다.

일기를 계속 쓰기로 마음먹었다. 내가 글을 안 뒤 아버지가 반드시 하라고 시키셨던 일이었다. 매일 있었던 일과 심정을 기록하라고, 그래야 늙어서 자신이 무슨 일을 했는지 알 수 있다고 당부하셨다. 이제 아버지는 너무 멀리 계셔서 아버지와는 이 습관으로만 연결될 뿐이다. 나는 계속 쓰기로 마음먹었다. 너무 바빠 매일 쓰지 못하더라도 시간이 날 때 보충하며 이어갈 것이다.

내 부활이 언제 시작되었더라?

정확히 말하면 산에서 류 정치위원을 만났을 때다. 돌덩어리인 줄 알았는데 뜻밖에도 사람이었다. 그가 움직이는 바람에 내가 걸려 넘어졌다. 하필 경사라 아차 하는 순간에 몇 미터를 굴러떨어졌다. 눈이 그의 몸을 살짝 덮고 있어서 보이지 않았다. 우 노인이 살펴보고 큰 소리로 사람이라고 외쳤다.

그는 중상을 입고 정신을 잃은 상태였다. 치료하기에 앞서 우 노인은 총상을 입었으니 비적이나 군인일 거라면서 우리를 곤경에 빠뜨릴 수 있다고 말했다. 나는 그래도 구해야 한다고, 아니면 오늘밤을 넘기지 못할 거라고 대꾸했다.

우 노인이 내 뜻을 받아들여 함께 그를 집으로 데려왔다. 며칠이 지난 뒤 의식을 회복한 그는 우리를 의심의 눈초리로 쳐다보았다. 우 노인이 말했다. 안심하게, 여긴 산속이라 우리 부자 둘밖에 없네. 내가 보니 자네는 비적이나 군인 같은데, 우리가 구해준 걸 기억하게. 다 나은 뒤에 절대 우리를 곤란하게 만들면 안 돼. 그는 말할 기운이 없어 듣고만 있었다.

또 며칠이 지나 몸이 좀 회복되자 그가 물었다. 두 사람은 계속 산속에 계셨습니까? 우 노인은 그렇다고, 수십 년은 되었다고 대답했다. 그는 세상이 변한 걸 모르냐고 물었고 우 노인은 무슨 상관이냐고 어떤 세상에서든 살아갈 뿐이라고 대꾸했다. 그는 중화민국이 이미 무너져 장제스가 작은 섬 타이완으로 도망갔으며 이제 공산당 천하의 중화인민공화국이 되어 마오쩌둥 주석이 다스린다고 했다. 신중국이 들어선 지 한 달 남짓 되었고 자신은 해방군의 정치위원으로 상을 당해 고향으로 돌아가던 도중 비적을 만났으며, 부상을 입은데다 길까지 잃어버렸다고 했다. 그러고 나서 두 사람이 자신을 구하는 큰 공을 세웠으니 정부에서 감사할 것이라고 덧붙였다.

나는 정말 놀랐다. 동굴에서 사흘을 있었더니 세상 시간은 천 년을 흘렀더라는 말*이 완전히 거짓말은 아님을 처음 알았다.

우 노인은 무슨 당이나 무슨 군은 자신과 상관없다고 대꾸했다.

하지만 나는 산 밖에서 벌어진 일을 듣고 싶었다. 그도 꿰뚫어보았는지 이렇게 젊은데 평생을 산에서 보내는 게 가치 있겠냐고 물었다. 나는 사는 게 가치 있다고, 다른 건 상관없다고 대답했다.

그는 더이상 아무 말도 하지 않았지만, 그날 밤 잠들기 전에 갑자기

---

* 한 나무꾼이 잠시 쉬러 동굴에 들어갔다가 신선들의 바둑을 구경하고 집으로 돌아가니 이미 몇 백 년이 지났다는 전설에서 유래한 속담.

또 말을 꺼냈다. 자네 학교에 다녔지? 반듯한 모습에서 바로 알아차렸어. 내가 어떻게 대답해야 할지 몰라 고민할 때 우 노인이 끼어들었다. 우리 애야 당연히 공부했지. 제 어미가 죽은 뒤에야 나를 모신다고 산에 들어왔네.

그는 더 말하지 않았다. 하지만 이후 며칠 동안, 이미 배운 사람이 산에서 인생을 낭비하면 안 된다고 설득했다. 자기와 함께 산을 나가서 새로운 중국을 건설하자고, 그건 민주적이고 평화로운 사회가 될 거라고, 더는 전쟁이나 굶주림이 없고 부자가 가난한 사람을 억압하지도 않을 거라고 했다. 누구나 공부할 수 있고 누구나 직업을 가지며 모두가 평등하고 자유로울 거라고 말했다.

그 말에 나는 가슴이 두근거렸다. 그건 내가 꿈꾸었던 나라이기도 했다.

우 노인이 몰래, 그가 진실한 사람이고 거짓말하는 것 같지 않다면서 언제까지 자기와 함께 있겠느냐고, 그를 따라가 앞날을 도모하는 게 부모님께도 떳떳할 거라고 내게 권했다.

그는 산에서 열흘을 머무른 뒤, 몸이 아직 회복되지 않았는데도 떠나야 한다고 했다. 그러면서 다시 한번 함께 가자고 내게 청했다. 우 노인이 말했다. 아들아, 네가 배웅해라. 아직 몸이 회복되지 않아서 돌봐줄 사람이 필요해. 너도 그 김에 바깥세상이 어떤지 살펴보고. 괜찮으면 거기서 살고 안 괜찮으면 돌아오너라.

사실 나는 이미 설득당한 상태였다. 다만 늙은 우 노인을 혼자 남겨두는 게 마음에 걸릴 뿐이었다. 류 정치위원이 어르신도 함께 가시지요, 시내에 살면서 정부의 돌봄을 받으세요, 하고 권하자 우 노인은 산에서 사는 게 익숙하다며 거절했다.

그렇게 나는 류 정치위원을 따라 산을 나왔다. 그는 나를 군대로 데려갔고, 나는 교육을 받은 뒤 해방군이 되었다. 나는 모두에게 이름은 우자밍이며, 아버지는 산속에 은거하는 약초꾼이고 어머니는 일찍 돌아가셨다고 말했다. 내 신분은 류 정치위원이 증명해줬다.

내 이름에 얼마나 큰 아픔이 들어 있는지는 나만 안다. 고향이라는 곳에 나는 영원히 돌아가지 않을 것이다. 원래 이름도 영원히 입 밖으로 내지 않을 것이며 내 자식에게도 고향을 알려주지 않을 것이다.

내일 설을 맞아 부모님께 고하려 한다. 아버지, 어머니, 지하에서 편히 계세요. 저도 두 분을 위해 힘껏 살아갈게요.

아버지 이름에 그런 사연이 있었구나. 자신을 집도 이름도 없는 사람이라고 암시했던 거야. 칭린은 생각했다. 아버지는 돌아가실 때까지 그런 아픔을 억누르고 계셨구나.

그 긴 일기에는 날짜가 명확히 기록되지 않았다. 필적과 색깔을 보고 조금씩, 한 단락씩 썼다는 걸 알 수 있었다. 무척 빠듯한 상황 속에서 틈틈이 보충한 듯했다.

산속에 은거하던 사람이 갑자기 군인이라니, 칭린은 자기라면 순식간에 방향을 바꾸기 힘들 거라고 생각했다. 그때 아버지는 어떻게 적응했을까?

생각하다보니 문득 자신은 이 과정을 고작 몇 시간에 겪었지만, 아버지는 몇 년 동안 겪었겠구나 싶었다. 시간이 길어지면 이해하기 힘든 일들도 단순해지고 자연스러워지지 않던가. 시간의 소화력이란 강력

해서 아무리 강렬한 감정이라도 밋밋하게, 엄청난 결심도 무기력하게
바꿀 수 있음을 칭린은 잘 알고 있었다.

1950년 봄(5월에 보충)
남쪽으로 가고 있다. 남쪽으로.
부대가 촨둥 비적 소탕에 동원되어 남쪽으로 급행군하고 있다. 휴대
가능한 짐의 무게가 최대 6킬로그램인데 다행히 나는 물건이 별로 없
다. 남쪽 산은 북쪽 산과 완전히 다르다. 습하고 어둡다. 며칠 연속으
로 비가 내려 이불까지 흠뻑 젖었다.

가다가 마을에 묵을 때마다 주민들이 무척 반기며 비적의 악행을 고
한다. 그들의 열정은 감동적이다. 우리는 폐를 끼치지 않으려고 떠나
기 전에 마당과 길을 깨끗이 청소한다. 예전에는 해방군이 이런 걸 전
혀 몰랐다. 이제 나는 류 정치위원을 따라 산에서 나온 게 매우 옳은
선택이었음을 안다. 모든 과거는 지나갈 수 있다. 나는 삶을 다시 시작
하려 한다. 이 삶은 내 과거와 아무런 관련이 없다. 나는 절대 돌아가
지 않을 것이다. 내 과거를 영원히 묻어버릴 것이다.

촨둥의 비적은 매우 포악했다. 이곳에 오기 전에 상사가 동원령을
내리면서 쓰촨과 후베이, 후난, 구이저우가 만나는 촨둥에서 비적이
제일 기승을 부린다고 말했다. 꽤 많은 국민당 패잔병도 그들과 뒤섞
여 있지만 아무리 극성스러워도 우리 정규군에 맞설 수는 없을 것이
다. 새로운 중국은 그들을 소탕해야 진정한 평화를 누릴 수 있다고 했

다. 내 전우 중에는 실제 전투에 참여했던 사람이 많았다. 그들은 잡스러운 비적 소탕은 전투 축에도 못 낀다고 장담했다. 하지만 비적은 지리적 우위를 점해 우리를 힘들게 했다.

나를 산에서 데리고 나온 류 정치위원에 대해 적어야겠다.

류 정치위원은 군관구에서 자신이 화이하이 전역 때 이끌었던 중대에 나를 배치했다. 그리고 중대장에게 나를 잘 돌봐달라고 부탁했다. 자네 중대에 보물을 보내주는 거네. 샤오우는 병을 치료할 수 있어. 다들 잔병에 걸리거나 독충, 뱀한테 물리잖아. 그는 의사라고. 중대장은 아주 기뻐하며 나를 받아줬다. 전우들도 무척 반겨줬다. 모두 남방의 숲을 두려워하고 있었다.

길을 가다 약초를 발견하면 일부러 조금씩 뜯어뒀다. 비가 오면 독소를 배출하는 탕을 끓여 모두에게 먹였다. 전부 우 노인한테 배운 방법이었다. 그러다보니 행군중 병에 걸리는 사람이 매우 적었다. 중대장은 약초 캐는 걸 도울 전우 둘을 보내주며 중요한 때를 대비하자고 했다.

비적 소굴을 공격할 때 류 정치위원의 노련함이 빛을 발했고 우리는 하나같이 탄복했다. 마커우둥을 칠 때였다. 동굴 입구가 높고 암벽이 두꺼운데다 국민당 잔류병까지 가세했다. 그들은 이미 여러 차례 동굴을 방어해본 듯했다. 우리는 시간과 노력을 들여 몇 차례 공격했지만 성공하지 못했다. 결국 류 정치위원이 시찰하러 나왔다. 그는 가까이 다가가 살펴보고 마을에서 나이든 사람들에게 뭔가 물어본 뒤, 우리에게 밤사이 동굴 밑에 볏짚을 쌓았다가 날이 밝자마자 불을 붙이라고 했다. 그때 나는 별로 좋은 방법이라고 생각하지 않았다. 그렇게 두꺼운 바위를 불로 공격하는 게 무슨 소용인가 싶었다. 동굴을 지키던 비적들도 그렇게 생각한 듯 우리가 볏짚을 쌓는 동안 위에서 비웃고 있었다. 그런데 아침에 불을 붙였을 때 바람도 불기 시작했다. 바람을 타고 짙은 연기와 자잘한 불씨가 동굴 안으로 들어갔다. 순식간에 안에서 콜록거리는 기침소리와 어지러운 비명이 들려왔다. 삼십 분 뒤 류 정치위원은 우리에게 불을 빼고 젖은 수건으로 얼굴을 가린 뒤 진입하라고 명령했다. 동굴 안의 비적은 전투력을 거의 상실했고, 우리는 빠르게 진입해 비적을 전부 생포할 수 있었다. 류 정치위원은 동굴 옆에서 고추를 잔뜩 말리는 광경을 보았던 거였다. 마른 고추 한 꿰미에 불을 붙이면 다른 꿰미까지 연달아 타오를 게 뻔했다. 그리고 마을 사람들에게 그곳의 바람이 대부분 동굴 안쪽으로 분다는 이야기도 들었다. 류 정치위원은 쓰촨 비적이 아무리 고추를 좋아해도 눈과 귀를 자극하는 매캐한 바람까지 견딜 수는 없다고 말했다. 그렇게 절묘한 전술에 어떻게 탄복하지 않을 수 있겠는가.

아버지의 일기는 여전히 띄엄띄엄 쓰여 있었고 구체적인 날짜도 없었다. 글씨체도 어수선해 다급하게 적은 게 드러났으며, 심지어 몇 단락은 연필로 적어 알아보기 힘들 만큼 흐릿했다.

하지만 칭린은 두 손이 바들바들 떨릴 정도로 흥분했다.

찬둥의 비적 소탕? 칭린은 얼마 전 찬둥에 갔을 때 그 전투에 대해 들었다. 그리고 류 정치위원이라면, 현지인들이 류진위안을 그렇게 불렀다. 설마…… 여기 류 정치위원이 류진위안인가? 마커우둥이라는 명칭도 확실히 들어봤다. 고추를 태워? 세상에, 그건 리둥수이가 류진위안에게 알려준 묘수가 아니던가? 그들은 이 이야기를 하면서 한참을 웃었다.

정말 충격적인 발견이었다. 아버지가 류진위안의 부하였다고?

칭린은 곧바로 류샤오촨에게 전화했지만 꺼져 있었다. 섣달그믐이니 사장은 방해받고 싶지 않을 터였다. 그래서 류샤오안에게 전화해봤지만 역시 꺼져 있었다. 칭린은 문득 그들이 아버지를 보낸 뒤 처음 맞는 새해이니 조용히 보내고 싶을 거라는 생각이 들었다. 게다가 이 일은 전화로 말하기에는 한계가 있을 듯하니 며칠 뒤에 찾아가는 게 나을 것이었다.

1950년 여름부터 가을(보충)

비적이 그렇게 난폭해질 줄 전혀 예상하지 못했다. 직전까지 우리는 참빗으로 빗어내듯 그들의 기세를 줄기차게 꺾어놓았다. 그런데 미국이 북한을 침략하자 제삼차세계대전이 시작되어 국민당이 곧 돌아올 것이라는 유언비어가 퍼지면서 비적이 다시 기세를 올렸다.

며칠 전 식량을 모으러 갔던 공작대가 비적의 매복에 당했다. 우리가 구하러 갔지만, 대장은 이미 목숨을 잃었고 여성 동지 둘은 부상이 심했다. 근처에 의사가 없어 중대장이 나한테 응급처치를 맡겼다. 나는 최선을 다해 조치했다. 서양 의술과 동양 약초를 전부 동원했다. 그런 뒤 직접 군관구의 야전병원으로 호송했다. 나는 주치의에게 부상에 대해 자세히 설명한 뒤 휴식을 취하러 갔다. 밤새 산길을 달렸기 때문에 눈을 뜨고 있을 수 없을 만큼 피곤했다.

나를 깨운 사람은 뜻밖에도 류 정치위원이었다. 알고 보니 여성 동지 가운데 한 사람이 그의 아내였다. 나를 구해주더니 내 아내까지 구해줬군, 우리 가족이 모두 자네한테 빚을 졌어, 하고 류 정치위원이 말했다.

원장은 류 정치위원에게 내 조치가 매우 훌륭했다고 말했다. 내가 제대로 처리하지 않았다면 이미 중상을 입은 상태에서 실려오다 밤새 흔들려 목숨을 잃었을 거라고 말했다. 나는 상하이에서 외과를 전공했다고 그들에게 말하지 않았다. 사실 런지병원에서 인턴으로 있을 때도 나는 외과 의사한테 자주 칭찬을 받았다. 류 정치위원은 내가 부대의 시골 의사이며 약초를 잘 안다고 말했지만, 원장은 내가 전문 교육을 받았음을 눈치챘다. 그는 사석에서 단순히 약초를 아는 사람이라고 믿지 않는다면서 병원에 지금 인력이 부족하니 남지 않겠느냐고 물었다. 나는 잠시 망설이다가 몇 년 동안 공부했던 전공을 버리는 게 아까워 그러고 싶다고 대답했다. 원장은 곧바로 군관구 병원에 나를 남겨달라고 요청했고 류 정치위원은 즉시 받아들였다. 또 내가 병원에 들어갈 수 있도록 상급기관에 가서 여러 차례 진술했다. 류 정치위원한테 얼마나 고마운지 모르겠다.

운명이란 이렇게 기이하다. 이렇게 나는 의사가 되어 내 전공으로 돌아왔다. 이 엄청난 전환에 고작 사흘밖에 걸리지 않았다. 나는 부대에서 짐을 가져와 바로 병원으로 출근했다. 중대 병사들이 전부 나를 배웅해줬다. 심지어 호칭을 바꿔 우 의사라고 부르기까지 했다. 그 모습이 얼마나 감동적이던지. 그들과 반년밖에 함께 지내지 않았음에도 생사를 건 우정을 다졌다.

내가 호송해온 두 여성의 상태를 누구보다 잘 알 테니 그들 치료를 도와달라고 원장이 말했다. 원장은 유학을 다녀왔고 의술도 매우 뛰어났다. 나는 그에게서 많은 걸 배울 수 있었다. 그는 내게 공산당원이냐고 물었고 나는 아직 아니라고 답했다. 그렇지 않아도 류 정치위원이 나를 혁명대에 넣어준 뒤 열심히 해서 입당하라고 했다. 원장은 자신이 항일전 때 입당한 공산당원이라면서 내 입당을 돕겠다고 했다.

부대 생활보다 병원 생활이 훨씬 고되다. 전투가 없으면 비교적 한가로운 부대와 달리, 이곳은 언제나 일이 많다. 하지만 나는 이렇게 바쁜 게 좋다. 그래야 마음이 편안하다.

열흘쯤 지났을까, 두 여성 환자가 호전되었다. 류 정치위원의 부인은 아주 소탈한 사람이다. 다들 자신을 펑 누나라 부른다며 나보고도 그렇게 부르라고 했다. 그리도 또 한 명인 샤오옌은 시원시원하면서 상냥하다. 내가 구해줬기 때문인지 우리는 금세 친해지고 다른 사람들보다 끈끈한 친밀감도 생겼다. 두 사람이 어느 정도 나았을 때는 이미 친구가 되었다. 얼마나 소중한 우정인지, 이런 게 바로 생사를 함께한 친구가 아닐까.

샤오옌의 상처는 펑 누님보다 심했다. 총알을 세 군데 맞았는데 하나는 폐를 스쳤고 하나는 어깨를 관통했으며 나머지 하나는 허벅지를 뚫어 뼈까지 건드렸다.

펑 누님이 퇴원할 때까지도 샤오옌은 일어설 수 없었다. 그녀를 업고 입구까지 나가려 했지만, 조금만 건드려도 무척 고통스러워했다. 펑 누님은 절대 침대에서 내려오면 안 된다고 말렸다. 그들은 눈물을 펑펑 쏟으며 작별했다.

샤오옌은 한가롭게 있지를 못하는 사람이다. 침대에서 내려올 수 있게 된 뒤 그녀는 절뚝거리며 병원 일을 돕는다. 때로는 부상자에게 글을 가르치기도 한다. 정말 사랑스러운 여인이다.

병실에 갔는데 샤오옌이 보이지 않으면 실망스러운 기분이 든다. 이게 사랑일까?

우리는 정말로 사랑에 빠졌다. 신께 감사한다. 나는 내가 사랑할 수 없을 줄 알았다. 그런데 그녀가 내 옆에서 스스럼없이 웃고 노래할 때마다 마음이 끌린다. 그녀는 나보다 네 살 어리고 청두 사람이다. 내가 그녀를 사랑하기 전에 그녀가 나를 이미 사랑하고 있었다는 것도 느낄 수 있었다.

내 평생 다시는 즐거움이나 행복 같은 건 누릴 수 없으리라 생각했다. 하지만 샤오옌의 등장으로 나도 즐거울 수 있고 행복할 수 있다는 것을 알게 되었다.

오늘밤 그녀를 품에 안고 입을 맞췄다. 조금 두려울 정도로 행복했다. 그녀도 정말 행복하다고 말했다. 하늘이여, 제게 진 빚을 갚아주시는 겁니까?

비적이 흩어지고 있다. 부대가 구이저우 경계까지 밀고 들어갔다.

_11월, 찬둥 비적이 거의 소탕됐다. 이제 안정됐다고 할 수 있다. 나는 원장을 따라 군관구 병원에 남았다. 반면 류 정치위원은 부대를 이끌고 북한으로 갔다. 이번에 가면 언제 만날 수 있을지 모르겠다. 그가 떠날 때 나는 샤오옌과 배웅하러 갔다. 그는 우리에게 펑 누님을 돌봐달라고 부탁했다. 그리고 자신이 전사하면 아내와 아이를 도와달라고도 했다. 그들에게는 두세 살 된 아들이 하나 있다.

그 말에 나는 눈물을 떨어뜨릴 뻔했다. 샤오옌은 울음을 터뜨렸다. 그는 내가 아는 가장 위대하고 사심 없는 공산당원이다.

류 정치위원이 우리 둘을 보고 웃으며 말했다. 나는 명줄이 길어서 죽지 않을 거네. 돌아오면 두 사람 결혼을 주선해주지. 우리 둘은 얼른 대답했다. 꼭 그러셔야 해요. 돌아오셔서 결혼식을 맡아주시길 기다리겠습니다.

칭린은 무척 감동했지만, 아버지의 첫사랑이 어머니가 아니어서 조금 실망스럽기도 했다. 그런데 다시 생각해보니 어머니가 60년대 초에 결혼했다고 했던 게 떠올랐다. 아버지는 능력 있는 인재이자 의사였다. 하지만 주선해줄 부모도 없고, 중매쟁이도 사라진 시대에 아버지는 어떻게 어머니처럼 못 배운 여자를 만났을까? 생각해보니 좀 이상했다.

그 긴 일기에도 날짜가 없었다. 역시 띄엄띄엄 써내려간 게 보였다. 어떤 단락 사이에는 상당한 시차가 있는 듯했다.

47. 무명씨

　밤이 무척 깊었다. 칭린은 그만 자고 내일 다시 보려고 했다. 하지만 일기장을 덮으려 할 때 갑자기 자기 이름을 발견했다. 만년필과 연필이 어지럽게 섞인 기록 속에서 '칭린'이라는 두 글자가 느닷없이 못처럼 튀어나와 칭린의 눈을 찔렀다. 잠기운이 순식간에 사라졌다. 이게 무슨 뜻이지? 칭린은 생각에 잠겼다. 내가 태어나려면 아직 십여 년이 남았는데 왜 내 이름이 있지?

　1952년 봄

　입춘이 되었는데도 여전히 쌀쌀하다. 부모님을 뵈러 청두에 간 샤오옌은 아직 돌아오지 않았다. 떠나기 전에 그녀는 우리 사이를 부모님께 알리겠다고 했다. 부모님이 허락하시면 약혼하지 않겠느냐고 내가 묻자 그녀는 너무 서두른다고 웃으면서도 그러겠다고 약속했다. 세상에! 그녀를 하늘 끝까지 들어올리고 싶었다.

　샤오옌을 배웅할 때 심장이 갈가리 찢기는 듯했다. 그녀 생각만이 매일 내 가슴을 채우고 있다.

샤오옌을 향한 그리움이 하루하루 강렬해진다. 그녀를 볼 수 없는 시간은 정말 고통스럽다.

얼마 전 우리 의사 몇 명이 시골로 파견됐다. 마을 사람들은 우리 방문을 무척 반겼고 어느 마을에서든 제일 좋은 집을 내줬다. 오늘은 비가 내렸다. 황혼이 내릴 무렵 주민 몇 명이 환자를 한 명 데려왔다. 숨이 거의 붙어 있지 않았다. 주민들 말로는 융구하에서 건졌다고 했다. 누구인지는 몰라도 아직 죽지 않은 듯한데 현성까지 데려갔다가는 너무 늦을 듯해 우리한테 데려왔다고 했다.

나는 곧바로 응급조치를 취했다. 바위에 부딪힌 듯 온몸이 상처투성이에 살점도 군데군데 떨어져 있었다. 다리도 부러졌다. 의식 불명 상태에서 가끔 "딩쯔"라고 중얼거렸다. 응급조치를 끝냈지만, 상처가 너무 심해 병원으로 보내지 않으면 위험할 듯했다. 다른 사람들도 내 의견에 동의해 우리는 원장에게 전화로 보고한 뒤 차량을 불러 병원으로 호송했다.

그녀가 누구인지, 어디 사람인지 몰라 '무명씨'로 기록하는 수밖에 없었다. 그렇게 적다가 나는 불현듯 가슴이 철렁 내려앉았다. 내 이름과 비슷했기 때문이다.

샤오옌이 드디어 돌아왔다. 그것도 부모님 허락까지 받아서. 얼마나 기쁜지 미칠 지경이다. 이제 나도 가정을 가지게 된다. 우리는 국경일에 약혼하기로 했다.

얼마나 아름다운 미래인가! 다시 집이 생긴다. 나중에 아이가 생기면 딸은 푸전, 아들은 칭린이라 부를 것이다. 아버지 '푸칭'과 어머니 '전린'에서 한 글자씩 따다가. 아버지, 어머니, 저는 이런 방식으로만 두 분을 기억할 수 있네요.

칭린은 내 이름이 이렇게 지어졌구나, 하고 생각했다. 아버지와 어머니는 알려준 적이 없었다. 아버지가 살아 계셨을 때는 칭린이 어려서 그런 주제를 이야기할 수 없었고, 나중에 어머니는 아버지가 지었다고만 말했다. 칭린은 자기 이름을 무척 좋아했다. 하지만 시적이라고 생각했을 뿐 기원은 전혀 몰랐다.

이제 그는 자신의 인생이 할아버지와 할머니까지 대변한다는 걸 알게 되었다. 아버지의 깊은 그리움과 기억이 담겨 있었다. 우리 할아버지 성함은 둥푸칭, 할머니는 전린이시구나. 지금까지 가문이라는 개념이 없던 칭린에게 갑자기 어떤 지역의 사람들, 유서 깊은 지역의 사람들과 친밀한 혈연관계가 생긴 듯했다. 그는 자신의 핏줄이 볼 수도, 만질 수도 없는 거대한 체계와 연결되는 기분이었다. 그들의 피가 통하고 흐르기 시작했다.

피가 들끓는 듯했다. 칭린은 페이지를 넘겼다.

1952년 봄의 기록이 계속 이어지고 있었다. 어머니 이름도 등장했다. 그는 자신이 수수께끼의 답에 다가가고 있음을 알 수 있었다.

장 선생에게 근무를 대신 서달라고 부탁한 뒤 샤오옌과 펑 누님을 만나러 갔다. 거의 15킬로미터를 걸었다.

우리는 가을에 약혼한 뒤 류 정치위원이 귀국하면 결혼할 계획이라고 밝혔다. 펑 누님은 무척 기뻐하며 아주 잘 치러야 한다고 말했다. 나는 류 정치위원을 따라 산에서 나왔고 샤오옌과 펑 누님은 생사의 고비를 함께 넘겼다. 그들은 나와 샤오옌의 가족이나 마찬가지다.

펑 누님은 며칠 전 북한에서 돌아온 동지가 류 정치위원의 편지를 가져왔다고 했다. 무탈하며 조금 힘들긴 해도 다치지 않았다는 내용이었다고 전해줬다.

우리는 그 소식에 무척 기뻐했다.

펑 누님은 약혼식 때 산에서 아버지를 모셔 올 거냐고 물었다. 순간 아뜩했다. 하지만 곧 우 노인을 뜻하는 것임을 알고, 길이 너무 멀고 병원을 오래 비울 수 없는데 노인 혼자 오시는 것도 마음이 놓이지 않아서 결혼식을 올린 뒤 샤오옌을 데리고 찾아뵐 생각이라고 대답했다. 펑 누님은 일리가 있다고 말했다.

그나저나 우 노인은 어디 있을까? 아직 산에 계실까? 나도 걱정스럽다. 주소도 없고 그를 아는 사람도 없으니 편지를 전할 방법이 없다. 결혼한 뒤에 꼭 산에 가봐야겠다. 그가 없었다면 지금의 나도 없었을 테니까. 반드시 찾아뵈어야 한다. 돌아가실 때까지 잘 보살펴드려야 한다.

어제 펑 누님 집에서 병원으로 돌아왔을 때 마을 주민 몇 명이 나무 판자를 마차에 올리고 있었다. 다가가 물어보니 그때 구해준 무명씨 여자가 죽었다는 거였다.

원장도 그녀가 버티지 못할 거라고 예상했기 때문에 나는 그다지 놀라지 않았다. 그래도 가까이 다가가 자세히 살펴보았다. 그때 그녀의 손가락이 떨리는 것을 느꼈다. 그 작은 떨림에서 아직 숨이 남아 있음을 알았다. 나는 그녀가 아직 살아 있으니 데려가면 안 된다고 말했다.

그녀는 정말로 살아났다. 얼마나 다행인가! 허 간호사는 그녀가 한밤중에 가볍게 한숨을 내쉬었고 아침에는 눈꺼풀이 떨리더라고 말했다. 병원에 실려온 뒤 거의 보름 동안 그녀는 혼수상태였다.

몸의 외상에는 이미 딱지가 앉았는데 부러진 다리는 아직 석고 붕대를 풀지 못했다. 정신을 차렸을 때 그녀의 표정에는 두려움이 가득했다. 누가 무슨 질문을 하든 멍한 얼굴이었다. 허 간호사가 어느 마을 사람이고 몇 살이며 이름이 뭐냐고 물었는데 그녀는 전부 모른다고 했다.

기억을 잃은 듯했다. 다들 그녀의 어투에서 이 근방 사람일 것이라고만 추측했다.

오늘 병원에서 시끌벅적한 소동이 일었다. 알고 보니 무명씨의 병실이었다. 같은 병실 환자들이 그녀가 기억상실인 걸 알고는 용구하에서 건져졌으니 강물에서부터 기억을 떠올려보라고 권한 모양이었다. 그랬더니 그녀는 몇 분 생각에 잠겼다가 완전히 무너져내렸다. 그녀의 날카로운 비명에 다들 소스라치게 놀랐다. 나는 진정제를 먹인 뒤 병실 사람들에게 강요하지 말라고, 과거를 기억해내려면 시간이 필요할 거라고 말했다.

오후에 무명씨의 진료기록부를 작성했다. 이름이 뭐냐고 물었지만, 그녀는 전혀 기억하지 못했다. 하나도 기억나지 않나요? 그저 한 마디 물었을 뿐인데 그녀의 얼굴이 곧장 공포로 가득찼다. 너무 불쌍해 보였다.

어쨌든 이름이 필요할 듯했다. 문득 그녀가 혼수상태에서 계속 '딩쯔'라고 말했던 게 떠올랐다. 그녀에게 아주 중요한 말일지도 몰랐다. 그녀의 과거와 뭔가 연관이 있을 수도 있었다. 그래서 그 두 글자를 이름으로 삼으면 어떻겠냐고 묻자 그녀가 고개를 끄덕였다. 창밖 복숭아나무에 꽃이 활짝 피어 있어 나는 '딩쯔타오'라고 이름을 적었다. 본인 이름이 생각날 때까지 일단 이 이름을 쓰는 게 어때요? 내가 묻자 그녀가 고개를 끄덕였다.

그녀는 말수가 적었다. 그런데 눈동자에 알 수 없는 슬픔이 깊고 무겁게 담겨 있었다. 그녀의 기억상실도 어쩌면 강한 충격 때문일지 몰랐다. 그런 충격 때문에 그녀의 본능이 과거를 기억하지 못하도록 막는 게 아닐까? 그렇다면 나는 정말 그녀가 부럽다.

저녁에 샤오옌도 일이 있고 나도 병원에서 당직이었다. 딩쯔타오의 병력을 연구하던 중 나는 갑자기 이상한 생각이 들었다. 손바닥과 발바닥, 피부와 머릿결로 볼 때 그녀는 가난한 집 출신이 아니었다. 심지어 손톱까지 잘 정돈돼 있었다. 그렇다면 그녀는 어떤 사람일까?

이 일대에서 토지개혁이 진행중이라던데 혹시?

그녀의 눈빛이 날카로운 칼날처럼 내 가슴 깊은 곳을 파고들어 내가 오랫동안 감추고 있던 아픔을 끌어냈다. 혹시 그녀도 나와 같은 신세인가?

청린은 어머니의 등장에 깜짝 놀랐다. 어머니와 아버지는 그렇게 만난 거였다. 어머니는 구사일생으로 살아났고 기억까지 잃었다. 그때야 청린은 어렸을 때부터 아버지가 나중에 크면 어머니를 잘 돌보라고, 평생 힘들었다고, 아주 특별한 사람이라고 누누이 말했던 이유를 알 수 있었다.

그렇다면 아버지의 '혹시'라는 말과 물음표는 무슨 의미일까?

대체 무슨 일이 있었기에 부모님은 그토록 특별한 상황이 되었을까? 두 분은 의식적이든 무의식적이든 너무도 깊이, 거의 아무도 알지 못하게 숨어 살았다.

그때 갑자기 '체런루'라는 말이 고집스럽게 청린의 머릿속에 떠올랐다. 아버지 기록에 따르면 어머니는 촨둥 출신이었다. 그렇다면 체런루는 어머니에게 어떤 곳일까? 설마 집? 체런루의 주인은 후씨였고 그 후씨 지주는 서화를 모았다. 어머니는 당신 아버지가 〈귀곡자하산도〉를 즐겨 그렸다고 했다. 정말 기이할 정도로 들어맞지 않는가?

청린은 또 한번 자리에서 벌떡 일어났다.

48. 소스라치게 놀란 칭린

칭린은 정말 소스라치게 놀랐다. 부모님의 과거 때문이었다. 그는 부모님의 인생이 왜 그렇게 뒤틀렸는지 상상조차 할 수 없었다. 왜 그렇게 깊이, 세상 누구도 알 수 없게 꼭꼭 숨겼는지는 더더욱 상상할 수 없었다. 그들은 인생의 전반부를 자질구레한 일상 속에 숨겨버렸다. 이런 은폐는 그들이 외부인에 대해 얼마나 깊은 두려움을 갖고 있었는지 암시하고 있었다.

세상이 뒤바뀌는 격변의 시대에 개인은 얼마나 고독하고 미약해지는 걸까? 시대의 한줄기 미풍이 어쩌면 그들 인생의 배를 완전히 전복했을지도 몰랐다.

칭린은 절박한 심정으로 아버지의 기록을 읽어나갔다.

1952년 여름

류 정치위원이 결국 부상을 입고 귀국했다. 부상은 심각했지만 다행히 생명에는 지장이 없었다. 오래된 상처 위에 새로운 상처가 너무 많이, 지속적으로 덧씌워지면서 원기가 상했을 뿐이었다. 꽤 오랜 기간 요양이 필요할 듯했다. 나는 원기 보충을 위해 인삼과 황기, 산약을 몇 몇 약초와 함께 달였다. 그는 약을 마신 뒤 몸과 마음 모두 편안해졌다고 했다. 그 말에 나도 위안을 받았다.

오늘 오전 샤오옌이 병원에 찾아왔을 때 나는 정신없이 바빴다. 전사 한 명이 심한 복통으로 실려왔기 때문이었다. 나는 맹장염이라고 판단해 원장의 승인을 받아 오후에 수술하기로 했다. 그동안 샤오옌은 내 사무실에서 책을 읽으며 기다렸다가 함께 점심을 먹었다. 그녀는 동료들이 선물해주기로 했으니 침대보를 살 필요가 없어졌다고 말했다. 그러면서 수줍게 얼굴을 붉혔다. 그녀의 그런 모습이 나는 참 좋다.

샤오옌은 깜빡하고 자신이 제일 좋아하는 『홍루몽』을 내 사무실에 두고 돌아갔다.

오후에 수술을 마치고 사무실에 돌아왔더니 딩쯔타오가 있었다. 그녀는 내 사무실 탁자 앞에서 『홍루몽』을 뒤적거리며 "대옥"이라고 말했다. 나는 정말 깜짝 놀랐다. 설마 그 책을 읽을 수 있단 말인가?

내가 들어온 것을 본 그녀가 황급히 책을 내려놓았다.

나는 잠시 생각한 뒤 또박또박 천천히 말했다. 글을 안다는 걸 다른 사람한테는 비밀로 하는 게 좋겠어요. 그녀는 멍하니 나를 보면서 대충 고개를 끄덕이다가 또 고개를 저었다. 나는 덧붙이지 않을 수 없었다. 다른 뜻이 있어서가 아니라 병원에 사람들이 많다보니 말도 많고 탈도 많아서요. 당신처럼 내력이 불분명한 사람은 쉽게 입방아에 오를 수 있어요.

이번에는 그녀가 힘껏 고개를 끄덕였다.

무슨 일로 찾아왔느냐고 묻자 그녀는 이제 거의 다 나아서 병원에서 일거리를 찾고 싶다고 말했다.

나는 알았다고 했다. 그런데 그녀가 나간 뒤 내 심장이 까닭 없이 심하게 요동쳤다.

『홍루몽』을 읽을 수 있다면 대체 어떤 사람일까? 그렇지 않아도 오늘 원장이 찾아와 어떻게든 그녀의 과거를 알아내든가, 정부 보호소로 보내야 한다고 말했다. 내 생각을 원장에게 말해야 할까? 말한다면 어떤 일이 일어날까?

심란하다. 알 수 없는 감각이 그녀도 나와 같은 일을 겪었을 거라고 말하고 있다.

나는 딩쯔타오에게 일단 병참 업무를 도와달라고 했다. 간호사들은 그녀가 매우 부지런하고 세심하지만, 말수가 적고 사람과 어울리려 하지 않는다고 말했다. 생각이 많고 전혀 적극적이지 않은 아주 이상한 여자라면서 이렇게 내력이 불분명한 사람은 우리 병원에 두지 않는 게 좋겠다고 평했다.

간호사들의 말에 나는 불안해졌다.

오후에 펑 누님이 아들을 데리고 진료를 받으러 왔다. 무척 초췌해진 모습으로 원래 있던 가정부가 집으로 돌아갔는데 새 가정부를 구하지 못했다고 탄식했다. 거기에 부상 입은 류 정치위원까지 보살피느라 눈코 뜰 새 없이 바쁘다는 거였다.

오늘 갑자기 딩쯔타오를 병원에 둘 게 아니라 류 정치위원 집에 보내야겠다는 생각이 들었다. 병원보다 그 집이 나을 듯했다. 그래서 곧장 사무실로 가 류 정치위원에게 전화를 걸어 펑 누님을 뵈었는데 무척 힘들어 보였다고, 가정부가 없으면 안 될 것 같다고 말했다. 류 정치위원도 그 일 때문에 머리가 아프다고 말했다. 새로 사람을 들였는데 며칠 지나지 않아 펑 누님이 가정부가 말이 많아 밖에서 떠벌리고 다닌다는 이유로 내보냈다고 했다. 나는 여기에 아주 적합한 여자가 일자리를 찾고 있다고, 무척 꼼꼼하고 깔끔한데다 말수가 적다고 추천했다. 류 정치위원은 자신들이 찾는 사람이 바로 말수가 적은 사람이라고 했다. 그럼 한번 써보시겠어요? 적당하지 않으면 바꾸시고요. 내가 말하자 류 정치위원이 그러면 되겠다고 승낙했다.

오후에 나는 딩쯔타오를 찾아가 류 정치위원 집에서 일하라고 진지하게 말했다. 류 정치위원 집에 가면 삶이 단순해질 거예요. 당신 과거에 관심을 보일 사람도 없을 거고요. 딩쯔타오는 내 말뜻을 모르겠다는 듯 의아한 눈빛으로 나를 쳐다보았다. 잘만 하면 그 집에 오래 있을 수 있어요. 류 정치위원과 펑 누님이 당신을 보호해줄 거예요. 내 말에 그녀는 여전히 의심스럽다는 눈빛으로 나를 바라보았다. 하지만 결국에는 고개를 끄덕이며 받아들였다. 선생님 말씀대로 할게요.

나는 안도의 한숨을 길게 내쉬었다. 내 추측이 틀리지 않는다면 이게 그녀를 보호하는 최선의 방법일 것이다.

칭린은 눈이 휘둥그레질 정도로 놀랐다.

그렇다면 의심의 여지 없이 류 정치위원은 류진위안이었다. 심지어 류샤오안과 류샤오촨까지 어머니를 안다는 게 아닌가? 어머니는 류씨 집안에 흔적을 남겨놓았다.

어머니가 가정부라는 사실에 칭린은 늘 마음이 아팠다. 하지만 아버지의 월급이 사라졌으니 배운 것도, 다른 기술도 없는 어머니로서는 가정부가 아니면 생계를 이어갈 수 없었을 것이라고 이해했다. 아버지가 세상을 떠난 뒤 생활을 책임지기 위해 어머니가 가정부가 되었다고만 여겼다. 어머니가 젊을 때부터 가정부였을 줄은 생각도 못했다. 어머니는 평생 가정부였던 것이다.

칭린은 아버지에게 류씨 성의 상사가 있었다는 게 기억났다. 어렸을 때 부모님이 그를 데리고 찾아가곤 했다. 그 집은 홍산공원에서 멀지 않았다. 홍산공원의 스양* 열사 묘는 어린 칭린에게 강렬한 인상을 남겼다. 그곳 돌계단에 앉아 아버지는 스양과 린샹첸**의 이야기를 들려줬다. 그때 세상에 변호사라는 직업이 있다는 것도 알게 되었다. 변호사는 좋은 사람도 돕고 나쁜 사람도 도왔다. 서로 다른 입장에 서서 말할 뿐이었다.

아버지가 세상을 떠난 뒤 류씨 가족과의 왕래가 끊어졌다. 칭린은 어머니가 그 집 가정부였다는 것은 물론 류진위안 부자와 아버지의 관계도 전혀 몰랐다.

이제야 부모님의 과거에 관해 물어볼 수 있는 사람이 누구인지 알았지만, 그 사람은 얼마 전에 세상을 떠났다.

---

* 1889~1923년. 중국 무산계급 혁명가이자 변호사로 우한법정학회 등을 조직했다.
** 1892~1923년. 중국 노동자계급의 대표로 노동파업을 이끌다 살해되었다.

칭린은 아버지의 일기를 좀더 일찍 읽지 않은 게 후회됐다. 이 년 넘도록 공책을 들춰보지 않았던 게 후회스러웠다. 진작 읽었더라면 류진 위안과 찬둥에 갔을 때 더 많은 이야기를 들었을 터였다. 하지만 아버지 인생에서 가장 중요한 사람과 이미 스쳐지나가고 말았다.

49. 딩쯔타오를 아내로

칭린은 아버지가 드문드문 남긴 기록을 계속 읽어나갔다. 의학 및 환자와 관련된 내용이나 정치 운동과 관련된 내용, 전처 샤오옌과 관련된 내용은 빠르게 넘겼다. 아버지의 첫 부인인 샤오옌은 1960년 겨울, 독감이 폐렴으로 악화한데다 옛날 상처까지 덧나 끝내 세상을 뜨고 말았다. 그들에게 아이는 없었다.

아버지는 1963년 봄에 우한에서 전역했다. 처음에는 중의대학에 있다가 병원으로 전근을 신청했다. 주변에서 계속 여자를 소개해줘 세 명을 만나봤지만, 아버지는 마음에 드는 사람을 찾지 못했다. 그러다 옛 상사인 류진위안을 찾아갔을 때 어머니와 해후했다.

칭린은 다시 꼼꼼하게 읽기 시작했다.

1963년 여름

어렵게 시간을 내서 류 정치위원과 펑 누님을 찾아갔다. 또 그들과 같은 도시에서 살게 되다니. 다시 가족이 생긴 기분이다.

뜻밖에도 그녀, 딩쯔타오, 융구하에서 구해낸 여자와 재회했다. 지난 십여 년 내내 류 정치위원 집에서 가정부로 일하고 있었다. 그녀를 보자 가슴이 또 쿵쿵 뛰었다. 보아하니 평온하게, 누구에게도 과거를 추궁받지 않고 살아온 듯해 당시의 결정이 정말 옳았다는 생각이 들었다. 대충 따져보니 서른이 훌쩍 넘었을 것 같았다.

류 정치위원과 펑 누님도 샤오옌의 죽음에 무척 가슴 아파했지만, 지금의 내 생활에 훨씬 더 신경을 썼다. 류 정치위원은 딩쯔타오와 새로 가정을 꾸리는 게 어떠냐는 뜻을 비쳤다. 조금 뜬금없는 중매였지만 나는 가슴이 두근거렸다. 왠지 몰라도 이 여인은 나와 인연이 있는 듯했다. 그리고 이 세상에 그녀를 아직 기억하는 사람은 나뿐이고, 그녀의 불분명한 과거와 그녀의 처지가 결코 단순하지 않다는 걸 아는 사람도 나뿐인 듯했다.

저녁에 잠자리에 들었을 때 딩쯔타오의 얼굴이 눈앞에서 아른거렸다. 나와 마찬가지로 벼랑 끝에 내몰렸던 사람이라는 생각이 또 들었다. 그녀는 이 세상에 혼자 남았다. 그런데 나도 마찬가지 아닌가? 이튿날 류 정치위원에게 전화해 정말 가정을 만들고 싶으며 딩쯔타오와 결혼하고 싶다고 말했다.

1963년 가을

국경일에 결혼했다. 혼례는 아주 간단하게 류씨 집안 사람들과 식사하는 것으로 끝냈다. 딩쯔타오는 무척 담담하게 나를 따라나섰다. 나는 그녀가 속으로 나를 좋아하고 있음을 알았다. 그게 참 기뻤다. 나한테는 이 가련한 여자를 사랑하고 보호하는 게 제일 중요하다. 그리고 그녀를 사랑하고 보호하는 것은 나 자신을 사랑하고 보호하는 것과 같다.

집으로 들어설 때 그녀는 왜 자신과 결혼하길 원했느냐고 물었다. 나는 그녀가 다른 사람과 결혼하면 마음이 놓이지 않아서라고 대답했다. 그녀는 내 말의 의미를 알아들은 듯 잠시 생각한 뒤 자신도 다른 사람과 결혼하면 불안하다고 말했다. 그 말에서 그녀가 아주 총명한 여인임을 알 수 있었다. 나는 이제 우리 두 사람 모두 가족이 생긴 거라고 말했다.

그런데 그녀가 무척 두려워했다. 그녀의 두려움이 어디에서 온 건지 알 수 없었다. 어떻게 달래도 그녀는 계속 무서워했다. 샤오옌한테서는 볼 수 없는 모습이었다. 사실 나는 이미 충분히 생각했고 그녀가 어떤 사람이든 그녀의 모든 것을 받아들이고 사랑하며 보호할 준비가 되어 있었다.

결혼한 이튿날 쯔타오는 아침 일찍 일어나 상을 차렸다. 솜씨가 훌륭했다. 나는 우리의 새로운 삶이 시작되었다고, 모든 게 좋으며 앞으로 점점 더 좋아질 거라고 말했다.

그녀의 두려움이 눈에 띄게 줄었다. 설마 자신이 처녀가 아닌 걸 내가 알아챌까봐 두려워했던 걸까? 사실 예상했던 일이었다. 강물에 빠진 건 우연일지 몰라도 기억에 대한 저항에는 반드시 이유가 있을 것이다. 기억을 떠올려보라고 하면 그녀는 무척 고통스러워했다. 의사는 기억을 잃기 전에 엄청난 충격을 받아서 본능이 과거를 밀어내는 거라고 말했다. 하지만 그게 대체 무엇인지는 누구도 알 수 없다. 혹시 강

간당해 자살하려고 뛰어들었던 게 아닐까? 혹은 간통을 저질러 가문에서 내쳐졌을까? 혹은 또다른 가능성, 나처럼 혼자 살아남기 싫었던 게 아닐까?

모르겠다.

1964년 봄

쯔타오가 임신했다고 말했다. 세상에, 나에게는 얼마나 중요한 소식인지. 아버지, 어머니, 둥씨 가문에 자손이 생겼습니다. 하지만 죄송해요. 이 아이는 둥씨가 되지 않을 겁니다. 둥씨 핏줄이지만 둥씨와 아무 관련도 없을 거예요. 아이가 자란 뒤에도 절대 고향이 어디인지 알려주지 않을 거예요. 아이에게 원래 성을 주지 않을 겁니다. 저는 아이가 영원히 그 모든 일을 몰랐으면 해요. 아이는 우한 사람에 우씨 성을 쓰는 것으로 충분합니다. 기억이 단순할수록 마음이 편할 테니까요.

쯔타오의 배가 눈에 띄게 불렀다. 그런데 그녀의 초조함이 결혼했을 때보다 심해지고 있다. 매일 귀신이나 악마가 쫓아다닌다고 불안해한다. 어쩔 수 없이 정신과의사에게 데려갔더니 기억을 잃기 전에 받은 상처 때문일 거라고 했다. 그 상처가 그녀를 괴롭히는 거라면서 그걸 생각해낼 수 있으면 치료할 수 있을지도 모른다고 했다. 하지만 쯔타오는 기억을 거부한다. 나는 그녀가 너무 많이 생각하도록 내버려둘 수 없다. 혹시 뭔가를 기억해냈다가 더 나빠지면 어떡하겠는가? 그래서 그냥 내버려두기로 했다.

매일 쯔타오를 데리고 성당에 간다. 루르드 성모상 앞에 이르렀을 때 쯔타오가 누구냐고 물었다. 나는 당시 사람들도 "누구세요?"라고 물었으며 그녀는 "나는 원죄에 더럽혀지지 않은 사람입니다"라고 대답했노라고 알려줬다. 쯔타오는 그게 무슨 의미인지 몰랐다. 그래서 성모의 이야기를 들려주고 손바닥에 글자도 써줬다. 쯔타오가 무슨 뜻이냐고 물었다. 나는 원죄가 없다는 뜻이라고 답한 뒤 이 세상에서는 나와 그녀 모두 원죄에 더럽혀지지 않았다고 말했다. 그녀는 아리송한 눈치였지만 내 말을 가슴에 새겼다. 다음날에는 루르드 성모를 보고 속으로 '나는 원죄에 더럽혀지지 않은 사람이다'라고 중얼거리면 마음이 편안해진다고 했다.

그게 옳다. 내게는 그녀의 평온이 필요하다.

아이가 곧 태어날 것이다. 최근 쯔타오의 식사량이 많이 늘었다. 나는 그녀에게 집안일을 하지 말라고 했다. 내가 속으로 얼마나 감사하고 사랑하는지 알리고 싶었다. 마흔이 가까워서 드디어 아버지가 된다. 나는 남자아이든 여자아이든 온 마음을 다해 사랑할 거라고 말했다. 남자아이면 칭린, 여자아이면 푸전이라 부르자고 하자 쯔타오도 좋다고 했다. 하지만 그녀의 공포감은 전혀 사라지지 않았다. 출산이 임박할수록 심해지고 있다. 매일 매 순간 증상을 보여 정말 걱정스럽다. 처음에는 조용히 달래면 잠잠해졌는데 지금은 아무 소용이 없다. 무엇을 두려워하는지 모르겠다. 이런 시간은 나도 견디기 힘들다.

쯔타오가 진통을 시작해 황급히 병원으로 데려갔다. 그런데 엄청난 공포감에 휩싸여 온몸을 벌벌 떨었다. 어떤 말로 위로하든 그녀는 스스로를 통제하지 못했다. 산부인과 리 선생이 나와 잘 아는 동료이기도 하고 그녀가 너무 두려워하자 내가 옆에 있어도 된다고 배려해줬다. 하지만 그녀는 한층 더 심하게 화를 내며 기어코 나를 내쫓았다.

다행히 아이가 무사히 나왔다. 아들이었다. 나는 무척 흥분했다. 칭린, 칭린아, 아빠는 이제부터 너를 이렇게 부를 거란다.

퇴원할 때 리 선생이 나에게 그녀가 초산이 아니라고, 출산 경험이 있다고 남몰래 알려주면서 알고 있었느냐고 물었다. 나는 얼른 알고 있었다고, 예전에 결혼한 걸 알았으며 나도 결혼했었다고 대답했다.

하지만 솔직히 정말 놀랐다. 그럼, 그녀의 아이는? 설마 사생아 때문에 강물에 던져졌던 건가? 혹시 남편한테 내몰렸나? 나는 알 길이 없다. 그녀의 공포는 내가 자신의 출산 경험을 알아챌까 걱정해서였을까? 잠재의식 속에서 자신의 과거가 알려질까 두려워했던 걸까?

그날 밤 나는 그녀 옆을 지켰다. 그리고 무슨 일이 있든, 그녀가 어떤 사람이든 사랑하고 보호할 거라고 말했다. 이제 그녀는 내 아들의 엄마니까.

그녀는 나를 가만히 쳐다보기만 했다. 그 눈빛이 안심하는 건지, 한층 경계하는 건지 알 수 없었다.

쯔타오가 과거를 떠올리기 싫다면 나도 그녀가 기억해내지 않기를 바란다. 나 역시 마찬가지니까. 시간이 우리 과거를 집어삼키게 두자. 지금 그녀는 남편이 있고 나는 아내가 있으며 우리에게는 아들이 있다. 내 월급도 세 사람이 살기 충분하다. 이렇게 평범하게 살아가면 된다. 심지어 충분히 만족스럽다.

1965년 겨울

칭린은 아주 빠르게 자라 이제는 사방을 뛰어다닌다. 아이가 옹알옹알 말을 배우다가 아빠, 엄마, 하고 불렀을 때 얼마나 기쁘던지. 결혼한 뒤 늘 두려움과 초조함에 시달리던 쯔타오는 칭린이 태어난 뒤 좋아진 듯하다. 완전히 정상적인 아내이자 정상적인 어머니가 되었다. 그녀는 매일 행복하게 아이를 돌보고 내 일상을 살핀다. 그녀가 불안해하는 것을 거의 본 적이 없다.

아들이 그녀의 마음을 바꿔놓았을까? 모성애는 정말 위대하다. 모성애만이 모든 것을 치유할 수 있다.

1966년 여름

운동이 갈수록 격해지고 있다. 외부 조사가 시작되었을 때 류 정치위원이 내 증인으로 나섰다. 나와 아버지가 산속의 약초꾼으로 가난한 집 출신이고 내가 혁명에 공헌했다고 증언했다. 부대 경력도 도움이되었다. 덕분에 나는 어렵지 않게 난관을 넘었고 병원 내 열성분자로분류되었다.

나는 스스로를 잘 보호해야 한다. 나를 잘 보호해야만 쯔타오와 칭린을 잘 보호할 수 있다.

1967년 봄

우한이 더 혼란스러워질 듯하다. 정말 불안하다.

더는 이 기록을 이어갈 수 없다. 공책들을 숨겨야 한다.

1968년 설날

청린, 내 아들아. 너에게 이 글을 쓴다. 네가 이 글을 본다면 나는 이미 죽은 뒤겠지. 여기에는 비밀이 들어 있단다. 내 글은 일상을 기록하는 습관일 뿐 네게 알려주기 위해 쓴 게 아니다. 이 모든 것을 네가 모르는 게 더 낫다고 생각하니까. 사실 지금은 이 기록을 없앨 생각이 없다. 그저 네가 이 글을 볼 때 이미 어른이 되었거나 세상이 변했기만을 바란다. 그러면 많이 놀라지 않을 테니까.

내가 하고 싶은 말은 집에 대체 무슨 일이 있었는지, 고향이 어디인지 알려고 하지 말라는 거다. 우리 집안에 다른 사람은 없으니 전부 무시해도 괜찮다. 영원히 돌아가지 않고 너와 후손들에게 그곳이 어딘지 알려주지 않겠다는 게 내 결정이란다. 너는 우씨이고 우한에서 태어나 여기에서 자랐어. 이걸로 충분해.

네 어머니 신분은 조금 알아보는 게 좋을 것 같구나. 그녀는 찬둥 융구하에서 구조되었다. 가족이 있을지도 모른다(어쩌면 네게 형이나 누나가 있을지도 모르겠구나). 우리 두 사람이 떠난 뒤 네가 혼자 남겨지지 않았으면 좋겠다. 어머니의 가족을 찾는다면 네 삶이 더 든든하고 따스해질 거야.

물론 네 어머니가 세상을 떠난 뒤에 찾아보는 게 제일 좋을 것 같다. 네가 정말로 누군가를 찾아내거나 무슨 일이 있었는지 알아내면 네 어머니가 기억을 되찾을 수 있거든. 그녀는 그 일들을 받아들이지 못할 수도 있다. 그러니 네 어머니가 살아 있을 때는 섣불리 알아보지 말거라.

아들아, 또 한 가지 당부하는데, 혹시 흔적을 따라가다가 참혹한 일을 발견하면 중단하거나 포기하거라. 세상에는 알려지지 않은 일이 무척 많으니 그런 일이 하나 더 있다고 해도 아무 상관 없단다.

과거를 잊는 건 사람이 살아가기 위해 꼭 필요한 기능이다. 망각이 있어서 나와 네 어머니는 이렇게 오랫동안 편안히 살 수 있었다. 망각은 네 부담을 줄여주고 미래를 가볍게 맞이하도록 해줄 거다.

네가 평생 평온하게 살길 바란다. 네 아이 세대가 되면 과거의 모든 것은 흔적조차 남지 않겠지.

1967년 봄으로 아버지의 일기는 끝났다. 그러다 1968년 새해에 느닷없이 또 그런 글을 칭린에게 남겨놓았다. 이후 남은 공책에는 질병 연구에 관한 기록밖에 없었다.

어느새 날이 환하게 밝았다. 칭린은 조금도 졸리지 않았다. 어머니의 신분이 갑자기 궁금해졌지만, 아버지의 마지막 글 때문에 무척 망연해졌다.

50. 추측과 의문

칭린은 호기심을 억누를 수 없었다.

역시 아버지와 어머니한테 무슨 일이 있었는지 알고 싶었다. 그는 머릿속에 떠올랐다가 금세 사라지는 생각을 붙들어놓기 위해 컴퓨터를 켰다. 그리고 아버지의 일기를 보면서 중요한 내용을 기록하기 시작했다. 기록하는 한편 자신의 추측과 의문도 적어두었다.

추측 :

1. 아버지를 산에서 데리고 나온 류 정치위원은 류진위안이다.

2. 아버지는 원래 둥씨이고 집안이 부유했다. 상하이에서 의대를 다녔고 서양의학을 전공했다. 집안에 변고가 생겨(어떤 변고였을까? 토지개혁과 관련 있나?) 혼자 깊은 산으로 달아나 숨었다. 산에서 우씨 성의 약초꾼에게 구조됐고 나중에 류 정치위원을 구해 그의 권고로 산을 나와 군에 들어간 뒤 촨둥 비적 소탕에 참여했다. 촨둥에 있을 때 병원으로 보직을 옮겼다. 그리고 스스로 우자밍이라는 새로운 이름을

지었다.

3. 어머니는 찬둥 사람이다. 찬둥의 융구하에서 건져졌고 당시 의사였던 아버지가 치료했다. 어머니 생일은 목숨을 건진 날이다. 이름도 아버지가 지었는데 '딩쯔'는 어머니가 혼수상태일 때 외쳤던 말이다.

4. 어머니는 기억을 잃어 내력이 불분명하다. 가난한 집안 출신이 아닌 듯하며 글을 알 가능성이 크다. 『홍루몽』을 읽었다. (주: 사조의 시를 알고 〈귀곡자하산도〉 같은 그림도 안다.)

5. 아버지 소개로 류 정치위원 집에서 가정부로 일했다. 아버지 기록에 따르면 어머니를 보호하기 위해 아버지가 그런 결정을 내린 듯하다.

의문:

1. 어머니가 우연히 '체런루'라는 말을 했는데 찬둥의 후수이당이라는 마을에 정말로 체런루라는 집이 있었고 그 집에 책이 많았다고 한다. 그게 어머니와 관련이 있을까?

2. 후씨 가문에는 후링윈이라는 아들이 있었으며 충칭에서 대학을 다녔다. 총에 맞아 죽었다. 그에게 여동생이 하나 있었다.

3. 어머니의 이름 딩쯔타오를 아버지가 지었다면 어머니는 딩씨가 아니라는 뜻이다. 원래 성이 후였을까?

4. 기억을 잃기 전까지 어머니의 인생 속 어떤 사람 혹은 사건이 '딩쯔'와 밀접한 관련이 있다.

5. 어머니의 아버지는 그림을 그릴 줄 알았다? 최소한 귀곡자가 하산하는 그림은 그렸다.

6. 어머니는 당신 이불이 보라색이 아니라 붉은색이라고 했으니 가난하지 않았을 것이다. 학교에 다녔을까?

7. 어머니는 수를 잘 놓는다. 총개머리에 등을 맞은 적이 있다.

8. 어머니는 친정에서 '샤오차'란 인물(하인일까?)과 함께 지냈다.

이런 단서를 기록하고 정리하면서 칭린은 갈수록 이면에 아주 복잡한 사건이 있다는 느낌을 받았다. 그것들은 어머니의 잃어버린 기억 속에 묻혔고 아버지의 의식적인 은폐와 어렴풋한 추측 속에 매장되었다.

칭린은 그 모든 걸 알아봐야 할지를 두고 생각에 잠겼다. 아버지는 알아보지 않기를 바랐지만, 알아야 한다는 생각이 들었다. 그는 아버지 삶에 어떤 일이 있었는지, 어머니 삶에 무슨 일이 벌어졌는지 알 권리가 있었다.

칭린은 반복해서 비교해봤다. 아버지 쪽은 단서가 거의 없었다. 아버지가 둥씨이고 조부모님 성함이 둥푸칭과 전린이며, 샤오치라는 사촌 동생이 있었다는 것을 빼면 나머지는 너무 모호했다. 황허 이북이 얼마나 넓은데, 칭린은 감히 손을 댈 엄두가 나지 않았다. 아버지는 어떻게든 기억을 지우려 했고 또 어떻게든 후손에게 알리지 않으려 했다. 자신과 이전의 삶을 완벽하게 단절시켰다.

상대적으로 어머니의 단서가 더 많아 보였다. 무엇보다 어머니는 아직 살아 있었다. 만약 그가 어머니의 신분을 알고 가족을 찾으면 어머니를 깨울 수 있을지도 몰랐다. 늘 강인했던 그의 어머니라면 과거를 받아들일 수 있을 것 같았다. 지금이 어떤 시대인가? 예전의 일은 크게 웃어넘기면 그만이라고 칭린은 생각했다.

그러고 나자 조사해야 할 게 무엇인지 명확해졌다.

1. 융구하는 찾을 수 있을 것이다.

2. 가능한 한 후수이당에서 살았던 사람을 찾아야 한다.

3. 후수이당과 융구하는 지리적으로 어떤 관계가 있나?

4. 류샤오안, 류샤오촨은 어머니에 관해 조금이라도 알지 않을까? 예를 들어 누가 찾아온 적은 없는지, 평소에 무심코 뭔가 드러내지는 않았는지? (시간이 너무 오래 지났고 그들이 어렸을 때라 아무 기억도 없을 수 있다.)

5. 무엇보다 체런루를 아는 사람을 찾아야 한다.

그렇게 적은 뒤 칭린은 길게 한숨을 내쉬었다.

제 11 장

51. 열한번째 지옥:
오빠를 찾으러 가야 해

딩쯔타오는 이제 분명히 알았다. 친정 식구는 아무도 남지 않았으며 시댁 식구도 대부분이 죽었다. 쌘즈탕 전체에서 그녀 하나만 구차하게 살아남았다. 그렇다면 나 혼자 살아서 뭐하지? 모두 죽은 걸 보았는데, 팅쯔마저 죽었는데 내가 어떻게 루중원을 봐?

그렇게 생각할 때 등이 아프기 시작했다. 참을 수 없이 아팠다. 총개 머리가 너무도 강하고 세게 날아왔다. 심지어 그녀는 자신을 때린 사람을 잘 알기까지 했다.

그 사람 얼굴이 순간적으로 떠올랐다.

그랬다, 아주 잘 아는 사람들이었다. 그녀네 집 뒤편에 살았다. 어렸을 때는 함께 놀기까지 했다. 그 집안 사람들은 그녀의 집안을 증오했다. 예전에는 자신들이 더 부유했다는 게 증오의 이유였다. 그들은 조부가 돌아가신 뒤 형제들이 분가해 싸우다가 몰락하기 시작했다. 가문의 토지는 물론 집까지 전부 팔아야 했다. 그런 다음 그들 형제 몇 집이 예전에 하인들이 살았던 뒤편 집으로 모여들었다.

딩쯔타오는 아버지가 그들 땅을 사지 않았던 게 기억났다. 아버지는 아무리 싸도 그들 땅은 사지 않겠다며 우리는 조상들 사이에 생긴 원한을 이어가지 않겠다고 설명했다. 하지만, 딩쯔타오는 속으로 중얼거렸다. 아버지, 아버지가 틀렸어요. 아버지가 그들보다 더 잘사는 이상 원한은 저절로 이어져요.

그렇게 생각할 때 등이 한층 더 심하게 욱신거렸다. 그녀는 참을 수 없어 드러누웠다.

딩쯔타오가 누울 때 침대에 누운 다이윈이 보였다. 울면서 큰 소리로 신음하고 있었다.

샤오차가 달려왔다. "아가씨, 조금만 참으세요. 의사 선생님이 곧 오실 거예요."

다이윈이 계속 울자 샤오차가 물었다. "아가씨, 무슨 일이에요? 나리와 마님은 괜찮으시죠?"

다이윈이 울면서 대꾸했다. "어떻게 괜찮으시겠어? 두 분이 너무 가여워. 평생 나쁜 일이라고는 한 적이 없으신데 왜 그런 대우를 받아야 해?"

샤오차가 다급하게 말했다. "아가씨, 분명하게 좀 말씀해보세요. 나리와 마님은 저를 키워주신 분이잖아요. 대체 어떻게 되셨는데요?"

다이윈은 대답하지 않았다. 그때 마침 라오웨이가 의사를 데리고 들어왔다. 샤오차는 조심스럽게 다이윈의 옷을 벗기다가 자기도 모르게 비명을 지르고 말았다. "세상에! 아가씨, 이게 무슨 일이에요?"

붉다못해 보라색으로 부어오른 멍이 다이윈의 등에서 어깨뼈 아래까지 길게 이어져 있었다. 의사가 물었다. "뭐에 맞았습니까?"

다이윈이 대답했다. "총개머리요. 그걸로 때렸어요."

의사가 또 물었다. "왜 이렇게 세게 때렸죠?"

"몰라요." 그러면서 다이윈은 또 울기 시작했다.

시아버지 루쯔차오가 방 밖에서 물었다. "성안 병원으로 보내야겠는가?"

의사가 대답했다. "그럴 필요는 없을 듯합니다. 약을 며칠 바르면 나을 겁니다."

다이윈 등에 약을 다 바르자 샤오차가 이불을 덮어줬다. 그러고는 날이 조금 쌀쌀하니 화로를 가져오겠다고 했다.

저녁에 라오웨이가 시아버지, 시어머니와 함께 그녀를 보러 왔다. 다이윈이 말했다. "내일 아침 일찍 성으로 들어가겠습니다. 마차를 내주세요."

시어머니가 탐탁지 않은 듯 말했다. "성에 들어가겠다고? 우리 손자 팅쯔는 어쩌고?"

"데리고 가겠습니다. 샤오차와 함께요."

시아버지가 물었다. "성에는 왜 들어가려고 그러느냐?"

"링윈 오빠를 찾아가서 부모님을 성안으로 모셔가라고 할 겁니다. 두 분은 이미 견딜 수 없는 지경이세요."

시아버지가 말했다. "네 오라비가 돌아온들 무슨 방법이 있겠느냐? 이럴 때는 그라도 엮이지 않는 게 낫다."

"아버지는 오빠에게 방법이 있을 거라고 하셨습니다. 지금 간부니까요."

"네 아버지는 내가 젊을 때부터 잘 안다. 그는 서생이라 무슨 일이든 좋은 쪽으로 생각하지, 형세를 제대로 판단하지 못해. 넌 나가지 않는 게 좋아. 집에 있는 게 더 안전하다. 더군다나 다치지 않았느냐."

"저희 부모님은 어떡합니까? 이건 아버지, 어머니와 상의를 끝낸 일입니다. 제가 오늘 거기에서 벗어날 수 있었던 것도 부모님이 생각해내신 방법 덕분이고요. 저는 투쟁대회에서 가족과 관계를 끊었다고 말했습니다."

샤오차가 깜짝 놀라 자기도 모르게 소리쳤다. "아가씨, 미쳤어요?"

다이윈이 울면서 말했다. "심지어 내가 직접 가족들을 때리기까지 했어. 작은어머니는 내게 욕을 퍼부었고."

샤오차는 한층 더 놀랐다. "아가씨, 어떻게 그럴 수 있어요?"

"아버지가 시켰으니까."

시아버지 루쯔차오가 잠시 침묵에 잠겼다가 입을 열었다. "네 부모는 상황이 여의치 않자 고육책을 쓴 거다. 사람들 앞에서 네가 가족들을 때리고 욕하게 해 벗어나도록 한 거지. 정말 감사하구나. 네가 아무리 오라비한테 알리겠다고 해도 네가 직접 갈 수는 없다. 다친데다 길도 멀지 않느냐? 늦게 가면 아무 소용도 없고. 푸퉁에게 다녀오라고 하마. 라오웨이, 날이 춥고 해도 늦게 뜨지만, 내일 아침 일찍 푸퉁을 보내게. 저녁까지 돌아올 수 있도록 동이 트기 전에 떠나라고 해."

라오웨이가 냉큼 대답했다. "네, 그리하겠습니다."

시아버지가 계속 말했다. "푸퉁이 어떻게 전해야 하는지는 네가 직접 알려주거라."

다이윈이 대답했다. "저도 할말이 별로 없습니다. 그저 부모님이 더는 투쟁을 견딜 수 없으니 돌아와 성안으로 모셔 가라고 오빠에게 전해주면 됩니다."

"라오웨이, 푸퉁에게 그리 전하게. 링윈이 바빠서 올 수 없다면 강요하지 말라고 하고."

다이윈이 말했다. "제 오라비는 효성이 지극하니 반드시 돌아와 부모님을 구할 거예요."

루쯔차오는 길게 한숨을 내쉰 뒤 라오웨이와 나갔다.

음산한 바람이 창문 틈새를 비집고 들어와 샤오차가 화로에 석탄을 더 넣었다. 다이윈은 등이 또 아프기 시작했다. 그녀는 침대에 엎드려 나직이 신음했다.

그해 겨울은 유난히 길었다. 산꼭대기에 늘 눈이 얕게 깔린데다 음산하고 추웠다. 해가 비치는 날에도 한기가 뼛속까지 파고들었다. 딩쯔타오는 갑자기 고향이 생각났다. 고향의 겨울은 언제나 그랬다. 추위가 줄기차게 피부를 파고들었다.

아니나다를까, 지금도 찬바람이 날카로운 가시처럼 피부를 찌르는 것 같았다.

52. 열두번째 지옥:
다급한 행보

딩쯔타오는 천천히 걸어가는 중이었다. 가끔 자신이 걷는 게 아니라 기는 것 같다고 느껴졌다. 어느새 열두번째 층이었다.

욱신거리는 등의 통증과 함께 그날 달아날 때가 떠올랐다.

투쟁대회는 사당에서 열렸다. 대문 양쪽에 표어가 붙어 있었다. 한쪽은 지주를 타도해 세를 내지 말자는 내용이었고, 다른 한쪽은 농민은 더이상 피땀 흘리지 않겠다는 내용이었다.

그녀는 공작조 동지에게 나직이 애원했다. 자신의 시아버지는 루쯔차오로 신해혁명에 참여했고 비적 소탕 때 공을 세웠으며, 신문에서도 그에 관해 다룬 적이 있다고 말했다. 자신은 이제 부모를 규탄하고 선을 확실히 그은데다 집안의 모든 임대계약서도 내놓지 않았느냐고 했다. 또 신중국 정부를 지지하지만, 아직 아이가 어려서 집에 돌아가 챙겨야 한다고도 호소했다.

그녀가 말하는 것을 가만히 지켜보던 공작조 동지가 잠시 생각한 뒤 마침내 입을 열었다. "루쯔차오라면 나도 안다. 비적 소탕 때 아주 훌륭하게 처신했지. 동지가 그 집 며느리라면 돌아가라."

다이윈은 얼른 그곳을 빠져나와 달리기 시작했다. 심장이 격하게 뛰었다. 아직 규탄받고 있는 가족들을 돌아볼 엄두는 나지 않았다.

마을 어귀에 다다랐을 때 총을 든 두 사람과 마주쳤다. 그들은 다이윈을 붙잡으며 소리쳤다. "달아나는 거냐?"

다이윈은 너무 놀라 다리가 후들거리는 통에 거의 주저앉을 뻔했다. 하지만 자신에게 소리친 사람이 후샤오쓰라는 건 알아봤다. 그녀 집 뒤편에 사는 먼 친척의 넷째로, 집을 지을 때 그녀의 집과 다툼이 있었다. 그 집안은 몰락한 뒤 자식들 가운데 비적이 된 사람도 있고 남의 집 일꾼이 된 사람도 있었다. 다이윈 집에서는 그들을 고용하지 않았다. 다이윈의 아버지가 그 집과는 어떤 관계도 맺으려 하지 않아서였다.

다이윈이 말했다. "공작조 동지가 보내줬어요. 아이가 어려서 돌봐야 하거든요."

후샤오쓰가 싸늘하게 소리쳤다. "투쟁대회가 끝나지 않았는데 어떻게 갈 수 있지?"

"시아버지 루쯔차오가 진보적 지주인데다 신문에도 났거든요. 내 아들은 그의 손자이고요. 이제 겨우 돌이 지나서 엄마의 보살핌이 필요하지요."

"루씨 가문은 더 큰 지주이니 조만간 투쟁 대상이 될 거야. 이제 우리 가난한 사람의 세상이 되었는데 승복하지 않을 거냐?"

"원래 토지는 그쪽 집이 우리집보다 많았잖아요."

후샤오쓰가 총을 들어 그녀를 겨누며 말했다. "감히 나한테 대들어?"

옆에 있던 사람이 그를 말렸다. "공작조 동지가 허락했으면 보내줘야 해. 여자 하나 가지고 뭘 그래?"

후샤오쓰는 잠시 생각한 뒤 총을 내려놓고 소리쳤다. "꺼져!"

다이윈은 더이상 상대하지 않고 얼른 자리를 떴다. 하지만 몇 걸음 옮기자마자 등에 엄청난 가격을 당했다. 그녀는 비틀거리다가 바닥에 쓰러졌다.

미처 일어날 새도 없이 등에 또 한 차례 가격이 날아왔다. 이번에는 총개머리라는 게 느껴졌다. 그녀는 몸을 돌린 뒤 울면서 말했다. "왜 때려? 감당할 수 있으면 그냥 총살해."

다른 사람한테 이끌려 사당 쪽으로 향하면서 후샤오쓰가 고개를 돌리고는 말했다. "너희 집안은 조만간 총살당할 거야. 우리 할아버지가 그때 너희 가족을 전부 쏴 죽이고 싶어하셨거든."

다이윈은 방향을 돌렸다. 시골 오솔길을 비틀거리면서도 총총히 걸었다. 걸으면서 울다가 첩첩의 산그림자를 향해 소리를 질렀다. 처연하고 두려움에 가득한 소리였다.

겨울의 누르스름한 경치가 다이윈의 다급한 걸음과 뒤섞였다. 수없이 걸었던 그 길이 그렇게 길게 느껴진 건 처음이었다.

딩쯔타오는 똑똑히 기억났다. 그때 이후 다시는 집으로 돌아가는 그 길을 밟지 못했다.

53. 열세번째 지옥:
모든 게 잿더미로

그건 딩쯔타오가 가장 견딜 수 없는 기억이었다.

그 일 때문에 자신을 한없이 원망하고 증오했다. 그런데 지금 그 광경이 가차없이 눈앞에 펼쳐지고 있었다. 그녀는 심장이 쿵쾅거리고 손까지 부들부들 떨렸다. 왼손으로 오른손을 꽉 쥐었지만 떨림을 멈출 수가 없었다. 그 손이 언제까지나 자신의 죄를 기억할 것임을 알 수 있었다.

사당 밖에 붙은 표어가 눈에 확 띄었다. 사당 안 기둥에도 표어가 잔뜩 붙어 있었다. 붉은 종이에 까만 글씨로 '불만을 토로하라, 지주를 타도하자! 억울함을 고하라, 토지를 돌려받자!'라고 적혀 있었다.

후수이당의 세 지주와 그 가족이 남녀노소를 막론하고 전부 고개를 숙인 채 단상에 서 있었다. 그들 속에는 다이원도 있었다. 그건 고발대회였다. 사람들이 줄줄이 단상에 올라와 세 지주 가문의 죄를 성토했다.

다이원 집안 차례가 되었을 때 다이원이 갑자기 고개를 들고 공작조 책임자에게 물었다. "저도 말할 수 있을까요?"

공작조 동지가 의아한 눈으로 쳐다보자 다이원이 얼른 설명했다. "비적 소탕 때 저는 성에서 공부중이었고 문맹퇴치교육에 참여했습니다. 저는 혁명에 참여한 진보 청년입니다. 아이를 낳느라 고향에 돌아왔고요."

공작조 동지가 물었다. "무슨 말을 하려는 건가?"

다이원이 눈짓하자 원래 그녀 집 하인이었던 사람이 상자 세 개를 가져왔다.

"저는 지주계급이 봉건적으로 착취한 토지소유제를 폐지하고 토지를 농민에게 돌려주는 것에 찬성합니다. 저는 아버지, 어머니와 분명히 선을 긋고 이 지주 집안과 완전히 단절할 것입니다. 모든 연을 끊을 겁니다. 그리고 행동으로 여러분을 지지합니다."

아래에서 누군가 손뼉을 쳤다. 그 박수 소리에 고무되었는지 다이원이 목소리를 높였다. "이건 저희 집안의 모든 토지계약서와 임대계약서입니다. 지금 이걸 여러분 앞에서 불태우겠습니다. 앞으로 후루원 집안의 모든 토지는 경작자 소유입니다. 그리고 후루원 집안의 모든 사람은 농민과 마찬가지로 논밭에서 일해야 합니다."

단상 아래에서 처음에는 멍하게 있던 사람들이 돌연 손뼉을 치거나 환호성과 비명을 질렀다. 그 소란 속에서 불꽃이 타오르기 시작했다. 화염이 회의장을 밝혔다. 그런데 불꽃이 커지면서 진한 향이 코를 찔렀다. 그 바람에 회의장이 한층 더 떠들썩해졌다.

갑자기 누군가 소리쳤다. "이게 무슨 냄새지? 독가스로 우리를 죽이려는 거 아니야?"

심지어 누군가는 불을 끄려고 했다. 그 향기가 어디에서 나는 건지 몰라 다이윈도 당황했다. 그녀가 아버지를 바라보자 후루윈이 덜덜 떨면서 말했다. "독가스가 아닙니다. 정부 문서의 인주에 은구슬과 향이 섞여 있어서 냄새가 나는 겁니다."

하지만 목소리가 너무 작아서 단상 밑에까지 들리지 않았다.

다이윈이 큰 소리로 되풀이했다. "독가스가 아닙니다. 계약서에 정부의 인장이 찍혀서 그렇습니다. 향이 든 인주가 타면서 냄새가 나는 겁니다."

그 속에 얼마나 오래된, 또 얼마나 많은 사람의 임대계약서가 들었을까? 다이윈은 몰랐다. 본 적도 없었다. 어쩌면 조부, 심지어 증조부의 서명까지 있을지도 몰랐다. 그때 이후 그런 것들은 모두 사라졌다.

사람들이 머리를 맞대고 소곤거린 뒤 다시 손뼉을 치고 어떤 사람은 구호를 외쳤다. 공작조 동지의 얼굴에도 웃음이 피어올랐다.

다이윈이 계속 말했다. "후루윈, 이 지주는 먹고 마시고 놀면서 글을 쓰거나 그림을 그릴 줄만 알았습니다. 심지어 첩까지 두었고요. 그래서 저는 혁명의 동지들이 그의 첩을 고향으로 돌려보내기 바랍니다. 후루윈은 지주계급의 문란한 생활을 계속해서는 안 됩니다. 농민과 같은 생활을 해야 합니다."

또 박수 소리가 여기저기서 터져나왔다. 그때 다이윈의 작은어머니가 그녀 앞으로 달려와 소리쳤다. "내가 후씨 가문에 시집온 지 이미 이십여 년이 되었는데 나를 어디로 보내려는 거냐? 사람이 이렇게 비양심적이면 안 되지. 집과 연을 끊겠다니, 네가 그러고도 사람이냐? 네 부모가 너를 헛키운 거냐?"

다이윈이 굳은 표정으로 입을 다물었다가 갑자기 손을 내밀어 작은 어머니의 따귀를 날렸다. 단상 아래가 순식간에 조용해졌다. 그러다 누군가 불쑥 소리쳤다. "잘 때렸다!"

그 소리에 이끌렸는지 너나없이 소리치기 시작했다. "잘 때렸다! 계속 때려라!"

다이윈은 단상 아래에 상관하지 않고 말했다. "당신은 우리집 첩으로, 손 하나 까딱하지 않고 그렇게 오랫동안 잘 먹고 잘살았잖아. 이제 새로운 세상이 되었는데도 계속 그러고 싶나? 어서 고향으로 꺼지라고!"

작은어머니가 멍한 표정으로 다이윈을 보다가 돌연 울며 소리쳤다. "이런 육시랄 년, 넌 지옥에 떨어질 거다! 염라대왕이 가만두지 않을 거야!" 그러다가 다이윈의 아버지 쪽으로 고개를 돌리고 소리쳤다. "애지중지 키운 당신 딸 좀 봐요. 당신까지 물어뜯잖아."

다이윈의 아버지는 고개를 숙인 채 작은어머니가 밀치는 대로 휘청거렸다. 다이윈이 다가가 힘껏 그녀를 떼어내면서 그 김에 아버지까지 세게 밀었다. 아버지는 비틀거리다 바닥에 주저앉았다. 다이윈은 작은어머니도 바닥으로 넘어뜨렸다. 그런 다음 허리를 숙여 아버지의 멱살을 잡으며 소리쳤다. "일어나! 인민의 심판을 받아야지!"

후루윈이 일어났다. 고개를 숙인 채 온몸을 부들부들 떨었다.

다이윈은 의기양양하게 앞으로 나가 말했다. "전에도 저는 지주 후루윈에게 집안의 일꾼과 소작인을 해방하라고 요구했습니다. 또 지주 후루윈 부부에게 예전 일꾼들 숙소로 들어가 살고 집을 마을에 바치라고도 했습니다. 집에 책이 많으니 가난한 집의 아이들도 공부할 수 있도록 학당을 열자는 건의도 했습니다."

공작조 동지가 나서서 손뼉을 치자 박수 소리가 크게 울렸다. 다이원이 갑자기 팔을 뻗으며 소리쳤다. "지주를 타도하자! 토지를 농민에게 돌려주자!"

다이원의 아버지와 어머니, 단상 위의 사람들도 전부 손을 들고 그녀를 따라 구호를 외쳤다. 작은어머니만 바닥에 앉아 흰자위를 드러낸 채 그녀를 노려보며 중얼거렸다.

토지계약서와 임대계약서는 이미 잿더미로 변하고 잔향만 사당 상공을 맴돌았다. 누군가 문을 열고 나가자 갑자기 바람이 불어와 검은 재를 허공으로 날렸다. 단상에 서 있던 사람들의 머리와 어깨로 검은 조각이 무수히 내려앉았다.

공작조 동지가 다이원을 단상에서 내려오라고 한 뒤 말했다. "옳은 행동이었네. 우리는 동지의 혁명적 태도를 환영하며, 이제 동지는 단상에 올라갈 필요 없어."

다이원은 단상에서 내려왔다. 고개를 돌리자 아버지와 어머니가 놀라서 덜덜 떠는 게 보였다. 쪽이 풀려 어머니의 희끗희끗한 머리카락이 목까지 흘러내렸다. 아버지의 회색 두루마기에는 언제 구멍이 났는지 비죽이 드러난 솜이 찬바람 속에서 아버지가 떨 때마다 함께 흔들렸다. 그들은 고개를 숙인 채 감히 눈도 돌리지 못했다. 사람들의 분노 섞인 외침 속에서 벌벌 떨기만 했다.

그게 부모님이 그녀에게 남긴 마지막 모습이었다.

54. 열네번째 지옥:
아빠와 엄마는 너만 믿는다

딩쯔타오의 눈에 빛이 보였다.

어렴풋한 그 광선은 밝아졌다가 어두워지기를 반복했다. 춤추는 검은 조각 같기도 하고 흩날리는 눈송이 같기도 했다. 딩쯔타오는 속으로 중얼거렸다. 세상에, 이제 출구에 가까워졌나? 나가면 어떻게 될까? 아버지는 새 두루마기를 입으셨을까? 어머니는 화가 나셨을까? 무엇보다 작은어머니는 나를 보면 따귀를 때리지 않을까? 하지만 갑자기 또 전부 기억났다. 아버지, 어머니는 이미 돌아가셨고 작은어머니도 돌아가셨다. 밖으로 나간들 누구와 말할 수 있겠는가? 그 모든 게 진심이 아니었다고 누구에게 말해야 할까?

그날은 비가 내렸다. 가을이 끝나고 겨울로 접어든데다 산속은 빨리 추워지기 때문에 어디에 있든 차가운 기운이 느껴졌다.

가세가 기울기 시작했어도 어머니 생신은 축하하지 않을 수 없었다. 다이원은 특별히 체런루로 돌아갔다. 집안이 썰렁했다. 하인들을 전부 내보내 아무도 없는 마당이 쓸쓸해 보였다.

다이윈이 아버지에게 물었다. "링윈 오빠는 안 오나요?"

"연락받았다. 계속 회의가 있어서 휴가를 낼 수 없다더구나."

어머니도 말했다. "바쁘다니 할 수 없지. 공무가 우선이잖니."

그날 음식은 작은어머니와 새언니가 준비했다. 그런데 식사를 시작하기 전에 갑자기 누가 찾아왔다. 이전에 머슴으로 일했던 샤오얼이었다. "공작조 동지가 내일부터 이 집을 대상으로 투쟁대회를 열 테니 누구도 나가면 안 된다고 전하랍니다."

다이윈이 곧장 대꾸했다. "우리집을 왜? 우리 오빠는 시내에서 간부로 있다고."

"공작조의 통지요. 지주는 전부 대상이고. 가족 모두 후씨 사당으로 모여요."

다이윈의 아버지가 말했다. "우리 딸은 어머니 생신 때문에 잠시 들렀을 뿐, 내일 아침 일찍 돌아갈 거네."

"잘 돌아왔네요. 이 집 딸이면 아가씨였다가 마님이 된 거 아닌가? 같이 투쟁대회에 참가하면 되겠네."

샤오얼은 무척 오만하게 말했다. 가족들은 그가 전한 내용에도 충격을 받았지만 그 기세에 더 놀랐다. 머슴으로 일한 십여 년 동안 늘 공손하고 성실하던 사람이 나간 지 한 달도 되지 않아 그렇게 변해버렸다.

다이윈이 물었다. "샤오얼, 왜 그런 식으로 말해?"

"나는 해방된 농민이고 당신들은 지주니까. 신분이 달라졌으니 말투도 달라질 수밖에. 하지만 호의를 베풀어 알려드리지요. 투쟁대회는 하루로 끝나지 않을 테니 가능한 한 잘 드세요."

다이윈이 말했다. "싼즈탕의 루쯔차오 집 알지? 거기가 내 시댁이야.

우리집은 루쯔차오와 사돈이라고. 우리 시아버지는 현에서 매우 중요한 사람이고."

샤오얼이 물었다. "그도 지주인가?"

다이윈이 대답했다. "그렇지. 하지만 혁명에 공헌했어. 비적 소탕 때 공을 세웠고 군량미도 제일 많이 냈어."

"이 집보다 땅이 더 많아?"

"물론이지. 한 해 소작료만 수천 석이니까."

"그럼 기다려. 나중에 훨씬 심하게 다뤄질 테니까. 내일 누구도 떠나면 안 돼."

샤오얼은 말을 마친 뒤 거들먹거리며 나갔다. 다이윈의 아버지가 말했다. "그는 아랫사람이니 말해봐야 소용없다."

다들 아무 말 없이 어머니의 생신 음식을 먹었다.

그날 밤 다이윈은 걱정에 잠을 이룰 수 없었다. 집에 돌아온 게 무척 후회됐다. 투쟁대회의 단상에 오른다는 게 어떤 건지 그녀는 알지 못했다. 내일 무슨 일을 당할지 무척 걱정스러웠다. 심지어 시댁에 돌아갈 수 있을지조차 알 수 없었다. 그녀는 처음으로 자신이 정말 쓸모없다고 느꼈다.

그때 갑자기 방문 두드리는 소리가 들렸다. 얼른 옷을 걸치며 침대를 내려가자 아버지와 어머니가 들어왔다. 안으로 들어온 뒤에도 두 사람은 누가 따라오지 않았는지 걱정스럽다는 듯 고개를 돌려 두리번거렸다. 표정도 어딘가 이상했다. 다이윈은 영문을 알 수 없어 물었다. "아버지, 어머니, 무슨 일이에요?"

다이윈의 아버지가 문을 잘 닫은 뒤 다이윈을 의자에 앉히고 말했다. "원아, 상황이 무척 안 좋은 것 같다. 나와 네 엄마 생각으로는 성안으로 들어가는 게 안전할 것 같구나."

"그러면 당연히 좋지요. 성문 근처에도 우리 소유의 집이 있잖아요? 아버지와 어머니가 거기 계시면 오빠도 자주 들여다볼 수 있고요."

다이원의 아버지가 말했다. "원래는 설을 쇠고 날이 좀 풀리면 들어가려고 했어. 하지만 지금 투쟁대회에 끌려가면 아무래도 힘들 것 같구나. 그래서 좀 일찍 들어가려고."

"그럼 제일 좋죠."

"나와 네 엄마가 계속 생각해봤는데, 넌 내일 어떻게든 빠져나가거라. 네 시아버지한테 부탁해서 오라비를 찾아. 이제 간부잖니. 어서 돌아와 우리를 데려가라고 해. 그러지 않으면 우리는 빠져나갈 수 없을 거다."

다이원의 어머니도 울상을 지으며 말했다. "우리를 어떤 식으로 규탄할지 모르겠어. 정말 두렵구나."

"저들이 저를 보내줄까요?"

다이원의 아버지가 말했다. "그래서 너랑 상의하러 온 거다. 내일 단상에서 우리를 고발하고 집안의 땅문서를 태워."

다이원은 깜짝 놀랐다. "어떻게 그래요? 땅이 없으면 나중에 어떡하시려고요?"

다이원의 아버지가 대답했다. "가지고 있어봐야 소용없어. 지난번에 네 오라비가 집에 왔을 때 말했단다. 앞으로는 지주가 사라지고 모든 토지가 농민에게 돌아갈 거라고. 지금 우리는 목숨을 건져야 해. 너는 땅문서를 태우고 집을 마을의 학당으로 내놓겠다고 해. 그리고 반드시 우리와 연을 끊겠다고 말해라. 그들이 믿어야 널 놓아줄 거야."

다이윈은 울음을 터뜨렸다. "아버지, 어머니, 그런 말을 제가 어떻게 해요?"

다이윈의 아버지가 말했다. "우리를 살리고 싶으면 반드시 그렇게 말해야 한다. 참, 네 작은어머니도 구해야 해. 고향으로 돌려보내라고 말하거라. 틀림없이 네 오빠는 작은어머니까지 성안으로 데려가지는 않을 테니까. 하지만 어떻게 여기 남겨두겠니? 일단 돌려보낸 다음에 나중에 다시 불러와야지. 그런데 이건 네 작은어머니한테는 비밀이다. 나중에 내가 데려올 때 이야기하마. 그러지 않으면 워낙 입이 가볍고 거짓말도 못하니 누설할지도 몰라."

다이윈은 계속 눈물을 흘렸다. "못할 것 같아요. 작은어머니는 저를 증오할 거고요."

"다른 방법이 없어. 중원이 돌아오면 너희도 성으로 들어와. 시골에 있지 말고. 시골에서는 지낼 수 없을 거다."

다이윈의 어머니가 말했다. "어쩔 수 없어. 너는 최대한 빨리 달아나서 최대한 빨리 네 오빠를 돌려보낼 일만 생각해. 나는 하루도 견딜 수 없다. 성안도 안전하지 않으면 청두의 네 외가로 갈 거야. 윈아, 아빠와 엄마는 너만 믿는다."

"정말 집이 필요 없으세요?"

다이윈의 아버지가 대답했다. "그런 건 나중 얘기야. 일단 목숨부터 구해야지. 윈아, 내일 독해야 하면 독하게 굴어라. 우리를 때려야 하면 때려. 절대 탓하지 않으마. 너만 빠져나갈 수 있으면 우리도 며칠 정도는 더 참을 수 있어. 최대한 빨리 링윈을 찾아서 우리를 데려가라고 하면 된다. 올 때 혼자 오지 말라고 하고. 다른 간부 동지와 함께 오는 게 제일 좋아. 그러지 않으면 떠날 수 없을지도 모른다."

다이원은 알겠다고 대답했다.

밤새도록 그녀는 내일 투쟁대회에서 어떻게 대처할지, 어떻게 해야 빠져나갈 수 있을지 생각했다. 자신한테 이런 순간이 닥칠 거라고는 상상조차 해본 적이 없었다. 사람들 앞에서 큰 소리로 부모와 연을 끊겠다고 선언할 걸 생각하자 눈물을 참을 수가 없었다.

그때 딩쯔타오는 극히 냉정한 상태가 되어 생각에 잠겼다. 아버지, 어머니는 어떤 인생을 사셨을까? 어떻게 그토록 단순하게 생각했을까? 훨씬 잘 이별할 수 있었는데 그 어리석은 고육책 때문에 본인들 목숨도 구하지 못하고 오빠까지 죽음으로 몰아넣었잖아. 나도 목숨만 건졌을 뿐 스스로를 견딜 수 없이 증오하게 되었고. 내 손까지도 그 죄를 기억하고 있잖아.

55. 열다섯번째 지옥:
너는 루씨 가문 사람이라고 말해라

딩쯔타오는 이미 눈물이 한 방울도 남아 있지 않았다. 가장 처참했던 그 일로 인해 오래전에 감각을 다 잃어버렸다. 시부모님을 직접 묻었고 부모님도 이미 돌아가신데다 오빠 부부는 시신마저 찾지 못했다. 그런데 자신은 왜 아직도 살아 있을까? 어떻게 살 수 있을까? 왜 살아야 할까? 무슨 이유로 죽지 않았을까? 그런 것들을 그녀는 전부 이해할 수 없었다.

이미 열다섯번째 층에 도달했음을 알았지만 아무 의미도 없다는 생각이 들었다.

이 모든 것들을 누구에게 말할 수 있을까? 또 누구를 더 알아야 할까? 심지어 그들의 그런 죽음이 더 나은지, 자신의 이런 삶이 더 나은지 딩쯔타오는 이미 분간할 수 없었다.

쌴즈탕 화원의 웨량먼이 눈앞에 나타났다.

그녀와 루중원은 연애할 때 웨량먼 양측에 기대서서 이야기하는 걸 무척 좋아했다. 달의 둥그스름한 양 끝에 박힌 것처럼 각자 한쪽 끝에 기대 이런저런 이야기를 나누었다. 하루는 루중원이 홍콩 친구에게 특별히 부탁해 샀다면서 긴 스카프를 선물했다. 그녀는 스카프를 매고 웨량먼에 기댄 채 루중원에게 웃음을 지었다. 바람에 스카프가 휘날렸다. 루중원이 갑자기 "네 목에서 스카프가 날리는 모습이 정말 보기 좋아"라고 말했다.

가끔 루중원이 보고 싶으면 팅쯔와 샤오차를 데리고 긴 복도를 따라 웨량먼에 가서 놀았다. 그러면서 팅쯔에게 말했다. "기억하렴, 아빠는 이곳을 제일 좋아해."

그날 저녁에도 다이원은 팅쯔와 웨량먼 앞에서 놀고 있었다. 팅쯔는 뒤뚱뒤뚱 고양이를 쫓으며 이, 이리 와, 참새야, 라고 소리쳤다.

다이원은 문가에서 친정에 가야 할지 말지 샤오차와 의논하고 있었다. 시아버지 루쯔차오가 화원을 거닐다가 그들이 이야기하는 걸 듣고 끼어들었다. "힘들어도 내일 사부인 생신에 다녀오너라. 그러지 않으면 네 부모님이 우리 집안에서 예의를 모른다고 생각하실 거야."

다이원이 말했다. "가기 싫은 게 아니라 팅쯔가 요 며칠 계속 설사기가 있어서 걱정……"

시아버지가 그녀의 말을 중간에 잘랐다. "팅쯔는 샤오차와 집에 두고 혼자 최대한 빨리 다녀오너라. 네 시어머니가 사부인을 위해 신발을 만들었으니 가져가고."

다이원은 잠시 생각한 뒤 말했다. "어머니 대신 어머님께 감사드립니다."

저녁에 물건을 챙겨둔 뒤 다이원은 이튿날 아침 일찍 라오웨이한테 가서 마차를 내달라고 했다. 그러자 라오웨이가 난감해했다. "아, 큰일이네요. 마을 농민회에서 오늘 성에 들어가서 설 물품을 가져와야 한다며 우리 마차를 가져갔습니다. 나리께서 집안 물건을 마을에서 달라고 하면 우선적으로 그들에게 내주라고 하셔서요. 어쩌죠?"

다이윈은 불쾌했지만 다른 방법이 없었다. "그럼 걸어가야지요. 다행히 멀지 않으니까요."

"오솔길 말고 큰길로 가세요. 한두 시간 더 걸려도 그게 나아요. 더 안전하니."

문을 나서기 전 다이윈이 팅쯔에게 인사할 때 시아버지 루쯔차오가 쫓아와 말했다. "다이윈, 누가 귀찮게 굴면 네 아버지에게 루쯔차오의 사돈이라고 말하라고 해. 너도 길에서 누가 시비 걸면 루씨 가문 며느리라고 하고."

다이윈이 조금 망설이다가 물었다. "그게 소용 있을까요?"

시아버지가 냉소를 지으며 대꾸했다. "이 근방 수백 리 안에서는 그래도 아직 우리 집안 말발이 선다. 현의 간부 중에 나를 모르는 사람이 몇이나 되더냐?"

"하지만 지금이 어느 때인데요? 예전과 다르잖아요."

"내가 그들에게 세워준 공이 얼마인데, 그걸 봐서라도 어느 정도는 체면을 세워줄 거다. 내 말대로 해라."

그때 딩쯔타오는 자기도 모르게 시아버지처럼 냉소를 지으며 속으로 중얼거렸다. 루쯔차오의 체면을 세워준다고요? 본인 목숨까지 잃고도 무슨 체면을 논합니까? 그런 오만함과 우월감으로 온 가족이 아버님을 따라 죽었어요. 그런 자부심이 무슨 소용입니까? 한 푼 가치도 없는 것을!

제 12 장

56. 세상에, 딩 이모가 자네 어머니라고?

칭린은 안절부절못하며 초닷새까지 기다린 뒤 류샤오안에게 전화를 걸었다.

류샤오안은 아버지가 돌아가신 뒤 맞는 새해라 가족들 모두 외출하지 않았다고 말했다. 아버지를 방해하지 않으려고 모두 조용히 지냈다는 거였다.

칭린이 말했다. "그래도 찾아뵙고 싶어서요. 괜찮으세요?"

류샤오안이 조금 의아해하면서 대답했다. "물론이지. 꼭 오고 싶다면 당연히 환영일세. 샤오찬도 있고. 거기 프로젝트는 문제없지?"

"네, 프로젝트는 순조롭게 진행되고 있습니다. 사적인 일로 두 분과 이야기하고 싶습니다. 저한테는 매우 중요한 일입니다."

"알았네, 그럼 오게나."

칭린은 어머니를 친구 가정부에게 부탁한 뒤 부모님 사진을 챙겨 차를 몰고 나섰다. 설 연휴라 거리에 행인은 많아도 차량은 별로 없었다. 곳곳이 색색으로 장식되고 거리와 골목마다 축제 분위기가 넘쳐났다.

닷새 동안 혼자 집에만 있었는데도 칭린은 즐거운 분위기에 아무런 감흥이 없었다. 자신만의 슬픔에 완전히 몰입해 있었다.

류진위안의 집은 아직 정부에 반환되지 않았다. 류샤오안과 류샤오 촨은 거실에 탁자를 펼치고 그 위에 류진위안의 영정사진을 올려놓았 다. 완저우에서 찍은 그 사진 속에서 류진위안은 환한 얼굴로 활짝 웃 고 있었다. 영정사진 양측에는 초를 켜놓았다.

칭린은 문을 들어서자마자 류진위안의 커다란 사진과 그 속의 낯익 은 웃음을 보았다. 며칠이나 동행했는데 아버지와 그가 그렇게 끈끈한 인연이 있는 줄 전혀 몰랐다. 칭린은 눈물이 그렁그렁해져 잠시 멍하게 사진 앞에 서 있었다.

류샤오촨과 류샤오안 모두 집에 있었다. 류샤오안이 칭린의 어깨를 토닥이며 말했다. "앉게. 아버지가 돌아가신 뒤 맞는 첫해라 세배하러 나갈 수 없어서 집에 있었네. 아버지를 방해할까봐 마작도 못 쳤다니 까. 대체 이게 무슨 규율인지."

"저도 내내 아무데도 안 가고 집에만 있었습니다."

류샤오촨도 다가와 말했다. "어머니를 혼자 모시고 있었어? 아내와 아이는 안 오고?"

"네. 장인어른도 편찮으셔서 아내는 아이를 데리고 그리 갔습니다. 저희 가정부도 올해는 설을 쇠러 돌아가, 오롯이 저 혼자 집에 있었지 요. 모처럼 혼자 조용하게 어머니 곁을 지키고 싶은 마음도 있었습니 다. 그런데 어르신 묘소에는 안 가십니까? 가시면 저한테도 좀 알려주 시겠어요? 저도 절을 올리고 싶습니다."

류샤오안이 말했다. "마음 씀씀이가 정말 고맙네. 그런데 첫해에는 갈 수 없다더군. 영혼이 멀리 떠나지 않고 아직 묘지를 맴돌고 있대. 혹시 놀라게 하면 영혼이 잘 떠나지 못한다는 거야. 정말 재미있는 생각이라니까. 믿지는 않아도 풍속을 존중하느라 우리끼리 집에서 챙기는 거지."

"그렇군요. 그런데 초나라 사람들은 영혼의 회귀를 무척 중시했다고 합니다. 박물관에서 봤는데 관에 구멍을 하나씩 뚫어놓았더라고요. 사자의 영혼이 자유롭게 드나들 수 있도록 그렇게 했다는 겁니다. 정말 대단한 상상력이라고 생각했지요."

류샤오촨이 말했다. "재미있군. 그나저나 오늘 우리한테 볼일이 있다고?"

칭린은 잠시 숨을 고른 뒤 말했다. "여쭤보고 싶은 게 있습니다. 혹시 우자밍이라는 의사를 아십니까?"

류샤오안이 대답했다. "당연히 알지. 우리 아버지가 우 의사를 깊은 산속에서 데리고 나왔다고 맨날 허풍을 치셨거든." 그러고 나서 갑자기 깨달은 듯 "자네…… 우 의사와 무슨 관계야?"라고 물었다.

"제 아버지이십니다."

류샤오촨이 깜짝 놀랐다. "뭐? 그럼 자네 어머니는……"

"제 어머니 성함은 딩쯔타오입니다."

칭린은 사진을 꺼내 류샤오촨에게 건넨 뒤 물었다. "이분들을 아십니까?"

류샤오안도 깜짝 놀라 소리쳤다. "세상에, 당연히 알지! 자네가 이분들 아들이라고?"

칭린이 울먹이며 대답했다. "네."

류샤오촨이 벌떡 일어나 칭린을 끌어안았다. "세상에, 정말 생각도 못했어. 딩 이모 아들이라니. 자네를 홀대하지 않아서 정말 다행이네. 아니었으면 얼마나 후회했을까. 나는 자네 어머니 손에 컸어."

류샤오안이 잠시 생각에 잠겼다가 말했다. "잠깐만, 생각해보니…… 아버지가 계속 칭린이 익숙하고 친근하게 느껴진다고 하셨어. 잘 아는 누구와 닮았다고. 배에서는 자네 성이 뭐냐고까지 물어보셨지. 내가 우씨라고 했더니 굉장히 놀라시는 것 같았고. 세상에, 아버지가 감을 잡으셨구나. 처음 자네를 본 뒤부터 어떤 사람이 떠오르고 편안하게 느껴진다고 하셨거든. 나는 자네가 우 의사 아들이라고는 전혀 생각하지 못했는데, 그러고 보니 자네 진짜로 자네 아버지랑 많이 닮았네."

류샤오촨도 말했다. "이제야 알겠군. 나도 아버지가 왜 그렇게 자네를 좋아하는지 이상했거든. 알고 보니 이렇게 엄청난 인연이 있었어. 아버지는 분명 자네한테서 자네 아버지의 어떤 분위기를 감지하신 거야. 그거 아나? 자네 아버지는 우리 아버지 목숨뿐만 아니라 우리 어머니 목숨까지 구하셨어. 두 분은 자네 아버지를 정말 신뢰하셨지. 병에 걸리면 자네 아버지 말만 따랐다니까. 자네 아버지는 우리 부모님께 가족이나 마찬가지였어. 자네 어머니는 더 말할 것도 없고. 어렸을 때 우리 부모님이 너무 바쁘셔서 우리집은 거의 자네 어머니가 건사하셨지. 우리 형과 나, 또 동생까지 어렸을 때 자네 어머니만 쫓아다녔다고. 옛날에 우리 아버지가 우 의사 이야기만 꺼내면 여동생은 딩 이모를 훔쳐가서 밉다고 했다니까."

칭린은 눈물을 흘리며 잠시 흐느끼다가 말했다. "아버지가 돌아가신 뒤 어머니가 가정부로 일하면서 외출이 힘들어지셨습니다. 또 어머니

스스로 지위가 낮다면서 누구와 연락하지 않으려 하셨고요. 아마 그래서 두 분과도 연락이 끊어졌을 겁니다. 그때 저는 어려서 아무것도 몰랐고요."

류샤오안이 물었다. "그럼 지금 식물인간으로 누워 계신다는 분이 딩 이모신가?"

칭린이 침울하게 대답했다. "네. 몸은 정상인데 깨어나지 못하고 계십니다. 효도할 생각으로 그동안 모은 돈을 모두 털어 집을 샀는데, 입주 첫날 그렇게 되실 줄 어떻게 알았겠습니까? 무엇으로 어머니를 자극해야 좋을지 모르겠습니다."

류샤오촨이 말했다. "정말 뜻밖이네. 칭린, 정말 생각도 못했어. 설 연휴가 끝나면 이모를 뵈러 자네 집에 가겠네. 우리 가족이 방금 상을 당해 당장 남의 집에 갈 수는 없잖나. 정월대보름이 지나자마자 찾아갈게."

류샤오안도 "나도 가겠네"라고 말했다.

"감사합니다. 두 분이 오시면 어머니가 반가워서 깨어나실지도 모르겠습니다. 그렇게 되면 정말 좋을 텐데요."

류샤오촨이 물었다. "이런 사실을 갑자기 어떻게 알게 되었나?"

칭린은 아버지 상자 속 공책을 발견하게 된 경위와 공책에 기록된 내용을 간략하게 설명했다. 하지만 아버지가 왜 혼자 숲에 들어갔는지는 말하지 않았다. 아버지가 그 부분은 누구에게도 알리고 싶어하지 않고 전부 잊고 싶어했다고 생각해서였다. 칭린은 아버지와 우 노인이 류진위안을 구했을 때부터 이야기했다. 아버지가 류진위안을 따라 산에서 나온 뒤 군인이 되고 어머니를 구한 일과 어머니의 기억상실에 관해 이야기했다.

딩쯔타오의 기억상실을 류샤오안과 류샤오촨은 전혀 몰랐다. 그들 부모가 딩쯔타오를 존중해 아이들 앞에서 언급하지 않았을 수도 있고, 류샤오안 형제가 그때 너무 어려서 신경쓰지 않은 탓일 수도 있었다.

칭린은 다른 무엇보다 새집에 도착한 첫날, 앞으로 살 집이라는 걸 알았을 때 어머니가 이해할 수 없는 말을 했노라고 알려줬다. 예를 들어 체런루와 무슨 탕을 언급했고, 대나무를 봤을 때 시를 읊었는데 비교적 생소한 시인인 사조의 시였으며, 어머니 신분과 어울리지 않는 말도 했다고 털어놓았다. 그때는 좀 이상해도 별로 신경쓰지 않았는데 작년에 어르신을 모시고 찬둥에 갔을 때 우연히 누가 체런루를 언급해 무척 놀랐으며, 그러다 아버지 기록에서 어머니가 그 일대에서 구조되었음을 알았고 아버지가 살아 계실 때 어머니의 과거에 대해 어떻게 추측했는지 읽었노라고 말했다. 아버지는 어머니가 가난한 집 딸이 아니리라 확신하고 어머니가 글을 안다고 여겼으며, 결혼한 뒤에도 어머니의 이상한 면모에서 추측을 이어갔다고 말했다. 오랫동안 어머니는 불안과 공포에 시달리며 기억 되찾기를 거부했고, 이에 대해 의사는 기억을 잃기 전 엄청난 충격을 받았을 것이라고 진단했으며, 칭린은 이런 일들을 전부 연휴 동안 아버지의 기록을 읽고 나서야 알았다고 말했다.

그들 형제도 무척 놀란 눈치였다.

류샤오안이 말했다. "세상에, 진짜 신기하네."

류샤오촨이 말했다. "정말 생각도 못했어. 기억을 잃기 전의 일을 알 수 있을까?"

"저도 모르겠습니다. 그저 어머니가 기억을 잃기 전 어떤 일을 겪었는지 알면, 혹은 어머니 가족을 찾는다면 어머니를 깨우는 데 도움이 되지 않을까 생각합니다. 어머니가 깨어나시기만 바랄 뿐이에요."

류샤오촨이 말했다. "그렇지, 기억을 잃기 전에 가족이 있었을 테니까. 이미 오십 년이 지나 부모님이야 돌아가셨겠지만, 형제자매는 있을지도 모르지."

"아버지 기록에는 어머니가 예전에 아이를 낳은 적이 있답니다. 의사가 알려줬다고요. 아버지도 깜짝 놀랐는데 어머니는 기억하지 못했다고 합니다."

류샤오안이 말했다. "세상에, 그럼 자네는 형이나 누나를 찾을 수도 있겠군. 그 시절에는 아이를 일찍 낳았으니 하나가 아닐지도 모르고. 아이를 찾을 수 있다면 자네 어머니를 확실히 깨울 수 있겠어."

"전부 제 추측일 뿐입니다. 지금 저는 어머니가 구조된 곳이 융구하라는 것과 체런루라는 명칭밖에 모릅니다. 그때 듣기로 체런루는 후수이당이라는 곳에 있었고 그 집에 책이 무척 많았다고 합니다. 그 집에 후링원이라는 아들이 있었으며 충칭에서 대학을 다녔고, 류 어르신도 그를 알았다고 하고요. 하지만 그곳 사람 말로는 어느 해 집으로 돌아오다가 피살됐다고 합니다. 이게 제가 아는 실마리 전부예요. 후수이당은 수십 년 전에 댐을 건설하면서 사라졌고요."

류샤오촨이 말했다. "자네 어머니의 잠재의식 속에 체런루가 남아 있다는 것은 두 가지 가능성으로 해석할 수 있어. 첫째, 그곳이 자네 어머니의 집일지도 몰라. 물론 시댁일 수도 있겠지. 둘째, 상해를 입은 장소일 수 있어. 지금 아버지가 살아 계셨다면 정말 도움이 되었을 텐데, 안타깝군."

"그러니까요. 어쨌든 당시 제 아버지가 받았던 느낌이 정확할 겁니다. 어쩌면 류 어르신도 이상한 걸 느끼셨을 거고요. 예를 들어 저는 얼마 전 어머니가 자수를 놓을 줄 안다는 사실을 알았습니다. 그것도 매우 뛰어난 솜씨로요. 예전에는 한 번도 수를 놓으신 적이 없거든요."

류샤오안과 류샤오촨이 서로를 쳐다보다가 예전에 그들 집에 있을 때도 딩 이모가 자수를 놓은 기억은 없다고 말했다.

칭린이 길게 한숨을 내쉬었다. "저는 정말 좋은 기회를 날렸습니다. 어르신이 살아 계셨다면 많은 걸 알려주셨을 텐데요."

류샤오안이 말했다. "드라마를 보는 것 같군. 자네 집에 이렇게 흥미로운 일이 있을 줄이야. 그나저나 기억을 잃은 뒤 잠재의식 제일 밑바닥에 남는 건 가장 사랑했던 곳일까, 아니면 가장 증오했던 곳일까?"

칭린은 잠시 생각한 뒤 "모르겠습니다"라고 답했다.

류샤오촨이 말했다. "나라면 제일 싫어했던 곳이 남을 것 같아. 상처를 심하게 받아서 어떻게든 복수하려고."

류샤오안이 대꾸했다. "봐봐, 나는 너랑 완전히 반대라고. 나라면 제일 사랑했던 곳을 기억할 거야. 그래야 계속 살아갈 힘이 생길 테니까."

류샤오안은 웃음을 지은 뒤 또 말했다. "큰일이네, 우리 때문에 칭린이 판단을 못하겠어."

칭린이 쓴웃음을 지으며 대답했다. "정말 어렵네요."

류샤오촨이 말했다. "아무래도 제대로 알아봐야 할 것 같네. 자네 어머니는 물론, 자네 자신을 위해서 말이야. 내가 장기 휴가를 줄게. 월급은 그대로 줄 테니 이 일을 확실히 알아봐. 정말로 가족이 남아 있다면 자네 어머니를 깨울 수 있을지도 모르잖아. 빈말이 아니라 자네 어머니

일은 내 일이기도 해. 나는 태어난 지 며칠 되지 않아서부터 자네 어머니와 잤어. 오 년 동안 밤마다 나를 재워주셨지. 여섯 살 때 동생이 그 자리를 차지한 뒤로 나는 발밑에서 잤고. 내 입맛도 십여 년 동안 자네 어머니 밥을 먹으면서 만들어진 거라네. 하지만 그때는 어려서 자네 어머니가 어떤 일을 겪으셨는지 몰랐어."

류샤오안도 말했다. "칭린, 정말 생각도 못한 일이야. 자네 어머니가 우리집에 처음 오셨을 때 샤오촨은 아직 태어나지도 않았고 나도 겨우 세 살이었어. 우리 어머니는 부상으로 건강이 안 좋았고 일도 바빴지. 우리 남매는 모두 자네 어머니 손에 자랐어. 아직도 기억하는데 내가 막 중학교에 들어갔을 때 자네 어머니가 떠나셨어. 그날 집에 와서 새 아줌마가 해준 음식을 먹은 뒤 맛없다고 짜증을 부렸지."

류샤오촨이 끼어들었다. "형이 짜증냈던 거 나도 기억나. 어머니가 아줌마한테 사과하라고 혼냈잖아. 형은 싫다고 고집부리다가 아버지한테 뺨을 맞고 나서야 얌전해졌지."

"맞아. 나중에 기숙사에 들어가 살면서 천천히 잊어버렸어. 이후에 온 다른 가정부는 우리와 가족처럼 지내지 못했고. 칭린, 아버지도 일찍 떠나셨는데 어머니까지 그런 병에 걸리셨구먼. 앞으로 자네는 우리 형제야. 내가 큰형, 샤오촨이 작은형, 내 여동생은 자네 누나. 오늘 그애가 있었으면 자네를 끌어안고 울었을 거야. 자네 어머니가 떠난 뒤 그애는 나보다 더 심하게 난리를 쳤거든."

칭린은 어머니가 이 집에서 그렇게 중요한 사람이었는지 몰랐고, 그들 남매와 그토록 정이 깊었던 줄은 더더욱 몰랐다. 순간 눈물이 그의 눈가를 타고 흘러내렸다.

57. 청문은 하녀

정월대보름이 지난 뒤 류샤오안과 류샤오촨 형제가 정말로 칭린의 집에 찾아왔다.

하지만 그들이 아무리 부르고 옛일을 언급해도 딩쯔타오는 초점 없는 눈빛으로 멍한 표정만 지을 뿐이었다. 형제는 안타까워하며 한참을 슬퍼했지만 어쩔 도리가 없었다.

류샤오안이 말했다. "우리는 역부족인 것 같네."

"그럼 누가 도움이 될까요?"

칭린의 물음에 류샤오촨이 대답했다. "마음속 응어리를 만든 사람이나 과거와 관련된 사람이겠지. 아이를 낳았다면 남편이 있었겠지? 그 사람이 아직 살아 있다면?"

"정말 그 사람이 아직 살아 있고 어머니를 깨워준다면 저는 그분의 노년을 책임지겠습니다. 하지만 가족을 한 사람도 찾지 못하면요? 어머니가 끝내 깨어나지 못하면요?"

그들 형제는 아무 말도 하지 못했다.

사실 그들은 오는 길에 진실을 밝히든, 혹은 가족을 찾든 딩 이모가 깨어날 가능성은 적을 거라고 결론을 내렸다. 다만 그런 생각을 입 밖으로 꺼낼 수는 없었다. 칭린에게 절망감을 주고 싶지 않았다.

칭린은 기왕 온 김에 좀 둘러보라며 그들에게 집을 보여줬다. 그러다 화병 앞에 이르렀을 때 칭린이 물었다. "여기 그려진 그림이 뭔지 아세요?"

류샤오안이 대답했다. "몰라, 옛날 그림은 다 이런 식이잖아."

류샤오촨이 자세히 살펴본 뒤 말했다. "노자출관* 아니야?"

칭린이 말했다. "친구한테 선물 받은 화병인데 저도 이 그림이 뭔지 전혀 몰랐습니다. 중국 그림에는 거의 문외한이거든요. 그런데 어머니가 화병을 보자마자 〈귀곡자하산도〉라고 하시더라고요. 그래서 친구에게 물어봤더니 정말 〈귀곡자하산도〉라는 겁니다. 노자출관에서는 소를 타지만, 귀곡자하산에서는 호랑이와 표범이 끄는 수레를 타고 있답니다. 어머니는 당신 아버지가 예전에 그림을 자주 그리셨다고도 하셨어요. 그런데 완전히 무의식적으로 하신 말씀이었지요. 제가 다시 물었더니 무척 명한 표정으로 본인이 뭐라고 말했는지 모르시는 눈치였습니다."

류샤오안이 갑자기 말했다. "자네 말을 들으니 불현듯 떠오르는 게 있어. 내가 초등학교 때 이백의 「촉도난」을 외워 쓴 적이 있는데 '잠총과 어부 같은 촉나라 왕들, 나라를 세울 때가 아득하기만 하네'라는 구절을 쓸 때 '어부魚鳧'를 '어조魚鳥'라고 썼거든. 그랬더니 이모가 글자를

---

* 노자가 함곡관에서 윤희에게 도덕경을 전해주는 장면을 그린 그림.

잘못 썼다고 했어. 그때 나는 안 믿었는데 나중에 보니까 정말로 내가 틀렸더라고. 다시 말해 자네 어머니는 글을 아셨던 거지."

"어머니가 글자를 아시는 건 알았어요. 문맹퇴치교육을 받았다고 하셨거든요. 하지만 그런 교육에서 그렇게 어려운 글자까지는 배우지 않잖아요?"

류샤오촨도 뭔가 떠올랐는지 말했다. "아, 그러니까 나도 생각난다. 우리가 우한으로 이사온 뒤 우리 어머니한테 어떤 친구가 사녀화*를 한 폭 선물했는데 거기에 '마음씨가 고상하나 신분이 천하고, 재주가 뛰어나 질투를 부른다'라고 적혀 있었어. 어머니가 이런 여자 그림을 뭐에 쓰냐고 하니까 이모가 옆에서 물을 따르다가 '청문은 하녀일 뿐이니 정말 불쌍하지요'라고 했어. 어머니가 청문이 뭐냐, 누가 청문이냐고 물었더니 이모가 멍하게 어머니를 보면서 '저도 몰라요. 그냥 이 여자가 청문 같아요'라고 대답했지. 어머니는 그 그림을 계속 가지고 계셨고. 나는 고등학교에 들어가 『홍루몽』을 읽다가 그 마음씨가 고상하나 신분이 천한 사람이 정말 청문이라는 걸 알게 됐어. 그 말은 자네 어머니가 『홍루몽』을 읽었다는 뜻이잖아. 게다가 시 한 구절만으로 그게 누구인지 알았다는 건 숙독했다는 말이고."

칭린이 깜짝 놀라 반문했다. "정말입니까? 정말 그런 일이 있었어요? 두 분 생각에 어느 정도 수준이 되어야 『홍루몽』을 숙독할 수 있나요?"

그들 형제도 조금씩 기억을 되짚어보기 시작했다. 딩쯔타오의 과거는 그들에게도 정말 큰 수수께끼처럼 느껴졌다.

---

* 중국 고대 상류층 여인이나 그 생활을 그린 그림.

청린은 문득 놀랍고 기이한 일들이 우리 곁을 수시로 스쳐지나가는 데 우리가 대수롭지 않은 태도로 넘기는 게 아닐까 하는 생각이 들었다. 사실 그렇게 무심히 넘긴 일들의 뒤편에는 엄청난 비밀이 숨겨져 있을지도 모르는데 말이다.

58. 멋지게 올라간 처마끝

칭린은 다시 촨둥으로 갔다.

룽중융이 동행했고 때는 초여름이었다.

아무리 효자라 해도 칭린은 앞뒤 가리지 않고 무작정 달려드는 유형의 사람은 아니었다. 비즈니스 세계에 오래 몸담고 일하다보니 어떤 일이든 실리를 추구하는 습관이 몸에 배어 있었다. 처음 아버지의 일기를 읽었을 때는 엄청난 충격을 받아, 그도 어떻게든 시간을 내 잘 찾아보겠다고 이를 악물었다. 하지만 어느 정도 시간이 흐르자 생각이 바뀌었다. 그렇게 대단한 일처럼 느껴지지 않았다. 하루에 한 대야씩 머리에 물을 끼얹는 것처럼 하루하루가 지나가자 강렬한 감정도 차츰 쓸려나갔다. 갈수록 칭린은 여러 가지 생각이 들었다. 열심히 시간과 노력을 들여 찾은들 내 인생에 무슨 의미가 있을까? 더구나 어머니 연세가 이미 이렇게 많은데 과연 깨어나실 수 있을까? 정말로 친척을 찾는다고 해도 지금껏 남으로 살아왔으니, 그런 낯선 사람들을 어떻게 대해야 할까? 또 아버지도 그 일들을 알 필요가 없다고 적어두셨다. 아버지와 어머니 본인들이 떠올리기 싫다고 했던 과거를 내가 굳이 파고들어야 할까? 그냥 두 분 생각대로 하자.

시간이란 정말 무서운 존재다. 그런데 현실은 그보다 더 독해서 감정이 끓어넘치던 사람을 담담하기 그지없는 실용주의자로 바꿔놓을 수 있다. 칭린도 그랬다. 그는 자기 일, 눈앞의 삶에 충실한 게 제일 중요하다고 생각했다. 과거를 돌아볼 게 아니라 미래를 봐야 하며, 시간을 거슬러갈 게 아니라 앞으로 따라가는 게 옳았다. 사실 아버지의 일기도 그런 뜻을 분명히 밝히고 있었다.

그렇게 생각한 칭린은 재빨리 감정을 추스르고 그 일을 아버지의 가방처럼 구석에 내려놓았다.

하지만 룽중융이 끼어들면서 생각이 또 바뀌었다. 그의 개입은 완전히 우연이었다.

룽중융은 남방 장원에 관한 책을 계속 구상중이었고, 그중에서도 양쯔강 중류 지역의 장원을 중요하게 생각하고 있었다. 예전에는 건축 자체로 접근하는 경우가 많았는데 다수이징의 내막을 알게 된 뒤로, 그의 심경에 갑작스러운 변화가 생겼다. 민간 건축, 특히 부자들의 대저택은 건축적인 의미에서는 사실 새로운 게 별로 없었다. 하지만 그 배경, 예를 들어 기원과 변천, 결말에는 건축 자체보다 훨씬 가치 있는 내용이 많았다. 특히 주목해야 할 점은 지난 오십여 년 동안 사회의 질적 변화 때문에 거의 모든 남방 장원이 주인을 잃었다는 사실이었다. 그 짧은 시간에 장원은 학교나 창고, 사무실이 되거나 완전히 사라지고 말았다. 원래의 가족 구성원이 모두 사망한 장원은 대부분 폐허가 되었다. 그건 시간의 흐름에 따른 쇠락이 아니라 사회에 의한 파괴라 할 수 있었다.

롱중융은 이게 매우 재미있는 소재라고 생각했다. 특히 양쯔강 중류, 가령 촨둥처럼 첩첩산중의 깊은 곳에 숨어 있던 대부호의 장원은 거의 알려지지 않았다. 그런 장원의 기원과 결말은 어땠을까? 외재적 생활의 변화는 건축 스타일과 수명에 어떤 영향을 미쳤을까? 건축 수명에 영향을 미친 요소가 어떻게 자재뿐이었겠는가. 그보다는 인위적 요인이 더 컸을 것이다. 롱중융은 잔뜩 흥분했다. 이런 관점으로 책을 쓰려면 단순한 지도 제작으로는 어림도 없었다. 반드시 장원을 깊게 이해해야만 했다. 그런데 사회 상황과 민심까지 책에 반영하려면 작업량이 예전보다 많아지고 기간도 훨씬 길어질 터였다.

학기가 시작한 뒤 롱중융은 칭린에게 전화를 걸어 그의 회사에서 자기 책을 후원해줄 수 있는지 물었다. 책에 칭린 회사가 후원했다고 명기할 수 있으며, 시리즈를 기획중인데 첫번째 책은 『촨둥의 장원』으로 쓸 계획이라고도 말했다.

칭린은 수화기 너머에서 롱중융이 줄줄 쏟아내는 생각을 듣다가 친구의 열정에 자신이 가슴 깊은 곳에 묻어뒀던 뭔가가 점화되는 것을 느꼈다. 그리고 번뜩 떠오르는 생각을 말했다. "후원은 문제없어. 우리 회사에서 후원했다고 명시하든 말든 그것도 상관없고. 내 조건은 한 가지뿐이야, 나도 데려가라는 거."

롱중융이 깜짝 놀라 "왜? 네가 갈 수 있어?"라고 물었다.

"내 조사와 탐방도 네가 좀 도와줘야 해. 나는 촨둥에서 체런루라는 저택을 찾아야 하거든. 그런데 그 집은 근방에 댐이 들어서면서 사라졌어. 나는 체런루를 아는 사람을 찾으려고 해. 원한다면 촨둥에서 쓸 차편도 내가 제공할게."

룽중융은 무척 기뻐했다. "그건 조건이 아니라 혜택이지. 네가 같이 가주면 우리는 먹고 자고 움직이는 것 모두 보장받을 수 있잖아. 게다가 네가 문외한도 아니니 나한테 조언을 해줄 수도 있고. 그나저나 그 집은 왜 찾는 거야?"

"그건 만나서 얘기하자."

아주 빠르게 두 사람은 출발 날짜를 정하고 충칭에서 만나기로 했다. 류샤오촨은 적극적으로 지지하며 충칭 지사에 전화해 공항에서 칭린에게 지프차를 넘겨주라고 지시했다. 그런 다음 칭린에게 말했다. "뭐든 필요한 게 있으면 전화만 해."

그런데 떠나기 전날 갑자기 류샤오안이 칭린에게 전화를 걸어왔다. "칭린, 내가 연장자로서 자네보다 세상을 좀더 알잖아. 해주고 싶은 말이 있네. 만약 찾기 힘들면 그냥 포기해도 돼. 진상을 반드시 찾아야만 하는 건 아니란 말이야. 세상의 모든 일에 진상이 있는 건 아니라고. 그러니까 단순하고 편안하게 사는 게 언제나 인생의 진리라는 말이네."

처음에는 어리둥절했지만 칭린은 통화 내용을 가슴에 담았다. 그는 마음을 다잡고 창문 앞으로 걸어가 오랫동안 생각에 잠겼다.

룽중융은 학생들이 다른 수업 때문에 올 수 없었다며 혼자만 왔다. 칭린과 만난 뒤 그는 계속 중얼거렸다. "정말 믿을 수가 없어. 졸업한 게 언제인데, 이렇게 같이 전공 답사를 하러 갈 줄이야. 너 충동적으로 나서지 않은 거 확실해? 혹시 아내와 무슨 문제가 생겨서 도망가는 거 아니야?"

칭린이 웃으며 대꾸했다. "그럴 리가. 개인적인 일이 있어."

그런 다음 아버지의 일기 속 어머니 신분에 관한 내용을 자세히 들려줬다.

룽중융은 거의 입을 다물지 못할 정도로 놀랐다.

"너는 어떻게 이렇게 담담할 수 있어? 설부터 지금까지 기다리다니, 나로서는 이해할 수가 없다. 내가 같이 찾아줄게! 이 일이 내 책보다 더 중요하다고."

칭린이 웃었다. "너무 호들갑 떨지 마. 처음에는 나도 굉장히 흥분했는데 마음을 가라앉히고 가만히 생각해보니, 알건 모르건 그게 다 무슨 의미인가 싶더라. 우리 아버지는 잊으려 노력했고 어머니는 기억을 거부하셨어. 두 분이 평생 저항했을 때에는 분명 그럴 만한 이유가 있었을 거야."

"그게 어떤 이유일까?"

"세상에는 기억할 가치가 없는 일들이 있잖아. 혹은 잊어야만 하는 일이나 사람도 있고."

룽중융은 한참 동안 대꾸하지 않다가 차가 충칭을 벗어나서야 입을 열었다. "확실히 그래. 그런데 어떤 사람이나 일은 말이야, 잊고 싶어하는 사람도 있겠지만, 반드시 기억하려는 사람도 있거든."

칭린은 아무 말도 하지 않았다.

그들은 완저우에 숙소를 잡지 않았다. 칭린은 예전에 류진위안과 함께 갔던 식당에만 들러 룽중융에게 생선구이를 맛보게 한 뒤 곧장 리둥수이의 집으로 차를 몰았다.

연로한 리둥수이는 침대에 누워 내려오지 못했다. 그의 아들 솜털은 후수이당만 들어봤을 뿐, 체런루는 전혀 모른다고 되풀이해 말했다. 어쨌든 거리가 좀 떨어진데다 예전에는 교통이 불편해 소식이 오가기 힘들었을 터였다.

솜털은 처음 체련루를 언급한 노인 집으로 그들을 데려갔다. 그 노인도 지나가던 공작대 동지가 말한 것을 들었을 뿐 다른 건 아무것도 모른다고 재차 설명했다. 불을 피우는 가마 이름이 체련루인 줄 알고 이상해서 물어봤으니 기억하지, 아니었으면 아예 몰랐을 거라고 했다.

실마리가 그렇게 끊어졌다.

룽중융이 말했다. "당시 후수이당에서 살았던 사람을 찾아야겠어. 후수이당 사람들이 어디로 옮겨갔는지 알아봐야겠다."

칭린이 말했다. "방법이 있지. 현성으로 돌아가서 그때 후수이당 사람들을 어디로 이주시켰는지 공문서를 찾아보는 거야."

"50년대 일이니 기록이 없지 않을까?"

"또다른 방법도 있어. 융구하를 찾은 다음 강줄기를 따라 상류로 가는 거야. 어머니가 그 강에서 구조됐거든. 강 양쪽 기슭에서 뭔가 찾을 수 있지 않을까? 또 기본적으로 촨둥의 중심 지역이니, 가다가 옛날 장원이나 건물을 만나면 둘러볼 수도 있고."

"그거 좋은 생각이네. 일거양득이잖아."

그들은 샹수이진에서 하룻밤을 묵었고, 이튿날 정오가 되기도 전에 융구하를 찾을 수 있었다.

칭린은 계획했던 대로 강을 거슬러올라가기 시작했다. 이론적으로는 합리적이고 쉬워 보였는데 막상 실행하려니 무척 어려웠다. 강 옆으로 길이 없어 구불구불 돌아야 하고, 수시로 산을 넘거나 골짜기를 지나야 했다. 산비탈이 완만하게 뻗어나가다가 불현듯 높은 봉우리나 절벽에 가로막히기도 했다. 산 넘어 산이고 골짜기 지나 골짜기였다. 가면서 칭린은 옛날 그 일대에서 있었던 비적 소탕에 대해 들려줬다.

룽중융이 차창 밖의 산을 보며 탄식했다. "비적이 많을 만하네. 나무와 풀, 흙과 물이 있으니까. 농사를 지어 자급자족할 수 있잖아. 숨기쉽고 달아나기도 어렵지 않고."

"당시 비적들이 꽤 편했을 거란 말이야?"

"분명 가난한 사람보다 살기 쉬웠을 거야. 그렇지 않고서야 왜 비적이 되겠어?"

"일리가 있네. 무슨 일이든 개별적 사건이 현상이 될 때는 심오한 배경이 있기 마련이니까."

두 사람은 가다 서기를 반복했다. 마을이 나오면 들어가 물어봤다. 길을 따라가면서 노인을 많이 만났는데 하나같이 고개를 저었다. 그렇게 며칠 동안 강기슭 양쪽을 오가면서 백여 년 된 고택도 몇 채 찾았다. 규모는 크지 않은데 파손 정도는 하나같이 심각했다. 체런루는 아는 사람이 없었다. 칭린은 물으면 물을수록 체런루라는 게 아예 존재하지 않았던 게 아닐까 하는 의문이 커졌다. 내가 잘못 들었나, 하고 자문할 정도였다.

찬둥 내지의 마을은 대부분 무척 조용했다. 사람이 별로 없어서인지 생기가 부족하다는 느낌이 들었다. 청경채 수확이 끝나고 봄 옥수수도 철이 끝났는데 어린 모는 아직 무성하게 자라기 전이라 논이 연둣빛을 띠었다. 반면 마을 근처는 수풀이 짙푸르게 우거져 전원생활의 고즈넉함이 그곳에 숨어 있는 듯했다.

룽중융이 길게 한숨을 내쉬었다. 그는 감탄보다 탄식을 훨씬 많이 했다. 자연을 보며 감탄하고 사람을 보며 탄식했다. 새집은 하나같이 추하고 옛집은 너무 낡았다며 끊임없이 불평을 늘어놓았다. 산수를 제외한 인공적 조형물은 볼만한 게 없다는 말이었다. 옛날에 서민들이 직접 집을 지을 때는 자연환경과 어우러지게 지어서 건물과 자연이 서로 의지하는 느낌이었는데, 요즘은 건축가가 그렇게 많고 건축자재와 도구가 질적으로 발전했음에도 시골 건물이 점점 흉물스러워진다고 말했다. 어떤 집이든 자연환경과 어긋나 마치 천지에 대고, 나는 너랑 어울리기 싫어, 네가 아름다운 광경을 연출하지 못하게 할 거야, 흉터가 되어 널 못생기게 만들겠어, 너에게 맞설 거야, 하고 선언하는 듯하다고 투덜거렸다.

룽중융이 말했다. "봐봐! 충칭만 봐도 알 수 있잖아. 입체감이 분명한 도시라 한층 한층 단계적으로 높일 수 있는데 군이 산꼭대기에 고층 건물을 세웠지. 산간도시의 아름다운 입체감을 기어코 망가뜨렸잖아. 거리를 걸을 때 지붕을 한눈에 바라볼 수 없으니 얼마나 답답해. 안타깝다니까, 안타까워."

칭린이 웃음을 지었다. "하늘과 누가 높은지 겨루는 꼴이지."

"대자연과 대결해 성취감을 만끽하자는 신조를 받들면서 조화를 우선시한다는 원칙을 버렸어. 정말 어리석지 않아?"

온종일 빙빙 돌며 사방을 다니다보니 시간이 많이 걸렸다. 달리 할 일이 없어 두 사람은 한가롭게 잡담을 나누었는데 주로 불평이 많았다.

사방이 산이라 툭하면 신호가 끊겼다.

칭린은 전화가 별로 오지 않았지만 룽중융의 휴대폰으로는 수시로 문자나 전화가 왔다. 그는 내내 떠들어댔다. 한 학생의 전화를 받은 뒤 룽중융이 갑자기 제안했다. "우리가 지난번에 가고 싶다고 했던 유령 장원 기억나? 내 학생 말로는 이 근방에 있을 거래. 거기에 가보는 게 어때? 물론, 체런루 조사도 포기하면 안 되지. 네 생각은 어때?"

"당연히 괜찮아."

룽중융이 휴대폰 문자를 뒤져 학생이 보내준 주소를 알려주었다. "지샹진 방향으로 가다가 주시완을 찾으래. 거기에서 좀더 가면 산꼭대기에 우뚝 솟은 망루가 보인다고. 망루 쪽으로 직진하면 된대. 마을 사람들이 무척 순박하고, 촌장이 꽤 지식인이라 도움이 될 거래."

칭린이 지도를 살펴보니 돌지 않고 바로 가면 아주 먼 거리는 아니었다. 그래서 차에서 내려 마을 주민에게 길을 확실히 물어본 뒤 강가를 따라가지 않고 곧장 달려갔다.

얼마 가지 않아 큰길에서 벗어났다. 오솔길로 들어간 뒤에는 차가 바다 위의 조각배처럼 위아래로 심하게 흔들렸다. 속도를 최대한 낮추는 수밖에 없었다. 헤이룽이라는 작은 마을에 도착하자 이미 날이 어두워졌다. 그들은 마을에서 묵고 날이 밝은 뒤 다시 지샹진으로 가기로 했다.

헤이룽이든 지샹이든 깊은 산속의 작은 마을이라 외부에 거의 알려지지 않았고 교통 때문에 외지인이 오가는 일도 거의 없어 보였다. 어둡고 바람이 강한데다 산그림자가 첩첩이 이어졌다. 칭린이 말했다. "바이양바의 다수이징이 생각나네. 유령 장원도 대저택이라면, 대체 어떤 사람이기에 이렇게 깊은 산속까지 와서 집을 지었을까? 자재를 들여오는 것만 해도 쉽지 않았을 텐데."

룽중융이 대답했다. "이해는 안 되지만 항상 기이한 사람들이 있으니까."

마을은 썰렁하니 딱히 갈 만한 곳도 없고 종일 돌아다니느라 피곤하기도 해 두 사람은 일찍 잠자리에 들었다. 이튿날 길가 식당에서 아침을 먹을 때 사람들에게 유령 장원에 관해 물어봤다. 이곳에 오니 그 집을 아는 사람이 많아졌다. 모두 서쪽으로 수십 리를 가면 된다며, 지샹진에 들어갈 필요 없이 중간에 꺾으라고 했다. 그러고 나서 낮에 가야지, 밤에 가면 안 된다고, 귀신이 너무 많다고 경고했다. 밤에 들어가면 잠들지 못한 귀신이 산 사람 몸에 달라붙는다는 거였다. 소름 끼치는 이야기였지만 확실히 칭린과 룽중융은 구미가 당겼다.

또 덜컹거리며 나아갔다. 거의 숲속의 돌길 위를 달리는 듯했다. 속도도 산책하는 수준으로 느려졌다. 차에서 튼 음악까지 반다리의 〈고요한 숲〉이었다. 룽중융이 창문을 열자 선율이 밖으로 날아가 산 사이에서 메아리쳤다. 덕분에 나뭇가지에 음표가 잔뜩 걸린 듯 화기애애한 분위기가 만들어졌다.

칭린이 말했다. "사장님이 자기 차를 우리가 이렇게 쓰는 줄 알면 얼마나 마음이 아플까."

"이미 사장님 허락을 다 받아놓고 무슨 차를 걱정해? 그러고 보니 우리가 깊은 산속에서 살아 있는 게 전부 이 차 덕분이지. 그렇게 따지면 네 사장도 아주 기뻐할 거야."

그 말에 칭린이 크게 웃기 시작했다. 그러다 그들은 산 위로 드러난, 날아오를 듯한 처마를 발견했다.

두 사람의 웃음소리가 뚝 그쳤다. 이어서 룽중융이 감탄을 내질렀다. "와! 정말 멋지네!"

차가 가까이 갈수록 목표물도 점점 선명해졌다. 그건 돌을 쌓아 만든 망루였다. 산마루에 우뚝 솟은 망루가 스스로 산꼭대기가 되었다. 망루 위에는 네 모서리가 뾰족한 정자가 있었다. 정자의 네 모서리는 활짝 펼친 날개 같아, 금방이라도 망루를 들어 하늘로 날아갈 듯했다.

햇살이 무척 약한데도 망루에 떨어지자 눈부시게 빛났다. 낡은 기둥과 무너진 처마에서도 특이한 광채가 났다.

좀더 가까이 가자 나뭇가지 사이로 망루 벽면의 화포 구멍이 보였다. 긴 담장이 망루 밑에서부터 산의 경사를 타고 아래로 이어졌다. 담장 역시 돌을 쌓아 만들었으며 일정한 간격마다 네모난 총구멍이 뚫려 있었다. 담장은 산세를 따라 내려오다가 빽빽한 숲속으로 사라졌다.

룽중융이 말했다. "이렇게 지었다는 건 수많은 비적의 침략을 막아야 했다는 뜻이겠지."

"촨둥에서는 백여 년 동안 비적이 날뛰어 마을마다 대비해야 했다더라. 지난번에 내가 다수이징을 떠나 사장님 아버지를 모시고 촨둥에 왔었잖아. 우리 아버지를 군대로 데려왔다는 분 말이야. 그분이 여기 일대에서 비적을 소탕했대. 아주 자랑스럽게 말씀하시더라고. 자신들이 비적을 완전히 소탕한 뒤 오십여 년 동안 비적을 찾아볼 수 없었다고 말이야. 그래서 촨둥 사람들이 편안히 살면서 다시는 비적의 괴롭힘을 받지 않았다고. 그걸 공전의 업적으로 여기시더라."

"오면서 들었는데 이곳은 토지개혁도 엄청나게 심했다더라."

칭린이 길게 탄식했다. "그랬대. 하지만 혁명이라는 게 네가 죽거나 내가 죽는 거잖아. 그러니 어쩔 수 없었겠지. 우리 같은 사람은 감히 끼어들 수도 없었을 거야. 어쨌든 예전 민간 장원의 건축 방향과 담장 배치를 보면 비적 대비가 그들 생활에서 매우 중요했던 게 확실해. 이 장원을 보니 다수이징 리씨 사당의 높은 담장이 떠오르네."

"여기부터 바이양바진까지 직선거리로 따지면 아주 멀지는 않아."

그들은 해가 떨어지기 전에 주시완을 찾을 수 있었다. 과연 얼마 가지 않아 마을이 나왔다.

황혼 속 작은 마을은 아무도 없는 것처럼 고요했다. 룽중융이 말했다. "괜찮은 집을 찾아서 재워달라고 하자. 너, 물주는 돈 아끼지 말고."

칭린이 웃었다. "식비와 숙박비 합쳐 하루 이백 위안. 저들은 하늘에서 돈이 떨어진다고 생각할걸."

룽중융도 웃으며 말했다. "1인당 이백 위안으로 하자. 돈 있는 사람이 시주한다고 생각해. 이런 산속에서 살려면 쉽지 않을 텐데 너무 인색하게 굴지 말라고."

"그러면 할말이 없네."

59. 연매장

　칭린의 차가 유령 장원 옆을 지나갔다. 숲에 둘러싸여 장원 대문은 고사하고 담장조차 제대로 보이지 않았다. 칭린이 말했다. "와, 정말 꽁 꽁 싸여 있네."

　룽중융이 말했다. "아무도 안 산다고 했잖아. 당연히 길에 신경쓰는 사람도 없겠지."

　주시완은 부근 강굽이의 이름으로, 무척 얕고 돌이 많아 배가 거의 다닐 수 없었다. 마을 이름은 루샤오촌이었는데, 워낙 작아서 이름까지 산속에 깊이 파묻힐 것만 같았다. 수십 가구의 돌집이 산꼭대기에서 굴러내려온 바위처럼 산기슭 곳곳에 흩어져 있었다. 나무와 가시덤불, 갈대에 덮여 멀리에서는 마을 윤곽조차 잘 보이지 않았다.

　촌장을 찾아갔던 그들은 그 집 여건이 괜찮아 보여서 아예 그곳에 묵기로 했다. 제일 만족스러운 부분은 새로 지어서 화장실이 실내에 있다는 거였다. 촌장은 서른 살쯤 된 루환시라는 사람이었다. 선전과 충칭에서 일하다가 도시 생활이 싫어져 고향으로 돌아왔다고 했다. 외지에서는 남들 밑에서 일하며 사회적 지위를 전혀 누리지 못했지만, 고향으로 돌아온 뒤에는 자기 일을 하고 어디에 가든 마을 사람들의 존중을 받는다고 했다. 돈은 적게 벌어도 낯이 서는 것은 물론 전망도 괜찮다고 말했다. 또 예전에는 가난하면 낯을 세울 수 없으니 욕먹는 게 당연한 줄 알았다고 자조하면서, 이제는 가난해도 당당해지기로 했다고 말했다.

마을에는 빈집이 꽤 많았다. 과거에는 여기에도 사람이 꽤 많았는데 워낙 외지다보니 하나둘 떠났다며, 완주로 간 사람도 있고 충칭이나 평제로 간 사람도 있다고 루환시는 설명했다. "도시에 살면 편하니까요. 더군다나 도시에서는 고생할 각오만 하면 일을 쉽게 찾을 수 있지요. 어떤 일을 하든 마을의 몇 달 치 수입을 벌 수 있고요."

마을은 칭린과 룽중융이 상상했던 것만큼 가난하지는 않았다. 전기가 들어오고 텔레비전이 있는 집도 몇 집 있었다. 하지만 인터넷이 안 되고 저녁 아홉시가 넘으면 전기가 끊겼다. 주말에만 좀더 늦게까지 전기가 들어온다고 했다. 룽중융이 말했다. "싼샤댐에서 가까우니 전력은 충분할 텐데요."

루환시가 대답했다. "전기가 들어오는 것만으로 좋습니다. 어쨌든 그 시각에는 모두 잠을 자고요."

한참 떠들다보니 유령 장원에 관한 이야기가 나왔다.

루 촌장이 말했다. "최소 이백 년은 된 저택입니다. 저희는 귀신의 집이라고 부르지요. 유령 장원은 어떤 학생이 놀러왔다가 붙인 이름일 겁니다. 귀신의 집에는 정말로 귀신이 있습니다. 거짓말이 아니에요. 밤에는 마을 사람 누구도 담장 가까이 가지 않아요. 귀신이 마당에서 움직이는 소리가 들리거든요."

칭린이 얼른 물었다. "무슨 소리요?"

루환시가 대답했다. "온갖 소리가 다 들립니다. 웃음소리와 울음소리
는 물론 대화하는 소리도 들리지요. 옛날 그 집 루씨 어르신이 무척 엄
격했다고 합니다. 그가 고함치는 소리가 얼마나 자주 들리는지 모릅니
다. 바람이 불면 곳곳에서 짤랑짤랑, 달그락달그락하며 여러 사람이 바
쁘게 움직이는 소리가 들리고요. 산 위에서 대성통곡하는 소리도 들린
답니다. 또 천둥이 치면 루 어르신이 그 소리에 맞춰 고함을 지릅니다.
천둥 신이 포효하는 것 같다니까요."

룽중융이 궁금해하며 물었다. "뭐라고 외치는데요?"

루환시가 목소리를 낮추며 진지하고 침울하게 대답했다. "연매장!
연매장!"

칭린이 깜짝 놀라 되물었다. "뭐라고요?"

"연매장이요! 부드러울 연에, 매장이요."

칭린이 말했다. "어? 어디선가 그 말을 들어본 적이 있어요."

룽중융이 물었다. "무슨 뜻인가요?"

루환시가 대답했다. "시신을 곧바로 흙에 묻는다는 뜻이에요. 아무것
도 없이요. 관도 없고 시신을 감싸는 멍석도 없이. 노인들 얘기에 따르
면, 우리 고장에서는 누가 원한을 품은 채 죽으면서 환생하고 싶지 않
을 때 연매장을 선택했답니다."

칭린이 벌떡 일어나며 큰 소리로 말했다. "생각났어요. 아버지가 교
통사고를 당했을 때 어머니가 현장에서 큰 소리로, 연매장은 안 된다고
외쳤어요. 맞아요, 그렇게 소리쳤어요."

칭린은 불현듯 뭔가 손에 잡힐 듯한 기분이 들었다. 그 뭔가가 자신의 손가락으로 점점 더 가까이 오고 있었다.

룽중융이 말했다. "저는 생전 처음 들어봐요. 그는 왜 연매장이라고 외치나요? 그 사람이 연매장됐나요?"

루환시가 대답했다. "맞습니다. 내일 낮에 귀신의 집에 가보면 아실 거예요."

그날 밤 칭린은 잠을 이룰 수가 없었다.

촨둥에 올 때마다 어머니가 했던 단편적인 말들과 맞부딪치는 것들이 있었다. 어머니는 이 지역 그리고 이런 것들과 무슨 관계가 있을까? 칭린은 알 수 없었다. 비몽사몽중 귓가에서 계속 "연매장! 연매장!" 하는 소리가 울리는 것만 같았다. 때로는 엄하고 늙은 목소리였다가 때로는 날카롭고 처량한 목소리였다. 앞쪽은 낯설어도 뒤쪽은 어머니의 비명이라는 걸 알 수 있었다.

심지어 아버지가 교통사고를 당했을 때의 광경도 꿈에 나왔다. 어머니가 소리를 지르며 주저앉는 모습이 선명하게 떠올랐다.

60. 싼즈탕

아침 일찍 촌장 루환시의 집에서 식사한 뒤 칭린과 룽중융은 촌장을
따라 귀신의 집으로 향했다.

루환시는 귀신의 집이 오랫동안 이곳에 있었고 자신들은 어려서부
터 익숙해진 탓인지 전혀 대단하게 생각되지 않는다고 말했다. 몇 년
전 마을의 한 중학생이 펑제에서 친구를 데리고 놀러와 사진을 몇 장
찍은 뒤 천천히 외지인이 찾아오기 시작했다는 거였다. 학생이 유령 장
원이라 불렀는데 누가 그런 이름을 지었는지는 모르겠다고 했다. 어
쨌든 마을 사람들은 여전히 귀신의 집이라 부르며, 사실 그 이름도 누
가 부르기 시작했는지는 모른다고 덧붙였다. 루환시는 아무도 알려주
지 않았어도 자신은 태어나면서부터 그 저택이 귀신의 집이라는 것을
알았다고 말했다. 마당과 방이 무척 많은데 전부 비어 있고, 마을 사람
들은 들어가기 자체를 꺼리니 혼자 들어가는 사람은 더더욱 찾아볼 수
없다고 했다. 어렸을 때부터 어른들한테 그곳에는 가까이 가면 안 된다
는 소리를 들었으며, 어쩌다 손님이나 높은 사람이 찾아와 둘러보는 경

우를 빼면 자신도 들어가지 않는다고 설명했다.

지금 귀신의 집에는 미친 노인 한 명만 살고 있다고도 했다. 생활보장 대상자인 노인은 거의 밖으로 나오지 않으며 마을위원회에서 쌀과 소금을 지원받고 마당 텃밭에 감자와 채소를 길러 먹는다고 알려줬다.

룽중융이 물었다. "그는 이 저택의 내력을 아나요?"

루환시가 대답했다. "일흔 살이 넘었고 예전에 이 집에서 일했으니, 안다고 해야겠지요. 하지만 제정신이 아니라 안다고 해도 말하지 못할 걸요?"

귀신의 집 담장은 무척 길었다. 칭린이 차를 몰며 "정말 엄청난 저택이군요"라고 말했다.

룽중융이 물었다. "망루에 가볼 수 있을까요?"

루환시가 대답했다. "미치광이 노인이 못 가게 할 겁니다. 저도 가본 적이 없어요. 아마 마을의 누구도 가보지 못했을 거예요."

칭린이 말했다. "저택이 무척 매력적인데요. 마을에서 관광지로 개발하면 인기가 많을 듯합니다. 마을 사람들 집은 숙소로 쓸 수 있을 거고요. 도로만 잘 정비하면 마을이 단숨에 부유해질 겁니다."

"저도 생각해봤지만 불가능합니다."

룽중융이 말했다. "왜요? 제가 장원 지도를 그리고 사진도 찍어드릴 수 있습니다. 그러면 홍보하기 쉬울 거예요. 이백 년의 역사를 지녔다면 장원 안의 오래된 저택은 청나라 민가의 특색을 가지고 있을 테니 문화유산으로 보호받을 수 있을 거고요."

"안 됩니다. 마을 어르신들이 귀신의 집에 외지인이 드나드는 걸 싫어하세요. 다들 루씨 집안의 영혼을 괴롭히면 안 된다고 합니다. 아니면 큰 재앙이 닥칠 거라고요."

칭린이 의아해했다. "네? 왜 그렇게 생각하죠?"

"가서 보면 아실 겁니다. 저도 이야기하기 싫고요. 우리 마을 사람들은 모두 그 일을 언급하기 싫어합니다."

그 말은 칭린과 룽중융에게 이해할 수 없는 엄청난 미스터리로 다가왔다.

귀신의 집은 마을에서 멀지 않은 숲 뒤편에 독립적으로 자리했다. 오랫동안 사람들이 오가지 않아 오솔길도 잡초에 뒤덮여버렸다. 담장 밑으로 사람이 살 수 없을 정도로 거의 무너진 집이 몇 채 보였다. 루환시가 그 집들을 가리키며 말했다. "예전에 이 집 마구간이었습니다. 마을에서 이 집에만 마차가 있었지요. 마차를 타고 산속 지름길로 가면 하루도 안 걸려 완저우에 도착할 수 있었습니다. 그거 아십니까? 촨둥의 말은 무척 유명하답니다."

숲 옆에 이르자 차는 더이상 들어갈 수 없었다. 숲 사이로 선명한 청석판이 담장까지 이어져 있었다. 그 길이 끝나는 곳을 바라보자 벽에 끼워 넣은 듯한 작은 문이 눈에 들어왔다. 그들은 차에서 내려 그 문을 향해 걸어갔다.

칭린이 물었다. "뒷문인가요?"

루환시가 대답했다. "아니요, 정문입니다. 귀신의 집에는 문이 이것 하나뿐입니다."

칭린이 깜짝 놀랐다. "이렇게 큰 장원에 한 짝짜리 문밖에 없다고요?"

룽중융이 말했다. "촨둥에는 이런 관습이 있었던 것 같아. 천씨 가문의 장원에서도 이렇게 작은 문을 본 적이 있거든."

루환시가 대꾸했다. "마을 노인분들 말로는 커다란 저택에 문이 작다면 전부 예전에 아편 장사를 했기 때문이랍니다. 옳지 않은 일을 하니 당당하게 정문을 열 수 없어서, 옆문이나 작은 문을 사용할 수밖에 없었다고요."

칭린이 말했다. "재미있는 발상이네요. 하지만 이미 대부호가 되었는데 그런 규범을 굳이 따랐을까요?"

룽중융이 반박했다. "그건 네가 몰라서 그래. 중국 시골에서는 규범이 굉장히 엄격했어. 아무리 갑부라도 부자일 뿐, 존귀하지는 않다는 거지."

칭린이 물었다. "그러면 이 루씨 가문이 예전에 아편 장사를 했다는 뜻인가요?"

루환시가 대답했다. "선조가 그랬습니다. 돈을 번 뒤에는 조정 관리가 나왔지요. 그 이후로 온 산의 양귀비를 차나무로 바꾸었습니다. 민국 시기 전에 이미 정당한 상인이 되었지요. 하지만 조상이 만들어놓은 문을 바꾸지는 않았습니다. 아마 비적에 대비하기에는 작은 문이 더 안전하다고 생각했겠지요."

룽중융이 웃었다. "비적에 대비하는 게 부를 자랑하는 것보다 중요했다는 뜻이군요. 일리가 있네요."

장원은 산자락에서 시작해 산비탈 정상까지 이어지고, 산세를 따라 건물이 자리하고 있었다. 하지만 산 아래에서는 우뚝 솟은 망루만 보일 뿐 살림집은 높은 담장과 나무에 가려 보이지 않았다.

작은 건 차치하고 문짝이 하나뿐인 정문은 놀랄 정도로 좁기까지 했다. 두 사람이 나란히 서면 문틀에 닿을 지경이었다. 문설주는 돌을 통째로 가져다 만들었으며 왼쪽 돌기둥에 세 글자가 새겨져 있었다.

룽중융이 먼저 글자를 발견하고 큰 소리로 읽었다. "싼즈탕. 와! 귀신의 저택에 이렇게 우아한 명칭이라니. 싼즈탕이라고!"

뒤따라가던 칭린은 '싼즈탕'이라는 말에 거의 얻어맞은 것처럼 놀랐다. "뭐? 무슨 탕?"

룽중융이 대답했다. "귀신의 집의 진짜 이름은 싼즈탕이라고."

칭린이 한걸음에 달려가 낡은 돌기둥을 보자 '싼즈탕'이라는 글자가 선명하게 보였다. 마침내 어머니의 말이 기억났다. 그가 마련한 새집을 처음 보았을 때 어머니는 "내 집? 체런루? 아니면 싼즈탕?" 하고 물었다.

칭린은 자기도 모르게 흥분해 룽중융에게 소리쳤다. "이거야, 내가 찾던 게 이거라고!"

"넌 체런루를 찾는 거 아니야?"

"내가 처음 새집에 모셔 가 이제부터 여기가 어머니 집이라고 했을 때 어머니가 '내 집? 체런루? 아니면 싼즈탕?' 하고 물어보셨거든. 그때는 똑똑히 듣지 못해서 무슨 탕이라고만 기억했지. 그런데 이제 확실해. 분명 싼즈탕이라고 했어."

룽중융도 깜짝 놀랐다. "정말이야? 진짜 신기하다. 그렇다면 이 귀신의 집이 네 어머니와 어떤 관계가 있겠네?"

"나도 몰라. 어쨌든 정말 이상하지 않아?"

루환시도 그들의 대화를 듣고 깜짝 놀랐다. "어머니가 여기 분이시라고요? 싼즈탕을 말씀하셨다고요?"

칭린이 대답했다. "저도 모릅니다. 어머니는 기억을 잃으셨어요. 오십 년 전에 융구하에서 구조되셨지요. 강에 빠지기 전의 일은 기억을 못하십니다. 지금은 병에 걸리셨는데 앓아눕기 전에 이상한 말들을 하셨어요."

루환시가 망루가 있는 산꼭대기를 가리키며 말했다. "저 산 뒤의 언덕 하나를 더 넘으면 융구하로 통합니다." 그런 다음 잠시 뜸을 들였다가 덧붙였다. "하지만 루씨 집안과는 관계가 없는 게 좋을 겁니다."

칭린이 물었다. "왜요?"

루환시는 아무 대꾸도 하지 않고 한 손으로 문을 밀면서 소리쳤다. "푸퉁 아저씨, 저 들어가요. 루환시예요."

그러자 탁한 목소리가 딱딱하게 울렸다. "문 닫아!"

루환시가 큰 소리로 대답했다. "알았어요."

문을 지나자 넓은 마당이 나왔다. 담장은 무너졌어도 나무와 풀이 무성했다. 마당 앞쪽 양옆에 커다란 돌로 만들어진 방화용 물독 두 개가 있었다. 바위 중간을 파낸 물독에는 물이 가득 들었고 낙엽이 수면을 덮고 있었다. 룽중융은 그 석조 물독을 보자마자 이 집안의 재력이 엄청났던 걸 알겠다고 말했다. 루환시가 마당에 왜 이런 돌 항아리가 있는지 모르겠다고 하자, 룽중융은 물독은 저택의 필수품으로 대가족일수록 더 필요했다고 설명했다. 첫째, 물을 채우듯 재산이 모이기를 바라는 기원의 목적이 있고 둘째, 불이 날 때를 대비한 실용적 목적이 있다고 말한 뒤 촨둥에서 유난히 석조 물독을 좋아한 건 재료를 구하기 쉽고 튼튼해서였다고 설명했다. 루환시가 "그렇군요"라고 응수했다.

루환시는 칭린과 룽중융을 데리고 뒤쪽으로 향했다. 그들은 마당을 하나씩 계속해서 지나갔다. 한데 모인 형태도 있고 독립적인 형태도 있었다. 하나의 장원에 속해 있지만, 독립된 마당과 화원들은 서로를 침해하지 않았다. 아무도 살지 않는 고택의 들보에는 먼지와 거미줄이 가득했다. 커다란 들보와 기둥 아래에 벌레가 좀먹은 잔재가 떨어져 있었다. 룽중융이 한숨을 내쉬었다. "전형적인 남방 장원이야. 다수이징과 배치만 다를 뿐 스타일이 상당히 비슷하네. 후이저우 건축의 색채도 좀 있고. 여기 선조도 청나라 대규모 이주 때 쓰촨으로 들어왔던 것 같아. 아, 조각한 난간과 옥 계단은 그대로인데 미인의 얼굴만 바뀌었구나.*"

하지만 칭린은 완전히 다른 심정이었다.

---

* 이욱의 사 〈우미인〉의 구절을 살짝 변형해 세월의 무상함과 지난날에 대한 그리움을 표현하고 있다.

61. 실성한 노인

칭린은 조금 멍하니 루환시의 뒤를 따라갔다.

혼란스러웠다. 이런저런 생각이 떠오르다가 머릿속이 하얗게 비기도 했다. 칭린이 중얼거렸다. "쌴즈탕, 쌴즈탕. 엄마가 말한 게 쌴즈탕이었어. 그렇지 않고서야 이렇게 익숙하게 느껴질 수가 있나?"

그들은 목조 회랑을 따라 웨량먼 쪽으로 갔다. 루환시가 갑자기 걸음을 멈추더니 더는 나아가려 하지 않았다. "웨량먼을 지나면 귀신의 집 화원입니다. 두 분이 직접 보세요. 이 가문의 일을 알고 싶다면 일단 여기부터 보셔야 합니다."

칭린과 룽중융은 두 번 생각할 것도 없이 곧장 웨량먼을 넘어갔다.

문을 지나자마자 그들은 벼락에 맞은 듯 그 자리에 얼어붙었다.

온 화원에 무덤이 흩뿌려놓은 듯 자리하고 있었다. 나무 밑과 담장 아래, 망가진 화단 옆, 화단 안쪽, 대숲까지 시선이 닿는 곳마다 띄엄띄엄 있었다. 무덤마다 돌이 하나씩 놓여 있었다. 썩은 낙엽이 곳곳에서 나뒹굴고 봉분에는 물론 무덤 주변까지 잡초가 무성했다.

룽중융이 거의 비명을 내지르듯 물었다. "이게 어떻게 된 일입니까?"

루환시는 가까이 갈 마음이 전혀 없다는 듯 멀리 그들 뒤에서 대답했다. "루씨 가문 사람은 전부 여기 있습니다."

칭린이 물었다. "무슨 뜻입니까?"

"저도 잘 아는 건 아닙니다. 노인분들 말로 루씨 가문은 이곳의 명문 귀족이었습니다. 루 어르신은 성격이 대쪽 같았고요. 토지개혁 때 자신들이 다음날 규탄당한다는 소식을 듣고 그날 밤으로 온 가족이 자살했습니다."

룽중융과 칭린은 거의 동시에 탄식했다. "세상에!"

루환시가 또 말했다. "루씨 가문을 규탄하겠다고 나선 사람은 원래 이 집 하인이었습니다. 아침 일찍 사람들을 이끌고 투쟁대회를 열러 들어왔다가 갑자기 아무도 없는 걸 알았지요. 다들 이상하다고 생각했습니다. 투쟁대회를 순조롭게 진행하기 위해 전날부터 대문을 지키고 있었거든요. 이 집은 문이 하나뿐이라 지키기 쉽고 실제로 누가 달아나는 것도 보지 못했지요. 여러분도 보셨지만 여기는 담장이 높아서 넘어갈 수도 없어요. 그래서 그들은 마당을 하나씩 뒤지기 시작했습니다. 그리고 화원을 수색하러 웨량먼을 넘었을 때, 화원에 가득한 무덤들을 보고 소스라치게 놀랐지요. 원래 이 저택은 가난한 사람들에게 분배될 예정이었는데 누구도 받으려 하지 않았습니다. 투쟁대회도 열리지 않았고요."

룽중융이 물었다. "모두 죽었습니까? 그럼 무덤은 누가 덮었나요?"

"그러니까요. 다들 기이하다고 생각했습니다. 가슴이 싸해졌고요. 그때 누군가 귀신이 있다는 식의 말을 했습니다. 그리고 그날 밤 갑자기 바람이 세게, 온 하늘에 대고 포효하듯 강하게 불었다고 합니다. 이어서는 폭우가 쏟아지면서 천둥소리가 진동했고요. 많은 사람이 천둥소리 속에서 루 어르신의 음성을 들었습니다. 어르신은 '연매장! 연매장!' 하고 소리쳤지요. 제 아버지는 어르신의 음성이 원한에 가득찼더라고 하셨습니다. 그때 이후 누구도 감히 이 저택에 들어오지 않았습니다. 그렇게 내내 비어 있게 되었지요. 나중에 비바람이 불거나 천둥 번개가 치면 마을 사람들은 저택에서 나는 인기척을 들을 수 있었습니다. 여러 사람이 움직이고 떠드는 듯했지요. 제가 사리를 분별할 수 있는 나이가 되었을 때 이 저택은 이미 귀신의 집이라 불리고 있었습니다."

칭린은 자기도 모르게 몸서리를 치며 생각에 잠겼다.

칭린은 생각했다. 그렇다면 어머니는 이 저택과 무슨 관계가 있을까? 아무 관계가 없다면 어머니는 어떻게 싼즈탕을 알까? 체런루와 싼즈탕은 어떤 관련이 있을까? 그 루 어르신은 대체 어머니와 어떤 사이일까? 연매장? 어떻게 이렇게 공교롭지? 어머니도 연매장이라는 말을 했어. 이 말은 보통 사람들이 쓰는 말이 아닌데.

우연일까? 칭린은 계속 우연 쪽으로 생각하려 했지만, 어떻게 해도 우연이라는 결론을 내릴 수가 없었다. 이렇게 많은 우연이 겹치면 필연일 수밖에 없었다.

룽중융은 칭린의 기분을 눈치채지 못하고 우뚝 솟은 망루에 관심을 드러내며 루환시에게 부탁했다. "망루로 데려다주시겠습니까? 거기서 내려다보면 장원을 전체적으로 파악할 수 있을 것 같네요."

"미치광이 노인이 길을 막고 허락하지 않을 겁니다."

룽중융이 물었다. "그는 누굽니까? 여기서 지내는 걸 어떻게 두려워하지 않죠?"

"루씨 집안에서 자란 고아였다고 합니다. 어렸을 때부터 여기서 살았고 나이가 든 뒤에도 여기에서 하인으로 일했습니다. 투쟁대회 날 외지에 있다가, 돌아와서 온 가족이 죽은 걸 보고 미쳐버렸지요."

칭린이 갑자기 물었다. "루씨 집안에서 자랐다고요?"

"노인분들 말씀이 그렇습니다. 그리고 어떤 하녀를 좋아했답니다. 하녀를 흙 속에서 꺼냈을 때 놀랍게도 아직 살아 있었대요. 그런데 하녀는 왠지 그를 거부했고, 나중에는 아예 자취를 감췄다더군요. 출가해 비구니가 되었다는 말도 있습니다. 아주 복잡한 사연이 있는 것 같아요. 제 아버지가 살아 계실 때 말씀해주셨는데, 저희 넷째 할아버지가 원래는 루씨 가문의 쯔펑이라는 하녀를 아내로 맞을 생각이었대요. 그런데 그 하녀도 죽은 거예요. 할아버지는 이해할 수가 없었다더군요. 젊고, 또 하인이라 투쟁대회 대상도 아닌데 왜 지주를 따라 죽느냐고요. 시집을 왔으면 얼마나 좋았느냐고요."

룽중융이 물었다. "마을에 루씨 가문의 일을 아는 노인이 또 계십니까?"

"이미 오십여 년이 지난 일입니다. 그 일을 아는 노인은 몇 명 남지 않았지요. 당시 열성분자가 아니었던 노인은 잘 모르고요. 가만, 그래도 한두 명은 찾을 수 있을 것 같네요."

룽중융이 말했다. "그럼 좋지요. 어쨌든 노인분을 좀 찾아주세요. 한 명이라도 좋습니다. 보세요, 여차하면 루씨 가문과 이 친구 집안이 관련 있을 것 같잖아요." 그러면서 칭린을 가리켰다. "이 친구는 우한에서 대단한 사장님이거든요. 이 저택과 관련이 있으면 이 친구가 여러분을 도울 수 있을지도 몰라요. 적어도 그럴듯한 도로는 깔아줄 겁니다."

루환시가 기뻐했다. "그럼 정말 좋지요. 제가 최선을 다하겠습니다. 저희가 관광지 개발은 원치 않아도 제대로 된 도로만큼은 간절히 바라거든요."

그들 대화를 듣지 않고 계속 생각에 잠겨 있던 칭린이 갑자기 입을 열었다. "그 실성한 노인을 만날 수 있을까요? 묻고 싶은 게 있습니다."

"그는 누구와도 말을 섞은 적이 없어요. 오랫동안 저도 문 닫으라는 말밖에 듣지 못했습니다."

"제가 만나서 시도해보겠습니다."

루환시가 말했다. "그럼 한 가지 방법밖에 없습니다. 망루 쪽으로 가세요. 서쪽 담장 옆의 홍초 보이시죠? 저기에 무덤이 또 있습니다. 그쪽으로 가면 틀림없이 노인이 나타나 막을 겁니다. 저는 가지 않겠습니다. 저희 루씨 사람은 누구도 이 정원에 들어가고 싶어하지 않거든요."

칭린과 룽중융은 잠시 상의하고 나서 홍초 쪽으로 갔다.

아니나다를까 홍초에서 삼사 미터 떨어진 곳에 이르자 봉두난발의 늙은이가 갑자기 튀어나왔다. 나무 수풀 속에서 뛰쳐나온 듯했다. 칭린과 룽중융은 누가 나와서 가로막을 줄 예상했음에도 너무 돌발적이라 화들짝 놀라고 말았다.

노인이 두 팔을 내밀며 그들을 막았다. 룽중융이 망루를 가리키며 말했다. "어르신, 올라가서 좀 봐도 될까요?"

노인은 아무 대꾸 없이 매섭게 노려보며 두 팔을 길게 뻗었다. 눈에 검은자위보다 흰자위가 더 많아 무척 무서워 보였다. 룽중융은 천천히, 현지 억양까지 흉내내며 다시 말했다. "저희는 학교 선생이자 건축가입니다. 집을 짓는 사람이요. 다른 뜻은 없고 망루를 보고 싶어요."

칭린이 말렸다. "그런 말은 소용없을 듯해."

룽중융이 대꾸했다. "만나고 싶다더니, 무슨 이야기를 하고 싶은데?"

칭린은 잠시 망설이다가 말했다. "어르신, 체런루를 아세요? 후수이당의 체런루요."

노인이 조금 놀란 듯 칭린의 얼굴에 시선을 고정했다. 칭린은 호주머니에서 사진을 한 장 꺼낸 뒤 노인에게 다가가 물었다. "어르신, 이사람을 만난 적 있으세요?"

칭린의 어머니 사진이었다. 그가 가진 사진 중 어머니가 가장 젊을 때 모습으로, 아버지와 결혼할 때 찍은 사진이었다. 칭린은 촨둥에 오기 전에 그 사진을 스캔해 아버지는 자르고 어머니만 남긴 뒤 확대해서 몇 장 뽑았다.

칭린은 실성한 노인 눈앞으로 사진을 들이밀었다.

노인은 보자마자 눈에 띄게 놀랐다. 그런 다음 또 표정이 갑자기 기이하게 바뀌었다. 경악한 듯도 하고 겁먹은 듯도 했다. 그는 칭린의 얼굴을 아주 오랫동안 뚫어져라 쳐다보았다.

칭린이 흥분했다. "이분을 아시는 거죠? 제 어머니세요. 제가 이분 아들이에요."

노인은 표정이 한층 더 이상해지더니 갑자기 비명을 내지르고 달아났다. 달아나면서 마구 소리를 질렀다.

그의 행동에 칭린과 룽중융은 소스라치게 놀랐다.

칭린이 부들부들 떨리는 음성으로 말했다. "저, 저, 저…… 저 사람 우리 어머니를 아는 게 확실해 보이지?"

룽중융도 놀란 모양이었다. "정말 문제가 있는 것 같아."

칭린은 노인이 달려간 쪽으로 쫓아갔다. 룽중융도 뒤따랐다. 웨량먼 뒤에서 갑자기 루환시의 고함이 들려왔다. "저기요? 무슨 일이에요? 푸퉁 아저씨?"

칭린과 룽중융이 달려나갔다. 칭린이 물었다. "어디로 갔는지 보셨어요?"

루환시가 대답했다. "저택 안으로 들어갔는데 어느 마당인지는 모르겠습니다. 제 앞으로 달려갔어요. 무슨 일입니까?"

칭린이 흥분해 사진을 흔들며 말했다. "어머니 사진을 보여드렸어요. 아는 것 같더라고요."

루환시가 사진을 받아 훑어본 뒤 놀라워했다. "정말요? 어떻게 이런 일이 있죠?"

세 사람은 잠시 어쩔 줄 몰라했지만 곧 노인을 찾기 시작했다. 정신없이 닥치는 대로 저택을 찾아다녔다.

하지만 오전 내내 찾았음에도 그를 볼 수 없었다.

칭린과 룽중융은 다시 망루 쪽으로 가봤다. 망루에 오를 때까지도 노인은 막으러 나타나지 않았다.

덕분에 그들은 망루의 사각 정자까지 순조롭게 오를 수 있었다.

난간에 기대 내려다보자 장원 전경이 눈앞에 펼쳐졌다. 룽중융은 사방을 돌아다닐 필요 없이 여기에서 내려다보면 되겠다고, 노인이 문을 나오기만 하면 보이겠다고 말했다.

칭린은 일리가 있다고 생각해 눈도 깜빡이지 않고 아래를 주시했다. 룽중융은 카메라 렌즈를 망원렌즈로 바꾸고 장원 곳곳을 찍었다. 그들은 점심도 거른 채 황혼이 내릴 때까지 있었지만 노인의 그림자도 볼 수 없었다.

62. 그 시절을 어떻게 말해야 할까?

마을에 도시 사람 둘이 찾아왔는데 한 명은 교수고 다른 한 명은 사장이다. 사장의 어머니가 귀신의 집인 루씨 가문과 어떤 연관이 있는 듯하다. 이 소식은 순식간에, 바람보다도 빠르게 온 마을에 퍼졌다.

저녁이 되자 루환시 집으로 남녀노소 다양한 사람들이 몰려들었다. 집안에 모두 앉을 수 없자 루환시는 탁자를 집밖 공터로 내갔다. 사람이 많이 모이니 재잘거리는 소리가 명절 때처럼 끊이지 않고 이어졌다. 루환시의 아내는 집이 북적북적 떠들썩해지자 무척 기뻐하며 정신없이 물을 끓이고 차를 우렸다.

실성한 노인을 찾을 수 없어 칭린은 조바심이 났다. 비밀을 알면 어머니를 깨울 수 있을지도 모른다는 생각에 그는 어머니의 은밀한 과거를 어떻게든 파헤치고 싶었다. 하지만 낮에 보고 들은 것 때문에 조금 겁이 나기도 했다. 비밀이 너무 잔혹해서 자신과 어머니에게 오히려 해가 될지 모른다는 두려움도 일었다.

룽중융이 눈치챘는지 "좀 겁나지?" 하고 물었다.

칭린이 말했다. "겁까지는 모르겠고 조금 긴장되네."

룽중융은 말했다. "그렇게 화려한 장원이 사람들 눈에 귀신의 집으로 보일 만큼 변했다면 잔혹한 일을 겪었다는 뜻이야. 뭐가 되었든 나는 직시해야 한다고 생각해. 아마도 역사의 진상이겠지."

칭린이 용기를 냈다. "무슨 이야기가 나오는지 들어보자."

산속의 초여름 밤은 꽤 서늘했다. 나이가 많은 사람들은 심지어 솜옷까지 입었다. 반소매 옷을 입고 있던 칭린은 찬바람이 불자 자기도 모르게 연거푸 재채기를 했다.

루환시의 아내가 세심하게도 얼른 담요를 가져와 칭린의 몸을 덮어주며 웃었다. "우 선생님은 여기 온 지 하루밖에 되지 않았는데 벌써 집이 그리우신가보네요."

그 말에 마을 사람들이 크게 웃었다. 루환시도 외투를 꺼내 와 룽중융에게 건네며 웃었다. "손님이 잘 계시다 가셔야지요. 아니면 우리 루샤오촌에 누가 올 엄두를 내겠습니까. 그리고 두 분 선생님께서 도로를 좀 내주셨으면 합니다."

모두들 더 즐겁게 웃었다. 조용한 산속이라 웃음소리가 유난히 크게 울렸다.

마을 사람들이 두 사람을 둘러싸고 앉았다. 이따금 누군가 칭린한테 다가와 그를 정말로 루씨 가문 사람이라고 생각하는 것처럼 훑어보기도 했다. 한 노인이 말했다. "오래전에 루씨 가문 사람이 돌아왔어. 자네는 그들과 조금 닮았군. 피부도 하얗고."

그러자 누군가 바로 끼어들었다. "억지로 갖다붙이지 마세요. 미국에서 온 사람들이었는데 어떻게 닮아요?"

또 누군가가 말했다. "91년이던가, 92년이던가…… 맞다, 92년이에요. 그때 제가 3학년이었고, 구경하러 갔었어요. 환시 아버지가 입구에서 우리를 못 들어가게 막았지요."

루환시가 말했다. "끼어들지 마. 루싼 아저씨가 말씀하시게 두라고." 그런 다음 칭린과 룽중융을 바라보며 말했다. "아저씨는 예전에 진에서 중학교 선생님으로 계시다가 은퇴하신 뒤 돌아오셨어요. 지식인이라 아는 게 많으시죠."

칭린과 룽중융은 급히 인사하며 명함을 건넸다. 루싼은 명함을 보고 나서 모두에게 큰 소리로 말했다. "오늘 오신 두 분은 진짜 귀한 손님이군. 상하이의 대학교수님과 우한의 사장님이야. 평소라면 우리가 시내에 가서 만나고 싶다고 해도 만날 수 없는 분들이라고."

칭린이 말했다. "루씨 가문의 일을 들으러 특별히 찾아왔으니, 부탁드립니다."

루싼이 이야기를 시작했다. "당시에는 나도 어려서 그들 가족이 전부 죽었다는 것만 알았지, 왜 죽었는지는 몰랐네. 나도 전부 건너 들은 이야기이고. 하지만 루씨 가문의 둘째 도련님이 돌아왔을 때 나도 접대에 참여해 직접 만났지. 모두 루씨이니 결국 조상이 같지 않겠나. 그래서 현 간부가 내게 그들을 접대해달라고 했네. 조금 전 저 아이의 말이 맞아. 92년이었지. 루씨 가문의 둘째와 막내 도련님이 돌아왔어. 사십 년이 지난 청명절에 돌아왔다네. 그때 둘째 도련님은 지금 내 나이와 비슷했지. 하지만 나보다 젊어 보이고 하얀데다 통통했어."

누군가 큰 소리로 끼어들었다. "부자니까 잘 먹었겠지요."

"그렇겠지. 그 사람들은 미국에서 돌아와 제사를 지냈어. 현에서 간부 몇이 따라왔는데 간부들은 온갖 표정으로 웃었지만, 그들 형제는 얼굴에 웃음기가 전혀 없었어. 차에서 내리자마자 귀신의 집으로 뛰어갔네. 집에서 무슨 일이 있었는지 이미 들은 듯했어. 문을 보자마자 눈물을 흘리기 시작하더군. 둘째 도련님은 문이 조금 낡았을 뿐 떠날 때랑 똑같다고 말했네. 웨량면을 지나 화원의 무덤을 봤을 때, 두 사람은 무릎을 꿇었지. 부모 묘까지 거의 기어서 갔네. 옆에 있는 사람까지 애간장이 녹을 지경으로 대성통곡했어. 간부까지 눈물을 흘렸다니까. 누구도 말릴 수가 없었네. 그냥 울게 내버려뒀지. 수십 년을 참아온 눈물이니 다 흘리게 돼야지. 한참을 울고 나서 향을 올린 뒤 절을 했어. 절을 하면서 또 울었고, 둘째 도련님은 나이가 꽤 들었는데도 이마에서 피가 나게 절을 했지. 막내 도련님이 절을 마친 뒤 큰 소리로 '진덴은 어디 있나?' 하고 물었어."

칭린이 물었다. "진덴이 누구입니까?"

루환시가 대답했다. "당시 투쟁대회에 앞장섰던 그 집 하인 왕진덴입니다. 루 어르신이 키웠지요. 루 도련님들도 그를 알았고요. 마을에서는 그를 배은망덕하다고 말하는 사람도 있었습니다."

루쌴이 말했다. "사실 진덴한테 배은망덕하다고 할 수는 없어. 진덴 집이 풍비박산한 게 루씨 집안과 관련 있으니까. 왕씨 집안 사람들이 모두 죽고 진덴 하나만 남았거든. 진덴은 그때 갓난아기라 아무것도 몰랐다가 성인이 된 뒤에야 자초지종을 들었어. 그러니 어떻게 원한이 안 생기겠나? 자기 집안 이야기를 들은 바로 다음 날, 새벽같이 떠났네. 우리 막내 숙부가 그때 진덴이 복수하러 돌아왔다고 말하는 걸 내가 들었어. 원래 현에서는 루씨 집안을 내버려두기로 결정했거든."

룽중융이 물었다. "현에서는 왜 루씨 집안을 내버려두기로 했나요?"

"루 어르신이 신해혁명의 원로였어. 이걸 차치하고도 그 집안에서는 찬둥 유격대에 엄청난 도움을 줬네. 돈을 냈고 부상자도 숨겨줬지. 비적을 소탕할 때는 어르신이 직접 둘째 도련님과 함께 산에 들어가 비적들에게 투항을 권했어."

또다른 노인도 거들었다. "투항을 권고했던 일은 나도 기억하네. 루 어르신은 정규군이 산에 들어왔다면서 수십만 국민당 군대를 무너뜨린 정규군에게 총 몇 자루로 맞서봐야 무슨 소용이 있겠느냐고 했어. 산속에서 죽어 뼈까지 늑대에게 먹히느니 일찌감치 투항해 집으로 돌아가라고, 기껏해야 감옥에 몇 년만 갇힐 뿐 이후에는 아내, 아이와 편안하게 살 수 있다고 했지. 또 정부에서 공고가 내려왔는데 비적의 상당수가 가난해서 어쩔 수 없이 이 길로 들어선 걸 안다고도 했네. 새 정부는 가난한 사람들을 우선시하니 목숨은 물론 먹고 입는 것까지 보장해줄 거라고, 더는 비적이 될 생각이 들지 않을 거라고도 했고. 지금 산에서 내려와 투항하고 다시는 비적이 되거나 정부에 맞서지 않겠다고 약속하면 감옥에도 가지 않을 거라고 했지."

루싼이 말했다. "맞아. 그렇게 말했지. 루씨 선조는 예전에 아편을 팔 때 이 일대의 우두머리나 마찬가지였거든. 비적 두목의 아버지도 루씨 선조와 함께 일한 적이 있었고. 그래서 루 어르신의 권고를 듣고 그가 보증을 받고서 항복했어. 비적들은 며칠 동안 교육을 받은 뒤 집으로 돌아갔고 한 명도 감옥에 가지 않았네. 루 어르신의 공이었지. 그래서 토지개혁 때 마을 사람들은 전부 루씨 집안을 규탄하지 말라는 청원서에 서명했어. 현의 공작조 간부도 사정을 잘 알아서 허가를 내줬고. 그런데 진뎬이 외지 혁명에 참여했다가 돌아와 고향의 공작조에 반드시 루씨 집안을 무너뜨려야 한다고 주장한 거야. 그들을 타도하지 않고 어떻게 토지를 분배하겠느냐, 그 집에 세를 내겠다는 뜻이냐, 그 집의 집사와 하인을 그대로 인정할 거냐, 그렇게 큰 집을 가난한 사람에게 나눠주지 않을 거냐 하면서 따졌어. 그렇게 말하자 다들 일리가 있다고 생각해서 투쟁대회를 열기로 했지. 이건 막내 숙부한테 들은 이야기라네. 열성분자셨거든."

그때 한 할머니가 참견했다. "이 사람이 말하는 막내 숙부는 대머리라 불리던 열성분자였어. 루씨 집안의 하녀를 좋아했는데, 그 하녀는 죽어도 그에게 시집오지 않겠다고 했지. 그리고 땅딸보, 루환시의 아버지도 열성분자였는데 역시 루씨 집안의 하녀를 좋아했어. 그 하녀도 죽음을 택할지언정 시집오길 거부했지."

자리에 있던 사람들이 전부 웃음을 터뜨렸다.

루쌴도 웃고 나서 계속 말했다. "이런, 옛날 일이라고 아무 얘기나 다 하는 건 좋지 않으니, 본론으로 돌아가지. 둘째 도련님은 부모님 제사를 지낸 뒤 일어나자마자 내게 자기 아내와 아들의 묘는 어디 있느냐고 물었네. 그리고 형과 고모, 여동생 묘도 물었지. 하지만 내가 어떻게 알겠나? 얼른 여기저기 물어봤지만 아무도 모르더군. 그래서 푸퉁, 그러니까 실성한 그 노인을 불러오려 했는데, 그날 그 노인은 어디로 달아났는지 끝까지 나타나지 않았어. 도련님들은 푸퉁이 살아 있다는 말에 그를 만나고 싶어했어. 미쳤다는 말을 들은 뒤에도 미국으로 데려가 치료하겠다고 했지만 끝내 찾을 수 없었네. 그들이 떠난 뒤에야 미치광이는 도로 나타나 밤새 루 어르신 무덤 앞에서 엉엉 울었지."

칭린이 물었다. "부모님 묘는 어떻게 알았습니까?"

루환시가 말했다. "오늘 못 보셨습니까? 비석이 있는 무덤이 하나 있습니다. 그게 바로 그들 부모님 묘입니다. 두 사람이 한 구덩이에 묻혔고요."

룽중융이 물었다. "누가 비석을 세웠나요? 그 무덤에 묻힌 게 그들 부모라는 걸 어떻게 알았죠?"

루쌘이 대답했다. "미치광이가 말해줬네. 온 가족이 자살했을 때 미치광이는 외부에 있다가 다음날 돌아와 하녀 하나를 구했거든. 그 하녀가 루 어르신 부부가 어디 묻혔는지 알고 있었네."

칭린이 물었다. "그럼 비석은 실성한 노인이 세웠나요?"

"아니. 우리 막내 숙부 말로는 진뎬이었다고 하네. 진뎬은 화원으로 들어가 무덤을 보고는 다리가 풀려 바닥에 주저앉았지. 이건 숙부가 직접 봤고. 진뎬은 루씨 집안 사람들이 그렇게 처참하게 죽을 줄 전혀 예상하지 못했어. 그 상황을 받아들이기 힘들었지. 또 누구 말로는 진뎬이 그 집 아가씨와 함께 자라 사이가 무척 좋았는데 집안에서 반대했다더군. 그날 밤 그 아가씨도 죽었네. 순식간에 그렇게 많은 사람이, 하인까지 죽었어. 그 사람들은 전부 진뎬과 무척 친했고 그를 길러준 이들이었지. 진뎬은 자기 죄가 너무 크다고 생각했어. 며칠 뒤 그는 남몰래 어르신 부부의 비석을 세웠고, 또 며칠 뒤 어딘가로 사라졌네. 다들 그가 죽었다고 말했지. 정말로 죽었는지는 몰라. 어쨌든 다시는 그를 본 사람이 없다네."

루환시가 말했다. "그 일은 저도 처음 들어요. 무슨 텔레비전 드라마 같네요."

칭린이 어머니 사진을 꺼내며 물었다. "혹시 이 사람을 보신 분 계세요?"

사람들이 사진을 돌려봤지만 다들 고개를 저으며 본 적이 없다고, 누군지 모른다고 말했다.

칭린이 물었다. "루씨 집안의 딸이나 며느리가 아니었을까요?"

루싼이 대답했다. "귀신의 집이 우리와 한마을이긴 한데 중간에 숲이 있네. 또 루씨 집안의 여자는 안에 들어가면 기본적으로 나오지 않았고. 그러니 모두 본 적이 거의 없지. 그 집 며느리라면 나는 한 번도 본 적이 없어. 아가씨도 학교 다닐 때 한두 번 봤을 뿐이지."

룽중융이 말했다. "그렇게 큰 저택은 대문이 닫히면 세상과 단절되는 법이니까요."

루싼이 동의했다. "그래, 그렇다네."

칭린은 체런루를 들어본 적이 있느냐고 또 물었고 다들 또 고개를 저었다.

루환시가 말했다. "정말 들어본 적이 없어요."

룽중융이 갑자기 물었다. "루씨 집안에 딸은 몇 명이었습니까? 며느리는요?"

루싼이 대답했다. "딸은 하나뿐이었을 거야. 둘째 도련님은 결혼해 아들이 하나 있었고. 막내 도련님은 계속 외지에서 공부하느라 결혼하지 않았지."

칭린이 말했다. "그들 중 누군가 빠져나가지 않았을까요?"

모두 고개를 저으며 불가능하다고 말했다. 대문을 지키고 있었고, 귀신의 집은 비적을 막기 위해 그 작은 문 하나밖에 만들지 않았다고 했다.

룽중융이 고개를 돌려 칭린에게 말했다. "그렇다면 루씨 집안에는 딸과 며느리가 한 명씩만 있었어. 그날 밤 둘 다 화원에서 죽었다면 자네 어머니와 아무 관련이 없다는 뜻이지."

칭린이 잠시 생각한 뒤 고개를 끄덕였다. "맞는 말이야."

룽중융이 물었다. "그 사람들은 이후에 또 안 왔나요? 연락처가 있습니까?" 그런 다음 또 칭린에게 말했다. "루씨 집안 생존자와 연락해보면 알 수 있겠지. 실성한 노인이 네 어머니를 안다면 그들도 알 테니까. 연락할 수만 있으면 쉽게 알 수 있어."

칭린이 눈을 반짝이며 말했다. "그렇네. 어르신, 그들이 그때 명함 같은 걸 남겼습니까? 혹은 현에서 연락처를 가지고 있을까요?"

루싼이 고개를 저었다. "현 간부는 그들이 부자라는 걸 알아보고 고향에 투자해주기를 바랐네. 또 현에서 비용을 부담해 명당자리를 찾아 루 어르신 무덤을 옮긴 뒤 저택을 손보겠다고 했어. 하지만 그들은 거절했지. 둘째 도련님이 '그곳에 묻히는 게 아버지 결정이었습니다. 여러분께 선의가 있다면 그분들을 놀라게 하지 말아주십시오'라고 말했어. 마을을 떠날 때는 나한테만 악수를 청하며 고맙다고 했지. 어쨌든 나도 루씨 가문이잖아. 다른 사람들에게는 인상 한 번을 펴지 않았어. 그리고 현에서 일하는 내 조카가 그들을 따라다니며 챙겼거든. 조카가 돌아와서 하는 말이, 둘째 도련님이 처가를 방문하려 했는데 마을 자체를 찾을 수 없었다고 하더군. 그리고 떠날 때 '영원히'를 세 번 말했다는 거야. 영원히 돌아오지 않겠다. 이곳을 영원히 고향으로 여기지 않겠다. 자손들에게 이곳을 영원히 모르게 하겠다. 이 얼마나 지독한 말이냐고."

청린은 가슴이 철렁 내려앉았다. 아버지 일기에 적혔던, 영원히 돌아가지 않고 너와 후손들에게 그곳이 어딘지 알려주지 않겠다는 게 내 결정이란다, 라는 구절이 떠올랐다.

룽중융이 탄식했다. "그렇게 깨끗하게 선을 긋는다는 말은 정말 뼛속까지 상처 입었다는 뜻이겠군요."

그러자 루싼이 갑자기 목청을 높였다. "다들 귀신의 집을 보면 너무 처참하다고 생각하지. 그런데 말은 바로 해야지. 루씨 집안이 그렇게 된 건 결국 그들의 선택 아닌가? 왜 진뎬의 집안에 대해서는 처참하다고 말하지 않지? 루씨 집안에서 진뎬 집안의 땅을 빼앗지 않았으면 그 집이 망했을까? 설마 가난한 집은 망해도 별일 아니지만, 부자가 망하면 더 처참하다는 건가? 그러니까 이 일은 루씨 집안에서 왕씨 집안을 망가뜨린 바람에 보복당한 거라고 봐야 해. 이건 두 집안의 일이라고. 더군다나 그들은 진뎬이 손을 쓰기도 전에 스스로를 파멸시켰어. 하인들까지 놓아주지 않고. 진뎬은 자신을 길러준 그들 부모의 묘비를 세웠으니, 원한도 갚고 은혜도 갚았다고 할 수 있지. 그런데 이를 갈면서 고향을 원망하는 게 무슨 도리지? 더 예전으로 돌아가 그들이 어떻게 부를 축적했느냐고? 아편을 팔아서 자기 배를 살찌웠잖아. 얼마나 많은 사람이 그들 장사로 집을 잃고 목숨을 잃었는데? 남들은 이를 갈며 화내지 않는데 그들은 왜 내려놓지 못하느냐고?"

루싼은 격앙된 목소리로 말했다. 그의 말에 청린과 룽중융은 조금 충격을 받았다.

앞에서 끼어들었던 할머니가 말했다. "루싼, 그때 자네 집안 사람들은 모두 열성분자였지. 마을에서 제일 좋은 땅도 자네 집안에서 가져갔고. 자네 집에서는 루 어르신 집이 완전히 망하기를 바랐잖아."

할머니의 음성은 어둠의 장막을 찢어버릴 듯 매우 날카로웠다. 더는 누구도 말하지 않았다. 별빛 아래에서 망연해할 뿐이었다. 칭린과 룽중융도 혼란스러웠다.

사람들이 흩어질 때는 이미 밤이 깊었다.

칭린과 룽중융은 방으로 돌아와 침대에 누웠지만 잠이 오지 않았다.

룽중융이 말했다. "오늘밤 정말 재미있었어. 그 시절을 어떻게 말해야 할까? 어떤 입장이었느냐에 따라 관점도 다른 것 같아."

칭린이 말했다. "나도 정말 어떻게 말해야 할지 모르겠어. 어떤 일은 근원을 파헤치기 시작하면 이해하기 힘들어지는 것 같아."

룽중융이 대꾸했다. "나는 반대로 근원을 파헤치니 이해가 잘되는 것 같던데."

칭린이 물었다. "이게 두 집안의 일 같아?"

룽중융이 말했다. "응, 물론 전부 다는 아니지. 배경을 제외할 수는 없으니까."

칭린이 대답했다. "그래. 나는 문득 우리가 모든 역사를 알아야 하는 건 아니라는 생각이 들더라. 삶에는 자연도태의 법칙이 있잖아. 알리기 싫은 것들이 있으면 삶은 모종의 방식으로 그걸 감춰버리지. 그럴 때는 아예 몰라도 되는 거야. 어차피 세상에는 모르는 일이 더 많고 아는 일은 적으니까. 더군다나 우리가 힘들게 알아낸 것들이 당시의 진실이라고 보이지도 않아."

룽중융이 말했다. "네 말은 몰랐던 일을 굳이 들쑤셔서 알 필요가 있느냐는 거지?"

"사실 여기 올 때만 해도 생각이 확실했던 건 아니야. 그런데 오늘 밤 갑자기 그런 생각이 강하게 들더라. 특히 루씨 가문 도련님의 '영원히' 결심을 들었을 때. 그들은 깨끗하게 잊어버리고 후손에게 절대 알리지 않겠다잖아. 모든 걸 시간의 풍화에 맡기겠다는 철학을 가진 듯했어. 그렇다면 나는 몰랐던 것을 왜 군이 알려는 걸까, 하는 생각이 들었어. 원래 아무 관련이 없던 이곳과 왜 군이 관계를 맺으려는 걸까 싶기도 하고."

룽중융은 말없이 칭린을 뚫어져라 바라보기만 했다.

칭린은 그의 시선에 아랑곳하지 않고 계속 말했다. "또 이걸 아는 게 나와 어머니 삶에 정말 이로울까 싶더라. 어머니의 기억상실은 잠재의식이 비극적 경험을 거부해서가 아닐까? 생명을 관장하는 무슨 요소가 과거를 잊도록 돕는 걸지도 몰라. 어머니가 정말로 루씨 가문과 관련이 있거나 그들 일원이라면 그런 일을 아는 게 무슨 의미겠어?"

"네 말은 어머니가 알려주신 것들은 그저 단편적인 단어에 불과하고, 그것들을 그냥 조각난 상태로 두는 게 더 낫겠다는 거지? 그 자잘한 것들을 찬찬히 들여다보면 더 많은 걸 생각해낼 수 있겠지. 하지만 정말로 그것들과 관련된 모든 것을 찾아내 원형을 복원하면, 너는 이러지도 저러지도 못하는 상황이 될지도 모르니까. 더군다나 네가 맞춰낸 원형은 진정한 원형이 아닐 수도 있고. 이렇게 생각하는 거야?"

칭린이 수긍했다. "그런 의미도 있어. 사실 나는 겁이 많은 사람이거든. 내가 줄곧 아버지 일기를 읽지 않았던 이유도 받아들이기 힘든 내용이 있을까봐 두려워서였어. 만약 어머니 삶이 루씨 가문과 관련 있다면 나는 정말 너무 무섭고 혼란스러워질 것 같아. 차라리 어머니가 깨어나지 않고 평안히 누워서 모든 걸 잊고 여생을 보내시면 좋겠어."

룽중융이 잠시 생각에 잠겼다가 말했다. "망루에서 생각해보니 그 실성한 노인은 정말 두려워하는 표정이었어. 확실히 네 어머니를 아는 것 같더라. 너는 그것만으로 이미 감당하기 힘들어 보였고. 네 친구로서 나도 조금 버거운 느낌이었어."

"그래, 나는 정말 그렇게 강한 사람이 아니야. 세상의 잔혹함에 태생적인 두려움을 가지고 있어. 지금 좀 겁난다는 걸 인정할 때 같네."

한참 동안 룽중융은 아무 말도 하지 않았다.

밤이 무겁게 가라앉았다. 산골짜기에서 불어오는 바람이 아주 강하지는 않아도 맹렬했다. 과연 멀리 귀신의 집에서 시끄러운 소리가 들려왔다. 갈피를 잡을 수 없는 복잡한 소리였다. 그때 갑자기 긴 휘파람 같은 소리가 울렸다. 하지만 루환시가 말했던 "연매장"이 아니라 "안 죽었어…… 안 죽었어……"라고 말하고 있었다. 그 소리는 때론 길게, 때론 짧게 조용한 루샤오촌 상공에서 메아리치며 섬뜩한 분위기를 자아냈다.

룽중융이 창문을 조금 열며 말했다. "저 저택은 정말로 밤이 되니 소란스럽네. 오래된 무덤이 황폐해져 온 마당에 원혼이 가득하구나."

"창문 닫아. 아주 심란하다." 칭린이 말했다.

룽중융이 창문을 닫고 또 잠시 생각에 잠겼다가 입을 열었다. "기왕 이렇게 된 거 시간을 거슬러올라가보자. 물론 네가 알고 싶지 않다거나 손을 떼고 싶다면 그것도 상관없어. 우리는 그냥 우리 일을 하면 돼. 어쩔 수 없는 일은 피해 가면 되고."

칭린이 길게 한숨을 내쉬었다. "네가 그렇게 말해주니 마음이 좀 편해진다. 평온하고 평범해 보이는 삶도 뜯어보면 정말 무시무시한 면이 있는 것 같아. 아, 나는 진실을 직시할 수 있는 사람이 아니야. 역사의 짐을 짊어질 수 있는 사람은 더더욱 아니고. 평범한 사람은 대항하지 않는 법이지. 나는 평범한 사람이고. 나는 자연스럽게 기억하고 자연스럽게 잊는 법을 배우고 싶어. 시간은 인생에서 가장 좋은 선생님이니 시간을 따라갈래."

룽중융이 응했다. "평범한 사람은 대항하지 않는 법이라고, 그래! 그렇다면 그러자. 이제 내려놓고 더 생각하지 마. 더 묻지도 말고. 나는 이해할 수 있어."

그날은 칭린의 인생에서 가장 긴장되고 가장 기복이 심한 날이었다. 그날 밤 그는 정말로 그만둘 작정이었고, 그렇게 결정하자 짐을 내려놓은 기분이 들었다. 침대에 누워 잠시 심호흡한 뒤 곧장 잠에 빠졌다.

창밖에서 길었다가 짧았다 하는 휘파람소리가 줄기차게 이어졌다. "안 죽었어…… 안 죽었어……" 이 말이 바람과 함께 온 산을 휘감는 듯했다.

룽중융은 그 소리 때문에 밤새 잠을 이룰 수 없었다. 날이 밝을 무렵 그는 갑자기 가슴이 철렁했다. 누가 안 죽었지?

제 13 장

63. 열여섯 번째 지옥:
보증서

딩쯔타오는 손을 내밀어봤다. 윤곽이 또렷하게 보였다. 심지어 오른손이 새빨간 것까지 보였다. 그 손으로 작은어머니의 따귀를 때리고 아버지를 밀쳤다. 아버지 멱살을 잡았을 때 딩쯔타오는 아버지의 창백해진 얼굴을 똑똑히 보았다. 작은어머니 뺨에는 다섯 손가락의 자국이 고스란히 남았다. 작은어머니 피가 내 손에 비치는 건가? 왜 갑자기 작은어머니 따귀를 때렸을까? 그렇게 생각하다보니 문득 떠오르는 게 있었다. 작은어머니가 처음 시집왔을 때 그녀는 어머니가 우는 걸 보고 본능적으로 작은어머니를 싫어하게 되었다. 어느 날인가는 몰래 작은어머니의 연지를 버리기도 했다. 작은어머니가 그걸 알고는 자로 그녀의 손바닥을 때리며 부모님께 고자질한다면 만날 때마다 때릴 거라고 협박했다. 그녀는 고자질할 수 없었다. 그랬다, 그녀는 맞았던 손바닥으로 작은어머니를 때렸다. 딩쯔타오는 생각했다. 그래서였어, 머리는 기억하지 못해도 손바닥은 아픔을 기억하고 있었던 거야.

길도 조금 선명해졌다. 비가 내렸고, 빗물이 끝없는 어둠을 희석해

하늘빛도 몽롱하게 씻기고 있었다. 그녀는 긴 복도를 걸어가는 다이윈을 발견했다. 다이윈은 마당 두 곳을 지나 대청으로 들어갔다.

대청에는 손님이 두 사람 있었다. 시아버지 루쯔차오는 무척 흥분한 얼굴로 손에 든 편지를 읽으면서 손님과 이야기를 나누는 중이었다. 다이윈은 그들이 무척 눈에 익었지만 누구인지는 알 수 없었다.

손님 중 한 사람이 말했다. "현 간부들도 어르신을 알아서, 혁명에 공을 세웠으며 비적과 패권주의를 무너뜨린 공신이라고 했습니다. 그래서 공작조 동지도 온 마을 사람들이 서명한 보증서를 보자마자 루씨 집안은 투쟁에서 제외하기로 동의했습니다."

시아버지가 대답했다. "정말 잘됐네. 루다, 돌아가면 공작조 동지에게 우리 집안은 언제나 정부 편에서 정부의 지도를 따를 것이라 전해주게. 또 마을 사람들에게도 설에 우리 창고의 쌀 절반을 나눠주겠다고 알려주고. 아, 우리 마차도 마을 농민회에서 설 물품을 사러 성에 들어갈 때 언제든 이용해도 된다고 전해주게나."

루다라고 불린 손님이 말했다. "네, 알겠습니다. 이 집안의 호의는 마을 사람들 모두 잘 알고 있습니다."

또다른 손님도 말했다. "안심하십시오, 어르신."

시아버지가 말했다. "아주 좋아. 우리 집안이 안녕하면 마을도 전부 안녕할걸세. 앞으로는 우리집이 성에서 장사로 거둔 이익의 절반을 언제나 루샤오촌에 내놓겠네. 학당과 진료소를 열고 도로와 다리도 정비하지. 나 루쯔차오는 말한 건 반드시 지켜. 예전에 잘하지 못한 것들은 용서해주기 바라고."

루다는 시아버지가 들고 있는 종이를 가리키며 말했다. "그건 마을로 도로 가져가야 합니다."

시아버지가 들고 있던 종이를 봉투에 넣어 건넸다. 봉투를 챙긴 그들은 허리 굽혀 인사한 뒤 밖으로 나갔다.

다이윈은 그들이 떠나는 모습을 조금 멀뚱하게 지켜보다가 시아버지에게 편지를 건넸다. "중원이 설 전에 못 돌아올 수 있다고 편지를 보내왔습니다. 집이 좀 걱정된다고요. 홍콩에 거처를 마련했으니 저희를 데려가고 싶다고도 했고요."

시아버지가 편지를 훑어보았다. "음. 지금 상황이 나쁘지 않아. 정부에서도 서민을 잘 챙기고. 나는 동쪽 벽에 문을 만들고 마당 두 곳을 터서 학당을 열려고 한다. 그리고 가난하든 부유하든 루샤오촌 아이들이 모두 공부할 수 있도록 지원할 생각이야. 너와 후이위안이 가르치고. 팅쯔는 집에서 글을 배우다가 어느 정도 자란 다음에 외지에서 공부해도 늦지 않아."

다이윈은 고개를 끄덕인 뒤 몇 걸음 밖으로 향하다가 고개를 돌려 말했다. "언덕마루 마을에서 지주를 심하게 규탄하고 산 남쪽 마을에서도 투쟁대회를 진행중이라고 합니다. 푸퉁 말로는 사람을 때려죽이기까지 한대요. 저희는 지주로 분류되고 가산도 그들보다 많으니, 모두 걱정하고 있습니다."

"걱정하지 마라. 이미 해결 방법을 마련했다. 마을 사람들 모두에게 보증서에 서명하도록 했어. 루씨 집안은 지주지만 내내 좋은 지주였다고 정부에 설명하는 내용이지. 유격대를 도왔을 뿐만 아니라 작년 비적소탕 때도 공을 세웠다고. 또 우리 집안에 토지가 많아도 조상 대대로 내려온 것이며, 투쟁대회를 거칠 필요 없이 나눠주겠다고 했다. 언제나 정부를 지지한다고 했고."

다이원은 조금 당황스러웠다. "그걸로 될까요?"

시아버지가 자신만만하게 대꾸했다. "물론이지. 마을 사람들이 모두 서명했다. 정부에서도 내가 자기들 일을 많이 도왔다는 것을 아는데 어떻게 갑자기 태도를 바꿀 수 있겠느냐? 그래서 공작조 동지도 이미 우리집을 건드리지 않기로 동의했다."

"아! 정말 잘됐네요. 이미 동의했다는 말씀이시죠? 제 친정도 지주로 확정됐는데, 아버님께서 저희 아버지께 방법 좀 알려주세요."

"글쎄, 이건 마을의 농민회에서 자발적으로 원해야 가능하다. 네 아버지는 그때 아무 일도 돕지 않았어. 그저 시를 읊고 바둑을 두거나 서화를 즐겼지. 쓸모없는 풍류만 즐겼을 뿐 힘을 보태지도, 군량미를 지원하지도 않았는데 그들이 어떻게 받아들이겠니?"

다이원이 물었다. "그럼 제 친정은 투쟁 대상이 되나요?"

"모르겠구나. 네 아버지에게 조심하라고 전해라."

다이원은 기분이 조금 상했다. "저희 아버지는 아버님처럼 지혜롭지는 못해도 성실하고 선량한 분이십니다. 이렇게 좋은 방법이 있었으면 아버지께도 알려주셨어야지요. 저희 마을 사람들도 틀림없이 보증서에 연대 서명했을 겁니다. 제 친정이 마을의 가난한 사람들에게 늘 후했거든요. 모두 아버지를 호인이라 불렀고요. 공작조에서 동의하면 마을 사람들은 분명 제 친정을 몰아붙이지 않을 겁니다."

시아버지는 더이상 상대하지 않고 나가라는 뜻으로 손을 내저으며 말했다. "너는 어려서 잘 모른다. 지금 다들 제 코가 석 자야. 스스로를 돌볼 수 있는 것만으로 엄청난 행운이지. 네 아버지에게 어떻게든 알아서 난관을 헤쳐나갈 방법을 찾으라고 해. 참, 중원에게는 걱정하지 말라고 답장해라. 설이 지난 뒤 가능한 한 빨리 돌아오라고 하고."

다이윈은 돌아가는 내내 표정이 풀리지 않았다. 시아버지가 이기적이라 좋은 방법을 찾고도 알려주지 않은 것 같아서 조금 화가 났다.

반면 딩쯔타오는 무척 담담했다. 시아버지 말이 옳다고 생각했다. 자기 집만 건사할 수 있어도 천만다행이었다. 하지만 현실은 엄청난 불행으로 끝났다. 그는 상황을 잘못 읽어서 자기 자신은 물론 가족들도 구하지 못했다. 그 사람들의 증오는 서로 아는 집안을 향한 것이 아니었다. 모든 부자를 증오했다. 부자의 재산을 나누는 게 모든 가난한 사람이 원했던 일이었다.

64. 열일곱번째 지옥:
모란 이불

빛이 점점 밝아졌다.

딩쯔타오는 문득 눈앞이 탁 트이는 듯했다. 그런데 이상하게도 눈앞이 밝아지자 발밑의 길이 보이지 않고 자신이 어떤 옷을 입었는지도 보이지 않았다. 심지어 신발을 신었는지조차 알 수 없었다. 정말 기이한 곳이로구나! 하고 그녀는 생각했다.

그녀는 자신이 아주 아주 오래 걸었다는 것만 기억났다. 반면 돌길이었는지, 흙길이었는지 혹은 평지였는지, 산속 계단이었는지는 전혀 떠오르지 않았다. 그녀는 그저 계속 위로, 또 위로 올라왔을 뿐이었다.

지나온 계단을 떠올려보니 이미 열일곱번째 층이었다. 이제 눈물도 마르고 고통도, 분노도 사라졌다. 정말 열여덟번째 층이 끝이라면, 확실히 지옥으로 떨어진 것이겠다는 생각만 들었다. 열여덟번째 층은 또 어디일까? 그곳에는 또 누가 있을까? 그녀가 아는 사람일까, 모르는 사람일까?

딩쯔타오는 좀 망연해졌다.

망연한 중에 다이윈이 팅쯔를 안고 멍한 표정으로 방안에 서 있는 게 보였다. 침대가 조금 흐트러졌고 샤오차가 분주하게 정리하고 있었다.

샤오차가 말했다. "마을에서 재산 분배를 재촉하고 있어요. 어르신도 쓸모없는 물건을 가능한 한 모두 내놓으라고 하셨고요."

다이윈이 말했다. "쓸모없는 게 뭐야? 나는 전부 쓰는데."

"어르신 말씀으로는 금은 장신구 같은 것들 전부요. 저는 감히 안 내놓을 수가 없어서 아가씨 은팔찌만 숨겨뒀어요. 아가씨가 열 살 때 할머님한테 받은 거요. 다른 건 감히 숨기지 못했어요. 작은어머님과 후이위안 아가씨가 옆에서 지켜보고 있었거든요. 후이위안 아가씨가 나중에 수색할 때 나오면 목이 떨어질 수도 있다고 하더라고요."

"자기들이 대체 무슨 상관이라고?"

"어르신이 집안 여자들 물품 인수를 그 두 분께 맡겼거든요. 아까 작은어머님과 후이위안 아가씨가 또 와서 결혼할 때 가져온 비단 이불도 내놓으라고 했어요. 저는 내주는 수밖에 없었고요. 그런데 가난한 사람 누가 그런 걸 원할까요?"

다이윈이 얼굴빛을 확 바꾸며 씩씩거렸다. "그 두 사람은 내가 혼수로 가져온 비단 이불을 내내 아니꼬워했어. 작은어머니는 자기가 결혼할 때만 해도 그렇게 예쁜 이불이 없었다고 시샘했지. 그런데 내가 누구야? 나는 후씨 가문의 큰아가씨라고. 자기는 뭔데? 연극배우였잖아. 아버님을 꾀어서 이렇게 누리게 된 주제에."

"후이위안 아가씨도 그래요. 시집갈 때 어르신이 훨씬 많이 챙겨주시겠지요."

"흥, 시집은 무슨? 설마 진뎬이 돌아올 때까지 기다린대? 진뎬이 돌아온들 계속 그녀를 원할까?"

"원래 마님은 후이위안 아가씨를 언덕마루의 리씨 집안에 시집보낼 생각이셨잖아요. 그러다 라오웨이가 충칭에서 진뎬이 간부가 된 걸 본 사람이 있다고 떠드는 바람에 아가씨가 그 혼사를 받아들이지 않았지요. 어르신도 그러셨어요. 진뎬이 정말 간부가 되었다면 아가씨와 결혼을 허락하겠다고요."

"진뎬이 간부가 되었다고? 정말이야? 간부가 되면 주변에 여학생이 많은데 왜 후이위안을 원하겠어?"

"그렇지요."

다이윈이 옷장을 뒤지다 갑자기 물었다. "붉은색 모란 이불도 가져갔어?"

샤오차가 송구하다는 표정으로 고개를 끄덕였다. "네. 후이위안 아가씨가 반드시 내야 한다고 했어요."

다이윈은 화를 냈다. "그건 우리 엄마가 큰맘 먹고 충칭까지 가서 사오신 거야. 이불 하나도 남길 수 없다는 거야?"

"아가씨, 됐어요. 그냥 면 이불을 쓰세요. 마님은 더 많이 내셨는걸요. 어르신이 모피 옷까지 내놓으라고 하셔서 마님은 지금까지 울고 계세요."

"그건 중원이 상하이에서 특별히 사온 거잖아? 이제 겨우 일 년밖에 안 입으셨는데. 어머님이 무척 좋아하셨던 게 기억나."

"그러니까요. 어르신이 마을에서 재산 분배를 하니 다 내주라고 하셨어요. 후이위안 아가씨와 작은어머님도 모두 내놓았고요. 농민회로 보냈어요."

"후이위안은 늘 열성분자가 되고 싶어했어. 요즘 갈수록 마음에 안든다니까."

"맞아요. 제가 이불을 챙길 때 후이위안 아가씨는 계속 이불을 쓰다듬으면서 눈을 희번덕대다가 아가씨가 자기 집 돈을 축내기만 한다고 말했어요."

"관두자. 내가 시집온 뒤로 계속 날 질투했으니까. 내 혼수가 적기나 했니? 비단 이불도 우리 어머니가 주신 거잖아. 걔가 시집갈 때는 아버님이 얼마나 많이 준비해주실지 모르겠네."

"네. 하여튼 밴댕이 소갈머리예요."

다이윈은 더이상 아무 말도 하지 않고 걱정스러운 얼굴로 침댓가에 앉았다. 샤오차가 텅쯔를 안고 화원으로 놀러 나간 뒤에도 계속 혼자 앉아만 있었다. 붉은색 모란 이불을 내줬다는 사실에 그녀는 무척 마음이 아팠다. 어머니가 온종일 거리를 돌아다니며 골라준 이불이었다. 이제 그녀는 어머니의 마음조차 간직할 수 없었다.

날이 어둑해질 때 다이윈은 각 마당을 다니며 둘러보았다. 마당마다 어수선했다. 시어머니는 얼굴을 찡그린 채 그녀를 보고도 아무 말 하지 않았다. 후이위안은 흥얼거리며 잔뜩 신이 난 모습으로 들락거렸다.

후이위안이 말했다. "내 장신구도 전부 내놓았어요. 작은 오빠가 준 신발이랑 가방도요. 면직 옷 두 벌만 남겼지요. 가난한 사람과 부유한 사람이 평등해졌어요. 농사짓는 사람한테 정말로 땅이 돌아가게 되었으니 우리 집안에서도 공헌해야지요. 안 그래요?"

다이윈은 차갑게 대꾸했다. "그래도 내 혼수 이불까지 내놓을 수는 없어요."

그러고는 후이위안의 대답을 듣기 싫어 잰걸음으로 나갔다.

그때 딩쯔타오는 모란 이불을 침대에 깔던 순간이 떠올랐다. 사람들
이 둘러서서 깜짝 놀라며 탄성을 내질렀다. 신방 전체가 그 이불 때문
에 환해지는 듯했다.

원래 내 인생에도 그렇게 빛나던 시절이 있었구나, 하고 딩쯔타오는
생각했다.

65. 열여덟번째 지옥:
지옥의 문

앞쪽에서 빛이 점점 밝아졌다. 뭉실뭉실한 빛이 시리도록 환했다. 저게 정말로 밖으로 나가는 길일까?

딩쯔타오는 놀랍기도 하고 이상하기도 했다.

눈앞이 선명해지자 봄날에 놓인 대로가 보였다. 길 양쪽으로 꽃이 만발했다. 꽃의 색깔이나 형상은 보이지 않아도 그 존재를 절절히 느낄 수 있었다. 앞쪽의 뭉실뭉실한 빛은 우왕좌왕하며 움직이는 것 같기도 하고, 길을 안내하는 것 같기도 했다.

딩쯔타오는 생각에 잠겼다. 내가 정말 지옥 깊은 곳에서 빠져나온 걸까? 혹은 다른 지옥으로 가는 중일까? 앞쪽의 빛까지 가면 햇빛이 사방을 밝혀줄까? 햇빛이 비치면 나 자신을 볼 수 있을까?

딩쯔타오는 자신의 진짜 모습이 전혀 기억나지 않았다. 하지만 달리 생각해보면 자신을 볼 수 없어도 무슨 상관인가 싶었다. 중요한 건 지옥에서 나왔다는 사실이었다.

마차 한 대가 빠르게 다가왔다.

마차를 모는 사람은 집안 마부가 아니었다. 마차가 가까워지면서 딩쯔타오는 진뎬이 몰고 있다는 걸 똑똑히 볼 수 있었다. 마차에는 다이원과 샤오차가 타고 있었다.

갑자기 딩쯔타오의 심장이 미친듯이 뛰기 시작했다. 왠지 모를 죄책감이 일었다.

다이원은 마차에 앉아 샤오차와 두서없이 이야기하는 중이었다. 붉은 치파오를 입고 있었다. 목에는 루중원이 선물로 보내준 스카프를 둘렀다. 그녀는 손을 가볍게 배에 올리고 얼굴 가득 행복한 표정을 짓고 있었다.

다이원은 시내 병원에서 임신 사실을 확인한 뒤 돌아오는 길이었다. 오는 길에 샤오차와 전신국에 들러 아직 상하이에 있는 루중원에게 전보를 쳤다.

샤오차가 말했다. "진뎬, 천천히 좀 가. 우리 아가씨 너무 흔들리잖아."

마차를 모는 진뎬이 큰 소리로 대답했다. "알겠어!"

샤오차가 말했다. "작은 나리께서 무척 기뻐하시며 곧장 돌아오실 거예요."

다이원은 샤오차의 말이 맞는다고 생각하며 웃었다. "중원은 아들을 바랄 거야. 딸이면 실망할까봐 걱정이네."

진뎬이 끼어들었다. "걱정하지 마세요. 어르신은 손자를 원하시겠지만, 작은 도련님은 아주 좋아하실 거예요. 도련님이 어렸을 때 후이위안 아가씨를 제일 예뻐하셨는걸요."

샤오차가 웃으며 대꾸했다. "동생하고 딸은 다르지."

진뎬이 말했다. "어쨌든 다 여자잖아. 내가 아는 한 도련님은 딸을 더

귀여워하실 거야."

다이윈이 말했다. "진덴, 오늘 처음으로 네가 모는 마차를 탔는데 이렇게 좋은 일이 생겼으니, 네가 우리한테 행운을 가져다주나봐."

샤오차가 거들었다. "진덴, 우리 아가씨한테 조금만 더 행운을 불어넣어줘. 아들을 낳게 말이야."

진덴이 소리쳤다. "그럼 틀림없이 아들입니다!"

그의 말이 떨어지자마자 다이윈과 샤오차는 크게 웃기 시작했다. 맑은 웃음소리가 산골짜기에서 메아리쳤다.

다이윈은 진덴이 마차를 몰게 된 게 시아버지 루쯔차오가 집안의 하인과 일꾼을 대부분 내보냈기 때문임을 알았다. 집에 더는 그렇게 많은 사람이 필요하지 않다며 노약자를 돌볼 몇 명만 있으면 된다고 했다.

다이윈이 물었다. "진덴, 너는 왜 안 갔어? 집에 남겠다고 자청했다며?"

진덴이 대답했다. "저와 푸퉁은 남고 싶었어요. 저희 둘은 부모 없이 루씨 집안에서 자라서 여기가 익숙해요. 푸퉁은 샤오차가 있는 곳이 자기가 있을 곳이라고 했고요."

샤오차가 발끈했다. "무슨 소리야? 너야말로 후이위안 아가씨 때문에 안 나갔으면서."

진덴이 대꾸했다. "샤오차, 함부로 말해서 날 곤란하게 만들지 마."

다이윈이 샤오차한테 눈을 흘기며 나직이 말했다. "함부로 말하지 마. 아버님과 어머님이 아시면 호통이 떨어질 거야."

샤오차가 대꾸했다. "어르신이 모두 앞에서 부자든 가난뱅이든 평등하다고 하셨는데, 당신 집에서는 불평등하시네요."

다이윈이 꾸짖었다. "넌 정말로 세상이 평등해질 것 같아?"

샤오차가 웅얼거렸다. "어르신이 그렇게 말씀하셨어요. 작은 나리도 그러셨고요."

다이윈이 말했다. "가난뱅이와 부자는 영원히 평등해질 수 없어. 모두가 평등했던 때가 세상에 언제 있었냐고?"

샤오차가 입을 삐죽거리며 더는 대꾸하지 않았다.

그때 진뎬이 갑자기 큰 소리로 말했다. "작은 도련님과 후이위안 아가씨도 말씀하셨어요. 새로운 사회는 평등한 사회가 될 거라고요. 하는 일이 다를 뿐, 하인과 주인이 똑같다고요."

다이윈이 물었다. "중원도 그렇게 말했다고?"

진뎬이 대답했다. "네. 큰 도련님 방에서 세 분이 책을 읽다가 그러셨어요. 큰 도련님도 두 분 의견에 동의하셨고요. 제가 큰 도련님께 물을 가져다드리러 갔을 때였는데, 후이위안 아가씨가 들었느냐고, 앞으로 우리는 모두 평등하다고 했어요."

다이윈이 냉소를 지었다. "하지만 너와 후이위안 사이의 일은 평등과 관련 없어. 집안끼리 원한이 있으니까."

샤오차가 반박했다. "이전 세대의 일이니 진뎬과는 무관하죠."

진뎬이 물었다. "무슨 원한이요? 저희 집안과 루씨 집안에 원한이 있다고요?" 확실히 놀란 얼굴이었다.

다이윈도 놀랐다. "몰랐어?"

진뎬이 대꾸했다. "저는 전혀 들어본 적이 없는데요?"

다이윈과 샤오차는 둘 다 입을 다물었다. 마차는 제방을 벗어나 산골 오솔길로 들어갔다.

오솔길 한쪽은 산이고 다른 한쪽은 강이었다. 산자락과 강가에 만발한 야생화가 분홍색과 노란색으로 복잡하게 뒤엉켜 있었다. 산을 따라 구불구불 이어진 좁은 진흙길이 거기에 푹 싸인 모양새였다.

다이윈이 갑자기 말했다. "네 어머니가 그때 이 마차를 타고 시내의 양의한테 갔대."

진뎬이 말했다. "그건 알아요. 어머니가 난산인데다 그날 폭우가 쏟아져 길이 엉망이 되었고 도랑도 다 넘쳤다고요. 어르신이 아버지에게 마차를 빌려줘 서양 의사를 찾아갔지만, 너무 늦어서 어머니를 구할 수 없었다고요."

다이윈이 웃었다. "너무 늦었다고만 알고 왜 그렇게 늦었는지는 모르지?"

진뎬은 좀 놀란 게 확실했다. "왜요? 폭우 때문이 아닌가요?"

샤오차가 빠르게 중얼거렸다. "우 어멈한테 들었거든. 어르신이 너희 집 땅에 사당을 짓고 싶어하셨는데 너희 아버지가 거절했대. 두 사람이 여러 차례 싸웠다더라. 그날, 네 어머니가 진통이 와서 마차를 빌리러 왔는데 루씨 집안에서 토지계약서에 서명해야만 내주겠다고 했대. 네 아버지는 땅을 팔기 싫어서 사방을 돌아다녔지만 다른 방법이 없었고. 네 어머니와 너를 살리기 위해 서명할 수밖에 없었다더라. 그런데도 너무 늦었던 거지. 우 어멈은 너한테 원수 집안이니 후이위안 아가씨를 좋아하지 말라고 진작부터 말해주고 싶었대."

마차가 흔들리기 시작하더니 진뎬이 소리쳤다. "거짓말! 그럴 리 없어."

다이윈이 말했다. "중원은 라오웨이가 주도한 일이라고 했어. 그런데 이후에 어떻게 되었는지 아니? 그건 네가 직접 우 어멈에게 물어봐. 오늘 내가 이 사실을 알려준 건 후이위안에 대한 마음을 접었으면 해서야. 너희는 이번 생에 이뤄질 수 없다고."

샤오차가 말했다. "라오웨이와 우 어멈은 진작부터 알려주고 싶었대. 네가 엉뚱한 마음을 먹고 혼자 상처 입을까봐 걱정돼서. 오늘 우리가 그들 대신 말해준 거지."

다이윈이 맞장구쳤다. "맞아. 푸퉁은 너랑 달리 샤오차와 잘 어울려. 넌 욕심이 너무 지나치다고. 우리 아버님을 좀 봐. 네가 어떻게 그런 생각을 할 수 있어?"

진뎬은 더 말하지 않았다.

다이윈과 샤오차가 무슨 말을 하든 진뎬은 아까과 달리 전혀 대꾸하지 않았고 함께 웃는 건 더더욱 하지 않았다.

산골짜기에서 마차가 미궁에 빠진 듯 갈림길을 잘못 들어갔다가 되돌아 나오고, 또 잘못 들어갔다가 되돌아 나왔다. 날이 어두워지는데도 마차는 계속 달리고 있었다. 영영 빠져나가지 못할 것만 같았다.

다이윈과 샤오차도 입을 다물었다. 진뎬을 탓하지도 못하고 그가 계속 갈림길을 들어갔다가 돌아나오는 걸 지켜보기만 했다. 그때 멀리에서 불빛이 반짝였다. 그들을 찾아 말을 타고 나온 라오웨이였다.

라오웨이는 등불을 들고 헐떡거리며 말했다. "생각해보니 진뎬 네가 마차를 몰아 성으로 들어간 게 이번이 처음이더라고. 이렇게 늦도록 돌아오지 않으니 길을 잃었나 걱정이 됐어. 아니나다를까, 길을 잃었던 거지?"

진뎬이 대꾸하지 않자 다이윈이 대신 말했다. "맞아, 길을 잃었어요."

라오웨이가 말했다. "불빛을 따라서 오세요."

끝없는 어둠 속으로 야생화가 전부 숨었다. 자연의 모든 것이 검은 밤과 한몸을 이루고 있었다. 앞쪽의 등불만 검은 장막 위에서 명멸하는 유령처럼 불규칙적으로 흔들흔들 빛날 뿐이었다.

이튿날 아침, 샤오차가 황망히 달려와 진뎬이 사라졌다고 말했다.

다이윈은 무척 놀라고 불안해졌다. "어제 우리가 쓸데없는 말을 했나?"

샤오차가 말했다. "그런가봐요. 어젯밤에 우 어멈과 한밤중까지 이야기했대요. 아마 우 어멈이 다 말해줬겠죠."

다이윈이 잠시 생각한 뒤 말했다. "이 일은 절대 입 밖으로 꺼내지 마. 우리는 아무 말도 하지 않은 거야. 아니면 아버님께 혼날 거야."

"알겠어요. 아가씨도 명심하세요. 어르신의 꾸지람은 잠깐이겠지만, 후이위안 아가씨의 증오는 평생 갈 거예요."

딩쯔타오는 그때 문득 모든 것을 깨달았다.

마침내 알 수 있었다. 야생화가 만발한 오솔길은 그녀가 지옥으로 가는 길이었다. 바로 그 길에서 그녀는 명멸하는 유령을 따라 지옥 문을 넘어섰다.

이제 그녀는 문 앞으로 돌아왔다. 그녀는 발을 내디뎠다가 갑작스러운 빛에 거의 쓰러질 뻔했다.

제14장

66. 지하의 비밀통로

칭린과 룽중융은 온종일 귀신의 집에 있었다.

지난밤의 긴 대화 덕분에 칭린은 마음의 부담을 내려놓을 수 있었다. 아침에 루환시가 회의에 참석하러 진에 갔기 때문에 그들 두 사람만 망루로 향했다. 싼즈탕 문이 걸려 있지 않아 그들은 곧장 안으로 들어갔고 누구도 마주치지 않은 채 순조롭게 망루까지 올라갔다.

꼭대기까지 가는 동안 룽중융은 여러 각도에서 사진을 찍었다. 칭린은 펜으로 장원의 전체 구도를 그렸다. 그림을 그리면서 오랫동안 전공일을 하지 않았더니 손이 서툴러졌다고 말했다.

오후에 그들은 마당에 들어가 하나씩 둘러보았다. 분위기와 특징이 분명한 곳은 크기를 재고 그림을 그렸다. 상당수 민가처럼 귀신의 집도 대들보와 창살에 정교한 이야기가 새겨져 있었다. 창문에 어부와 나무꾼, 농부, 서생의 일상을 비롯해 희소식을 알리는 까치의 모습이 조각되어 있고 들보에는 두더지의 혼인, 아이를 태운 기린의 고사 같은 게 있었다. 건물의 우아함이 담벼락의 포구와 강렬한 대비를 이루었다.

칭린이 말했다. "장원의 삶이 안락하고 편안해 보이지만, 여자와 아이들만 그런 생활을 누렸을 뿐 주인은 늘 긴장하고 초조해했던 것 같아. 이 망루와 포구를 보면 알 수 있잖아."

룽중융이 동의했다. "여기 주인은 의지가 강했을 뿐만 아니라 가족도 잘 챙겼던 것 같아. 사실 망루가 초소와 포루를 합친 건데, 거기에 뾰족한 지붕을 가진 정자까지 올렸잖아. 그건 주인이 낭만적이어서가 아니라 가족을 위로하고 싶었던 게 아닐까. 이곳은 화포를 쏘기 위한 곳이 아니라 경치를 감상하며 시를 읊는 곳이라고 말하고 싶었던 거지." 그런 다음 또 한 마디를 덧붙였다. "이 망루의 매력은 전쟁과 평화를 한데 품었다는 점 같아."

그러면서 두 사람은 웃기 시작했다.

룽중융이 또 말했다. "예전에 선생님이 건축은 현장을 직접 방문해 오관으로 그 공간을 체험해야만 진정으로 느낄 수 있다고 말씀하셨잖아. 오늘 여기에 서 있으니 그 말이 얼마나 중요한지 실감난다."

그들은 무척 차분하게 일하며 이야기를 주고받았다. 마치 이전에 아무 일도 없었다는 듯, 아무 사건도 들은 적이 없다는 듯. 우리는 그냥 우리 일을 하면 돼. 칭린은 그 말을 몇 번이나 되뇌었다. 그런 생각으로 자신의 끔찍한 추측과 상상을 막으려 했다.

오후에 룽중융은 황혼이 내릴 무렵의 광선이 제일 부드러우니 이 황혼 속 장원 전경을 몇 장 더 찍고 싶다고 했다. 그래서 그들은 다시 망루로 갔다.

망루 아래층은 빛이 잘 들지 않아, 그들은 이미 두 번이나 들어가봤는데도 아래층 구조까지 살펴보지는 않았다. 그런데 이번에는 룽중융이 계단 뒤에서 누가 새롭게 건드린 흔적을 발견해 가까이 다가갔다. 그랬더니 은폐된 문이 보였다. 룽중융은 자기도 모르게 고함을 질렀다.

칭린이 소리를 듣고 내려갔다. 그들은 비밀의 문 옆에 있는 잡동사니를 옮긴 뒤 나무문을 밀었다. 깊은 동굴이 눈앞에 나타났다. 새까맣게 뻗은 동굴은 한 사람이 지나갈 정도의 크기였다. 룽중융이 휴대폰으로 불빛을 비춰보았다. 의심할 여지 없이 비밀통로로 좁고 깊었다. 방향으로 볼 때 산속으로 이어지고 있었다. 틀림없이 산 뒤에 출구가 있을 듯했다.

칭린이 긴장하며 물었다. "이게 무슨 의미지?"

룽중융이 대답했다. "다들 장원에 문은 하나뿐이라고 생각하고, 비밀통로가 있는 줄은 모른다는 의미지."

칭린이 말했다. "혹시…… 어쩌면…… 루환시는 뒤쪽 산이 융구하와 연결된다고 했잖아."

"정말 그럴 수도 있겠네. 우리가 실성한 노인을 찾을 수 없었던 것 역시 그도 이 비밀통로를 알았기 때문인 게 확실해. 네가 원하면 함께 가줄게."

칭린은 벽에 기댄 채 뭔가 생각하는 듯 눈을 감았다. 그는 룽중융의 말에 대답하지 않았다.

칭린의 얼굴에 고통스러운 표정이 떠올랐다. 룽중융은 가만히 지켜보다가 문을 닫은 뒤 칭린을 끌고 위로 올라갔다. 망루는 4층이고 꼭대기에 정자가 있었다. 그들은 말없이 정자까지 올라간 뒤에야 걸음을 멈췄다.

석양이 장원 전체를 비스듬히 비췄다. 잡초가 가득한 무덤이 금빛

석양 아래 조용히, 소리 없이 자리하고 있었다. 오십여 년 동안 비바람을 맞으며 멋대로 자라난 풀에 뒤덮인 채로.

룽중융이 사진기를 꺼내 꼼꼼하게 찍으면서 말했다. "당시 그런 결정을 내리기 위해 얼마나 큰 용기가 필요했을지 나는 상상조차 안 돼."

칭린은 갈등에 휩싸였다. "누가 그 비밀통로로 빠져나갔을까? 우리 어머니일까? 그렇다면 어머니는 이 집 딸일까, 며느리일까?"

룽중융이 말했다. "제일 중요한 건 우리가 내일 비밀통로로 나가보느냐 하는 거야. 어디로 통하는지 보는 거지. 또 이걸 루환시에게 말해야 하는지도. 비밀통로로 나가면 뭐가 있을지는 너도 짐작이 되겠지."

칭린이 대답했다. "인적 없이 황량한 곳이겠지."

룽중융이 말했다. "그건 당연하고."

"내가 알고 싶은 게 이 비밀통로로 드러날까? 사람들이 갑자기 비밀통로가 있다는 걸 알면 어떻게 될까?"

룽중융이 잠시 침묵에 잠겼다가 대답했다. "이곳의 영혼들은 더이상 조용히 지낼 수 없겠지."

칭린이 말했다. "매일 사람들의 시끄러운 소리에 시달리겠지. 루씨 집안 사람들의 소망은 조용한 안식이었어. 시신이 흙과 하나가 되고, 집도 시간에 따라 자연적으로 풍화되기를 바랐지. 아주 오랜 시간이 흐른 뒤 이 장원의 주인이 루씨였음을 사람들이 잊어버리기를, 더 오랜 시간이 흐른 뒤에는 여기에 장원이 있었다는 것 자체를 아무도 모르기를, 그 속에 이토록 비참한 삶이 있었던 걸 모르기를 바랐어. 우리가 황무지에서 흔히 마주치는, 아무도 물어보지 않는 허물어진 담벼락처럼 되기를 바란 거야."

롱중융이 물었다. "그게 가장 좋은 결말 같아?"

칭린이 대답했다. "응. 그것밖에 다른 건 없어. 비밀통로는 없는 셈 치는 게 좋을 듯해."

롱중융이 말했다. "정말 그렇게 생각해? 넌 어머니 신분이 궁금하지 않아? 어떤 일을 겪으셨는지 알고 싶지 않아? 쌴즈탕과 어떤 관계가 있는지도?"

"알고 싶지 않아. 어머니가 이 집과 어떤 관련이 있었든 이제는 알고 싶지 않아. 어머니가 살면서 본능적으로 거부한 기억이야. 어머니는 이제 의식도 없으신데 내가 꼭 알아야 할까?"

롱중융은 길게 한숨을 내쉬었다. "쌴즈탕아, 산쯔탕. 하늘이 알고 땅이 알고 귀신도 알지만, 그도 모르고 너도 모르고 나도 모르는구나."

칭린이 말했다. "됐어. 나는 모든 의미란 결국 다 무의미하다, 라는 말이 생각난다."

하늘빛이 어두워지기 시작하더니 태양이 뭇 산의 파도 속으로 가라앉았다. 그들은 망루에서 내려왔다. 온종일 그 무서운 얼굴의 실성한 노인은 나타나지 않았다.

이튿날 아침 칭린과 롱중융은 차를 몰아 루샤오촌을 떠났다. 한 번 왔던 길이라 그런지 돌아갈 때는 속도가 무척 빨랐다. 오후에 충칭에 도착한 두 사람은 아주 빠르게 각자 비행기를 타고 상하이와 선전으로 돌아갔다.

비행기가 날아오르면서 온 도시의 불빛을 내던졌다. 구름 위에서 갈수록 흐릿해지는 불빛을 바라보는 칭린의 머릿속에 격세지감이라는 말이 떠올랐다.

67. 하늘이 덮은 일

칭린은 이제 그 일을 내려놓았다.

선전에서 며칠 쉬고 나서 그는 우한으로 돌아갔다. 본사에 가자 류샤오촨이 어떻게 되었느냐고 물었다. 칭린은 촨둥이 너무 커서 아무도 체런루를 몰랐다고, 심지어 후수이당이라는 곳도 아는 사람이 거의 없었다고 간단히 대답했다. 그는 싼즈탕에 관해 말하고 싶지 않았다. 그곳을 아는 사람이 늘어나는 게 싫었다. 루씨 집안 사람들의 영혼을 방해하지 않는 게 역시 좋을 듯했다.

류샤오촨이 한숨을 내쉬며 말했다. "그럴 거라 예상했네. 어떤 역사든 가장 핵심적인 부분은 드러나지 않으니까. 그리고 추측이란 무엇이든 그다지 믿을 수 없어. 그러니까 세상의 많은 일은 반드시 알아야 하지도 않아. 자네는 안다고 생각해도, 사실 자네가 아는 것은 본래 모습과 근본적으로 다를 수 있어."

"네. 이번에 다니면서 어떤 일은 하늘이 덮는다는 생각을 했습니다. 시간에 맡긴 채 시간에 의해 풍화되도록, 시간에…… 연매장되도록 둔다고요."

류샤오촨이 웃었다. "찾지는 못했어도 수확이 있었네. 철학자가 되었 잖아."

칭린도 웃으며 말했다. "철학이라니요, 그냥 납득했을 뿐입니다."

하지만 우한으로 돌아온 첫날, 칭린은 저녁 내내 어머니 침대 옆에 앉아 있었다. 어머니 얼굴은 여전히 조용하고 무뚝뚝했다. 표정도 없고 움직임도 없었다.

칭린이 조용히 눈물을 흘리며 말했다. "엄마, 엄마가 기억을 잃기 전 에 무슨 일이 있었는지 알고 싶지 않아요. 그저 엄마가 깨어나 편안하 게 사셨으면 좋겠어요. 그러면 엄마 일생도 헛되지 않을 거예요."

예상했던 대로 딩쯔타오는 반응이 없었다.

그날 밤 칭린은 아버지의 공책을 원래 있었던 가방에 도로 집어넣 었다. 그러면서 어디에 둬야 할지 생각했다. 다시는 읽어볼 마음이 없 었다.

68. 연매장되기 싫어

평소와 똑같은 일상이 이어졌다.

그날은 폭우가 내렸고 간간이 천둥도 쳤다. 우한의 흔한 여름 날씨였다. 그 외에는 굳이 언급할 것도 없을 만큼 모든 게 평소와 똑같았다.

칭린은 둥훙의 전화를 받았다.

둥훙이 조금 당황한 어조로 말했다. "오늘 어르신께 음식을 드리는데 알아들으시는 것 같았어요. 눈동자를 움직이며 '나갈 수 없어'라고도 하셨고요."

한창 회의중이었음에도 칭린은 조금 흥분해 동료들에게 양해를 구했다. 어머니가 몇 년째 식물인간 상태인데 오늘 움직이면서 말도 하셨다고 가정부가 연락해와, 집에 좀 가봐야겠다고 말했다.

다들 무척 기뻐하며 상관없으니 어서 가보라고, 회의는 다음에 하자고 대답했다.

칭린은 날듯이 집으로 돌아가 문을 들어서자마자 큰 소리로 외쳤다. "엄마! 엄마! 깨어나셨어요? 저 칭린이에요."

딩쯔타오는 햇빛이 비치는 걸 느꼈다. 빛이 너무 밝아 눈이 부셨다.

그녀는 여기가 어딜까 하고 생각했다. 자기 집이 아닌 것 같았다. 여자 목소리가 들리지만 샤오차가 아니었다. 남자 목소리도 들리는데 루중원도 아니고 팅쯔는 더더욱 아니었다. 싼즈탕도 아니고 체런루도 아니었다. 여긴 세상의 어디일까?

소리가 한층 시끄러워졌다. 갑자기 하늘에서 천둥이 쳤다. 천둥소리 사이로 처량하고 무거운 목소리가 웅웅 울렸다. 그건 울부짖음이었다. 연매장! 연매장!

그 울부짖음에 딩쯔타오는 분노가 치밀었다. 그녀는 천둥소리가 나는 하늘에 대고 크게 외쳤다. 나는 연매장되기 싫어! 연매장되기 싫다고!

칭린은 방이 좀더 환해지도록 창문을 열려고 창가로 걸어가고 있었다. 그때 둥훙이 말했다. "들어보세요, 어르신이 말을 하세요!"

깜짝 놀란 칭린은 얼른 침대 옆으로 돌아가 몸을 숙였다. 과연 어머니의 입이 움직이고 있었다. 그가 소리쳤다. "엄마, 지금 말씀하셨어요? 무슨 말씀을 하고 싶으세요? 급할 것 없어요. 천천히 하세요."

마침내 딩쯔타오의 목소리가 터져나왔다. 아주 미약했지만 또렷했다. 난 연매장되기 싫어!

둥훙은 이해할 수 없었다. "무슨 말씀일까요?"

칭린은 맥없이 침대에 주저앉았다. 가슴이 무너지면서, 어머니가 가시려 한다고 생각했다.

정말로 그날 밤, 딩쯔타오는 숨을 거뒀다. 몸부림이나 고통 없이 길게 한숨을 내쉰 뒤 그렇게 떠났다.

69. 뼛속에서부터 나오는 슬픔

딩쯔타오가 지난 몇 년 동안 얼마나 긴 길을 걸었는지는 아무도 몰랐다. 그리고 그녀가 얼마나 많은 비밀을 간직한 채 죽었는지는 더더욱 아는 사람이 없었다. 사실 어떤 사람이든 죽을 때는 세상의 비밀을 어느 정도씩 가져가기 마련이다. 그런 비밀은 말하면 세상을 놀라게 할 수도 있지만 말하지 않으면 바람처럼 가벼워진다.

칭린의 복잡한 마음을 사람들은 전혀 알아채지 못했다. 그가 워낙 차분해 보여 다른 사람들도 차분할 수밖에 없었다. 어쨌든 딩쯔타오는 오래 앓았음에도 소리 없이, 육체적 고통 없이 떠났다. 그것만으로도 다행이었고, 심지어 예상보다 더 좋다고 할 수 있었다.

칭린은 어머니의 관을 준비했다. 원래는 땅도 사서 묻어드리고 싶었다. 하지만 어디에 땅을 사겠는가? 도시에서는 허가가 나지 않을 것이고, 어머니가 속할 고향은 또 어디겠는가? 그렇다고 낯선 곳에 묻으면 어머니가 너무 외로울 것 같았다. 게다가 어머니를 매장하면 아버지 유골은 어떻게 하겠는가? 아무리 생각해봐도 죽어서 뿌리를 찾아 돌아가는 건 뿌리가 있는 사람들이나 할 수 있는 일이었다. 아버지나 어머니는 자신의 뿌리마저 뽑아내 영원히 그곳을 벗어나고 싶어할 것 같았다.

칭린이 보기에 자신이 어머니를 만족시킬 방법은 관에 모셨다가 관과 함께 화장하는 것밖에 없었다. 아내와 친구들이 이해하지 못하자 칭린은 "내 뜻대로 하게 내버려둬. 내 나름의 이유가 있으니까"라고 말했다.

칭린이 그렇게 고집하자 아내도 더는 반대하지 않았다. 어쨌든 그건 딩쯔타오 평생의 마지막 일이고, 이제 남편은 완전히 자기 사람이 될 터였다. 친구들 역시 그가 효도를 다하고 싶어한다고만 생각했다.

추도식은 매우 단출했다. 아내와 아들뿐 다른 가족이나 친척이 없었다. 아버지나 어머니 모두 외톨이였다. 한 친구가 의아해하자 칭린은 침울하게 "고아셨어"라고 말하는 수밖에 없었다.

류샤오안 형제도 찾아와 마지막 인사를 건네고 여동생 류샤오우의 화환을 대신 전달했다. 그들은 인생이 덧없다고 한탄하며 칭린에게 순리를 받아들이라고 위로했다. 그러고 나서는 딩쯔타오의 장지까지 함께 갔다. 그들의 행동에 칭린은 물론 직원들까지 감동했다.

칭린은 아버지의 유골도 옮겨와 어머니와 합장했다. 무덤이 류진위안의 묘와 별로 멀지 않은 걸 보고 류샤오안이 말했다. "우 선생님, 딩 이모, 편히 쉬세요. 저희 부모님이 근처에 계시고 다들 오랜 친구이니, 한가할 때 찾아가시고요."

그 말에 지전을 태우던 사람들이 전부 웃었다. 모든 슬픔이 재와 웃음소리를 따라 허공으로 흩어졌다.

그날 밤 칭린은 어머니 방에서 잤다.

어머니 침대에 누워 어머니 냄새를 맡자 결국 울음이 터져나왔다. 그는 자신의 슬픔이 뼛속에서 나오는 것 같았다. 어머니를 위해 울고 아버지 때문에 울었다. 외로운 두 사람은 평생 비밀을 간직하고 살았다. 그들은 남들에게 들키지 않으려고 항상 조심했다. 부부끼리도 완전히 속을 내보이지 않았다. 그리고 그들의 아들인 자신도 수박 겉핥기식으로 알 뿐이었다. 아버지는 많이 알 필요가 없다고, 그냥 홀가분하게 살면 된다고 말했다. 칭린이 보기에 그건 당연히 어렵지 않았다. 하지만 깊은 밤 홀로 있을 때도 정말로 홀가분해질 수 있을까?

그날 밤 칭린은 온갖 생각에 시달리느라 거의 날이 밝아서야 잠이 들었다.

이튿날 아침, 칭린이 일어났을 때는 이미 태양이 머리 꼭대기에 있었다. 그는 정원으로 나가 나뭇가지를 다듬고 채소에 물을 주었다. 공기가 신선했다. 칭린은 어머니 방의 통유리창을 바라보았다. 안에 아무도 없고 하얀 커튼이 길게 드리워 있었는데 특별한 온기가 뿜어져 나오는 듯했다. 그때 문득 삶이 정말 홀가분해졌다는 생각이 들었다.

그 페이지는 이미 넘어갔다. 그의 가정, 우씨 가문은 그에게서 시작됐다. 그가 이 가문의 시조였다. 그는 둥씨와 아무 관련이 없고 다른 우씨와도 뿌리가 달랐다. 하지만 우씨였다.

아버지와 어머니는 스먼핑 공동묘지에 묻혔다. 칭린이 직접 무덤 석판을 덮었다. 그러면서 슬그머니 아버지의 공책이 담긴 비닐봉지를 함께 넣었다. 칭린은 초나라 사람들과 달리 그들 영혼이 자유롭게 드나들 구멍을 남겨두지 않았다. 이제 그들과 그들의 비밀 그리고 영혼까지 모두 돌 아래에 묻혔다. 칭린은 모든 것을 단단히 밀폐했다. 그리고 나직하게 "아버지, 엄마, 안심하세요. 저는 강하고 홀가분하게 살아갈 거예요"라고 말했다.

칭린은 알기 싫은 일을 알려 하지 않는 것도 강함의 또다른 방식이라고 생각했다. 긴 시간이 진실의 모든 것을 연매장했다. 설령 안다고 해도, 그게 진실의 모든 것이라고 어떻게 알 수 있겠는가?

에필로그

70. 누군가는 망각을, 누군가는 기록을 선택한다

칭린은 정말로 홀가분해지기 시작했다.

아버지와 어머니는 이제 벽에 걸린 사진으로 남았다. 그들은 칭린의 방 벽에서 미소 짓고 있었다. 시간이 흐르면서 칭린은 그들을 쳐다보는 것조차 잊어버릴 때가 많아졌다. 하지만 그들은 칭린이 알아차리지 못하는 동안에도 늘 그를 바라보고 있었다.

가을이 또 깊어졌다. 나뭇잎이 노랗게 변했다. 우한 프로젝트도 거의 막바지에 이르렀다. 류샤오촨은 갈수록 그를 더 신뢰했다. 칭린은 부모님과의 관계보다 자신의 직무 능력이 더 중요하게 작용한다는 걸 알고 있었다.

새 프로젝트가 곧 시작될 터였다. 이번에는 량쯔호 주변의 대규모 토지였다. 호반이 바위와 작은 섬들로 들쭉날쭉한 선을 이루고 있었다. 갈대가 바람에 흔들리다가 부드럽게 쓰러지더니 끝없이 쏟아지는 햇살 아래에서 연노란색으로 빛났다. 가히 일광무제의 풍광이었다.

현장을 살펴보던 칭린은 무척 흥분했다. 호반 지형에서 문득 영감이 떠올랐다. 그 자연환경을 잘 이용하면 아주 독특한 프로젝트가 될 것 같았다. 그는 룽중융한테 꼭 보여줘야겠다고 생각했다.

바로 그때 룽중융에게 전화가 와 칭린은 잔뜩 흥분한 채로 받았다. "그렇지 않아도 내 프로젝트를 너한테 보여줘야겠다고 생각하던 참이야."

룽중융은 칭린의 어머니가 돌아가셨을 때 애도의 문자를 보낸 뒤로 계속 연락하지 않았다. 그는 칭린에게 지금 심정이 어떤지 묻고 싶었는데 목소리를 들으니 괜찮은 것 같다고 말했다.

칭린이 대답했다. "아주 좋아. 나를 평범한 사람으로 규정하고 나니 전부 쉬워지더라. 생로병사는 누구도 피해갈 수 없는 정상적 흐름이잖아. 더군다나 어머니는 일흔 살이 넘었고 몇 년이나 병을 앓으셨어. 그렇게 가실지도 모른다고 예상했지."

룽중융이 말했다. "사실 자신을 규정하는 문제라는 건 존재하지 않아. 인생에는 수많은 선택이 있잖아. 어떤 사람은 좋은 죽음을 선택하고 어떤 사람은 구차한 삶을 선택하지. 어떤 사람은 전부 기억하기를, 또 어떤 사람은 잊기를 선택해. 백 퍼센트 옳은 선택이란 없고, 그저 자신에게 맞는 선택만 있을 뿐이야. 그러니까 너무 많이 생각하지 마. 네가 편안한 방식을 취하면 된다고."

"제일 맞는 게 뭔지 모르겠어. 내가 아는 것은 그냥 이럴 수밖에 없다는 거야."

"그러면 됐어." 그러고 나서 룽중융이 물었다. "내가 지금 어디 있는지 알아?"

칭린이 웃으며 대꾸했다. "늘 신출귀몰하는데 내가 어떻게 알아? 시간 되면 우한에 좀 와. 이번 프로젝트 위치가 아주 좋거든. 여기 와서 아이디어 좀 내줘."

룽중융이 말했다. "나 찬둥에 있어. 책을 아직 다 못 썼는데 네 프로젝트를 도와줄 틈이 어디 있겠냐?"

칭린은 순간 가슴이 철렁했다.

그가 입을 열기도 전에 룽중융이 또 말했다. "루샤오촌에 있어. 정확히 말하자면 싼즈탕. 루환시가 실성한 노인을 찾아줬지. 그 노인 이름은 푸퉁이야. 내가 온종일 볶았지만, 그는 샤오차와 윈중사라고만 말하더라."

칭린은 갑자기 현기증이 이는 듯했다. '샤오차'라는 이름이 철퇴처럼 쿵쿵 그의 머리를 내리쩍었다. 어머니는 샤오차가 어렸을 때부터 함께 컸다고 말했다.

룽중융이 계속 말했다. "지난번에 실성한 노인이 하녀 한 명을 구했고, 그 하녀가 나중에 출가했다고 들었잖아. 그 하녀가 샤오차고 출가한 곳이 윈중사가 아닐까 하고 추측했지. 루환시한테 물어봤더니 부근에 확실히 윈중사라는 절이 있고 비구니 암자도 있다더라고. 내일 함께 가보기로 했어."

칭린은 갑자기 명치끝이 쓰렸다. 정말 전혀 알고 싶지 않았다. 심지어 루씨 집안의 둘째 도련님처럼 영원히 누구도 싼즈탕을 몰랐으면 하는 소망까지 품고 있었다. 시간이 어서 모든 것을 풍화해버리기를 간절히 바랐다.

그가 아무 말도 하지 않자 룽중융이 길게 한숨을 내쉬었다. "괜찮아? 네 마음 알아. 이해하고. 너희 집과 관련 있거나 네 집안의 사생활을 건드리는 내용은 쓰지 않을게. 걱정하지 마. 하지만 나는 이 책을 진지하게 써내려갈 작정이야. 너는 필요 없을지 몰라도 역사는 진실이 필요하거든."

칭린은 여전히 아무 말도 하지 않았다. 말하기 싫은 게 아니라 '샤오차'라는 이름에 가슴이 꽉 막혀버렸다. 어머니는 샤오차를 친정에서 데려왔다고 말했다.

룽중융이 마지막으로 덧붙였다. "누군가는 망각을 선택하고 누군가는 기록을 선택해. 우리는 각자의 선택에 따라 살아가면 되는 거야."

칭린은 어떻게 답해야 할지 몰랐다. 전화를 끊은 뒤 가슴이 먹먹해졌다.

눈앞의 넓고 탁 트인 호수에 바람이 불자 물결이 층층이 일었다.

그는 생각에 잠겼다. 그래, 나는 망각을 선택했고 너는 기록을 선택했어. 하지만 네가 기록하는 이상 내가 어떻게 잊을 수 있겠어? 그리고 진실은, 칭린은 냉소를 지었다, 진실이 어떻게 언어와 글로 표현될 수 있겠니? 세상의 어떤 일도 진정한 진실을 가질 수 없는데.

2015년 가을, 우한에서

우리는 연매장을 거부한다

　오래전 한 여자아이가 장사를 시작했다. 가장 힘들었을 때 그녀는 서행하는 기차에서 내 소설 『풍경』을 읽었다. 그녀는 크게 감동하고 힘을 얻었다. 그래서 이 작가를 꼭 만나봐야겠다고 다짐했다.

　나중에 그녀는 성공했다. 부자 대열에 오르고 당시 우한에서 처음 조성된 주택단지의 예쁜 독채도 샀다. 그녀는 평생 고생한 어머니를 새집으로 모셔갔다. 어머니는 문을 들어서자마자 전전긍긍하며, 안 돼, 재산을 내놓으라고 할 거야, 라고 말했다.

　내가 그 말을 들었을 때 그녀의 어머니는 이미 오래전부터 알츠하이머를 앓던 중이었다.

　우리는 1990년대 초에 만났다. 당시 나는 잡지 〈오늘의 명사〉 편집장이었고 그녀는 다큐멘터리 투자자였다. 그녀는 내 예전 직장인 후베이방송국의 다큐멘터리팀 동료에게 투자하고 있었다. 그녀의 투자 덕분에 여러 편의 다큐멘터리가 국제상을 받았다. 어느 날 내 동료들이 중간에 다리를 놓아줘 우리는 함께 식사하게 되었다.

그뒤 보통 친구들이 사귀는 방식으로 우리는 서로를 천천히 알아갔다. 만남이 점점 잦아지고 수다가 갈수록 많아졌으며 대화도 점점 깊어졌다. 식사하고 차 마시고, 멀리 여행도 함께 떠났다. 나는 그녀의 사업에 대해서는 잘 몰라도 그녀가 얼마나 유능한 사업가인지는 알았다. 그녀는 투자에 실패하는 일이 거의 없었다. 그 방면에서 정말 천재인 것 같았다.

　그러면서 나는 그녀의 어머니, 피부가 하얀 노부인을 만나게 되었다. 그녀의 어머니는 자연스럽게 우리 화제의 주인공이 되곤 했다. 그녀는 어머니가 혼자 쓰촨에서 탈출했고 그 과정에서 아이를 잃었다고 알려줬다. 또 가정부로 일하면서 평온히 살았던 어머니의 과거와 주택으로 이사왔을 때 어머니가 왠지 긴장하고 두려워했던 상황에 대해서도 들려줬다. 그녀의 남편은 한밤중에 어머니가 아프다고 소리치는 걸 상당히 오래전부터 들었다고 거들었다. 옛날 총개머리에 맞은 등이 아프다는 거였다. 그녀는 어머니가 알츠하이머를 앓으면서도 이 말을 여러 차례, 분명히 했노라고 말했다. "나는 연매장되기 싫어!"

　내 소설에서 다룬 토지개혁 부분이 바로 그녀 어머니가 겪은 역사의 한 단락이다. 그녀의 집안뿐만 아니라 나 자신의 부모님, 여러 친구 집과 내 주변 이웃 가족까지 무수히 많은 사람이 공통적으로 겪은 일이다. 그들 인생은 각기 달라도 그들 뒤에 있는 가족은 비슷한 불행을 겪었다. 그들과 연결된 자녀들도 전생의 낙인이 찍힌 듯 비천한 나락 속에서 살았다. 그런 사람들 수를 확장하면 셀 수조차 없을 것이다. '지주, 부농, 반혁명분자, 악질분자, 우파'가 된다는 것, 혹은 '지주, 부농, 반혁명분자, 악질분자, 우파'의 자녀가 된다는 것은 인생이 굴욕 속에 내동

댕이쳐진다는 의미였다. 그런 굴욕은 육체에서 정신까지 모든 것을 뒤덮고 뼛속까지 파고들었다. 그런 이유로 사태가 진정된 뒤, '성분(젊은 이들은 들어본 적 없는 말일지 몰라도 우리가 자랄 때는 가장 중요한 요소였다)'이 더는 좋은 사람과 나쁜 사람을 구분하는 기준이 아니게 된 뒤, 또 어두운 심연에서 빠져나온 뒤, 그들 대부분은 존엄을 잃었던 시간과 상처투성이 개인사를 가슴 깊이 묻기를 원했다. 더는 거론하지도, 떠올리지도, 후대에 알리기도 원치 않았다. 발설해봐야 이미 딱지 앉은 상처를 뜯어내 다시 고통스러워질 뿐이었다. 그건 삶의 의욕을 꺾어버리는 아픔이었다.

이 년 전 친구의 어머니가 세상을 떠났다. 장례식이 끝나고 얼마 뒤 한 회의에서 그녀를 만났다. 그녀는 내게 따로 식사하자고 한 다음 어머니가 돌아가셨을 때의 모든 과정을 들려줬다. 어머니를 화장할 때 그녀는 제일 좋은 관을 샀다. 많은 사람이 무의미한 행동이라며 이해하지 못했지만, 그녀는 기어코 그렇게 했다. 어머니가 여러 차례 연매장되기 싫다고 말했기 때문에 그 소망을 반드시 들어드리고 싶었다고 설명했다.

그때 갑자기 '연매장'이라는 단어가 내 가슴을 찔렀다. 뭔가가 가슴에서 불타오르는 느낌이었다. 그날 온종일 그 말이 떠올랐다. 끝이 보이지 않는 블랙홀을 보는 듯했다. 아무리 탐구하고 싶어도 절대 알아낼 수 없고, 기본적인 윤곽조차 볼 수 없을 듯했다. 시간이 어떻게 말만 없겠는가. 시간은 색깔도 소리도, 형태도 없이 인간의 무수한 것들을 삼켜버린다. 나는 그게 바로 연매장이라고 생각했다.

나는 친구에게 소설을 쓰려 하며 제목은 '연매장'이 될 것이라고 말했다.

　그렇게 시작되었다.

　일단 내가 찾아낸 것은 소설의 제목이었다. 나는 쓰고 있던 다른 것
들을 전부 내려놓았다. 여유롭고 안정적으로 작업하기 위해 2014년 설
이후 모든 잡일과 우한의 추위에서 빠져나와 선전 바닷가에 틀어박혀
이 소설을 쓰기 시작했다. 3월의 선전은 무척 편안했다. 내가 작업한
곳은 내내 비어 있던 오래된 친구의 집이었다. 친구와 그녀의 친척은
엄청난 열정과 호의로 나를 반겨줬다. 집 주변 환경이 아주 훌륭했다.
창문 아래에 숲과 꽃밭, 바다가 있었다. 컴퓨터 앞에 앉아 있다가 고개
를 들어 창밖을 내다보면 바다가 눈앞에 있는 듯했다. 밤에는 선명한
파도 소리가 끊임없이 밀려와 꿈속까지 이어졌다. 나는 매일 아침 베란
다로 나가 스트레칭을 하고 매일 저녁 빠른 걸음으로 한 바퀴 산책할
때를 빼고는 거의 밖으로 나가지 않았다. 아침에는 친구가 준비해놓은
시리얼과 달걀, 빵 같은 것을 먹고 점심으로는 관리사무소 직원이 가져
다주는 도시락을 먹었다. 후난 출신이라는 식당 요리사의 음식은 내 입
에 잘 맞았다. 저녁은 과일로 때우거나 국수를 먹고, 때론 아무것도 먹
지 않았다. 그건 내가 오랫동안 꿈꿔왔던 환경과 생활이었다.

　이런 소재를 어떻게 처리해야 할까? 어떤 구성으로 내 의도를 드러
내야 할까? 어떤 각도에서 접근해야 할까? 인물은 어떤 태도로 등장시
킬까? 어떤 어투로 분위기를 만들까? 나는 이런 것들을 하나씩 떠올려
본 뒤 그것을 모두 부정하고 부정하고 또 부정했다. 끊임없이 문을 밀
고 들어가는 것 같았다. 그렇게 수많은 문짝을 밀치고 수도 없이 막다

른 골목에 다다른 끝에야 내가 원하는 입구를 찾아낼 수 있었다.

　글쓰기는 언제나 흥분을 자아낸다. 흥분과 별개로 색다른 자유도 선사한다. 어떤 사람과도 함께할 수 있고 누구와도 대화할 수 있다. 시간의 흐름을 잊어버리고 자신의 존재도 잊어버린다. 심지어 온종일, 때론 며칠씩이나 혼자 있는데도 고독이나 적막을 전혀 느끼지 못한다. 손가락으로 키보드를 두드리는 소리는 온 세상과 나누는 대화 같다. 어떤 사람에게든 자유롭게 다가가 그 일에 대한 나의 생각과 관점을 쪽지로 알려줄 수 있다. 쪽지에 적힌 글은 바로 직전에 탁탁탁 타이핑한 것이다.

　속박과 억압이 가득한 현실에서는 이런 자유를 절대 얻을 수 없다. 그래서 글쓰기의 즐거움은 다른 모든 것을 뛰어넘고 글쓰기의 매력은 무한히 확장된다. 작가가 펜을 내려놓을 수 없는 이유다.

　추위가 지나간 뒤 나는 우한으로 돌아왔다. 그리고 한동안 내 의도와 상관없이 잡다한 사건에 휘말려야 했다. 그런 일들은 내 작업에 심각한 영향을 미쳐, 나는 어쩔 수 없이 글에서 손을 떼고 하나씩 정리해야 했다. 이듬해 7월이 되어서야 사건이 일단락되었다.

　나는 작품을 완성해야 했기 때문에 창사의 교외 지역에 틀어박혀 글쓰기에 몰입했다. 아주 빠르게 일 년여 전 선전의 작업 상태로 복귀할 수 있었다. 창사는 무척 조용하고 공기도 좋았다. 나는 매일 점심때부터 새벽 두시까지 글을 쓰고 아침 열시가 넘은 뒤에야 일어났다. 언젠가 루야오가 아침은 점심때 시작된다고 말했던 게 떠올랐다. 이 말은 우리 같은 작가만 이해할 수 있을 것이다.

　문 앞의 밭에서 고추와 토마토가 자라고 있었다. 내게 식사는 아주

단순한 일이었다. 가끔 동료가 차로 신선한 채소를 가져다주고 또 가끔
은 함께 외식하며 잡지 일을 이야기했다. 사실 매일 글쓰기 전에 처리
해야 하는 중요한 일이 있었는데, 바로 인터넷으로 잡지사 일을 파악
하고 해결하는 거였다. 그때까지 나는 〈창장 문예〉 본판과 〈창장 문예〉
선집, 두 문학잡지를 주관하고 있었다.

그런 생활을 두 달여가량 지속하는 동안 '연매장'이라는 말이 귀신처
럼 나를 따라다녔다. 온종일 내 귓가에서 연매장되기 싫어, 연매장되기
싫어, 하는 심란한 소리가 울렸다. 매일 저녁 호숫가를 산책할 때도 호
수 안과 숲속에서 난 연매장되기 싫어, 우리는 연매장되기 싫어, 하는
기이한 고함이 들리는 듯해 소름이 끼치곤 했다.

9월 말, 드디어 초고를 완성하고 긴 퇴고에 들어갔다. 내게 시간은
얼마든지 있었다. 그사이 후베이성 문사관에서 충칭의 옛 마을을 살펴
보라며 초청해줬다. 나는 오랜 친구인 선훙광沈虹光, 장쭤쑤江作蘇와 함
께 길을 나섰다. 그렇게 소설 속 찬둥에서 빠져나와 현실 속 찬둥으로
갔다. 『연매장』의 많은 배경이 바로 그 일대에 있었다. 가는 동안 나는
주인 없는 장원을 많이 보았고, 아주 세세히 살펴볼 수 있었다. 그래서
글을 매만지고 수정하고, 또 매만지고 수정하기를 연말까지 띄엄띄엄
반복했다.

자그마치 삼 년이라는 긴 기간 동안 글을 썼다. 씨앗처럼 내 가슴 깊
이 묻혀 있었던 '연매장'이란 단어는 내 글의 진전에 따라 싹을 틔우
고 나무로 자라났다. 뿌리가 갈수록 커졌고 가지도 갈수록 무성해졌으
며 내 가슴도 갈수록 무거워졌다. 수많은 사람의 그림자가 눈앞에서 어
른거렸다. 그 속에는 내 아버지와 어머니, 그들의 형제자매도 있었다.

그들은 한 차례 또 한 차례 질리지도 않고 걸어나와 내 소설 속 인물과 겹쳐졌다. 나는 부모님이 살아 계실 때 집안에 관해 거의 이야기하지 않았으며 친척과도 거의 왕래하지 않았다는 게 떠올랐다. 그들은 지주 집안의 아들이고 관리 집안의 딸이었다. 그리고 침묵의 방식으로 당신들의 성장배경을 연매장했다. 우리에게 조부모와 외조부모 세대의 사람들에 대해 거의 알려주지 않았다. 일본인에게 살해된 과정이 신문에 실렸던 조부에 대해서만 조금 알았을 뿐, 그 외에는 가까운 친척이든 웃어른이든 우리는 이름조차 알지 못했다. 글을 쓰고 과거를 되짚으면서 나는 내 윗세대를 이해하는 동시에 칭린과 그의 아버지를 이해할 수 있었다. 그랬다. 그들은 우리가 모르기를 바랐다. 그들은 그들이 평생 짊어졌던 역사의 짐을 우리 등에 또 지우기를 원치 않았다. 그래서 침묵은 그들이 선택할 수 있는 최선의 방법이었다. 내 기억에 어머니는 당신 큰언니가 너무 비참했다며 많이 탄식했다. 그 탄식 속에 또 얼마나 많은 인생이 연매장되었을까? 어쩌면 또다른 소설이 될지도 모르겠다.

이렇게 나는 내 기억을 되짚으며 글을 썼다. 딩쯔타오는 친구 어머니의 얼굴과 내 큰이모의 얼굴로 번갈아가며 내 앞에 나타났다. 그 여인들은 조용히 자신의 일생을 살았다. 세상에서 가장 무거운 고난을 짊어졌음에도 세상에 온 적도 없다는 듯 숨죽이며 살았다.

아, 사람이 죽은 뒤 관이라는 보호막도 없이 곧장 흙에 묻히는 것이 연매장이다. 그리고 살아 있는 사람이 과거를 단호하게 끊어내고, 이를 봉인하거나 내버린 채 의식적이든 무의식적이든 기억을 거부하는 것도 시간에 연매장되는 것이다. 일단 연매장되면 영원히, 대대손손 누구도 알 수 없다.

이 모든 것에 대해 나 같은 일개 작가가 또 무엇을 할 수 있겠는가? 연매장되느냐 마느냐는 자기 의지와 상관없을 때가 더 많은데 말이다.

이처럼 내가 할 수 있는 일은 아주 단순했다. 나는 내가 아는 것과 느낀 것, 내 의혹과 고통을 성실하게 적어냈다. 일종의 기록으로써 내 복잡한 사연과 심정을 글에 드러내는 것만으로 충분했다.

내 친구 어머니는 정신이 가장 혼미할 때조차 이 말만은 할 수 있으셨다. 나는 연매장되기 싫어.

내 생각도 그렇다. 우리는 연매장되기 싫다.

2016년 5월

편집자의 말

이 책은 학술서나 기록문학이 아니라 소설이다. 다만 과거에 공공연히 벌어졌던 보편적인 사건들을 배경으로 삼는다. 작가 팡팡은 수십 년 전의 파란만장하고 살벌했던 역사를 생생한 필치로 그려내 독자들을 그 속에 몰입시키고 깊은 생각에 잠기도록 만든다.

작가는 상투적인 비판주의에 빠지지 않고 시간의 강을 뛰어넘으며, 당시 농민 등 여러 인물의 핵심 부분을 포착해 조물주처럼 형상화한다.

소설 『삼체』의 결말이 3차원 공간 속 모든 것이 2차원 평면으로 투사되는 것이라면, 이 책은 시간의 축까지 더한 4차원에서 결말을 역동적으로 취사선택한다고 말할 수 있다. 이런 의미에서 볼 때 이 책은 소설이지만, 관련 역사를 어설프게 다룬 문헌보다 훨씬 큰 역사적 가치를 지닌다.

이 작품에 대한 루야오문학상의 시상평에는 다음과 같은 내용이 포함되어 있다. "2016년에 발표된 여러 장편소설 가운데 팡팡의 『연매장』은 충실하고 중후하며 깊은 여운을 남기는 현실주의적 역작이다.

정교한 구도로 놀라운 이야기를 펼쳐내는 이 소설에는 역사에 대한 통찰과 풍부한 미학적 요소가 담겨 있다. 그녀가 토지개혁을 소재로 다룬 유일한 작가는 아니지만, 이 소재를 아주 적절하게 살려낸 작가임은 확실하며 비판의식과 문학성을 매우 수준 높게 결합해냈다."

시간은 육중한 철의 장막처럼 한때 멀쩡히 살아 있던 인물을 충격적인 사건과 함께 통째로 집어삼키고 광활한 세월 속에서 풍화시킨다. 그렇게 역사의 진실을 은폐해 공공연히 벌어졌던 근대 역사의 중요한 사건도 점점 잊히는 것이다.

헤겔은 역사가 우리에게 주는 교훈은 사람들이 역사에서 교훈을 얻을 줄 모르는 것이라고 말했다. 우리는 과거를 이해하기 위해서는 물론, 그보다 더 미래를 위해 역사를 연구해야 한다.

이 책은 원래 중국 본토에서 출판된 뒤 사회 각계에서 강렬한 반향을 일으키다가 얼마 뒤 시장에서 자취를 감췄다. 하지만 많은 독자가 읽고 소장하기 바랐기 때문에 수정본으로 재출간하게 되었다.

민국역사문화학사 편집부

454

A Soft Burial

옮긴이 **문현선**
이화여자대학교 중어중문학과와 같은 대학교의 통역번역대학원 한중과를 졸업했다. 현재 이화여자대학교 통역번역대학원에서 강의하며 전문 번역가로서 중국어권 도서를 기획 및 번역하고 있다. 옮긴 책으로『색, 계』『피아노 조율사』『원청』『오향거리』『문학의 선율, 음악의 서술』『삼생삼세 십리도화』『평원』『제7일』『사서』등이 있다.

문학동네 세계문학
연매장

1판 1쇄 2025년 4월 18일 | 1판 3쇄 2025년 5월 28일

지은이 팡팡 | 옮긴이 문현선
책임편집 백지선 | 편집 백도라지 오동규
디자인 백주영 최미영 | 저작권 박지영 형소진 오서영 조경은
마케팅 정민호 서지화 한민아 이민경 왕지경 정유진 정경주 김수인 김혜원 김예진 나현후
　　　이서진
브랜딩 함유지 박민재 이송이 김희숙 박다솔 조다현 김하연 이준희
제작 강신은 김동욱 이순호 | 제작처 상지사

펴낸곳 (주)문학동네 | 펴낸이 김소영
출판등록 1993년 10월 22일 제2003-000045호
주소 10881 경기도 파주시 회동길 210
전자우편 editor@munhak.com | 대표전화 031) 955-8888 | 팩스 031) 955-8855
문학동네카페 http://cafe.naver.com/mhdn
인스타그램 @munhakdongne | 트위터 @munhakdongne
북클럽문학동네 http://bookclubmunhak.com

ISBN 979-11-416-0996-2 03820

잘못된 책은 구입하신 서점에서 교환해드립니다.
기타 교환 문의 031) 955-2661, 3580

www.munhak.com